FANPRO

Stefan Schweikert, Jahrgang 1965, lebt in Heidenheim auf der Schwäbischen Alb. Im 'Brotberuf' Elektroniker, von Berufung Musiker. Keyboarder und Komponist in verschiedenen Rockbands.

Erster Besuch in Aventurien mit der *Nordlandtrilogie* auf dem PC. Danach wollte er wissen, wer Borbarad ist und setzte die Reisen durch diverse Regel-, Abenteuer- und Regionalbände, sowie fast alle Romane, fort. Er schreibt seit 2001, veröffentlichte einige Kurzgeschichten, darunter Beiträge für die DSA-Anthologien *Aufruhr in Aventurien* und *Unter Aves Schwingen*. *Über den Dächern Gareths* ist sein erster Roman.

Weitere Infos unter *www.stefanschweikert.de*

Stefan Schweikert

Über den Dächern Gareths

Ein Roman in der Welt von

Das Schwarze Auge©

Originalausgabe

FanPro
Band 11026

Titelbild: Arndt Drechsler
Aventurienkarte: Ralph Hlawatsch

Lektorat: Catherine Beck
Satz und Layout: Ralf Berszuck
Umschlaggestaltung: Ralf Berszuck
Druck und Bindung: CPI Moravia Books

Besuchen Sie unsere Website *http://www.fanpro.com*

Printed in the Czech Republic 2007

ISBN: 978-3-89064-226-0

Danksagung

Auch wenn nur ein Name auf dem Buchrücken steht, so sind doch unzählige am Entstehen einer Geschichte beteiligt. Hier bei Goethe, Gutenberg oder den Gebrüdern Grimm anzufangen, wäre übertrieben. Auch eine Nennung all jener Autoren, deren Geschichten ich verschlungen habe, werde ich mir versagen. Aber Aventurien wird durch die Kreativität unzähliger Spieler und Autoren mit Leben erfüllt. Ein Teil ihrer Fantasie steckt auch in diesem Buch. Ich hoffe, Ihr findet sie dort gut aufgehoben.

Ein besonderer Dank geht an Alex Wichert für Tipps und Ermutigung ganz am Anfang, an Sigrid Wohlgemut für unschätzbare Hilfe bei Exposé und Leseprobe, und natürlich an Catherine Beck und alle bei FanPro für die Chance und die tolle Zusammenarbeit.

Und dann sind da jene, die das Entstehen dieses Buches neugierig und aufbauend begleiteten. Erheben wir das Glas auf die Freundschaft: Manne, Nobbe, Carsten, Jochen, Siggi, Eugen, Steve, Sylvi (Ich hoffe, ich darf bald dein Buch lesen!) und ganz besonders Franziska Kilga und Martin Freudenmann: Ihr habt die ersten Kapitel gelesen und wolltet wissen, wie die Geschichte weiter geht. Jetzt dürft ihr es.

Stefan Schweikert – Dezember 2007

Ifirns Ozean
Yeti-Land
300 Meilen
Paavi
Riva
Norburg
Festum
Neersand
Orkland
Tiefhusen
Thorwal
Balibo
Trallop
Lowangen
Andergast
Wehrheim
Warunk
Nostria
Havena
Gareth
Beilunk
Perricum
Grangor
Fasar
Zorgan
Vinsalt
Khunchom
Mherwed
Kuslik
Wüste Khom
Thalusa
Tuzak
Maraskan
Meer der Sieben Winde
Zyklopen-Inseln
Al'Anfa
Brabak
Altoum
Perlenmeer
Waldinseln
Aventurien

Prolog – Lieferung

Laternenlicht tanzte unter uralten Bäumen. Das Quietschen einer Radnabe war zu hören, und wenn der Planwagen über eine Wurzel polterte, flappten die Verdeckplanen wie riesige lederne Flügel.

Schweißtropfen perlten auf der Stirn des Kutschers. Er versuchte, ein Lied zu pfeifen. Doch das Echo, das er aus der Dunkelheit zu hören glaubte, ließ ihn gleich wieder verstummen.

Der Vogel singt noch im Rachen der Katze ...

Wie er diese Aufträge hasste! Dies war das letzte Mal, nahm er sich vor. Nacht für Nacht unterwegs auf abgelegenen Straßen. Immer darauf bedacht, nicht einer der zahllosen Patrouillen in die Arme zu fahren. Keine Rast in einem gemütlichen Gasthaus, die trockene Kehle gespült mit frischem Bier, vielleicht die Gesellschaft einer drallen Schankmagd. Doch so sehr er diese Arbeit hasste, so lukrativ war sie; ein Kutscher verdiente mit ehrlicher Arbeit nur einen Bruchteil von dem, was er bekam.

Der Wald öffnete sich, ein paar Fackeln erhellten die Lichtung. Der Kutscher brachte seinen Wagen zum Stehen und stieg ab.

Eine Gestalt in dunklem Umhang trat näher, das Gesicht verdeckt von einer tief ins Gesicht gezogenen Kapuze. »Die Papiere«, knurrte sie.

»Ja. Sofort«, antwortete der Kutscher, kramte in seinen Taschen und brachte ein versiegeltes Pergament zum Vorschein.

Der Vermummte brach das Siegel, entfaltete das Blatt und überflog kurz den Inhalt. »Mm, ja ...«

Ein Rascheln unter den Bäumen. Der Kutscher zuckte zusammen. Am Waldrand weitere Gestalten, immer bedacht, dem Licht der Fackel nicht zu nahe zu kommen.

Ein weiteres Mal schwor sich der Kutscher: Dies war seine letzte Fuhre.

»Interessant«, murmelte der Vermummte.

Für einen Augenblick glaubte der Wagenlenker unter der dunklen Kapuze ein Lächeln zu erkennen.

»Äh, alles in Ordnung? Soll ich mit dem Abladen beginnen?«, fragte er.

Sein Gegenüber schwieg eine Weile. »Nein. Diesmal nicht«, antwortete er bedächtig. »Der Wagen gehört zur Lieferung.«

»Wa... was? Davon hat mir keiner etwas gesagt.«

»Ach?« Die Stimme klang amüsiert.

»Dann ... dann spanne ich die Pferde aus.«

»Nicht nötig. Sie gehören dazu.«

»Aber, wie ... wie komm ich zurück?«

Die Ahnung kroch eisig seinen Nacken empor.

»Nicht nötig«, knurrte der Vermummte; der Hohn war nicht mehr zu überhören. »Du gehörst dies Mal auch zur Lieferung.«

Erstes Kapitel

Gareth / Meilersgrund – Im Peraine

»Mist!«, zischte Liasanya durch die zusammengebissenen Zähne. »Verdammter Mist!«

Die junge Frau stürzte zur Tür hinaus, spähte in alle Richtungen. Der Hinterhof lag dunkel und verlassen da. Sie setzte zu einem Spurt an, sprang dann zurück in den Türrahmen und flüsterte: »Brin! Wo bleibst du denn?«

Der Junge stand wie versteinert im Flur.

»Komm jetzt! Mach schon!«, sagte sie.

Brin rührte sich nicht, sein Blick klebte an der Tür zu seiner Linken. Heiseres Bellen drang aus dem dahinter liegenden Zimmer. Liasanya packte den Jungen am Handgelenk, spürte den kalten Schweiß auf seiner Haut und zog ihn zum Ausgang.

»Brin, verdammt! Komm schon!«

»Li! Hunde!«, war alles, was er hervorbrachte.

Aus dem oberen Stockwerk war ein Poltern zu hören, jemand riss eine Tür auf, dann dröhnten Schritte die Stufen herunter. »Wer ist da?«, rief eine Männerstimme.

»Mach schon, der ist gleich unten!«, rief Liasanya und zerrte Brin über die Schwelle.

Der Junge stolperte die Stufen hinab auf den Hof, und endlich fiel die Erstarrung von ihm ab. Er rannte los, und Liasanya folgte.

»Na wartet! Euch krieg ich!«, hörten sie die Stimme hinter sich.

Die beiden hatten das Ende des Hofes erreicht, da wurde das Bellen der Hunde entsetzlich laut und nah.

Liasanya schwang sich eine Bretterwand hoch, reichte Brin die Hand und half ihm. »Sie werden gleich hier sein«, keuchte sie und ließ sich auf der anderen Seite hinabfallen. Brin folgte ihr.

Sie rannten durch eine schmale Gasse. Häuser lehnten sich müde aneinander und glotzten mit ihren schmalen, glaslosen

Fenstern auf die Dahineilenden. Düstere Durchgänge öffneten sich zu kleinen Hinterhöfen und Plätzen, ungepflastert und übersät mit Unrat.

Das Hundegebell hinter ihnen hielt stetig an, sie bückten sich, krochen durch ein Loch im Zaun und gelangten in einen weiteren Hof. Am anderen Ende begrenzte ihn eine vier Schritt hohe Steinmauer. Kisten waren daran aufgeschichtet. Liasanya kletterte an ihnen hoch, sprang und zog sich auf die Mauer. Schnaufend blieb sie liegen. »Die Kisten! Stoß sie um!«, rief sie Brin zu, als er ihr folgte.

Der Junge bekam die Kante der Mauer zu fassen, trat nach hinten aus und traf die oberste Kiste. Krachend stürzte der Haufen zusammen. Brin rutschte ab und baumelte an der Mauerkante. Liasanya packte seinen Unterarm.

Plötzlich war der Hof erfüllt von wildem Gebell.

»Da sind sie! Diebespack! Wenn wir mit euch fertig sind, werdet ihr keine anständigen Bürger mehr bestehlen!« Den beiden Kötern und ihrem Besitzer hatten sich inzwischen drei Männer angeschlossen.

Brin begann mit den Beinen zu zappeln.

»Verdammt! Ich kann dich kaum halten! Versuch dich mit den Füßen abzustützen«, schnaufte das Mädchen und zerrte an seinem Arm.

Brin heulte auf, als seine Zehen gegen die Steine schlugen, doch endlich fand er einen Tritt, und Liasanya zog ihn hoch. Die Mauer war einen halben Schritt breit, und die beiden balancierten geduckt davon.

»Na wartet! Wir kriegen euch!«, hörten sie ihre Verfolger rufen.

Im Schatten modriger Walmdächer und schiefer Kamine eilten sie davon. Nach zweihundert Schritt war die Mauer zu Ende.

»Komm! Hier hinunter.« Liasanya ließ sich in einen Müllhaufen fallen und scheuchte ein paar Ratten auf. »Wir sind noch nicht in Sicherheit. Die Köter können unsere Spur jederzeit wieder aufnehmen.«

Die Gasse war knöcheltief mit Unrat bedeckt und so eng, sie mussten hintereinander laufen. Über ihnen berührten sich manche der hoch aufragenden Giebel, zwischen den Fenstern spannten sich Leinen und lagen – leider unerreichbar – Bretter und Bohlen.

Liasanya trat auf etwas Weiches. Ein Schmerzensschrei und böses Zischen war zu hören. Jemand schlug nach ihren Beinen, und es stank nach Schnaps. Aus dem Müll zappelten ein paar Arme und Beine. Liasanya ignorierte die Gestalt und zog Brin hinter sich her. Es folgte wütendes Brüllen; auch Brin hatte nicht hingesehen.

Die Gasse mündete in einer breiten Straße. Die beiden Diebe rannten durch die Straße, vorbei an Menschen, die sich in Hauseingängen und unter Dachvorsprüngen zusammenkauerten. Wieder bogen sie ab. Nach wenigen Schritten stellten sie fest, dass sie in eine Sackgasse gelaufen waren. Und gleich darauf hörten sie – noch leise – erneut Hundegebell.

»Verdammt! Wir müssen endlich von der Straße verschwinden«, sagte Liasanya. Ihr Blick glitt die Gasse hinab, zurück zur Straße, verharrte dann auf der Mauer neben ihr. Diese gehörte zu einem alten Lagerhaus. Gut zwei Schritt außerhalb der Reichweite ihrer Arme war eine Verschlagtür, darüber ein verrosteter Ladekran.

Kurz zögerte sie, dann stieß sie Brin gegen die Hauswand und sagte: »Los! Hilf mir hoch!«

Brin machte eine Räuberleiter, und Liasanya kletterte auf seine Schultern. Sie bekam den Griff der Verschlagtür zu fassen und zerrte daran. Nichts! Die Tür war entweder verschlossen oder von innen verriegelt. Liasanya zog sich an dem Ladekran weiter nach oben und baumelte vor der Verschlagtür. Sie konzentrierte sich, ihre Hand glitt über das Holz.

»Was ist los?« Brin hüpfte nervös auf und ab, während er zu ihr hochschaute.

»Psst!«

Ein leises Klicken war zu hören. Wieder packte sie den Griff, und mit einem widerspenstigen Knarren öffnete sich der Verschlag. Liasanya schwang sich hinein, ließ sich auf den staubigen Dachboden fallen. Sie drehte sich auf den Bauch, rutschte zurück zur Tür. Ihre Füße fanden Halt in den löchrigen Brettern, während sie sich, den Kopf voran, bis zu den Hüften aus der Luke hängen ließ.

»Los!«, rief sie.

»Aber wie?«

»Spring!«

Brin sprang, bekam ihre Hände zu fassen und baumelte in der Luft. »Wie soll ich ...«

»Schnell! Du bist zu schwer! Klettere an mir hoch!«, keuchte sie.

Es schien ihr die Glieder aus den Gelenken zu reißen. Wie an einem Seil zog er sich an ihrem rechten Arm hoch, dann versuchte er den Türrahmen zu fassen, rutschte ab. Mit einem Stöhnen bekam Brin ihren Bauch zu fassen und kletterte, an sie gepresst, weiter. Seine Finger erreichten den Türstock. Er zog sich hoch und stieß mit den zappelnden Beinen ihren Kopf gegen die Wand.

»Au! Pass doch auf!« Tränen schossen ihr in die Augen.

Endlich schaffte es Brin, sich auf den Boden zu ziehen.

»Hilf mir!«, stöhnte Liasanya.

Brin packte sie an den Waden und zog. Ihr Kleid rutschte hoch, die rauen Bohlen schürften ihre Haut an Schenkeln und Bauch auf. Dann rollte sie herum, zog die Tür zu und lehnte sich keuchend dagegen.

Sie lauschte.

Das Hundegebell wurde lauter. Stimmen! Die Meute verharrte kurz im Zugang zur Gasse ...

»Phex hilf ...«, murmelte das Mädchen tonlos.

... und eilte weiter.

Die Zeit kroch dahin.

Draußen herrschte Stille.

Kein Hundegebell.

Liasanya zog die Nase hoch und spuckte Blut aus. Ihr war übel, denn der kleine Trick mit dem Schloss kostete Kraft. Trotzdem konnte sie ein Kichern nicht unterdrücken: Mit dieser Nummer konnten sie auf jedem Jahrmarkt auftreten.

Sie schaute sich um: Bis auf ein wenig Gerümpel war der Boden leer, Dämmerlicht schien durch die Löcher im Schindeldach. *Das ist gut,* dachte sie, *dort können wir hindurch und weiter.*

Brin kauerte in einer Ecke, ein staubiger Lichtstrahl fiel auf sein fleckig gerötetes Gesicht. Er weinte lautlos.

Liasanya band den braunen Haarschopf mit einem bunten Stoffband zusammen und ging zu Brin hinüber. Doch ihr war nicht nach Trösten zumute. »Idiot!«, zischte sie.

Der Junge schluchzte.

»Brin! Brin! Womit hast du nur diesen Namen verdient?«, sagte sie und dachte an den heldenhaften – jetzt heldenhaft toten – Reichsbehüter.

»Curthan hat gesagt, kein Mensch sei im Laden. Er hat nichts von den Hunden erzählt«, sagte Brin.

»Curthan ist auch ein Idiot!« Sie ließ sich vor ihm auf die Knie fallen und trommelte mit den Fäusten gegen seine Brust. »Er sollte sich nicht mit Dingen befassen, von denen er nichts versteht. Und du solltest dich nicht auf ihn verlassen. Das nächste Mal kümmerst du dich besser selbst darum, wo du reingehst. Sonst ist es dein letztes Geschäft. Denk an Fiana! Denk daran, wie es deiner Schwester erging!«

Das hätte ich jetzt nicht sagen sollen, reute es sie sofort. Brins Unterlippe zitterte, mit traurigen Augen starrte er sie an. »Li, es tut mir leid«, wiederholte er. »Und Fiana ... Ich muss Fiana doch helfen.«

Liasanyas Zorn verschwand so schnell, wie er gekommen war. Sie setzte sich neben den Jungen und legte ihren Kopf an seine Schulter.

Er wird nie ein guter Dieb werden, dachte sie. *Zu tapsig und ungeschickt. Und zu vertrauensselig! Er ist hübsch. Groß und schlank, lange, blonde Haare, keck leuchtende blaue Augen. Die nächsten Jahre hätte er vielleicht noch eine Chance als ... nun, es gibt genügend Leute in Gareth, die für hübsche Jungen gutes Geld bezahlten ... doch später? Was wird aus ihm?*

Sie sprang auf, nahm seine Hand und versuchte vergeblich, ihn hoch zu ziehen. Obwohl Brin mit seinen vierzehn Götterläufen gut fünf Jahre jünger als Liasanya war, überragte er sie schon um mehr als einen Kopf. Doch das war eigentlich keine Kunst, denn die Diebin maß keine acht Spann; auch sonst war sie schmal, fast dürr: Gardemaß für kleine Fenster, dichte Menschenmengen und enge Gassen. Zusammen mit ihren anderen Talenten war da die Berufswahl für ein Kind Meilersgrunds nicht schwer gewesen.

»Komm, wir müssen weiter«, sagte sie und kroch durch eines der Löcher im Schindeldach. Hier kannte sie sich aus. Die Dächer Meilersgrunds und des Südquartiers waren ihr Zuhause. Vielleicht sogar mehr als das, was sie an ihrem Ziel erwartete.

Brin folgte ihr von Dach zu Dach. Die Praiosscheibe blinzelte gerade über die Giebel der Stadt, da erreichen sie ihr Ziel. Als hätte der himmlische Richter erstaunlich gnädig gewartet, bis die Phexenkinder in ihren Löchern verschwanden. Vor ihnen führte eine Dachluke in die Eingeweide eines dreistöckigen Hauses. Liasanya öffnete sie, wandte sich noch einmal gen Rahja, ihre dunklen Augen blinzelten in die Röte des Sonnenaufgangs. Dann schubste sie Brin durch die Luke und folgte ihm.

In einer Ecke des Dachbodens, hinter einem an die Dachbalken geknotet, fadenscheinigen Vorhang, lagen ein paar mit Stroh gefüllte Säcke. Liasanya kniete darauf und zog den Vorhang zu. Brin wartete in gemessenem Abstand, wie Liasanya zufrieden feststellte. So schlicht, gar armselig das Lager war, es war ihres und sie verteidigte es eifersüchtig. Sie schob die wurmstichige Kiste, in der sie ihre Habseligkeiten verstaute, beiseite und löste eine lockere Diele. Darunter verschwanden die wertvollen Dietriche. Dann ging sie zurück zu Brin.

Sie stiegen die knarrende Treppe hinab und durchquerten einen schmalen Flur. Ausgetretene Holzstufen führten weiter in den ersten Stock. Es roch nach Schweiß und Schnaps. Der Flur vollgestopft mit Gerümpel und ausrangierten Möbeln, links und rechts Türen, am Ende ein Fenster, das kurzsichtig das Nebenhaus anstarrte. An der vorletzten Tür lauschte Liasanya: Männerschnarchen. Sie schüttelte den Kopf und wies Brin zu einer Ecke unter dem Fenster.

»Fiana hat einen Gast?« Brin sprach das letzte Wort aus, wie andere Leute Ratte oder Abschaum.

Liasanya nickte.

Es war kalt und zugig. Sie kauerten sich auf den Boden, die Arme umeinander gelegt, und schlossen die Augen.

***

Die beiden konnten nicht lange geschlafen haben, da weckte sie Türenschlagen und Geschrei.

»Nichts da. Du hast mehr bekommen, als du wert bist!«, rief eine raue Männerstimme.

Liasanya fuhr auf.

Die Tür, an der sie gelauscht hatte, stand offen. Ein Mann in speckiger Soldatenuniform schwankte in den Flur.

»Es war mehr ausgemacht!«, antwortete eine Frauenstimme aus dem Zimmer.

»Du hast mir aber nicht mehr geboten!«, lachte der Soldat auf.

Er wandte sich zum Gehen. »Sei froh, dass du überhaupt etwas bekommst. Du Krüppel!«

Die Frau schrie auf und trat ebenfalls in den Flur. Ihr blondes Haar leuchtete. Ein schlanker, wohl geformter Leib war unter dem dünnen weißen Kleid zu sehen. Doch ihre Haut war bleich, fast durchsichtig, und um die großen blauen Augen lagen dunkle Ringe. Sie stützte sich müde mit der linken Hand am Türrahmen ab. Dort wo die Rechte hätte sein sollen, endete der Arm in einem bläulichen, narbigen Stumpf.

»Du mieser Schlappschwanz. Du bringst doch selbst nichts zustande«, rief die junge Frau ihrem Freier nach.

Der Soldat drehte sich um und zog ein Messer.

Liasanya stand auf, wich zurück in den Schatten und gebot Brin, der sich ebenfalls erheben wollte, ruhig zu bleiben.

»Du billige Metze«, rief der Soldat. »Jetzt schlitz' ich dich auf. Von da unten – bis zu deinem vorlauten Maul!«

Er kam näher.

»Das würde ich mir zweimal überlegen. Sonst kaust du an deinem besten Stück.« Liasanya war ungesehen hinter ihn getreten, ihr schlanker Dolch glitt langsam von seiner Kehle über Brustkorb und Bauch, verharrte dann zwischen seinen Beinen.

Der Soldat fuhr zusammen, wollte sich zu Liasanya umdrehen, doch der Druck des kalten Stahls ließ ihn erstarren.

»Fiana! Was war ausgemacht?«, fragte Liasanya.

»Äh ...« Ein Glucksen kam aus der Kehle des Soldaten.

Liasanya legte den freien Arm um ihn, glitt – fast zärtlich – über seine Brust zur Hüfte. Plötzlich hatte sie einen Beutel in der Hand.

»Äh, mein ...«

»Hier!«, rief Liasanya und warf Fiana den Beutel zu.

Diese fing ihn geschickt mit der linken Hand.

»He!«, rief der Soldat, schielte dann besorgt nach unten und schwieg.

»Hab keine Angst«, spottete Liasanya. »Wir werden niemanden bestehlen! Fiana nimmt nur, was ihr zusteht – und noch einen kleinen Obolus für meine Mühen. Wir sind ein ehrliches Haus.«

Fiana presste den Beutel mit dem Armstumpf an die Brust, öffnete ihn und nahm ein paar Münzen heraus. Dann warf sie ihn Liasanya zurück.

Diese stopfte den zurückerhaltenen Beutel dem Soldaten in die Tasche, stieße ihn Richtung Treppe und rief: »Beehren Sie uns recht bald wieder!«

»Na warte! Wenn ... wenn ich ... na warte!«, brüllte der Soldat. Befreit von der Gefahr um sein bestes Stück, wurde er mutiger und ging auf die Mädchen zu.

In diesen Augenblick wurde eine weitere Tür aufgerissen, und ein knochiger kleiner Mann trat in den Flur, in der Hand einen Prügel. Sein Kopf ruckte umher, die Adlernase durchpflügte die Luft. »Was ist hier los?«, schimpfte er.

Hinter ihm erschienen zwei Mädchen, die vom Alter her seine Töchter, gar Enkelinnen sein konnten.

»Auch schon wach?«, grinste Liasanya und steckte das Messer weg.

»Hallo Li«, murmelte der Mann. Seine Miene erhellte sich. »Auch mal wieder im Lande?«

Er zupfte vergeblich seine von einem schmalen Haarkranz auf die Schultern hinabhängenden grauen Strähnen zurecht.

»Ja, Curthan«, sagte sie schlicht.

»In dieser Bruchbude wird man bestohlen!«, mischte sich der Soldat ein.

Curthan betrachtete ihn, dann Fiana und Liasanya. »Hat er bezahlt?«

Fiana nickte.

»Dann hau ab!«, rief er dem Soldaten zu.

Der starrte ungläubig zurück.

»Na, mach schon«, wiederholte Curthan und hob den Prügel.

Der Soldat stolperte rückwärts die Treppe hinunter.

»Was machst du mit meinen Kunden?«, knurrte Curthan Fiana an, als der Soldat verschwunden war.

»Deine Kunden? Hast *du* ihm den Hintern hingehalten?«, erwiderte stattdessen Liasanya.

Mit einem Schnauben gab sich der Alte zufrieden, denn er hatte Brin entdeckt, der immer noch in der Ecke kauerte. »Was macht der Nichtsnutz schon wieder hier? Hast du wenigstens, was ich wollte?«

Brin schluckte, dann öffnete er den Mund, doch kein Ton kam heraus.

Wieder ergriff Liasanya das Wort: »Sag mal, bist du wahnsinnig? Wir sind fast gefressen worden.«

»Ihr? Du hilfst diesem kleinen Schisser auch noch? Er lungert hier herum und vertreibt mir die Gäste. Wenn du nicht wärst, hätte ich ihn längst auf die Straße gesetzt. Und die da gleich mit.« Er ruckte mit dem Kopf zu Fiana, dann zurück zu Brin: »Also, was ist?«

Liasanya blieb hartnäckig: »Keiner im Laden? Ha! Außer zwei riesigen Kötern! Wenn Brin für dieses Rattenloch bezahlen soll, dann gib ihm wenigstens eine Arbeit, bei der er nicht in Fetzen gerissen wird.«

»Bei mir arbeiten keine Burschen, das weißt du«, erwiderte Curthan. Dann trat er näher an Liasanya heran, strich ihr über Haar und Wange. »Aber du. Du weißt, ich habe immer ein Zimmer frei für dich. Deine Mutter hatte es gut bei mir.«

Liasanya blieb stocksteif stehen, duldete aber die Berührung. »Nein danke«, sagte sie. »Außerdem bin ich dir doch zu alt, oder?« Sie wies mit einem Nicken auf beide Mädchen in seinem Zimmer.

Er lachte. »Bei dir mach ich eine Ausnahme. Hast dich gut gehalten.« Er fasste sie an den Hüften und zog sie an sich.

»Nein, danke«, sagte sie und entwand sich ihm.

»Nein danke! Nein danke! Das sagst du immer.«

»Du könntest mein Vater sein.«

»Das können andere auch. Deine Mutter war tüchtig. Die Chance steht eins zu tausend. – Und wenn schon!« Kurz schien er zu überlegen. »Wenn ich dein Vater sein könnte, dann behandle mich mit mehr Respekt!«, fügte er hinzu und brach in Gelächter aus.

Liasanya wartete, die Hände in die Hüften gestützt, und schaute ihn mit hochgezogenen Augenbrauen an.

Curthan räusperte sich und sagte: »Gut! Jetzt ist aber Ruhe, die Nacht war kurz.« Er ging zurück in das Zimmer und schloss die Tür hinter sich.

Liasanya starrte ihm nach. »Ja, die Nacht war kurz«, murmelte sie. »Besonders für uns, du hast gut reden.«

Sie folgte Brin und Fiana in deren Kammer. Die Morgensonne fiel durch einen Fensterschlitz. Mangels anderer Sitzgelegenheiten setzten sich alle drei aufs Bett.

»Fiana, wie geht es dir?«, fragte Liasanya.

Die Angesprochene schaute Liasanya kurz an, zuckte mir den Schultern und senkte den Kopf.

Liasanya kramte in ihren Taschen und brachte ein paar Kupfermünzen zum Vorschein. »Brin, geh und hol uns was zu Essen.« Sie warf ihm die Münzen zu.

Er schaute sie fragend an.

»Frauengespräche«, sagte Liasanya.

Der Junge erhob sich müde.

»Und lass dich nicht fressen«, rief sie ihm nach.

Nachdem die Tür zugefallen war, wandte sich Liasanya wieder ihrer Freundin zu. »Was ist?«

Wieder hob Fiana die Schultern, dann seufzte sie: »Er sagt, er schmeißt mich raus, wenn ich mein Geld nicht einbringe. Es läuft nicht gut, und ich habe die Sache satt. Wenn wir nur zusammen losziehen könnten, wie früher!« Sie hob den vernarbten Armstumpf. »Aber so bin ich nutzlos. Ich fühle mich – ach, ich weiß auch nicht.«

Liasanya ließ sich auf dem Bett zurückfallen und starrte an die Decke.

Fiana fuhr fort: »Ich hab Fieber, und mir ist schlecht. Wenn ich krank werde, schmeißt er mich ganz sicher raus.«

»Wir werden das Geld bekommen, wir beide haben es immer geschafft«, versprach die Diebin. »Und wenn ich dafür mit Curthan ...«

»Li! Bitte sag das nicht. Es reicht, dass er mich hat. Und du hast es selbst gesagt: Er könnte dein Vater sein, nicht nur vom Alter her.«

Liasanya schwieg und lächelte traurig. Fiana hatte recht: Ihre Mutter hatte für Curthan gearbeitet, und sie war hier geboren. Als die Mutter starb, war Liasanya gerade vier Jahre alt. Doch sie hatte bleiben können, bei Curthan und seinen Mädchen, bis sie alt genug war, um auf der Straße für sich selbst zu sorgen. Ob aus Mitgefühl – eine Regung, die sie Curthan eigentlich nicht zutraute – oder weil er tatsächlich vermutete, ihr Vater zu sein, wusste Liasanya nicht. Zumindest hinderte es ihn nicht daran, ihr nachzustellen.

Sie nahm Fiana fest in den Arm. Bald darauf schliefen die Mädchen tief und fest.

Liasanya träumte:
Das weiß getünchte Haus stand auf einer grasbewachsenen Anhöhe. Mutter winkte, ihr besticktes Kleid bauschte sich in der Brise. Li wandte sich ab. Am schmiedeeisernen Tor warteten Fiana und Brin, auch sie winkten, dann rannten sie davon. Li zögerte, schaute noch einmal nach ihrer Mutter, dann eilte sie den beiden nach. Sie rannte durch das Tor, die von hohen Bäumen gesäumte Straße entlang.

Ein Gewitter zog auf. Es wurde dunkel, die Alleebäume verloren ihre Blätter und Äste. Die Stämme verwandelten sich in kahle Stehlen. Blitze zuckten am Himmel, der Wind peitschte den Regen durch die Nacht und wühlte die schlammige Straße auf.

Plötzlich saß Li in einer schäbigen Hütte. Der Regen tropfte durchs Dach. Sie starrte in die Finsternis.

Sie wartete.

Sie wartete seit Tagen.

Ein gewaltiger Blitz zerriss die Dunkelheit, draußen im Regen stand eine schmale, gebeugte Gestalt, blonde Strähnen klebten an ihrem Kopf. Li eilte zur Tür hinaus, schlagartig war sie bis auf die Haut durchnässt. Sie nahm die Gestalt in die Arme, zerrte sie in die Hütte, setzte sie auf einen Stuhl.

Zitternd saß sie da, das Kleid ein schmutziger Fetzen, die Hände, mit fleckigen Lappen umwickelt, hielt sie verkrampft im Schoß.

Li strich dem Mädchen die Strähnen aus der Stirn und schaute ihr ins Gesicht.

Leblose Augen starrten zurück.

»Fiana«, flüsterte Li.

Kein Erkennen, keine Regung.

»Fiana! Kleines!«, wiederholte Li.

Eine einzelne Träne quoll aus den toten Augen.

Li wollte ihrer Freundin die Hand halten, tastete ins Leere, der Lappen fiel zu Boden und enthüllte einen blutigen Armstumpf.

Liasanya erwachte mit einem kurzen Aufschrei. Einen Augenblick lang wusste sie nicht, wo sie war, so nah war noch der Traum. Sie schaute sich um. Die Schatten, die durch das schmale Fenster hereinfielen, waren kurz. Brin war inzwischen zurückgekehrt und schlief ebenfalls.

Sie strich Fiana – wie sie es im Traum getan hatte – die Haare aus dem Gesicht.

Liasanya und Fiana waren die besten Freundinnen. Sie waren zusammen in den Gassen Meilersgrunds aufgewachsen und, seit sie alt genug dazu waren, gemeinsam auf Diebestour gewesen. Doch an jenem Tag, es war kaum drei Jahre her, war Fiana alleine losgezogen. Und es geschah, was nicht geschehen sollte: Man durfte sich einfach nicht erwischen lassen! Vielleicht kam man noch einmal davon, wenn man zum Herrn Kommandanten oder zur Frau Gardistin nett war. Und wenn nicht? Die Strafe war einfach und wirkungsvoll: Ein ergriffener Dieb sollte nie wieder die Möglichkeit haben, seine Hand in fremde Taschen zu stecken.

Fiana war gerade mal fünfzehn Jahre alt gewesen. Seit dieser Zeit war ihre Laufbahn als Diebin beendet. Das durch das Erlebnis apathische Mädchen hätte auf der Straße keine zwei Tage überlebt. So hatte Liasanya sie schweren Herzens bei Curthan, der ihr selten einen Wunsch ausschlug, untergebracht.

Fiana hatte sich erholt, viel von ihrem alten Wesen war zurückgekehrt, sie konnte lachen und Spaß haben. Doch ein Teil des Mädchens blieb verloren, und ein Teil, tief in ihr, würde den Freunden auf immer eine Fremde bleiben. Sie ertrug die Freier mit einer Gleichgültigkeit, die Liasanya und Brin mehr besorgte, als würde das Mädchen lauthals mit dem Schicksal hadern. Und wenn sie darüber sprach, dann sagte sie Dinge wie: »Soll ich betteln gehen? Soll ich mir noch ein Bein abhacken und ein Auge ausstechen, damit man mir einen Heller mehr in die Schale wirft?«

Liasanya betrachtete ihre schlafende Freundin: Das Gesicht war bleich, fast grau, die Wangen eingesunken. Sie fürchtete, dass sie Fiana – viel zu früh – zu Grabe tragen würde, doch das wollte sie hinauszögern, solange sie konnte.

Vorsichtig, um die anderen nicht zu wecken, stand sie auf und schlich zur Tür hinaus. Sie hatte zu tun.

***

»Rhon, ich brauche deine Hilfe«, sagte Liasanya. Sie saß mit dem alten Freund zusammen im Schankraum von Curthans Absteige. »Ich brauche dringend einen lohnenden Auftrag.«

Der schüttelte die von grauen Strähnen durchzogenen dunklen Locken. »Du weißt, das mach ich nicht gerne.«

»Du musst! Fiana braucht meine Hilfe. Und sie ist auch deine Freundin. Sie braucht Geld ... und einen Heiler. Sonst schmeißt ...« Sie schaute sich um. Außer ihnen war nur das Schankmädchen im Raum. Trotzdem senkte sie die Stimme. »Sonst wirft Curthan sie wirklich auf die Straße. Das können wir nicht zulassen.«

Liasanya schaute Rhon fest in die Augen. Sie kannte den alten Gauner, solange sie zurückdenken konnte. Er hatte ihr viel über das Diebesgewerbe beigebracht, und nicht nur das: Ihm verdankte sie, dass sie lesen und schreiben konnte, eine Ausnahme im Viertel. Rhon konnte viele ungewöhnliche Dinge. Und er kannte gewisse Gepflogenheiten: In einem früheren Leben musste er zur ›besseren Gesellschaft‹ gehört haben, doch er sprach nie darüber. Darin waren sie wieder alle gleich: Wer hatte hier keine Geheimnisse?

»Auch ich bin gewissen Leuten verpflichtet«, sagte Rhon endlich. »Und die sehen es nicht gerne, wenn ich bestimmte Informationen an jemanden wie dich weitergebe.«

»Rhon! Sprich nicht in Rätseln!«

»Du weißt genau, wovon ich spreche. Nenn sie einfach die Gilde ...«

»Welche? Die Alte Gilde? Die Almadaner? Die Tobrier? Oder, für wen, bei Phex, arbeitest du?«

»Das spielt keine Rolle! Es ist besser für dich, wenn du es nicht weißt. Und es ist besser für dich, wenn sie dich nicht kennen. Deine speziellen Talente wären für sie von großem Interesse. Aber du hast selbst gesagt, dass du das nicht ... dass deine Gabe möglichst geheim bleiben soll.«

Liasanya schwieg. Rhon hatte recht. Schon früh hatte sie gelernt, dass es ratsam war, Madas Gabe nicht jedem zu offenbaren. Magisch Talentierte wurden misstrauisch beäugt, wenn sie keine Robe trugen. Und seit der Dämonenmeister wiedergekehrt – und, den Göttern Dank, wieder verbannt war –, seit die Heptarchen im östlichen Aventurien Schrecken verbreiteten, war es lebensgefährlich. Nicht nur den Praiosdienern, Bannstrahlern und der Inquisition war jemand wie sie ein willkommener Sündenbock. Liasanya hatte die Hinrichtungen gesehen, und manchmal glaubte sie, noch immer verbranntes Fleisch zu riechen.

In manchen Träumen war sie es, die brannte.

In einer der zahllosen Banden und Diebesgilden Gareths wäre das Leben für Liasanya sicher leichter. Doch auf die Dauer würde sie kaum verheimlichen können, dass es nicht nur schmale Hüften und geschickte Finger waren, die ihr Zugang zu verbotenen Orten verschafften. Weder Diebesehre noch Gildeschwur würde sie schützen, wenn persönliche Interessen und Vorteile dagegen standen.

»Aber ich brauche ...«, sagte sie trotzig.

Rhon hob die Hand. »Wenn du eine Heilerin brauchst, warum gehst du nicht zu Mirya? Deine alte Freundin wird dir mit Sicherheit helfen.«

»Nein!«, sagte Liasanya scharf.

»Warum nicht? Ist es ihr Junge? Wie hieß er noch mal? Setharan? Nicht wahr?«

»Sei still!«

»Ist es, weil er eine Robe trägt und du nicht?«

»Nein! Halt den Mund!«, rief sie und sprang auf.

»Warte!«

Liasanya blieb stehen und drehte sich zu Rhon um.

»Na gut«, seufzte dieser. »Wenn es dir so wichtig ist, dann hab ich vielleicht etwas für dich!«

Dankbar und zugleich noch immer wütend auf Rhon, machte sich Liasanya auf den Weg nach Alt-Gareth. Sie musste vor Einbruch der Dunkelheit durchs Stadttor kommen. Da sie weder Dietriche noch anderes Einbruchswerkzeug mit sich führte – sogar den schlanken Dolch, den sie sonst immer bei sich trug, hatte sie vorsorglich zurückgelassen – machte sie sich über eine Kontrolle am Stadttor keine Gedanken.

Schnell war das richtige Haus gefunden, und dann hieß es warten, bis alles still wurde. Der Einbruch verlief reibungslos. Ihr kaum geschultes magisches Talent öffnete Fenster und Türen, Truhen und Schatullen und ließ sie einmal sogar im Schatten verschwinden, als ein unruhiger Hausbewohner durch die Räume schlich. Liasanya hatte es eilig. Sie ließ die astralen Kräfte fließen, achtete nicht auf die Warnzeichen, die Körper und Geist ihr gaben. Bald hatte sie gefunden, wonach sie suchte. Aber als sie das Haus verließ, fiel sie polternd aus dem Fenster. Mit letzter Kraft fand sie ein Versteck für die Nacht.

Als sie am nächsten Morgen zurückkam, verkroch sie sich in ihrem Lager auf dem Dachboden von Curthans Schänke. Sie fühlte sich ausgezehrt, körperlich wie geistig, hatte sich übergeben und war eine Zeit lang kaum bei Bewusstsein. Niemand sollte sie so sehen. Doch in Fianas Zimmer lag ein kleiner Beutel, prall gefüllt mit glänzenden Münzen. Das war die Schmerzen wert. Allezeit!

Es dauerte zwei Tage, bis sich Liasanya wieder besser fühlte und unter die Leute wagte. Zwar hatte sie vorsorglich einen Schlauch mit Wasser in ihrem Lager deponiert, doch jetzt quälte sie der Hunger.

Sie wurde von Fiana überschwänglich begrüßt. Die Freundin hatte noch immer dunkle Ringe um die Augen, aber ihr Gesicht hatte eine rosige Farbe und sah nicht mehr fieberig aus.

»Danke«, sagte Fiana und drückte Liasanya einen Kuss auf die Wange. »Aber du …?« Fiana verstummte und trat einen Schritt zurück, um die Diebin besser betrachten zu können.

Diese grinste, wenn auch etwas gezwungen.

Fiana war eine der wenigen, die sowohl Liasanyas Talent kannte, als auch die Konsequenzen, die diese dadurch tragen musste. Und sie wusste genau, dass die Diebin ungern darüber sprach.

»Ich sterbe vor Hunger«, sagte Liasanya.

Fiana griff nach ihrem Umhang, doch Liasanya schüttelte den Kopf. »Lass mir noch etwas Zeit.« Dann ging sie, schwerfällig wie eine alte Frau, den Flur und die Treppe hinab.

Sie betrat den leeren Schankraum im Erdgeschoss. Um Kälte und Wind abzuhalten waren die Fensterlöcher notdürftig mit Tüchern verhangen. Dadurch herrschte am hellen Nachmittag eine bedrückende Düsternis, nur wenig gemildert durch flackernde Fackeln, die wiederum beißenden Rauch verströmten, der Liasanya Tränen in die Augen trieb. Ihre müden Schritte hinterließen Spuren in dem von Stroh und Sägespänen bedeckten Boden, als sie in die hintersten Ecke der Gaststube schlurfte und sich auf einen Stuhl fallen ließ.

Bald darauf erschien eine junge Frau hinter dem Tresen. Liasanya nickte dem Mädchen freundlich zu und gab ihm zu verstehen, dass sie Hunger und Durst hatte. Kurz darauf standen ein Becher mit verdünntem, saurem Wein und ein Napf mit undefinierbarer grauer Pampe vor ihr. Das Essen schmeckte, als wäre das Sägemehl vom Boden in ranzigem Fett aufgekocht worden, aber Liasanya aß gierig.

Als die Schale leer war, lehnte sie sich seufzend zurück und schloss die Augen.

Jetzt ging es ihr wieder besser. Doch in den nächsten Tagen musste sie vorsichtig sein. Wollte sie ihre Gabe – oder war es ein Fluch? – einsetzen, konnte es böse Folgen haben. Wie so oft dachte sie – traurig und zornig zugleich –, dass sie nie eine Chance gehabt hatte, ihr Talent zu schulen; alles, was sie machte, geschah einfach.

Wie stolz war sie als Kind gewesen, arkanes Talent in sich zu haben! Aber die Meister der Akademien waren nie gekommen, hatten sie nicht abgeholt, nicht aus der Gosse gehoben und zur großen Maga Liasanya gemacht. Nein, diese Herrschaften verirrten sich nicht in die Gassen und Hinterhöfe von Meilersgrund.

Aber war das wirklich alles? Belog sie sich nicht selbst? Hatte sie wirklich nie eine Chance gehabt?

Liasanya wurde aus ihren Gedanken gerissen. Fiana setzte sich zu ihr, schaute sie neugierig an, als erwarte sie, Liasanya würde mit dem Reden beginnen.

Irgendwann schien es ihr zu viel: »Warum gehst du nicht zu Mirya! Sie kann dir helfen«, sagte Fiana.

Liasanya zuckte bei dem Namen zusammen. Sie schwieg weiterhin, in ihrem Inneren begann es zu brodeln.

»Wirklich!«, ließ Fiana nicht locker. »Sie hat dir doch schon öfter geholfen.«

Liasanya sagte noch immer nichts. Ihre Augen funkelten. Gleich würde es kommen ...

»Es ist der Junge, nicht? Setharan. Seit er weg ist, bist du unausstehlich ...«

»Er kann mir gestohlen bleiben!«, rief Liasanya. »Der Hornochse kann bleiben, wo der Pfeffer wächst! Wenn ich so unausstehlich bin, warum nimmst du dann meine Hilfe an? Wenn ich schon den Hals für dich riskiere, dann halt wenigstens das Maul!«

Fiana starrte die Freundin an, ihre Augen füllten sich mit Tränen, dann stieß sie den Stuhl zurück und rannte zur Tür.

Liasanya schaute ihr nach. Der Zorn fiel so schnell in sich zusammen wie Strohfeuer. Erst jetzt drangen die eigenen Worte in ihren Verstand. Sie sprang auf und eilte Fiana nach. Von hinten umarmte sie ihre Freundin und drückte sie an sich. »Tut mir leid!«, rief sie. »Ich wollte nicht ... Du weißt, wenn ich ...«

Fiana riss sich los. »Geh zu Mirya«, sagte sie nur.

***

Am nördlichen Ende des Südviertels, nahe des Puniner Tors und dicht an der Stadtmauer zu Alt-Gareth, in einer Gegend, die hauptsächlich von kleinen Handwerkern und deren Familien bewohnt wurde, stand am Ende einer schmalen Gasse ein unscheinbares Haus. Nur Eingeweihten war bekannt, dass die alte Frau, die dort lebte und sich als Kräuterkundige und Heilerin verdingte, eine Hexe war.

Liasanya klopfte, öffnete die Tür einen Spalt und spähte hinein. Betörender Kräuterduft schlug ihr entgegen.

»Hallo!«, rief sie.

»Einen Moment«, kam es aus dem Dunkeln. Kurz darauf erschien eine ältere Frau, kaum größer als Liasanya, in der Stube. Sie trug ein schlichtes schwarzes Kleid, wie viele alte Leute, darüber einen bunten Schal. Das Gesicht war rund und doch fein geschnitten.

Als sie die Gestalt in der Tür erkannte, wandelte sich ihre Miene zu einem Lächeln. Und trotz der unzähligen Falten, die das Gesicht in einen schrumpeligen Apfel zu verwandeln schienen, war es das Lächeln eines jungen Mädchens. »Komm herein, du brauchst dich nicht zu zieren. Warst doch wie zu Hause in meiner Hütte.« Das Lächeln wich nicht, und doch glaubte Liasanya einen feinen Tadel in der Stimme zu hören.

Sie trat zaghaft ein.

Mirya kam ihr entgegen und umarmte sie, nahm Liasanyas Hand und fasste mit der anderen an deren Kopf. Dann fuhr sie sich durch das weiße schulterlange Haar. Sorgenfalten bildeten sich auf der Stirn der Alten.

»Ach, Kindchen! Kommst immer erst über diese Schwelle, wenn du dich verausgabt hast. Mit Madas Gabe ist nicht zu spaßen; wenn du nicht aufpasst, bist du bald tot, und es werden nicht die Praiospfaffen sein, die dich in Borons Arme schicken.«

Liasanya schwieg betreten.

»Aber setz dich erst mal, hast dich seit etlichen Götternamen nicht mehr blicken lassen.«

»Drei«, präzisierte Liasanya.

Mirya ging voran in die kleine Wohnküche und setzte Wasser auf. Schon bald erfüllte der Duft eines kräftigen Kräutertees die Stube. »Es freut mich trotzdem, dass du da bist. Seit mein Junge weg ist, bin ich einsam. Seth hat ...«

Mirya verstummte, als sie Liasanyas Gesichtsausdruck sah.

Setharan, dachte Liasanya. Er kam gleich zur Sprache. Setharan Laikis, Sohn einer bornländischen Hexe, die der Liebe wegen nach Gareth gezogen war. Er hatte das Glück gehabt, das ihr versagt blieb, und hatte als Schüler eines bekannten Magiers sogar an der Akademie ›Zu Schwert und Stab‹ Einlass gefunden.

Vor gut einem halben Götterlauf hatten sie sich kennengelernt. Der Magieradept – er war kaum älter als sie – hatte ihr geholfen und sie zu seiner Mutter gebracht, die sie als Gehilfin aufnahm. Liasanya hatte viel gelernt. Sie spürte den Fluss der Magie deutlicher als zuvor in sich, ahnte, wenn die Quelle dieser Kraft erschöpfte, und schaffte es inzwischen sogar, gewisse Zauber kontrolliert zu wirken. Doch sie wusste, dass es noch viel zu lernen gab. Mehrmals hatte sie einen Zauber gewirkt, Setharan hatte ihn einen »Blendzauber, ähnlich denen elfischen Ursprungs« genannt, doch es war immer geschehen, wenn sie in Gefahr war, und dann unbewusst, einfach so. Mirya hatte sie gewarnt: »Eines Tages setzt du dein Bett in Brand, wenn du schlecht träumst.« Die Hexe hatte dabei gelacht, doch Liasanya ahnte, wie ernst es ihr war. Sie war eine Gefahr für sich und ihre Freunde.

In Gesellschaft von Setharan und Mirya hatte sich Liasanya wohlgefühlt, wohl wie selten in ihrem Leben. Sie war hier nichts Besonderes, nicht aussätzig und ausgegrenzt. Sie und der Magieradept waren ein wenig ineinander verliebt gewesen, doch es war nie etwas zwischen ihnen passiert. Der Junge war in Liebesdingen schrecklich unbeholfen und schüchtern.

Und sie war eine Diebin, die unter einem Dach mit Huren und Freiern hauste. Jemand, der wusste, dass es nicht immer Travia oder Rahja zu Ehren war, wenn Menschen zueinander fanden. Dass oft eine Suppe oder ein warmes Bett genügte, um jemandem zu Willen zu sein. Sie wollte ihm nicht die Genugtuung geben, seine Vorurteile zu bestätigen, und hatte es sich versagt, den ersten Schritt zu tun.

Dann, im Firun, eröffnete Setharan, dass er für längere Zeit nach Fasar reisen würde, um seine Studien fortzusetzen. Um die näheren Umstände machte er ein großes Geheimnis, nur dass er vor Ungeduld fast platzte, war ihm deutlich anzusehen.

Liasanya platzte dagegen fast vor Wut, packte ihre Sachen und kehrte nach Meilersgrund, in ihr altes Leben, zurück. Sie wusste bis heute nicht genau, warum. Weil er seine Studien einem Leben mit ihr vorzog? Oder weil er ein Leben lebte, dass sie für sich selbst wünschte? Aber warum hatte sie dann seine Mutter mit abgestraft und allein gelassen?

Mirya schien ihre Gedanken zu lesen: »Du hättest hierbleiben können. Oder auch mit ihm gehen.«

Mit einer Mischung aus Widerwillen und dem Wunsch, sich endlich auszusprechen, bewegten sich ihre Lippen. »Ich musste an Fiana und Brin denken«, stieß sie hervor. Das war weniger als die halbe Wahrheit.

Mirya wusste es. »Deine Fürsorge für deine Freunde ehrt dich, aber du hättest dich von hier aus genau so gut um sie kümmern können, wenn nicht besser. Ich weiß, dass Setharan dich sehr gern hat, aber wie steht es mit dir?«

»Manchmal glaube ich, ich weiß nicht, was Liebe ist.«

»Aber deine Sorge um Fiana und Brin, wenn das kein Zeichen von Liebe ist ...«

Oder das schlechte Gewissen, weil ich mich für Fianas Schicksal schuldig fühle, dachte Li, sprach es aber nicht aus. Sie war nicht gerade nah am Wasser gebaut, aber jetzt stiegen ihr Tränen in die Augen. Ein Gemisch der unterschiedlichsten Gefühle durchströmte ihre Brust: Trauer, Zorn, Enttäuschung, Verzweiflung, Wut. Es wollte sie schier zerreißen. Zugleich wollte sie aufspringen, irgendetwas zerschlagen und in Miryas Arme flüchten, sich von ihr trösten lassen wie von der Mutter, die sie kaum gekannt hatte.

Mirya nahm ihre Hand und sagte: »Das geht vorbei. Aber du musst etwas tun. Wenn du schwach bist, wie jetzt, lässt die Kraft, die du hast, deine Gefühle treiben wie ein Blatt im Wind. Du musst lernen, diese Kraft zu beherrschen, sonst beherrscht sie dich. Du verliest den Verstand oder schlimmeres! Die Noioniten haben schon genug zu tun in diesen Zeiten.«

Liasanya lächelte schwach.

»Ich hab noch einen Rat für dich: Vergiss Setharan für eine Weile. Er wird frühestens im Praios zurückkommen. Such dir solange einen netten Jungen und genieße Rahjas Freuden. Das hilft immer.«

»Und das von jemandem, der mich schon als Schwiegertochter sah!«, rief Liasanya. Gegen ihren Willen musste sie lachen.

»Die Götter haben uns nicht ohne Grund als Mann und Frau geschaffen«, fuhr Mirya fort. »Du bist noch jung. Möge Travia zu Zeiten zu ihrem Recht kommen. Dann, wenn du jemanden brauchst, auf den du dich stützen kannst.«

Jetzt lachte Liasanya aus vollem Herzen. Sie nahm die Hexe in den Arm und drückte sie an sich.

Später begleitete Mirya Liasanya zur Tür. »Ich weiß, dass dich Satuarias Ruf nicht ereilt hat, aber du kannst trotzdem noch viel lernen«, sagte die Stadthexe zum Abschied. »Es gibt einen Platz für jeden, der mit Madas Gabe gesegnet ist. Da können die Praiospfaffen sagen, was sie wollen. Und du hast dich gar nicht so ungeschickt angestellt. Bitte komm zurück und lerne!«

Liasanya nahm sich fest vor, das zu tun.

Es dämmerte bereits, als Liasanya in Curthans Schänke zurückkehrte. Sie setzte sich zu Fiana und einigen Gästen an den Tisch. Der Raum füllte sich stetig, und ein Spielmann begann sein Instrument zu quälen. Bald hüpften einige Gäste im Kreis, Bier und Schnaps flossen in Strömen, und der Tanz wurde wild und ausgelassen.

Auch Fiana wurde von einem jungen Mann mit blonden kurzen Haaren zum Tanz aufgefordert. Liasanya beobachtete die beiden eine Weile: Der etwa Zwanzigjährige – sie kannte ihn nicht, er war auch zu gut gekleidet für diese Gegend – benahm sich ausgesprochen nett, als mache er Fiana den Hof. *Welch Unterschied zu dem Kerl vor drei Tagen,* dachte Liasanya. So, wie sich die beiden aneinanderschmiegten, während sie tanzten, würden sie wohl bald nach oben verschwinden.

Liasanya stand auf, um etwas zu trinken zu holen. Während sie am Tresen wartete, drängte sich plötzlich jemand von hinten an sie und legte die Arme um ihre Taille.

»He! Bist 'n hübsches Ding. Wie wär's mit uns beiden?«

Liasanya stieß dem Zudringlichen den Ellbogen in den Bauch, schnappte ihr Glas und ging zurück zum Tisch.

»Au! Ein Nein hätte genügt!«, rief er ihr nach.

Liasanya erinnerte sich an Miryas Bemerkung: Sie solle sich einen netten Jungen suchen und etwas Spaß haben. Jetzt hätte sie durchaus nichts gegen Gesellschaft. Die Stammgäste wussten, dass sie für Geld nicht zu haben war. Und neben den knapp bekleideten, üppigen Mädchen, die hier arbeiteten, war sie sowieso eine graue Maus.

Ihr Blick schweifte durch den Raum. Fiana und der junge Mann verschwanden gerade nach oben. Von dem Kerl am Tresen war nichts zu sehen. *So nötig hab ich es nun auch nicht,* dachte Liasanya und musste grinsen.

Dann sah sie Rhon in der Menge. Sie stand auf und ging zu ihm. »Hallo Rhon!«

»Hallo Li.« Er beugte sich zu ihr hinunter und flüsterte in ihr Ohr: »Und? Alles gut gelaufen?«

Liasanya nickte und nahm ihren väterlichen Freund in den Arm. »Danke. Und bei Mirya war ich auch.«

»Woher plötzlich dieser Sinneswandel?«

»Nachdem Fiana mir auch dazu geraten hat ... nun ja, man muss mich wohl gelegentlich zweimal schupsen, bis ich zur Tür hinausgeh.«

Rhon lachte. »Und was hat sie gesagt?«

»Mirya? Ich soll mir einen netten Jungen suchen.«

»Na, das ist mal ein guter Rat. Schau dich um, die Auswahl ist groß ...«

»... aber nicht unbedingt appetitlich. Komm! Der Spielmann hat garantiert sein Handwerk bei den Orks gelernt, aber lass uns tanzen.«

Rhon führte, und Liasanya schmiegte sich eng an ihn. Seine Hände glitten über ihren Rücken bis zum Po. Sie ließ es geschehen, fragte sich, welch ein Liebhaber Rhon wohl wäre. Er war doppelt so alt wie sie, aber was spielte das für eine Rolle?

Plötzlich kam ein ganz anderer Gedanke in ihr auf. Er hatte schon ihre Mutter gekannt! Vielleicht hatten sie ... vielleicht war er ... Sie drückte ihn noch fester an sich. Verzweifelt wünschte sie, Rhon sei ihr Vater.

Sie fühlte sich schrecklich allein.

***

Peraine neigte sich dem Ende zu. Und mit der Frühlingssonne drang Zuversicht und Lebenslust sogar in die vergessenen Hinterhöfe Meilersgrunds.

Auch Fiana blühte geradezu auf. Der junge Mann, mit dem sie getanzt hatte, besuchte das Mädchen mehrmals in der Woche, einen Kunden konnte man ihn kaum noch nennen. Er hinterließ bei seinen Besuchen in der Schänke immer ein großzügiges Trinkgeld, was Curthans Lob für den neuen Stammgast ins Alveranische steigerte. Curthan behandelte sogar Fiana ausgesprochen freundlich. Plötzlich war sie, wie er es ausdrückte, sein ›bestes Pferd im Stall‹ und brachte ›die bessere Gesellschaft‹ in sein ›Etablissement‹.

Liasanya hingegen beobachtete die Angelegenheit ausgesprochen misstrauisch. Was wollte der Junge? Fiana war zwar trotz der fehlenden Hand eine ausgesprochen hübsche Frau. Aber sie war – und blieb – ein Straßenmädchen aus Meilersgrund, während der junge Mann – er hieß Yann, wie Liasanya inzwischen erfahren hatte – offenbar ein Kaufmannssohn aus Alt-Gareth war. Er hatte Geld, protzte aber nicht damit. Er war höflich, charmant und recht ansehnlich, seine galanten Avancen galten jedoch ausschließlich Fiana, wie die anderen Mädchen in Curthans Schänke mit Bedauern feststellen. Wollte sich der Junge nur die Hörner abstoßen, und war Fiana ein vorübergehendes Objekt der Begierde? Warum holte er sie dann oft schon vormittags ab, nur um mit ihr durch die Straßen zu schlendern? Meilersgrunds Gassen waren auch am Vormittag keine Pfade fürs Lustwandeln. Kaum zu glauben, dass er es nötig hatte, hier Gesellschaft zu suchen. Es war Liasanya ein Rätsel. Mehrmals wollte sie Yann schon zur Rede stellen, doch sie zögerte. Sie wollte Fianas Glück nicht stören und sagte sich, sie sei wohl nur eifersüchtig, da Rahjas Gunst dem verstümmelten Freudenmädchen zufiel und nicht der unscheinbaren Diebin.

Es war später Nachmittag. Liasanya betrat schlecht gelaunt Curthans Schänke. Während ihres Streifzugs durch Meilersgrunds Straßen war eine Handvoll Münzen aus den Taschen anderer in die ihren gewandert. Eine Arbeit, die sie nicht gerade liebte. Bei Festen und auf großen Märkten waren die Geldbeutel gefüllt und für geschickte Finger leicht zu erreichen. Auch waren die Leute oft fröhlich und großzügig, so manche Münze, ein Stück Brot, ein Becher Wein wechselte für ein Lächeln oder nur wenig mehr den Besitzer. Aber an gewöhnlichen Tagen war es mühselig und lohnte sich kaum. Zu wenig hatten die Leute in Meilersgrund selbst in den Taschen, zu sehr waren sie darauf bedacht, das wenige auch dort zu behalten. Außerdem waren Liasanyas spezielle Talente in den vollen Straßen nutzlos. Schlösser hatte sie bislang an keiner Börse oder Geldkatze gefunden. Die Kunst, unauffällig mit den Schatten zu verschmelzen, half nichts, wenn man gerade seine Finger in den Taschen desjenigen hatte, vor dem man verschwinden wollte. Und ihr Blendzauber – fraglich, wozu ihn eine Taschendiebin überhaupt brauchen könnte – funktionierte nur, wenn sie in Panik geriet, und tat sonst, was er wollte. Sie brauchte einen lohnenden Auftrag. Doch die Hehler und Informanten, die für keine Gilde oder Bande arbeiteten, verlangten meist klingende Münze für einen Tipp, manchmal mehr, als die Arbeit dann einbrachte. Und bei Rhon wollte sie nicht schon wieder betteln.

Missmutig spähte sie in die Schankstube, um nach Fiana zu sehen. Doch nur Yann saß allein an einem Tisch. Da sie kein Interesse daran hatte, sich mit dem Jungen zu unterhalten, ging sie zurück ins Treppenhaus.

»Liasanya!«

Sie drehte sich um. Die Wenigsten machten sich die Mühe, ihren Namen vollständig auszusprechen.

Yann war aufgesprungen und kam zielstrebig auf sie zu.

»Hallo Yann.« Sie schaute ihn neugierig an. »Ist etwas mit Fiana? Sie müsste doch längst auf sein. Und seit du sie besuchst, braucht sie sich kaum noch um andere kümmern.«

Yann errötete, lächelte verlegen und schüttelte den Kopf: »Nein, es wird wohl alles in Ordnung sein. Hab sie noch nicht gesehen. Diesmal möchte ich zu dir.«

»Zu mir? Solche Dienste biete ich normalerweise nicht an.« Sie hätte es nicht geglaubt, aber Yann schaffte es, noch röter zu werden. Der Junge fuhr sich durch die kurzen blonden Haare und suchte nach Worten.

»Nun ... nein. Ich meine ...« Plötzlich brachte er trotz aller Verlegenheit ein Grinsen zustande. »Fiana sagt – Sie sagt, du bietest gewisse andere Dienste.«

Liasanya durchbohrte ihn mit ihrem Blick.

Das Grinsen schwand, die Röte blieb. »Sie sagte, dass du – Sachen besorgen kannst«, versuchte er es noch einmal und verstummte, als er Liasanyas Augen blitzen sah.

»Was willst du?«, fragte sie.

»Eigentlich soll ich jemanden finden. Und sie sagt – Fiana sagt – ich glaube – du bist die Richtige.«

»Ich verstehe kein Wort.«

Er ging zurück zu seinem Tisch. »Komm. Setz dich doch. Bitte.«

Liasanya setzte sich dem Jungen gegenüber.

Dieser senkte die Stimme. »Ich habe Fiana gefragt, ob sie jemanden kennt, der an einem Auftrag interessiert ist. Der in ein Haus einsteigen und etwas mitnehmen kann. Und es sollte jemand sein der nicht zu einer – der zu keiner Bande gehört. Da hat Fiana gesagt, du seist diejenige, die ... es gibt gutes Geld!«

»Was hast du im Sinn, Herr Kaufmannssohn? Ein paar Wochen in unserer Gesellschaft, und schon steigen dir die Reize von Phexens dunkler Seite zu Kopf? Oder hat dein Vater mitbekommen, wo du sein Geld verprasst, und du brauchst jetzt Unterstützung, um wieder daran zu kommen? Nein danke. Da braucht es etwas mehr, bis aus dem kleinen Yann und seiner Bande was wird!« Liasanya erhob sich.

»Nein, bleib! Du redest Unsinn! Mir ist nicht Meilersgrund zu Kopf gestiegen. Und mein Vater weiß ganz genau, wo ich bin. Er hat mich doch geschickt!«

»So?«

»Bitte setz dich wieder. Nach allem, was Fiana über dich erzählt hat, bist du die Richtige.«

»Was hat Fiana denn über mich erzählt?«, fragte Liasanya gereizt. Die Freundin plauderte doch sonst nicht. Sie nahm wieder Platz.

»Sie sagte, dass du geschickt darin bist, Dinge zu bekommen, die ein anderer nicht hergeben will, dass verschlossene Fenster und Türen nicht unbedingt ein Hindernis für dich sind, dass du zu keiner Bande, Gilde oder sonstigen Organisation gehörst. Und deshalb glaube ich, dass du genau die bist, die mein Vater sucht. Außerdem: Fiana vertraut dir, ich vertraue Fiana, und mein Vater vertraut mir.«

»So? Und um was geht es jetzt genau?«

Yann schüttelte den Kopf. »Ich weiß nicht, Vater hat nichts Genaues gesagt, er meint wohl, es ist besser so, falls ich erwischt werde, oder so ...«

Das Vertrauen zwischen Vater und Sohn hat also Grenzen, dachte Liasanya, sagte aber nichts. Weder war das Misstrauen beseitigt, noch konnte sie sich wirklich einen Reim auf Yanns Worte machen. Außerdem gab es da noch eine Sache, die sie mit dem Kaufmannssohn zu klären hatte. Aber sie war neugierig und hatte schließlich eben noch überlegt, wie gut sie einen lukrativen Auftrag gebrauchen konnte. Und eines hatte Yann richtig beobachtet: Sie vertraute Fiana. Und wenn Fiana ihm vertraute ...

Sie versuchte, ihren Argwohn zu unterdrücken und sagte: »Gut. Ich höre dir zu. Also, noch mal. Langsam und von vorne.«

Yann war erleichtert: »Wie gesagt: Mein Vater hat mich geschickt. Ich soll mich in den Ab... hier bei euch, also in Meilersgrund oder im Südquartier, umhören. Er sucht jemanden, der in ein Haus einsteigen kann, unbemerkt und ohne Spuren. Der etwas findet und ihm bringt – frag mich nicht, was, ich weiß es nicht. Kannst du das?«

Liasanya nickte.

»Gut. Vater sagt, du darfst zu keiner Bande gehören. Fiana meint, das tust du nicht.«

Wieder ein Nicken.

»Machst du es?«, fragte Yann. »Hast du Interesse?«

»Interesse? Ja. Ob ich es mache – werden wir sehen.«

»Gut. Hör zu! Vater sagt, er wird herumerzählen, dass er eine Aushilfe für das Lager sucht. Geh zu ihm, sag, du willst die Arbeit, und sag auch: Dexter schickt dich. Merk dir das, dann weiß er, dass du von mir kommst. Du musst so tun, als ob du nur wegen der Arbeit dort wärst. Sprich mit niemandem über die Sache. Und du solltest dir ein paar Tage Zeit nehmen, Vater erklärt dir dann alles.«

»Ja?«

»Mehr weiß ich auch nicht!«

Liasanya schwieg, betrachtete den jungen Mann noch einige Augenblicke, dann sagte sie: »Das ganze Theater also im Auftrag des Papas? Hat Vater auch gesagt, du sollst Fiana den Hof machen? Hat Vater gesagt, du sollst ihr den Kopf verdrehen, bis sie glaubt, du bist der Prinz, mit dem sie auf einem weißen Pferd aus diesem Dreckloch herausreitet? Das alles, nur um an jemanden wie mich heranzukommen? Hat dann Vater auch gesagt: Lass die kleine Nutte sitzen, sobald ich habe, was ich will?«

»Nein! Vater sagte, wenn ich mich hier umschaue, wird das keinem auffallen. Er will auf keinen Fall, dass jemand Verdacht schöpft.«

»Und Fiana?«, wiederholte Li.

»Ja, ja, schon gut! Vater sagte, ich solle mich hier umhören. Kontakte knüpfen. Leute kennenlernen. Vertrauen gewinnen. Aber das hieß noch lange nicht, dass ich jeden Tag zum gleichen Mädchen rennen musste! Oder? Wirklich! Fiana ist nett! Ich mag sie! Aber das heiß ja noch lange nicht, dass wir gleich den Bund schließen müssen. Sie weiß es, und sie sagt, es ist in Ordnung. Ich gehe gleich zu ihr.«

Mit knallrotem Gesicht sprang er auf.

»Yann!«

»Ja?«

»Vater hat sicher gesagt, du sollst mir erklären, wie ich zu euch finde. Oder?«

»Oh? Ja! Dann machst du es wirklich?« Er wirkte ungeheuer erleichtert und erklärte ihr den Weg.

***

Liasanya glaubte weder, dass Yann alles gesagt hatte, was er wusste, noch, dass er immer bei der Wahrheit geblieben war. Doch über das Misstrauen siegte letztendlich die Neugier – und die Hoffnung auf ein gutes Geschäft.

Liasanya packte ein Bündel mit ihren Habseligkeiten: etwas Kleidung, einen Wasserschlauch, viel mehr hatte und brauchte sie nicht. Eine dunkelbraune Lederhose, ein schwarzes Männerhemd mit eingenähten Taschen sowie Schaftstiefel aus weichem Leder stopfte sie extra in einen Leinensack mit Trageriemen. Dazu ihre größten Schätze: Die Dietriche und den schlanken, scharfen Dolch. Sie trug ein schlichtes, geschnürtes Kleid, wie es auch Mägde trugen, geflickt, aber sauber. Das Haar war mit einem grauen Kopftuch gebändigt. Dann verabschiedete sie sich von Fiana und Brin und machte sich auf den Weg zu Halbart Jalson, Yanns Vater. Das Jalsonsche Anwesen lag in Nardesheim, im Norden von Alt-

Gareth. Von Curthans Schänke aus war es auf dem kürzesten Weg kaum mehr als eine Meile Fußmarsch. Doch Liasanya entschied sich für den Umweg durchs Südquartier und das Puniner Tor. Dort wurde weit weniger streng kontrolliert, und sie trug in ihrem Bündel ja Dolch und Dietriche mit sich.

Es wurde Abend, und als sie ankam, schmerzten ihre Füße.

Das Haus lag ein Dutzend Schritt zurück, auf einem baumbestandenen Grundstück. Es war alt, aber gepflegt, hatte zwei Stockwerke, über der zweiflügligen Tür ein Rundbogenfenster aus Butzenglas. Zur Rechten störte ein großer, flacher Anbau aus Holz das gediegene Bild. Der schmiedeeiserne Zaun wies ungebetene Besucher ab. Liasanya ging den Zaun entlang, bis sie das Tor erreichte.

War sie hier richtig?

»Jalson« stand da. Liasanya fuhr die Konturen der Gravur auf dem Messingschild nach und dachte, dass sie so ein Anwesen das erste Mal durch die Vordertür betreten würde. Sie öffnete das Tor einen Spalt und betrat zaghaft das Grundstück. Nach einigen Schritt teilte sich der gepflasterte Weg. Nach rechts führte er zu dem Anbau, vor dem sie einen Planwagen sehen konnte. Ein kräftiger älterer Mann war damit beschäftigt, ihn zu beladen. Liasanya ging weiter auf das Wohnhaus zu. In einem Fenster überprüfte sie noch einmal ihr Aussehen. Sie stopfte eine entkommene Haarsträhne unter das Kopftuch und strich das Kleid glatt.

Vier Stufen führten zu der mächtigen Holztür. Liasanya ging hinauf, griff nach dem Messingklopfer und ließ ihn fallen.

Einige Augenblicke später öffnete eine üppige Frau, der Kleidung nach sicher eine Bedienstete, die Tür. »Ja, bitte?«, fragte sie mit tiefer Stimme.

»Ich bin wegen der Arbeit hier«, antwortete Liasanya.

Die Frau musterte sie von oben bis unten.

»Ihr sucht doch eine Aushilfe?«, fügte die Diebin etwas verunsichert hinzu.

»Ah – ja – warte einen Moment.« Die Tür schloss sich wieder.

Liasanya glaubte schon, vergessen worden zu sein, als sich die Tür endlich wieder öffnete.

»Ja!«, blaffte es ihr entgegen.

Das Erste, was Liasanya sah, war eine elegante Weste, die sich über einer mächtigen, fetten Wampe spannte. Ein sonnengebräuntes Gesicht starrte auf sie herab, bartlos und der Schädel kahl.

»Ja?«, wiederholte der Mann barsch.

»Wegen der Arbeit«, stotterte Liasanya. »Äh, Dexter schickt mich«, fügte sie eilig hinzu.

Er musterte sie kurz und sprang die Stufen hinab. Seine Bewegungen waren geschmeidig und elegant, passten überhaupt nicht zu der massigen Erscheinung. *Wie ein Krieger, im Wohlstand gealtert,* dachte Liasanya. Sie wurde am Arm gepackt und über den Hof gezerrt.

»Dexter schickt mich!«, wiederholte Liasanya, die sich schon im Straßendreck liegen sah.

»Schon recht! Ich zeig dir nur, wo du arbeitest. Giesel wird dir alles Weitere erklären. Die Wagen müssen bis morgen früh beladen sein.«

Sie bogen zu dem Anbau ab. Der Wagen stand verlassen und halb beladen da.

»Verdammt, wo steckt er? Giesel! Verdammt!«, brüllte Jalson. Er zerrte sie in den Schuppen.

»Das gibt's doch nicht. Hier! Das ist das Lager. Nebenan ist der Pferdestall. Aber da kümmert sich Giesel drum – wenn er da ist. Und das muss alles noch mit«, rief er und wies auf eine Ansammlung Kisten und Säcke. »Dass du mir ja nichts vergisst! Sonst prügle ich dich in die Gosse zurück! Giesel!«

»Aber ... Yann sagte ...«

»Psst!«, unterbrach er sie scharf und flüsterte: »Verdammt! Kein Ton! Morgen werde ich dir alles erklären. Oder übermorgen.« Er hob wieder die Stimme: »Mach jetzt deine Arbeit. Du kannst da hinten schlafen, oder im Stall, wenn dir das lieber ist. Laille wird dir etwas zu Essen bringen.«

Nach dem er die letzten Worte hervorgestoßen hatte, packte er sie an beiden Schultern, blickte sie flehend an, flüsterte »Bitte« und verschwand.

»Giesel! Verdammt! Wo steckst du!«, hörte Liasanya ihn erneut rufen. Sie war viel zu verwirrt, um einen klaren Gedanken zu fassen. Also begann sie einfach den Wagen zu beladen. Einige Zeit später kam die dicke Haushälterin mit etwas Brot und einer dampfenden Schüssel Suppe.

»Wenn du nicht schneller arbeitest, kannst du gleich wieder gehen. Faulheit mag er nicht, nein, die mag er gar nicht, der Herr«, sagte sie, stellte die Mahlzeit auf eine Kiste, musterte Liasanya genauer, und ein strahlendes Lächeln breitete sich auf ihrem Gesicht aus: »So schnell hat er noch nie jemanden eingestellt. Aber Meister Halbart hat das Herz auf dem rechten Fleck, ja, das hat er. Ich bin übrigens Laille.« Sie fasste Liasanya unters Kinn. »Dünn bist du. Das Kleid schlottert dir ja um die Rippen.« Sie zupfte daran. »Jetzt iss, die Suppe wird kalt. Du hast es nötig. Und dann belade den Wagen fertig, und wenn du die ganze Nacht brauchst. Der Herr will morgen früh los.« Mit diesen Worten rauschte sie wieder hinaus.

Liasanya sah der pummeligen Gestalt nach, bis sie verschwunden war. »Wenn bei euch alle so aussehen, muss ich mir ja keine Sorgen machen«, murmelte sie. Trotzdem stürzte sie sich auf die Suppe. *Ich muss diese Laille nach dem Rezept fragen,* dachte sie beim Essen. Curthans Küche könnte eine solche Nachhilfe dringend gebrauchen.

Anschließend belud sie den Wagen fertig und suchte sich dann eine Lagerstatt in der Ecke. Lange noch lag sie wach und fragte sich, was auf sie zukäme.

Am nächsten Morgen wurde sie sehr früh von einem fröhlichen Pfeifen geweckt. Sie stand auf und schaute nach draußen. Ein Mann, sie schätzte ihn auf etwa vierzig Götterläufe, führte zwei Pferde zu dem beladenen Wagen.

»Hallo!«, sagte Liasanya. »Du bist Giesel?«

»Hopp! Hopp! Beeil dich. Der Herr wird gleich kommen. Er nimmt dich mit, damit du weißt, wo's langgeht«, rief er. Sein rundes Gesicht strahlte, als er ihre Hand schüttelte. »Ja, ich bin Giesel.«

»Li – Liasanya.«

»Lias...? Li! Ja? Schön, dass du hier bist.«

Sie schaute Giesel noch zu, wie der den Wagen fertig anspannte, da kam Halbart Jalson und schwang sich auf den Kutschbock.

»Du! Aufsteigen!«, rief er Liasanya zu. »Wir haben nicht den ganzen Tag Zeit.«

Auch Liasanya kletterte auf den Kutschbock und setzte sich neben den Händler. Gemächlich setzte sich der Wagen in Bewegung. Sie wandten sich nach Norden, durch das Wehrheimer Tor, Rosskuppel zu. Liasanya war noch nie in dieser Gegend gewesen. Doch sie hatte keinen Blick für ihre Umgebung. Sie fragte sich, was die ganze Chose sollte. Liasanya wollte etwas sagen und wandte sich dem Händler zu, doch dieser schüttelte nur den Kopf und schaute sie eindringlich an.

Schweigend fuhren sie weiter.

An ihrem Ziel angekommen, musste Liasanya helfen, den Wagen zu entladen, während Jalson mit dem anderen Händler im Haus verschwand. Anschließend fuhren sie zurück.

Halbart Jalson hatte seit dem barschen Befehl, auf den Kutschbock zu steigen, noch keinen Ton mit ihr gesprochen.

Erst auf halbem Weg zurück, sie waren allein auf der Straße und Jalsons Blick war weiterhin starr voraus gerichtet, begann er zu reden: »Yann sagt, du verstehst dein Geschäft. Hinein in ein Haus, etwas finden und wieder raus? Ohne Spuren, ohne Radau?«

Liasanya nickte.

»Du gehörst zu keiner Bande, arbeitest allein? Die Tobrier oder die anderen ...« Er unterbrach sich und schaute sie an. »Du weißt schon?«

»Keine Bande, allein«, murmelte Li.

»Gut.« Er entspannte sich, die Antwort schien ihm zu genügen. »Du wirst dich wundern, was das ganze Theater soll«, stellte Jalson fest. »Ich möchte nicht, dass jemand Fragen stellt, wenn er dich bei mir sieht. Deshalb arbeitest du, wie alle anderen auch. Du bist Liasanya, die Gehilfin, die Dienstmagd. Verstanden?«

Wortlos nickte sie und dachte verärgert: *Ein höflicher Mensch, ein wahrer Edelmann! Er hat es nicht einmal nötig, mich nach meinem Namen zu fragen. Giesel oder Laille werden es ihm gesagt haben, und das reicht ihm wohl völlig.*

»Du spielst diese Rolle, bis du meinen Auftrag erfüllt hast, möglicherweise noch etwas länger. Hier!« Er warf ihr einen kleinen Beutel zu. »Das ist für dich. Als Zeichen, dass ich es ernst meine. Wenn alles erledigt ist, bekommst du das Zehnfache. Und den Lohn fürs Kistenschleppen lege ich oben drauf.« Er lachte. Dann wurde er wieder ernst. »Aber wenn etwas schiefgeht, darfst du keine Hilfe von mir erwarten«, sagte er.

»Gut. Was soll ich tun?«

»Lechdan Meeltheuer handelt mit den feinsten Stoffen aus ganz Aventurien und kleidet sogar Leute aus Neu-Gareth ein. Er wohnt in Alt-Gareth, im Schlossviertel, und er hat etwas, das mir gehört ... Ach was! Warum soll ich dich belügen? Er hat etwas, das ich haben will. Etwas, das ich brauche.« Er holte tief Luft. »Ich werde dir nicht sagen, was es ist, es spielt auch keine Rolle ... und es ist wertlos für dich. Verstanden?«

»Wie soll ich es dann finden?«

»Ich weiß, wo es sich befindet. Meeltheuer besitzt eine Schatulle, etwa einen halben Spann hoch, drei Spann breit und zwei tief. Mit Schnitzereien. Rosenblätter, und eine Blüte mitten auf dem Deckel. Sieht scheußlich aus, aber mich interessiert nur der Inhalt. Frag nicht, woher ich das alles weiß ... es ist besser, wenn du nicht mehr erfährst als nötig ... falls etwas schiefgeht.«

Dann hat Yann in diesen Punkt wohl doch die Wahrheit gesagt. Vater Jalson ging sehr sparsam mit Informationen um.

»Die Schatulle ist verschlossen«, fuhr Jalson fort. »Und du machst sie nicht auf, ist das klar? Sie befindet sich in seinem Wohnhaus. Nicht in seinem Laden. Wo genau, weiß ich nicht. Du bist die Diebin. Du holst sie. Du bringst sie mir. Wie, ist mir egal. Außer, dass kein Mensch auf mich kommen darf. Dann bleibst du noch ein paar Tage, bevor du deinen Lohn bekommst und verschwindest. Du hast dann Meeltheuer oder die Schatulle nie gesehen. Verstanden?«

Ihm ist wichtig, dass kein Verdacht auf ihn fällt, überlegte Liasanya. Das war verständlich, aber wer sollte schon einen gewöhnlichen Händler verdächtigen, etwas mit einem Einbruch zu tun zu haben? Außer, er ist kein gewöhnlicher Händler. Und dann hatte er die ›Tobrier‹ erwähnt. Diese Gruppe, meist Flüchtlinge aus den besetzten Gebieten im Osten, hatte sich zu einer der mächtigsten Vereinigungen in der Garether Unterwelt gemausert. Hatte er mit den Tobriern zu tun?

»Was ist mit den Tobriern?«, wagte sie zu fragen.

»Keine Fragen!« Er starrte sie bedrohlich an. Dann atmete er hörbar aus: »Na gut. Ich komme aus Tobrien, Meeltheuer ebenfalls. Vielleicht hat er etwas mit diesen Halunken, die den Namen und Ruf unserer Heimat in den Schmutz ziehen, zu tun. Und ich will keinen Ärger. Genügt dir das?«

Liasanya senkte den Kopf. Dann nickte sie.

»Machst du's?«

»Ich mach's«, sagte sie leise.

»Es wird sich für dich lohnen«, sagte er und sah plötzlich richtig zufrieden aus.

»Aber ich hätte da noch ein paar Fragen«, sagte Liasanya.

Jalson seufzte.

In der folgenden Nacht eilte Liasanya zurück nach Meilersgrund. Sie erklärte Fiana, dass sie ihn für die nächsten Tage oder Wochen bei Jalson bleiben musste. Beim Abschied sagte sie: »Yann wird dich sicher auf dem Laufenden halten.«

»Lieber wär's mir, ich könnte mit«, erwiderte Fiana.

»Wir feiern ein Fest, wenn ich wieder da bin«, tröstete Liasanya sie.

Doch die Worte entlockten der Freundin nur ein schwaches Lächeln.

Liasanya führte in den folgenden Tagen, für jeden offensichtlich, das Leben einer einfachen Aushilfe beim Kaufmann Halbart Jalson. Die dunklen Kleider, Dolch und Dietriche blieben in ihrem Bündel im Lager verborgen. Sie be- und entlud Wagen, schleifte Kisten und Säcke, fegte den Hof.

Laille und Giesel schlossen die Neue schnell ins Herz. Schon am zweiten Abend wurde Liasanya von den beiden in eine Schankstube ganz in der Nähe eingeladen. Der *Efeubusch* war ein einfaches, aber ordentliches Gasthaus und Treffpunkt vieler Exil-Tobrier. Oisin – allein von der Statur ein Wirt, wie er im Buche stand – machte keinen Unterschied zwischen der ›Besseren Gesellschaft‹ und deren Bediensteten, die gleichermaßen hier verkehrten. Hauptsache, sie verhielten sich anständig und bezahlten ihre Zeche.

Liasanya hatte sich den Kopf zerbrochen, zu erklären woher sie kam und wie sie zu Halbart gefunden hatte. Doch an diesen Abend erledigte sich die Angelegenheit.

»Deine alten Herrschaften haben dich ja fast verhungern lassen, kein Wunder, dass du da gegangen bist«, sagte Laille und musterte ein weiteres Mal missbilligend Liasanyas Statur.

Diese wusste nicht, was sie erwidern sollte.

»Da hast du's jetzt besser getroffen«, fuhr Laille fort. »Der Meister Halbart ist ein guter Herr. Manchmal etwas brummig, manchmal ein bissel laut. Aber er hat das Herz am rechten Fleck.«

»Am rechten Fleck«, bestätigte Giesel.

Da Liasanya noch immer nichts sagte, redete Laille weiter: »Ist schon recht. Man spricht nicht schlecht über die Herrschaften, egal wie übel sie's treiben. Will gar nicht wissen, wer sie waren.«

Liasanya versuchte verzweifelt, ein Lachen zu unterdrücken, sie presste die Hand auf den Mund, Tränen stiegen ihr in die Augen.

»Oh, Kindchen! War es so schlimm? Hamnse dich geschlagen?«, missdeutete Laille Liasanyas Grimasse. »Bist so richtig davongelaufen? Hast was angestellt? Keine Angst! Wir werden nichts verraten. O nein!« Giesel nickte zustimmend. »Und wenn einer fragt, woher du kommst, sag ich, du bist meine Nichte aus Greifenfurt.«

»Danke«, war alles, was Liasanya hervorbrachte.

Damit war die Sache erledigt.

Halbart Jalson behandelte Liasanya konsequent wie die Bedienstete, als die sie erscheinen sollte, und sprach nur das Nötigste mit ihr. Yann bekam sie kaum zu Gesicht. Doch Liasanya fühlte sich wohl. Manchmal fragte sie sich, wie es wäre, wenn ihr derzeitiges Leben mehr wäre als ein Schauspiel für neugierige Augen.

Liasanya hatte das Jalsonsche Herrenhaus nie betreten – sie schlief im Anbau –, doch neben Laille, Giesel, Yann und dem Hausherrn schien dort niemand zu leben.

Eines Tages fragte sie Giesel: »Gibt es eigentlich eine Frau Jalson? Ich meine, Yann muss doch eine Mutter haben. Ist sie ...«

»Sie ist tot«, antwortete Giesel knapp.

»Oh! Wie ...«

Ein Zittern durchlief Giesel, als habe er Schüttelfrost.

»Entschuldigung, ich wollte nicht neugierig sein.«

»Ist schon gut. Willst du es hören? Ist aber keine schöne Geschichte.«

»Du musst nicht ...«

»Doch, doch. Solltest es schon hören. Dann verstehst du den Meister Halbart besser – und auch den Herrn Yann.«

Liasanya nickte.

»Ist schon 'n paar Jahre her«, begann Giesel. »Laille war da noch nicht da. Aber ich hab schon für 'n Meister Halbart gearbeitet. Wir lebten noch in Tobrien. Der Herr hatte ein Kontor in Eslamsbrück, handelte schon da mit Sachen von den Zwergen aus Angbar. Schmiedesachen, Glas und Edelsteinzeug, keine Waffen. Kaufte bei denen ein – sind hartnäckige Feilscher, die Angroschim, aber Meister Halbart ist ihnen ebenbürtig – und verkaufte das Zeug an Händler in halb Tobrien weiter. Ging uns richtig gut. Der Herr Jalson kaufte ein schönes Haus vor den Toren von Eslamsbrück. Viel Platz drin und drum rum. Dort lebten seine Frau Roana und der junge Yann. Wie gesagt: Ist schon ,ne Weile her. Dann – wir waren gerade auf der Rückreise, der Herr und ich, von Angbar – warst du schon mal da? Nicht? Oh, ich könnt dir erzählen, wo ich schon überall war – ähm – wo war ich? Also – war'n gerade auf 'm Heimweg. Da kam die Nachricht, dass die Schwarzen Horden unsere Heimat überfallen haben.« Er schluckte. »Wir ham'n uns geeilt, wie's ging, aber als wir endlich zu Hause ankam'n, war der Krieg schon in vollem Gange. Es war unheimlich. Wir kamen durch Gegenden, da hatten die Bauern gerade noch ihre Felder bestellt und alles sah aus wie immer. Und wenige Wegstunden weiter war'n die Gutshöfe und Dörfer und Felder verbrannt. Der

Herr eilte sich, so sehr er konnte. Wie ging es der Frau und dem Yann? War schon alles verbrannt, oder hatten sie unser Heim noch verschont? Wir kamen dann zu Hause an – und alles schien friedlich! Das Haus stand, und keine Blume im Garten war geknickt. Doch ... doch niemand war zu Hause – wir suchten und fanden endlich den kleinen Yann, versteckt im Keller – kein Ton kam über seine Lippen, doch der Blick in seine Augen sagte alles. Alle anderen blieben verschwunden – auch die Herrin. Wir suchten. Überall. Wir fanden Spuren von Kämpfen, draußen auf den Feldern, keine zwei Tage alt. Aber keine – Toten. Wir fürchteten das Schlimmste. Die Herrin und das Gesinde hätten geflohen sein können. Aber nie hätte die Frau Roana den Jungen zurückgelassen. Dann wurde es Abend, wurde es Nacht. Die Nacht war still, die Nacht war dunkel und leer.« Bei den letzten Worten war Giesel in eine Art Singsang verfallen, jetzt schwieg er und schaute traurig an Liasanya vorbei.

»Du musst nicht weiter erzählen, Giesel«, sagte sie sanft.

»Doch. Jetzt hab ich angefangen, jetzt muss ich es auch zu Ende bringen. Sonst lässt's mir die ganze Nacht keine Ruh. Und du musst es doch wissen, gehörst doch schon zu uns.«

Die letzte Bemerkung versetzte Liasanya einen Stich: Wenn er wüsste, wer sie wirklich war, hätte er das nicht gesagt.

Giesel atmete tief durch und erzählte weiter: »Wir konnten nicht weg, und der Herr wollte sein Weib natürlich nicht aufgeben. Irgendwann muss ich wohl eingeschlaf'n sein. Denn mitten in der Nacht bin ich aufgewacht, von einem Schreien und Poltern. Stimmen aus dem Schlafzimmer des Herrn. Ihre Stimme. Kalt wie ein Grab. Ich war sicher, mein letztes Stündlein habe geschlagen und ich würde direkt in die Niederhöll'n fahr'n. Doch dann kam Meister Halbart mit Yann. Beide waren bleich wie der Tod. Sagten kein Wort. Wir rannten aus dem Haus – auf und davon – mussten die Pferde nicht antreiben, die galoppierten sich so schon halb tot, bloß um weg zu komm'n. Ja, mitten in der Nacht sind wir davon, und die Nacht war nicht mehr still, sie war voller Stimmen. Aber – bei den Göttern! – Meister Halbart hat sich nicht umgedreht, nicht einmal, als wir das Haus hinter uns ließen. Aber ich! Warum konnte ich es nicht lassen? Und im Licht des Madamals hab ich sie gesehen – sie stand vor dem Haus. Die Frau Roana war doch immer so schön! Und jetzt – bleich, voller Dreck, das Kleid in Fetzen, die Haare büschelweise ausgerissen. Sie stierte mich mit blutig'n Augen an – da war kein Leben drin, aber irgendwie war sie's noch immer. Und sie lächelte.«

Giesel wischte sich mit dem Ärmel übers Gesicht und fuhr fort. »Kamen hier her. Bauten alles wieder auf. Der Herr ist erfolgreicher als je zuvor. Doch sein Hass ist geblieb'n. Immer hat er gegen die dunklen Horden gekämpft: mit Geld, mit Einfluss – und mit dem Schwert. Aber er ist ein anderer geworden. Und Yann. Er ist – schwierig. Hat keine Freunde. Hat nur den Vater. Will nur den Vater. Aber es ist ja auch kein Wunder. Kannst du dir vorstellen, wie es für sie war, als es dann auch hier losging ...«

Jetzt wollte Giesel nicht mehr weitersprechen.

Auch Liasanya schwieg. Lange dachte sie über die Geschichte nach. Mit Grausen dachte sie an die Tage, als Horden, mit Wahnsinn in den Augen, plündernd und mordend durch die Straßen marschierten, an das Feuer, die Stürme – und dann dieses Ding, das am Himmel erschien. Liasanya war – wie so viele – nicht geflohen. Wohin auch? Die Spuren würden wohl nie ganz aus dem Straßenbild Gareths verschwinden. Doch für Liasanya war es vorbei. Und die Geschehnisse in der Welt draußen, vor den Toren der Stadt, hatten sie bisher nicht sonderlich interessiert. Natürlich: Noch mehr arme Schlucker bevölkerten jetzt die Straßen. Mit noch mehr Leuten musste man sich das Wenige teilen. Doch letztendlich hatte sich in Meilersgrund nicht viel verändert. Eslamsbrück, Tobrien, die Schwarzen Lande? Eine fremde Welt! Giesels Erzählung ließ diese Welt plötzlich bedrohlich nahe rücken. Jetzt schämte sich Liasanya ein wenig: Auch sie hatte die Fremden oft wieder dahin gewünscht, wo sie herkamen. Aber es gab eben nur eine Welt, wurde ihr klar.

Die Tage vergingen. Den Grund für Liasanyas Anwesenheit hatte weder diese noch Halbart Jalson vergessen. Auch wenn er kaum mit ihr sprach, so achtete er doch darauf, dass sie an den

Tagen, an denen er mit Laille und Giesel unterwegs war, nicht zu viel zu tun hatte. Er schickte sie auf Botengänge. So konnte sie unauffällig das Anwesen und Umfeld von Lechdan Meeltheuer ausforschen.

Sein Haus war noch größer als das von Jalson und von einer hohen Mauer umgeben, die für Liasanya aber kein ernsthaftes Hindernis war.

Trotzdem würde es nicht einfach werden.

Ein Mal, Liasanya tat gerade so, als würde sie das Haus bewundern, verließ eine Bediensteten das Grundstück.

»Schön, nicht?«, sagte die Frau.

Liasanya nickte.

»Nicht, dass der Herr viel davon hätte. Ist fast den ganzen Tag in seinem Laden drüben.« Sie wies mit einem Nicken nach Westen, in Richtung Angbarer Tor. »Nicht, dass er es nötig hätte, hat ja ein halbes Dutzend Schneider und Schneiderinnen, die für ihn arbeiten. Aber die edlen Damen und Herren schätzen eben den Rat vom Herrn«, sagte sie stolz. Dann senkte sie die Stimmen: »Und es heißt: Manchen Damen schenkt er seine ganz besondere Aufmerksamkeit. Nicht, dass die es nötig hätten – außer ihre Männer halten sie mal kurz –, aber dann bekommen sie die Kleider für 'nen ganz besonderen Preis. Du weißt schon, wie man unsereins nennen würde, wenn wir so was machen würden?« Sie schüttelte missbilligend den Kopf. »Obwohl, für so'n schönes Kleid wäre ich wohl auch mal lieb zum Herrn Meeltheuer. Er ist zwar auch nicht viel größer als du, aber es heißt, er sei anderswo gut gebaut.« Die Dienerin unterbrach sich erschrocken. »Oh! Das darf ich nicht sagen. Wehe, wenn du das weitererzählst. Du hast es nicht von mir gehört!«

Sie rauschte eiligen Schrittes von dannen.

So erfuhr sie auch, dass Meeltheuer keine Kinder hatte, dass sich aber, neben der Ehefrau, immer ein halbes Dutzend Diener und Dienerinnen im Haus befanden.

***

Obwohl er es nicht sagte, merkte Liasanya doch, dass Halbart Jalson ungeduldig wurde. Sie hatte sich schon mit dem Gedanken angefreundet, in das belebte Haus einzusteigen, da erfuhr sie, dass Meeltheuer mit Frau und den meisten Bediensteten für ein paar Tage Gareth verlassen wollte.

Doch zuvor stellte ein anderes Ereignis Liasanyas wachsende Sympathie für die Familie Jalson auf die Probe. Sie war gerade allein im Lager, als Yann plötzlich vor ihr stand.

»Hallo Li«, sagte er und schaute sich prüfend um.

»Hallo Yann. Wie geht's?« Auch sie vergewisserte sich, dass sie allein waren. »Und wie geht es Fiana? Ich hab es in der ganzen Zeit nie bis nach Hause geschafft. Wäre auch etwas unpassend. Geht es ihr gut?«

Yann druckste verlegen herum: »Ich – ich weiß nicht – konnte die letzten Tage nicht.«

»Ich dachte, du magst sie?«

»Ja ... schon.«

»Schon was?«

Er schwieg, dann fasste er sich ein Herz und sagte: »Sie ist nett. Aber ich hatte irgendwie keine Zeit. Aber ich dachte, jetzt – da du schon hier bist, könnten vielleicht – wir mal ...«

»Du weißt, dein Vater ist sehr nervös. Es wäre nicht so gut, wenn ich mich jetzt mit dir in Meilersgrund herumtreibe.«

»Ich dachte auch nicht an Meilersgrund.«

»Aber Fiana?«

»Ach Li! Lass doch Fiana mal beiseite. Ich dachte an uns beide.«

»An uns beide?«

»Ich mein: Du bist hier, und ich bin hier. Und du bist doch auch recht hübsch.«

Liasanya schaute ihn ungläubig an. Auch recht hübsch? Machte er ihr den Hof? Zugegeben, sie war vielleicht eine Zeit lang etwas eifersüchtig auf Fiana gewesen, aber das hier gefiel ihr überhaupt nicht.

»Yann, du bist ein netter Kerl, aber du bist doch Fianas Freund.«

»Fiana ist eine ... du weißt schon ...«

»Na uns? Das hat dich bisher nicht gestört.«

»Schon. Das war in Meilersgrund. Jetzt sind wir hier. Vater bezahlt dich fürs Stehlen. Ich könnte dir auch etwas geben, wenn du – nett zu mir bist.«

»Was?«

»Ja. Komm schon. Ich kann sehr großzügig sein.« Ein beunruhigendes Leuchten stand in seinen Augen.

»Nein!«, sagte Liasanya.

Die Lüsternheit schien ihm jetzt aus allen Poren zu dringen. »Bist du sicher? Auch nicht hierfür?« Er zog eine glänzende Münze aus der Tasche und hielt sie Liasanya hin.

Ein Dukat! Ein Vermögen! Doch sie schlug ihm die Münze aus der Hand. Das Gold rollte über den staubigen Boden.

»So? Du willst also nicht?« Yanns schwerfällige Schüchternheit war wie weggeblasen. Sein Gesicht verzerrte sich zu einem bösen Grinsen. »Die liebe Fiana darf sich im Dreck Meilersgrunds mit den Männern suhlen! Für einen Dukaten müsste sich Fiana mit einer Horde Orks abgeben. Aber die stolze Diebin lässt sich für Rahjas Freuden natürlich nicht bezahlen. Dazu ist sie sich zu gut. Wer behandelt Fiana hier wie Dreck? Ich hab wenigstens für sie bezahlt. Und sie wusste immer, woran sie ist. Sie war nie so dumm zu glauben, dass ein Jalson den Traviabund mit einer Hure aus Meilersgrund schließt. Aber du! Du glaubst, dich hier aufführen zu können, wie von gleich zu gleich. Aber wir sind nicht gleich! Soll ich dir zeigen, wer du bist?« Er kam ihr bedrohlich nah. »Ich könnte dich schlagen, dich auspeitschen. Und keiner würde etwas sagen! Ist dir das klar? Oder ich könnte herumerzählen, was du wirklich bist. Ich könnte dich zwingen, bei mir zu liegen, ohne einen Dukat, nur für mein Schweigen. Willst du das?«

»Yann! Dein Vater.«

»Lass meinen Vater aus dem Spiel!« Seine Stimme wurde noch leiser und kälter. »Noch braucht er dich. Und dann?« Yann bückte sich und hob die Münze auf. »Die kann ich mit Sicherheit für was Besseres verwenden. Jetzt ist mir die Lust auf dich vergangen. Aber wer weiß, wie lange? Vergiss das nicht!« Er ging zur Tür und war gleich darauf verschwunden.

Liasanya zitterte. Wie konnte sich der Junge so verändern. Oder hatte sie ihn von vorneherein falsch eingeschätzt? Seine Unbeholfenheit mit Freundlichkeit verwechselt? Eines war klar: Er war, seit sie bei den Jalsons war, nicht mehr zu Fiana gegangen. Seine Zuneigung zu ihr war vielleicht echt gewesen, aber es war wohl eher wie die Zuneigung zu einem Spielzeug oder Haustier. Hätte sie den Dukaten annehmen sollen? Jetzt, wo sie wusste, dass sie Fiana damit nicht betrogen hätte, war sie sich dessen nicht so sicher. Doch sie wusste auch, wenn er noch einmal versuchen würde, sie anzurühren, brächte sie ihn um.

Sie musste den Auftrag erledigen und dann möglichst schnell zurück.

Nach Meilersgrund.

Nach Hause.

***

Endlich war der Tag gekommen, an dem Meeltheuer das Anwesen verlassen hatte. Nur zwei Bedienstete und eine Wache würden sich im Haus befinden.

Liasanya zögerte nicht. Nach Einbruch der Dunkelheit holte sie ihre Sachen aus dem Versteck und zog sich um. Im Stall fand sie noch ein paar Schritt dünnen Seils, an dem sie einen selbstgebastelten Haken befestigte. Dann machte sie sich auf den Weg. Es war weit nach Mitternacht, als sie Meeltheuers Anwesen erreicht hatte.

Sie schlich um die hohe Mauer. An der dunkelsten Stelle verharrte sie und schaute sich um. Niemand war zu sehen. Sie warf das Seil, und mit einem leisen Klirren verklemmte sich der Haken im Mauerwerk. Geschwind hangelte sie sich hoch, zog das Seil nach und ließ sich auf der anderen Seite herunterfallen. Am Vordereingang brannte noch Licht, doch dort wollte sie sowieso nicht hinein. Liasanya schlich um das Haus. An der Rückseite befand sich ein Balkon und – wie lächerlich einfach – die Fassade war mit Efeu bewachsen. Wie eine Katze kletterte Liasanya hinauf, schlich zur Balkontür und kramte die in Stoff gewickelten Dietriche aus der Tasche. »Mist!«, zischte sie leise. Es gab kein Schlüsselloch. Sie betrachtete die Tür genauer. Der Riegel war durch die Scheibe nur zu erahnen, doch das genügte. Sie legte die Hand an die Tür und konzentrierte sich, stellte sich vor, wie sich der Riegel bewegte, und auch jetzt tat er es, wie von Geisterhand.

Sie schlüpfte lautlos in ein kleines Schlafzimmer, das Bett war nicht bezogen und die Sessel waren mit Tüchern bedeckt, bis auf ein paar Bilder an der Wand war das Zimmer ohne Schmuck. Ein Gästezimmer? Liasanya schlich in den Flur. Sie machte sich mit dem oberen Stockwerk vertraut: Aus hohen Fenstern fiel bleiches Mondlicht in einen hufeisenförmigen Korridor. Auf jeder Seite führten jeweils vier Türen zu Zimmern nach außen, an den beiden Seitenflügeln noch jeweils zwei Türen nach innen. Welche Verschwendung! Sechzehn Zimmer für eine Familie, und dazu kam noch der ganze untere Stock. Eine breite Treppe führte nach unten und ließ den Blick frei auf eine prächtige Eingangshalle. Unten brannte Licht.

Neugierig betrachtete sie Kerzenhalter, Vasen und Bilder. Nein, das war alles zu schwer, und sie musste an ihren Auftrag denken, auch wenn es ihr in den Fingern juckte. Aber irgendwo musste es ein kleines Extra für sie geben.

Liasanya suchte nach einem Arbeits- oder Schlafzimmer, dort hoffte sie, die Schatulle zu finden – und vielleicht noch Schmuck oder Gold. Hoffentlich war das Ding nicht im unteren Stock, das wäre sehr unangenehm. Sie öffnete eine Tür nach der anderen, spähte hinein und überlegte, wo sie anfangen sollte.

Da erklangen schwere Schritte auf der Treppe.

Mist!, dachte Liasanya. Eilig huschte sie durch die nächste Tür, presste sich an die Wand und hielt die Luft an. Die Schritte draußen wurden lauter, Türen wurden geöffnet und geschlossen, die Wache ging ihre Runde.

Klugerweise hatte sie alle Türen, auch die zum Balkon, wieder geschlossen. Nach einigen Minuten verklangen die Schritte wieder im unteren Stock, und Liasanya atmete auf. *Warum fang ich nicht gleich hier an?*, dachte sie.

Es war ein großes Schlafzimmer, vielleicht das der Herrschaften. Viel war nicht zu erkennen, da das Madamal jetzt hinter Wolken verborgen war. Behutsam tastete sie sich an der Wand entlang. Als sie fast durch den Raum war, stieß sie gegen eine niedrige Kommode. Sie unterdrückte ein Fluchen, dann polterte etwas. »Mist«, formten Liasanya Lippen. Sie bekam den schweren Kerzenständer zu fassen, bevor er zu Boden fiel.

»Wer ist da?«, hörte sie eine männliche Stimme murmeln, nur wenige Schritte entfernt. Liasanya duckte sich zwischen Wand und Kommode. *Bei Phex,* dachte sie, *das Zimmer sollte doch leer sein!*

»Was ist?«, erklang jetzt eine Frauenstimme.

»Ich glaube, ich habe etwas gehört.«

Licht flammte auf. Eine Öllampe erhellte den Raum ein wenig. Liasanya versuchte sich noch weiter in die Ecke zu drücken.

»Der Wind hat den wohl die Vorhänge bewegt und die den Leuchter umgestoßen«, murmelte die Frau. »Komm, schlaf weiter, die Herrschaften sind vor übermorgen nicht zurück.«

Das Licht erlosch wieder bis auf ein schwaches Glimmen.

Liasanya musste sich beherrschen, um nicht laut loszulachen. Wenn das die Herrschaften wüssten! Und jetzt würde sie ihnen auch noch zeigen, was eine Meisterdiebin ist. Sie wartete eine Ewigkeit, dann konnte sie leises Schnarchen vom Bett hören. Auch ihre Hände hatten aufgehört zu zittern. *Ich muss euch danken,* dachte sie. Dank des Lichts hatte sie sich kurz im Zimmer orientieren können und direkt neben der Tür einen prächtigen Sekretär entdeckt. Sie schlich hinüber, tastete blind über das Holz, bis sie das Schlüsselloch fühlte, blitzschnell hatten die Dietriche es geöffnet. Der Deckel hob sich lautlos. *Gut gepflegt,* lachte Liasanya in sich hinein. Jetzt fehlt nur noch das ach so geheime Geheimfach. Und tatsächlich, die einzige verschlossene Schublade hatte einen doppelten Boden. Liasanya fühlte kaltes Metall und ein paar seltsam geformte Gegenstände. Sie zog einige Lappen aus der Tasche, wickelte Geld und Schmuck ein, stopfte sie in den Leinenbeutel, den sie um die Hüften gebunden hatte. Doch wo war die Schatulle? Liasanya wollte den Raum verlassen und anderswo weitersuchen, doch sie zögerte. Was sagte der alte Rhon immer wieder: »Rechne nicht mit der Schlauheit der Leute. Und rechne noch weniger mit ihrer Phantasie.« Das Geheimfach im

Sekretär hatte gezeigt, dass Meeltheuer wenig Phantasie besaß, er verließ sich auf Schlösser und Wachen. Und was hatte Rhon noch gesagt: »Die meisten Leute verstecken ihre Preziosen so, dass sie immer um sie sind.« Und was war den meisten Leuten näher als das Schlafzimmer. »Außerdem müssen sie für den Besitzer unsichtbar und schwer zu erreichen sein. Ein dicker Mensch wählt ein Versteck, in das er sich zwängen muss. Ein großer Mensch schiebt die Sachen unter einen Schrank oder unter eine lose Bodendiele. Was für ihn unbequem und schwer war, muss sicher und für den Dieb unerreichbar sein. So funktioniert die Logik der Menschen.« Rhon hatte lauthals gelacht.

Und was macht ein kleiner Mann?, fragte sich die Diebin. Meeltheuer ist ja nicht viel größer als ich. Wenn die Schatulle hier ist, dann steht sie auf dem Kleiderschrank!

Wenige Minuten später war Liasanya wieder auf der Straße. *Die werden sich wundern,* freute sie sich. *Alle Türen sind verschlossen, erst wenn die Herrschaften das Geheimfach öffnen, werden sie ihren Verlust bemerken. Aber wer sechzehn Zimmer allein im Obergeschoss hat, wird das bisschen Gold und Schmuck verschmerzen. Und die Schatulle ist nicht mein Problem.*

Nun, nicht ganz: Das Ding war schwer, und sie musste es jetzt noch, in einen Rupfensack gesteckt, unauffällig durch die halbe Stadt schleifen.

Der rötliche Schimmer am östlichen Horizont kündigte den kommenden Tag an. Liasanya überlegte, wie sie Jalson die Beute übergeben sollte. Da kam ihr eine Idee. Der Stolz überwog die Vorsicht. Aber im Fassadenklettern hatte sie heute ja schon Übung.

Eine halbe Stunde später waren auch ihre persönlichen Schätze versteckt. Sie warf sich auf ihr Lager und war sofort eingeschlafen.

Halbart Jalson fand die Schatulle am nächsten Morgen unter seinen Kissen. Zuerst war er verblüfft, dann erschrocken, dann wütend.

Und dann lachte er.

***

Liasanya wurde ungeduldig. Seit zwei Tagen hatte Halbart Jalson die Schatulle – und kein Wort über die erfolgreiche Lieferung verloren. Beabsichtigte er, sie zu betrügen? Er schien ihr aufrichtig zu sein – aber hatte sie sich nicht schon in Jalsons Sohn getäuscht? Hier in Alt-Gareth konnte den versprochenen Lohn kaum einfordern. Und seit dem Streit mit Yann wollte Liasanya nur noch zurück nach Meilersgrund. Sie spielte mit dem Gedanken, einfach ihre Sachen zu packen und abzuhauen.

An diesem Morgen wurde sie durch fürchterlichen Lärm aus dem Schlaf gerissen. Giesel polterte pfeifend in das Lager. »Wohl spät geworden!«, rief er Liasanya zu, die sich gähnend aufrichtete. »Wenn ich du wäre, würde ich mich beeilen. Der Meister kann jederzeit kommen. Er will heut noch nach Hirschfurt. Recht plötzlich, wenn du mich fragst. Du kommst auch mit.«

Liasanya sprang auf, eilte im Hemd zur Pferdetränke und wusch sich den Schlaf aus den Augen. »Nach Hirschfurt? Wo ist das?«, fragte sie, während sie sich vollends anzog und ihre Sachen zusammensuchte.

»Hirschfurt. Gen Efferd. Mindestens drei Tage hin, drei zurück. Wenn nichts dazwischenkommt«, erklärte Giesel.

Sie starrte den Knecht erschrocken an, zog den fleckigen Rock wieder aus, schlüpfte in Lederhose und Stiefel.

»Was ist das? Die Sachen hab ich ja noch gar nicht gesehen«, sagte Giesel. »Na ja. Zumindest praktisch für so eine lange Reise. Warst ja noch nie so weit, oder? Aber keine Angst. Die Reichsstraße ist recht sicher. Und der Herr hat sogar Söldner angeheuert.«

Liasanya fürchtete nicht die Reise. Zumindest nicht allein. Das Misstrauen, das sie seit zwei Tagen plagte, wallte hoch: So eine Reise wäre eine phantastische Gelegenheit, sich ihrer zu entledigen! Sollte sie ihren Lohn vergessen und abhauen? Nein! Die ganze Mühe wäre umsonst gewesen. Auch wenn Yann sie enttäuscht hatte, so konnte sie sich doch nicht auch noch in dem Kaufmann geirrt haben. Trotzdem steckte sie ihren Dolch in den Stiefelschaft. *Sicher ist sicher,* dachte sie. *Und jetzt muss ich also noch mindestens eine Woche Dienstmagd spielen. Wenn wir zurück sind, bin ich weg. Wehe, wenn es in meinem Beutel nicht ordentlich klimpert!*

Liasanya packte ihr Bündel fertig und half dann den anderen. Schon waren drei Wagen beladen, die Pferde angespannt. Halbart Jalson kam und würdigte Liasanya keines Blickes, während sie ihm am liebsten vor Ungeduld an die Gurgel gesprungen wäre. Yann – auch er ignorierte sie, aber das war ihr recht – erschien in Begleitung zweier Männer in Lederharnisch und mit gegürtetem Schwert, die ihre Pferde am Halfter führten. Das waren also die Söldner, die Jalson angeheuert hatte, um den Treck zu begleiten. Als Kalder und Daan wurden sie dem Rest der Reisegruppe vorgestellt.

Bald darauf rollten die Wagen vom Hof.

Der Kaufmann führte die Gruppe zunächst Rosskuppel zu. Liasanya vermutete, dass er den Anblick der Zerstörung in Neu-Gareth vermeiden wollte, den sie ertragen mussten, wenn sie sich direkt nach Westen gewandt hätten.

Die Vororte und Siedlungen am Rande Gareths schienen sich ewig hinzuziehen, als wollte die Stadt die Reisenden festhalten und zurück in ihre Mauern zerren. Dann endlich waren die letzten Siedlungen überwunden. Die wenigen Menschen – zumeist Bauern und Knechte, die auf den Feldern arbeiteten – winkten den Reisenden freundlich zu. Hatte Liasanya am Anfang einfach dagesessen und ihren Gedanken nachgehangen, so sog sie jetzt alles bewusst und gierig auf. Felder und Wälder erstreckten sich bis zu einem fernen Horizont. Die Welt war unglaublich, wie wenig hatte sie davon gewusst und gesehen!

Yann lenkte zusammen mit Laille den letzten Wagen, während Halbart die Führung übernommen hatte. Kalder und Daan wechselten sich ab; während der eine vorausritt, ließ sich der andere zurückfallen, auf der Hut vor eventuellen Verfolgern.

Liasanya saß bei Giesel auf dem Kutschbock des mittleren Wagens und kam sich zunächst ziemlich überflüssig vor. Irgendwann drückte ihr Giesel die Zügel in die Hand und ließ sie die Pferde führen. Er war recht zufrieden mit ihrem Geschick. Leider hatte sie jetzt kaum noch Gelegenheit, den Kopf nach links oder rechts zu wenden.

Am Abend lenkte der Händler die Wagen auf eine kleine Wiese am Rande der alten Reichsstraße. Im Schatten eines Wäldchens versorgten sie die Pferde. Bald brannte ein fröhliches Feuer, und alle saßen darum versammelt. Es gab Speck und Käse, das Brot war noch frisch vom Morgen, und Liasanya griff herzhaft zu.

»Ich wusste nicht, dass Wagen fahren so hungrig macht«, schmatzte sie.

»Iss nicht alles auf einmal, sonst musst du den Rest der Reise hungern«, sagte Halbart Jalson. Er saß etwas abseits und betrachtete seine Gruppe. Liasanya schaute erschrocken zu ihm hinüber, besorgt, dass sie etwas falsch gemacht hatte. Doch sein Gesicht zeigte eine leichte Röte, verlegen brummte er: »War nur ein Scherz.«

Die anderen lachten höflich, doch Halbart schwieg den Rest des Abends, peinlich berührt von seinem vergeblichen Versuch, sich leutselig zu geben.

Bald bereiteten sie das Nachtlager vor. Nur Halbart und Yann hatten einen Schlafplatz in ihren Wagen, die anderen rollten ihre Decken am Feuer aus.

Liasanya setzte sich etwas abseits und schaute nachdenklich in die Finsternis unter den Bäumen.

»In meinem Wagen ist Platz für zwei, und es ist bequemer.«

Liasanya fuhr zusammen. Yann war ungehört hinter sie getreten und starrte auf sie herab.

Sie starrte zurück, schüttelte wortlos den Kopf.

Yann rührte sich nicht, dann murmelte er: »Gut. Dann eben nicht. Vorerst. Du weißt schon. Es ist nur eine Frage der Zeit.«

»Wenn du mich bloßstellst, bringst du nur deinen Vater in Schwierigkeiten.«

»Wie gesagt: Vorerst.« Mit einem herablassenden Nicken wandte er sich zum Gehen.

Liasanyas Blick folgte ihm, bis er in seinem Wagen verschwunden war. Sie schloss die Augen und sog die kühle Nachtluft ein.

Warum das alles?, fragte sie sich. Warum hatte sie sich in dem Junge so getäuscht? Sie legte sich hin und schloss die Augen. Erst spät fand sie Ruhe und schlief ein.

Die nächsten beiden Tage verliefen friedlich und ereignislos. Nur Liasanya, für die alles neu war, ließ gelegentlich einen Laut des Staunens und der Überraschung hören. Giesel lachte dann und erklärte ihr, wo sie waren und was sie da sah. Die Rolle des weltgewandten Reisenden schien ihm ausgesprochen gut zu gefallen.

Am vierten Tag wollten sie Hirschfurt erreichen. Es wurde Mittag, die Sonne brannte von einem wolkenlosen Himmel, die Wärme und das gleichmäßige Klappern der Pferdehufe machte alle dösig. Kalder und Daan ritten neben Giesels Wagen und unterhielten sich leise. Nur Laille sang ein unanständiges Lied, ziemlich falsch und ziemlich laut. Giesel begann gerade summend darin einzustimmen, als der vorderste Wagen abrupt anhielt.

Liasanya erwachte aus einem Halbschlaf und spähte nach vorne. Auf der Straße stand ein hagerer Mann. Gelassen kam er auf die Reisenden zu und zog einen Säbel. »Lasst eure Waffen stecken«, rief er.

Zugleich sprang ein gutes Dutzend weiterer Gestalten aus dem Dickicht am Wegrand. Einige packten die unruhigen Pferde am Halfter, und noch ehe Kalder und Daan reagieren konnten, standen vier der Straßenräuber neben ihnen, bedrohten die Söldner mit Knüppeln und Kurzbogen.

»Bleibt vernünftig! Eine milde Gabe, und ihr kommt alle ungeschoren davon«, meldete sich der Anführer wieder zu Wort und trat an den vordersten Wagen.

»Ganz schön feist«, rief er und stupste Halbart Jalson mit dem Säbel den Bauch. Seine Gefährten lachten.

»Der reicht uns einen ganzen Monat, und aus seinem Fell bauen wir uns ein Zelt.« Er drehte sich mit erhobenen Armen wie ein Gaukler um die eigene Achse und genoss das beifällige Gelächter seiner Kameraden. Dann verhielt er abrupt in der Drehung. »Was haben wir denn da!«, rief er begeistert und wies mit seinem Säbel auf Liasanya. »Die zieh ich mir heute Nacht über den Riemen.« Ein breites Grinsen erschien auf seinem Gesicht. »Und da hinten ist noch eine! Leute, da haben wir heute einen Glückstag«, fuhr er fort, als er auch noch Laille erblickte.

»Lass sie in Ruhe!« Yann war vom Kutschbock aufgesprungen, stand zitternd und mit hochrotem Gesicht da.

»Ist die Dicke deine Freundin? Mal sehen, sie kann sicher etwas Abwechslung gebrauchen. Ich mach sie nicht kaputt. Na ja, vielleicht ein bisschen. Aber Dana könnte dir vielleicht noch was beibringen.«

»Ha!«, rief eine vierschrötige Frau. »Ich könnt auch den Dicken mal als Trampolin benutzen.«

Der Anführer wandte sich jetzt wieder Halbart zu. Drohend hob er seine Waffe. »Dicker, mach keinen Ärger! Mal schau'n was in deinem Wagen versteckt ist. Wenn es genug ist, kannst weiterziehen. Wenn nicht …« Er grinste, und fleckige Zähne kamen zum Vorschein. »Wenn wir dich auslassen – haben wir Licht für ein Jahr!« Er ging hinter den Wagen und spähte auf die Ladefläche.

Die Straßenräuber zogen ihren Kreis um die Wagen enger, einer der Banditen begann unter Jalsons Kutschbock zu kramen.

Liasanya wusste, wie gewandt der Kaufmann sein konnte, aber seine plötzliche Aktion überraschte sie trotzdem. Unvermittelt hatte er ein kurzes Schwert in der Hand.

Der Räuber gellte auf, und das Blut aus dem Armstumpf bespritzte die Wagenwand.

Schlagartig entbrannte ein wilder Kampf.

Kalder trat nach seinem Bewacher und sprang vom Pferd. Daans Ross bäumte sich auf. Der Söldner stürzte, rollte sich aber elegant ab und kam wieder auf die Beine. Während die Räuber versuchten, sich vor den Hufen in Sicherheit zu bringen, konnten die beiden Söldner ihre Waffen ziehen und drangen auf die Gegner ein.

Auch Liasanya zog den Dolch, sprang vom Wagen und rammte ihn dem nächsten Räuber in den Arm. Schreiend ließ dieser seinen Knüppel fallen und ging in die Knie. Bevor der Getroffene seine Waffe aufheben konnte, trat sie ihm mit den derben Stiefeln in den Bauch. Stöhnend sackte er zusammen.

Sie sah sich um. Yann stand immer noch mit offenem Mund auf dem Kutschbock. Dann, in einem Anflug tollkühnen Muts, sprang er dem nächsten Räuber in den Rücken. Ineinandergekrallt wälzten sie sich am Boden.

Laille kämpfte wenig elegant, aber effektiv: Sie kratzte und spuckte und trat zielsicher in die empfindlichsten Stellen.

Aber Giesel war in arger Bedrängnis. Mit bloßen Händen stand er gleich drei Gegnern gegenüber. Liasanya zögerte nicht, krabbelte unter dem Wagen durch und stieß dem Ersten, den sie erwischen konnte, das Messer zwischen die Rippen. Ein gurgelndes Geräusch entrann seiner Kehle, und er brach zusammen. Giesel warf ihr einen dankbaren Blick zu, doch Liasanya durchfuhr es eiskalt: *Ich habe ihn umgebracht!*, dachte sie. Schweißperlen bildeten sich auf ihrer Haut.

Die Reisenden waren besser ausgerüstet und die Söldner erfahrene Kämpfer, doch die Wegelagerer waren weit in der Überzahl und kämpften mit der Kraft der Verzweifelten.

Sie tun es, weil sie Hunger haben, ging es Liasanya durch den Kopf. *Sie stehen mir näher als ein reicher Kaufmann.*

Doch jetzt spielte das keine Rolle, keiner würde fragen, woher sie kam.

Das Kampfesglück neigte sich langsam den Reisenden zu. Ein paar Räuber lagen tot oder verletzt am Boden, andere hatten sich in den nahen Wald zurückgezogen. Doch noch immer kämpfte der Anführer mit einer Handvoll Getreuer weiter.

Plötzlich hörten Liasanya aufgeregte Rufe vom letzten Wagen, auch Jalson schrie plötzlich auf.

Sie fuhr herum: Der Anführer hatte sich Yann geschnappt und zerrte ihn von den Kämpfenden weg. Schon hatten sie den Waldrand erreicht. Grinsend drückte der Räuber den Säbel an Yanns Kehle. Halbart wollte ihnen nachstürzen, doch selbst er wurde bedrängt. Sein Gegner stieß die Keule in Jalsons Kniekehlen, und dieser stürzte zu Boden.

Liasanya wusste, dass sie ihre Kräfte im Kampf kaum unter Kontrolle hatte, doch sie konzentrierte sich und schloss die Augen. In ihrem Geist formte sich das Gesicht des Anführers. *Bitte! Bitte, lass es geschehen,* dachte sie und hob die Hände.

Sie hörte den Räuber schreien.

Dann öffnete sie die Augen.

Zuerst war ihr nicht klar, was anders war, doch dann bemerkte sie die Stille. Der Kampf hatte aufgehört, alle Augen ruhten auf ihr, sowohl die der Gefährten als auch die der Wegelagerer.

»Hexe!«, hörte sie ängstliche Stimmen.

Yann und der Räuber lagen am Boden.

Ich hab sie umgebracht, dachte Liasanya.

Doch der Anführer erhob sich langsam. Wie blind und mit schmerzverzerrtem Gesicht taumelte er rückwärts und verschwand im Dunkel des Waldes. Die anderen folgten, ließen die Verwundeten und Toten zurück.

Auch Yann rappelte sich auf und kroch eilig zu den Wagen zurück. Halbart stolperte seinem Sohn entgegen und nahm ihn in die Arme. »Hat sie dir was getan?«, rief er.

»Nein«, murmelte Yann, dem nicht recht bewusst zu sein schien, was gerade geschehen war. »Nein. Der Kerl hat plötzlich geschrien und ist umgefallen. Er hat mich mitgerissen.«

Jalson drückte seinen Sohn noch einmal, wandte sich dann Liasanya zu.

Die trat erschrocken einen Schritt zurück.

»Was bist du?«, flüsterte er. »Wenn ich gewusst hätte, das ich eine Hexe eingestellt habe ...« Dann packte er sie an der Hand, zog sie an sich und schlang seine Arme um das Mädchen.

Sie wurde fast umgerissen.

»Danke!«, sagte er nur, dann ließ er sie wieder los. In seinen Augen glänzte es verdächtig. Er fuhr ihr kameradschaftlich durchs Haar und wandte sich den andern zu.

»Los! Wir müssen weiter, bevor sie es sich anders überlegen!« Sein Blick glitt über das Schlachtfeld. Einige der am Boden Liegenden stöhnten. »Wenn eure Spießgesellen einen Funken Ehre und Götterfurcht besitzen, werden sie sich um euch kümmern. – Und wenn nicht?« Er schnaubte verächtlich und kletterte auf den Kutschbock.

Wenige Augenblicke später fuhren sie wieder.

Alle hatten Blessuren davongetragen, doch Halbart duldete keinen Aufschub. So wenig Mitleid er den verwundeten Räubern gezeigt hatte, so wenig ließ er es jetzt seine Reisegruppe spüren. Sie versorgten die übelsten Schrammen und Wunden und beeilten sich, möglichst bald die sichere Stadt zu erreichen. So gesellte sich Yann zu Liasanya auf den Kutschbock. Während sie eine hässliche Schnittwunde an seiner Stirn versorgte, begann er zaghaft das Gespräch zu suchen.

»Li?«

»Ja?«

»Äh ... danke.«

»Schon gut.«

»Wirklich ... ohne dich ...«

»Schon gut!«

»Bist du ... äh ... wirklich eine Hexe?«

Liasanya schüttelte den Kopf. »Nein – na ja, ich weiß nicht recht, vielleicht so was ähnliches.«

»Ich wollte dich nicht – du weißt schon.«

»Schon gut. Vergiss es«, erwiderte Liasanya in einer Mischung aus Großmut und dem Wunsch, nicht weiter über ihr arkanes Talent zu reden. Die bedrohliche und herablassende Art, mit der Yann sie in den letzten Tagen bedacht hatte, war Dankbarkeit – und ein wenig Furcht – gewichen. *Gut so,* dachte sie, *vielleicht lässt er mich jetzt in Ruhe.*

***

Am späten Nachmittag erreichten sie Hirschfurt. Für Liasanya, die Gareth nie zuvor verlassen hatte, war die alte Stadt an der Raller nur eine Ansammlung von Häusern, die eben etwas dichter in der Wildnis standen.

Sie lenkten ihre Wagen an den Rand eines kleinen Marktplatzes.

Halbart sprang vom Kutschbock. »Ihr wartet hier«, sagte er und blieb neben Laille stehen. »Pass auf Giesel auf und halt ihn vom Bier fern.« Er schritt weiter, wie ein Feldherr vor seiner Truppe.

»Ich hab zwar keine Lust, euch in einem teuren Gasthaus zu verköstigen, aber heute Nacht bleiben wir besser hier. Morgen geht's bei Zeiten wieder los. Ich will möglichst schnell zurück.« Er war inzwischen am letzten Wagen angekommen. »Yann! Geh zu Dambrosch Egelbrecht und sag ihm, seine Waren sind da. Ich hab etwas zu erledigen.«

Er ließ den verdutzten Yann, der offensichtlich nichts von seinem Glück geahnt hatte, stehen, ging zurück zu seinem Wagen und kramte ein Bündel unter dem Kutschbock hervor. Kurz schaute er Liasanya an und lächelte.

»Ich bin in ein, zwei Stunden wieder da«, sagte er noch und verschwand energischen Schrittes in einer Seitengasse.

Yann, der sich inzwischen mit dem Gedanken angefreundet hatte, die Verantwortung tragen zu dürfen, gab seine Anweisungen und machte sich dann auf zu dem Händler Egelbrecht. Giesel versorgte die Pferde, Laille und Liasanya begannen, die Wagen zu entladen.

Nach kurzer Zeit kehrte Yann zurück, im Gefolge einige Leute mit Handkarren.

Sie schufteten noch eine Stunde, bis alle Wagen entladen und die Waren bei Dambrosch Egelbrecht waren, dann warteten sie auf Halbart Jalson.

»Ich hoffe, Vater kommt bald«, sagte Yann. »Wir müssen noch ein Gasthaus und einen Mietstall finden. Hirschfurt ist zwar nicht Gareth, aber ich habe keine Lust, die Nacht im Freien zu verbringen. Außerdem sollten wir morgen ja ausgeruht sein.«

Doch sie mussten sich gedulden. Jeder seinen eigenen Gedanken nachhängend, betrachteten sie das spärlicher werdende Treiben auf dem Marktplatz. Giesel hatte sich eine Pfeife gestopft und lehnte an einem Wagen. Rauchwölkchen stiegen in den sich rötenden Himmel.

Es wurde schon dunkel, als Halbart Jalson endlich zurückkehrte.

»Ich hab noch eine Unterkunft für uns gefunden«, sagte er. »Los! Folgt mir und bringt die Wagen in den Stall.«

Mit keinem Wort erwähnte er, wo er gewesen war und was er gemacht hatte. Und niemand stellte Fragen.

Sie bogen in eine Seitengasse und standen gleich darauf vor einem einfachen Gasthaus mit angeschlossenem Mietstall. Die Söldner sollten die Nacht bei den Wagen verbringen, den anderen hatte Halbart Betten im Schlafsaal besorgt. Sich selbst gönnte er das beste Zimmer im Haus.

»Das habe ich mir nach diesem Tag verdient«, seufzte er.

Obwohl er vorgab, sich über die Verzögerung zu ärgern, war er in bester Stimmung. So kehrten sie, nach dem Wagen und Pferde versorgt waren, in der Gaststube ein.

Laille, Giesel und Yann erzählten sich gegenseitig von dem Kampf. Mit jedem Krug Bier, der ihre Kehlen hinunterfloss, wurden die Räuber wilder und zahlreicher und ihre eigenen Taten heldenhafter. Bald hätte man meinen können, sie hätten ein ganzes Orkheer besiegt.

Die beiden Söldner verhielten sich währenddessen recht still. Sie wussten wohl: Sie hatten den Angriff regelrecht verschlafen. Halbart Jalson hatte zwar bisher kein Wort des Tadels an sie gerichtet, doch es war klar, dass ihnen der vereinbarte Sold nicht sicher war.

Auch Halbart Jalson redete nicht viel. Ein zufriedenes Lächeln lag auf seinem Gesicht. Als sich sein und Liasanyas Blick traf, zwinkerte er ihr aufmunternd zu.

Sie schenkte ihm ein Lächeln, das vielleicht ein wenig gezwungen ausfiel.

Seit die eine oder andere Bemerkung über ihre Zauberei gefallen war, hielten die anderen Gäste der Schankstube Abstand und beäugten sie misstrauisch.

Nachdenklich nippte Liasanya an ihrem Becher. Eigentlich sollte sie froh sein. Durch ihre Tat schien die Gefahr, die von Yann ausging, gebannt. Auch glaubte sie nicht mehr, Halbart Jalson würde ein böses Spiel mit ihr treiben. Was sie plagte, war der Gedanke an das, was vor dem Zauber geschehen war: dass sie wohl einen Menschen getötet hatte. Nicht, dass der gewaltsame Tod etwas Fremdes für sie wäre. In Meilersgrund begegnete man ihm oft genug. Aber sie war eine Diebin – und sie hatte dem Mann den Dolch in den Rücken gerammt wie ein gemeiner Meuchelmörder.

Jetzt stell dich nicht so an, sagte sie sich immer wieder. *Wenn ich es nicht getan hätte, wäre Giesel jetzt wohl tot. Außerdem hab nicht ich angefangen.* Doch auch das ließ ihr Gewissen nicht verstummen.

Wieder stieg das Gefühl der Einsamkeit in ihr auf, umhüllte sie wie ein grauer Nebel, der sie von den Begleitern trennte. Sie war eine Fremde, wünschte sich zurück zu Fiana und Brin, Curthan und Rhon, wünschte sich zugleich, hier, wo alles wohlgeordnet schien, zu Hause zu sein.

Einer nach dem anderen stand auf und zog sich mehr oder weniger schwankend zurück. Yann schien noch zu zögern, schaute Liasanya an, als wolle er etwas sagen, ging dann aber mit einem undeutlichen »'te N...Nacht«.

Liasanya und Halbart waren die letzten Gäste in dem dunklen Raum. Der Wirt räumte die letzten Krüge und Teller weg.

»Es wird Zeit für uns«, sagte Halbart und stand auf. Schon wollte er sich abwenden, doch ihr Blick hielt ihn fest.

Stumm verharrten sie Auge in Auge.

Ich will jetzt nicht alleine sein, dachte Liasanya. *Er ist da – und ich bin da. Vielleicht ist er auch für mich da.*

»Ja. Es wird Zeit für uns«, sagte sie und ging einen Schritt auf ihn zu. Halbart Jalson schien zu verstehen, nickte und ging voraus.

Sie folgte ihm auf sein Zimmer, schloss die Tür hinter sich und lehnte sich dagegen.

»Ich dachte, du hättest ein Auge auf meinen Jungen geworfen«, sagte Halbart. Er hatte ihr den Rücken zugedreht, seine Jacke beiläufig aufs Bett geworfen und wandte sich jetzt wieder ihr zu. »Er hat mindestens eins auf dich ...«

Liasanya schüttelte den Kopf.

»Warum ich?«, fragte Halbart.

Liasanya zuckte mit den Schultern. »Weil du da bist«, wiederholte sie ihre Gedanken.

Augenblicke verstrichen.

»Zieh dich aus«, sagte er endlich.

***

Am nächsten Morgen trafen sich alle in der Gaststube. Halbart Jalson machte kein Geheimnis daraus, was zwischen ihm und Liasanya geschehen war. Während Giesel und Laille dem Mädchen belustigt zuzwinkerten, war alle Zuneigung aus Yanns Gesicht gewichen. Schierer Hass brannte in seinen Augen, wenn er sie ansah.

Halbart ignorierte die tadelnden Blicke seines Sohnes, redete und behandelte ihn wie immer. Aber Liasanya war von Yanns Reaktion zutiefst verunsichert. Zugegeben: Sie hatte den Jungen zurückgewiesen, aber er hatte bei ihr nur käufliche Liebe gesucht. Warum gönnte er dann dem Vater – und ihr – nicht die Freuden der schönen Göttin?

Was soll es?, dachte sie. *Zurück in Gareth werde ich vermutlich keinen von ihnen wiedersehen.*

Ein wenig traurig war ihr bei dem Gedanke schon zumute. Laille und Giesel waren ihr in den letzten Wochen ans Herz gewachsen. Und ein Leben, in dem man sein Brot ohne Furcht vor der Wache verdienen konnte, hatte etwas Verführerisches an sich.

... und Halbart? Sie hatten gemeinsam Rahja gehuldigt, und seit der Nacht fühlte sie eine tiefe Zuneigung zu dem Mann. Aber mit Travias Liebe hatte das wenig zu tun, der Gedanke an eine gemeinsame Zukunft war doch zu abwegig.

Nach einem eiligen Frühstück brachen sie auf. Halbart forderte sie auf, bei ihm mitzufahren.

Nachdem sie eine Weile gemütlich vorangetrottet waren, brach er das Schweigen. »Warum nicht Yann?«, fragte er noch einmal. »Er verschlingt dich mit den Augen – wenn es dir ums Geld ginge, warum nicht er?«

Sie zuckte mit den Schultern »Es geht nicht um Geld. Ich hoffe, das hast du gespürt.«

»Ja.« Er lächelte.

»Aber warum reagiert Yann so?«, fragte Liasanya.

»Er ist so. Du kennst ihn kaum. Er ist schwierig, seit seine Mutter tot ist.« Halbart seufzte.

»Giesel hat es mir erzählt.«

»So? Er ist in Gareth aufgewachsen. Er weiß wenig von der Welt. Er glaubt, alles und jeder sei käuflich.«

»Auch ich bin in Gareth aufgewachsen«, erwiderte Liasanya, ehe ihr klar wurde, dass Halbart von einem Gareth sprach, das sie nicht kannte. »Er wollte mich also nur, weil ich da war? Und weil er dachte, er könne mich haben, weil ich – arm bin? Warum gönnt er mich dann dir nicht?«

»Wärst du mitgegangen, wenn ich dir Geld geboten hätte?«

»Du warst da«, wich Liasanya aus. »Aber wohl zur rechten Zeit. Hattest du auch ›Zieh dich aus‹ gesagt, wenn ich einen Dukaten verlangt hätte?«

Halbart brummte etwas Unverständliches. »Er wird sich schon daran gewöhnen«, sagte er nach einer Weile.

Liasanya schwieg. Waren die letzten Worte ein Angebot, bei ihm zu bleiben?

»Was wirst du jetzt machen?«, hakte der Händler nach.

Liasanya zuckte mit den Schultern. »Zurück. Nach Hause.«

»Nach Hause? Ich könnte dir ein besseres Zuhause bieten.«

Ein Schauer lief durch ihren Leib. Er hatte es gesagt! Sollte sie? Konnte sie sich das Leben als Geliebte eines reichen Kaufmanns vorstellen? Sie antwortete nicht.

»Was ist? Bereust du jetzt, dass du zu mir gekommen bist?«

Liasanya schaute ihn an und lächelte. »Nein«, sagte sie und legte ihren Kopf an seine Schulter. »Es war schön.«

»Ja, es war schön«, sagte Halbart. »Und nach dem Giesel dir wohl schon meine Lebensgeschichte erzählt hat, kannst du mir jetzt etwas erzählen. Wir haben viel Zeit. Und ich möchte wissen, wer heute Nacht in meinen Armen lag.«

Später war Liasanya erstaunt, wie viel sie von sich preisgegeben hatte. Und am Abend folgte sie Halbart in seinen Wagen.

***

Nach drei Tagen erschien die Silhouette Gareths am Horizont. Am Abend darauf erreichten sie Halbarts Haus.

Yann sprang vom Wagen und öffnete das schmiedeeiserne Tor. Sie lenkten die Wagen zum Lagerschuppen und versorgten die Pferde.

Die Reise war zu Ende.

Liasanya ging davon aus, dass sie jetzt ihr Bündel schnüren und zurück zu Fiana und Brin gehen würde. Sie vermisste die beiden. Doch wollte sie wirklich zurück nach Meilersgrund? Die vergangenen Wochen waren wie ein Traum gewesen, der schon zu verblassen begann. Wenn Halbart sein Angebot wiederholte? War das nicht eine Chance, die armselige Diebin endgültig hinter sich zu lassen und ein besseres Leben zu beginnen?

Nach einiger Zeit kam Halbart tatsächlich zu ihr und nahm sie beiseite. »Was wirst du jetzt machen?«, fragte er.

Liasanya zuckte mit den Schultern und antwortete: »Zurück nach Meilersgrund. Meine Freunde werden mich schon vermissen.«

»Wirklich?«

»Ich hoffe schon!«

»Nein, ich meine: Willst du wirklich zurück? Du könntest bei mir bleiben. Es ist Platz genug im Haus und ...« Plötzlich verstummte er, seine Züge wurden hart – dann bemerkte Liasanya, dass er nicht sie, sondern einen Punkt hinter ihr anstarrte. Sie drehte sich um.

Yann hatte aufgehört zu arbeiten. Sein Blick war eisig.

»Nun, vielleicht sollte ich besser ...«, begann Liasanya.

»Unfug! Der Junge wird sich zu benehmen wissen«, zischte Halbart.

Er zog sie noch ein paar Schritt beiseite. Die Blicke der anderen folgte ihnen.

»Halbart«, sagte Liasanya, »Ich hab dich gern, aber ich glaube nicht, dass es das Richtige für uns wäre. Ich gehöre hier nicht her. Und ich möchte Yann nicht noch mehr reizen.«

»Nein. Bitte Li. Ich ... ich ...« Das erste Mal, seit sie ihn kannte, fand er keine Worte. »Seit Roana gestorben ist, war ich nicht mehr so glücklich!«

Sie nahm ihn in die Arme. »Hast du vergessen, warum ich hier war? Wenn ich jetzt gehe, wird keiner Fragen stellen.«

»Wenn du bleibst, wird erst recht keiner Fragen stellen. Warum auch? Du brauchst nicht gehen! Ich kann für dich sorgen.«

»Nein, Halbart. Ich möchte nicht, dass du für mich bezahlst.«

Halbart schaute sie erstaunt an: »Das meine ich nicht. Das war nicht meine Absicht. Du ...«

»Sie ist eine Diebin und eine Hure. Für Geld macht sie doch alles. Genau so wie ihr ganzes Geschmeiß!« Beide zuckten zusammen. Liasanya löste sich aus Halbarts Umarmung und drehte sich um.

»Yann!«, brüllte Halbart. »Verschwinde! Aus meinen Augen!«

Die Augen des Jungen sprühten vor Wut, seine Lippen zitterten, doch kein Laut kam aus seiner Kehle.

»Verschwinde!«, rief Halbart noch einmal.

»Ich dulde nicht, dass sie das Ansehen von Mutter beschmutzt«, keuchte Yann. »Ich dulde nicht, dass sie in Mutters Bett liegt! Ich dulde nicht ...«

»Und ich dulde nicht, dass du so mit mir redest!«

Der Junge machte auf der Stelle kehrt und rannte ist Haus.

»Siehst du! Ich möchte nicht zwischen dir und Yann stehen«, sagte Liasanya. »Es ist wirklich besser, wenn ich gehe. Ich gehe nach Hause. Ich will Fiana und Brin nicht im Stich lassen.«

Halbart schwieg eine Weile. Plötzlich erhellte sich seine Miene, und er sagte: »Wenn du nicht hier bleiben willst, weil du deine Freunde vermisst, dann lass mich dir helfen. Lass mich euch helfen ... Komm mit!«

Sie folgte ihm zu den anderen.

»Hm!«, räusperte sich Halbart. »Ihr habt gute Arbeit geleistet. Ich bin sehr zufrieden.«

Er bezahlte die Söldner, die sich gleich darauf verabschiedeten. Einige Zeit blieben die Verbliebenen stumm stehen. Jeder wusste, was jetzt kommen würde. Endlich sprach Halbart weiter: »Nachdem Liasanya uns verlassen will ...« Er kramte in der Tasche und brachte einen kleinen Lederbeutel zum Vorschein: »Hier ist dein Lohn.«

Er drückte ihr ihn in die Hand.

Wieder herrschte betretenes Schweigen.

Niemand regte sich.

»Noch etwas!« Halbart holte tief Luft. »Liasanya. Du kennst den Efeubusch? Meister Oisin ist ein alter Freund von mir. Und ich weiß zufällig, dass Oisin noch jemanden für die Schankstube und den Mietstall braucht. Wenn ich ein gutes Wort einlege, so wäre dies die Gelegenheit für dich, eine anständige Arbeit zu finden, nicht allzu fern von hier. Vielleicht sogar für zwei oder drei Leute.

Es ist nicht unbedingt das beste Haus am Platze, aber es ist sauber und die Gäste sind wohlgesittet. Ich komme gelegentlich selbst dort vorbei, und es würde mich freuen, wenn ich sehen könnte, dass es jemandem gut geht.«

Liasanya lächelte, wusste aber nicht, was sie sagen sollte.

»Laille! Giesel! Hier sind ein paar Münzen«, fuhr Jalson fort. »Ihr habt den Rest des Tages frei. Vielleicht ladet ihr Liasanya noch auf einen Abschiedsschluck ein. Und vielleicht weiß sie ja noch von ein paar kräftigen Händen, die Oisin unter die Arme greifen können.« Dann verschwand er mit hängenden Schultern im Haus.

»Ich bin platt«, fand Laille als Erste die Sprache wieder. »Warum bleibst du nicht bei ihm?«

Liasanya zuckte mit den Schultern. »Es würde nicht gutgehen«, sagte sie.

»Aber der Herr hat recht«, meldete sich Giesel zu Wort. »Und dieses Mal werde ich seinen Anweisungen auf Wort gehorchen. Ich hab Durst. Und so wie der Beutel da geklimpert hat, zahlst du!«

Liasanya begleitete die beiden in den *Efeubusch*.

Jetzt, am späten Nachmittag, waren nur eine Handvoll Gäste anwesend. Eine Schankmagd war nicht zu sehen, Oisin bediente persönlich. Kaum hatten die drei ihr Bier vor sich stehen, sprach Laille den Wirt an: »Meister Oisin? Wie haben gehört, ihr braucht noch eine tüchtige Hilfe!«

Der Wirt schaute sie erstaunt an, nahm einen Stuhl von Nebentisch und setzte sich zu ihnen. »Ich dachte, ihr wärt bei Halbart recht zufrieden. Und ich möchte meinem alten Freund nicht die Bediensteten abspenstig machen. Obwohl ich mir vorstellen kann, dass du hinterm Tresen eine gute Figur abgeben würdest. Und kochen kannst du sicher auch. Aber was ist los? Hat Halbart Schwierigkeiten, oder habt ihr was angestellt?«

»Nein, nein«, lachte Laille. »Wir wollen den Meister Jalson nicht verlassen. Und Giesel sieht die Bierkrüge doch lieber auf dieser Seite vom Tresen. Ich red von unserer Freundin hier.«

Oisin musterte Liasanya von oben bis unten. »Du siehst nicht aus, als ob du schon mal bedient hättest. Sie ist ein bisschen mickrig, wenn du mich fragst, Laille.«

Liasanya errötete.

»Aber ein hübsches Gesicht. Die Gäste würde sie nicht gerade verschrecken.«

»Meine Gäste gucken den Mädels weniger ins Gesicht.«

»Nun, dem Herr Jalson gefällt auch der Rest.« Laille zwinkerte Oisin vielsagend zu. »Und zupacken kann sie, das hab ich gesehen.«

»So, so, dem Herr Halbart gefällt's?« Er schaute Liasanya nachdenklich an. »Ach so! Der Halbart will keine Liebschaft mit 'ner Bediensteten. Nun, wenn er es so sieht, will ich dem Glück nicht im Wege steh'n. Mir ist was Handfestes lieber. Wenn Halbart für sie einsteht – ist viel Gesindel unterwegs heutzutage – könnt ich's ja mal versuchen. Zumindest, wenn sie reden kann. Oder bist du nicht nur mickrig, sondern auch noch stumm?«

»Nein!«, stieß Liasanya hervor und versuchte die Fassung wiederzugewinnen. »Aber bisher habt ihr über mich geredet, und nicht mit mir.«

Oisin lachte: »Wohl gesprochen. Aber in einer Gaststube gearbeitet hast du noch nicht?«

»Nein. Aber ich könnte es ja lernen. So schwer wird's ja nicht sein.«

»Gut! Ein Mundwerk hast du ja. Wie gesagt: Wenn Halbart für dich einsteht, kann ich's ja mal versuchen. Komm morgen wieder her, dann bereden wir alles Weitere.« Für Oisin schien die Angelegenheit erledigt. Er stand auf.

»Äh! Meister Oisin!«, rief Liasanya.

»Ja? Noch was?«

»Äh – Halbart hat gesagt, ihr bräuchtet noch mehr Leute. Ich wüsste da vielleicht noch jemanden.«

»Hm? Ich kann mich zwar nicht daran erinnern, das je zum guten Halbart gesagt zu haben, aber man weiß ja nie. Na gut. Bring sie einfach mit.«

***

Als Liasanya in dieser Nacht nach Meilersgrund zurückkehrte, fragte sie sich die ganze Zeit, was sie dazu gebracht hatte, Halbarts

Vorschlag anzunehmen. War es Trotz über die unverschämte Art, wie Oisin sich über sie lustig gemacht hatte? War es der Wunsch, doch mit Halbart zusammen zu bleiben? War es die Chance, Meilersgrund hinter sich zu lassen? Oder von allem etwas? Sie war nicht sicher. Aber sie hatte sich entschieden.

Fiana und Brin begrüßten sie überschwänglich. Sie waren es gewohnt, dass Liasanya für einige Zeit verschwand, wenn auch nicht so lange wie dieses Mal. In den vergangenen Wochen hatte sich in Curthans Schänke kaum etwas verändert. Doch wie Liasanya gefürchtet hatte, war Yann, seit er die Diebin für den Vater rekrutiert hatte, nicht mehr bei Fiana aufgetaucht. Diese trauerte dem jungen Mann ein wenig nach, schlimmer wog jedoch, dass Curthan zu seiner unausstehlichen Art den Geschwistern gegenüber zurückgekehrt war.

Mindestens jeden zweiten Tag drohte er, sie endgültig auf die Straße zu setzen. Umso begeisterter nahm Fiana Liasanyas Vorschlag auf. Nur Brin blieb misstrauisch. Zu sehr steckte ihm das Leben in Meilersgrund in den Knochen: die Furcht, Oisin könnte einfach ein weiterer Curthan sein. Doch Fianas Wunsch, Curthans Fängen zu entkommen, wog schwerer. Und allein zurückbleiben wollte er nicht.

Fianas hoffnungsvolles Gesicht bestärkte Liasanya darin, richtig gehandelt zu haben. Von Halbarts großzügiger Bezahlung kleidete sie am nächsten Tag sich und ihre Freunde neu ein. Bald darauf betraten die drei den *Efeubusch*.

Oisin musterte die Freunde misstrauisch. »Du würdest meinen Gästen schon gefallen«, sagte er zu Fiana. Und seine Augen sagten, dass er nicht nur seine Gäste meinte. »Aber mit dem da ...« Sein Blick fiel auf ihren Armstumpf. »Frag ich mich, ob du was taugst.«

Fiana schluckte. »Meine Linke ist fast genau so gut.«

»Hm? Und du?« Er wandte sich Yann zu. »Hast du Erfahrung mit Pferden?«

Yann schüttelte den Kopf.

»O je! Auf was hab ich mich da eingelassen? Also gut. Ich hab's versprochen.« Oisin hatte wohl inzwischen mit Jalson geredet. »Ich geb euch eine Woche. So lange habt ihr Zeit zu zeigen, was ihr taugt. Ich hab ein Auge auf euch, und meine Gäste sowieso. Ihr teilt euch die Stube über dem Stall. Und du -« Er wandte sich wieder Fiana zu. »Lass dir eine gute Geschichte einfallen, was mit deiner Hand passiert ist, meine Gäste werden fragen. Ach ja: Aus welcher Gosse hat euch Halbart eigentlich gezogen? Keine Lügen! Ich bin mein ganzes Leben Wirt, ich hab die absonderlichsten Geschichten gehört – und ich höre, wenn mich jemand anlügt.«

»Meilersgrund«, murmelten alle drei zugleich.

»O je! Auf was hab ich mich da eingelassen«, wiederholte er.

Oisin beschäftigte noch drei weitere Mädchen: Daire, Nurinai und Rahjala. Doch Arbeit war genug für alle da. Neben den Gästen aus der Nachbarschaft hatte sich der *Efeubusch* in den vergangenen Jahren zu einem Treffpunkt für die zahlreichen tobrischen Landsleute, die in Gareth eine neue Heimat gefunden hatten, entwickelt. Dazu hatte Oisin ein paar Gästezimmer und einen Mietstall für die Reisenden. Die Schankstube war jeden Abend gut besucht. Der Wirt wusste, was seinen Gästen gefiel: herzhaftes Essen in großen Portionen, mehrere Sorten Bier, Met und Wein aus sauberen Gläsern und Krügen. Fiana und Liasanya sollten zunächst in der Schankstube arbeiten. Die Gäste waren freundlich, ganz anders als die Meute in den Schänken und Absteigen, welche die Freundinnen in Meilersgrund gelegentlich besucht hatten. Besonders die große und gut gebaute Fiana hatte es den Gästen angetan. Die fehlende Hand schien kaum zu stören. Bald machte die traurige Geschichte von einem scheuenden Pferd, einer kutscherlosen Kutsche, einem regnerischen Tag, einem herzlosen Hausherr und einer armen Magd die Runde.

Doch nicht nur Fiana blühte auf. Brin, der dem neuen Leben nur widerwillig zugestimmt hatte, entwickelte schnell ein erstaunliches Talent im Umgang mit den Pferden der Gäste. Und seit dem Tag, an dem ihn ein zufriedener Gast auf sein Ross steigen ließ, liebte er die Tiere und die Arbeit mit ihnen. Er zog sogar aus der gemeinsamen Stube aus und bezog, mit Oisins Billigung, sein eigenes Lager in einer unbenutzten Pferdebox.

Es bedurfte keiner Woche, da wusste keiner, wer zufriedener sein konnte: Oisin oder seine neuen Gehilfen.

***

Schon nach drei Tagen im *Efeubusch* erschien ein Botenjunge mit einem Paket für die Dame Liasanya, wie er sich ausdrückte. Erstaunt nahm sie es an sich, drückte dem Jungen eine Münze in die Hand und verschwand in ihrer Stube.

Vorsichtig öffnete sie die Schnüre und wickelte das Paket aus. Zum Vorschein kam ein dunkelrotes Bündel. Liasanya ließ ihre Hände darüber gleiten und hob es vorsichtig an. Das Kleid war schöner als alles, was sie bisher gesehen hatte. Der Stoff war fein und weich und glänzte in der Sonne. Als sie es an sich hielt, fiel ein Stück Pergament zu Boden. Sie bückte sich eilig, doch vorsichtig darauf bedacht, dass das Kleid den schmutzigen Boden nicht berührte.

> *Liebe Liasanya,*
> *ich hoffe, dass dir dieses Kleid gefällt. Oisin sagt, dass du übermorgen frei hast. Ich erscheine zur Mittagsstunde im* Efeubusch. *Es würde mich glücklich machen, wenn du mich empfängst.*
> *H.*

Liasanya lächelte. *Ich wusste gar nicht, dass ich übermorgen frei habe,* dachte sie. Sie wollte sich gerade wieder dem Kleid zuwenden, da hörte sie Meister Oisin rufen. Schnell packte sie zusammen und eilte zurück in die Schankstube.

Am übernächsten Tag bat sie Laille, die mit Giesel mal wieder den *Efeubusch* besuchte, um Hilfe.

Als sie Liasanya verzweifelt mit dem neuen Kleid hantieren sah, konnte sie sich gar nicht mehr halten vor Lachen.

»Wer kommt schon auf die völlig idiotische Idee, etwas hinten zu schließen«, murrte Liasanya, doch der Zorn verflog, als sie Lailles gutmütiges Gesicht sah.

»Das ist ein Kleid für eine Dame. Und Damen haben Zofen«, erklärte sie. »Darf ich heute deine Zofe sein? Dann verrate ich dir vielleicht auch, wie du es in Zukunft alleine anziehen kannst.«

Liasanya ließ sich gern helfen, hatte nur das Gefühl, von Laille wie eine lebendige Anziehpuppe behandelt zu werden.

»Wir müssen was mit deinen Haaren machen«, bestätigte Laille den Eindruck, packte ihre Tasche aus und brachte Kamm, Schere und Messingspiegel zum Vorschein.

»He!«, rief Liasanya. »Du bist aber erstaunlich gut vorbereitet. Du wusstest also genau Bescheid.«

»Ja!«, sagte Laille. »Ich will, dass du meinem Herrn gefällst.«

»So?«

»Ja. Jetzt halt still.«

Laille bürstete Liasanyas braunen Schopf, stutzte die wuchernden Strähnen ein wenig und flocht die Haare zu einem eleganten Zopf. Dann durfte sich Liasanya im Spiegel betrachten.

»Bist eigentlich ein recht hübsches Ding«, sagte Laille zufrieden. »Wenn man dich etwas zurechtmacht und du noch was auf die Rippen kriegst.«

Liasanya fragte sich, ob das wirklich ein Kompliment war.

Halbart kam pünktlich. Als er Liasanya erblickte, eilte er zu ihr, küsste ihre Hand und führte sie nach draußen.

»Ich habe etwas vorbereitet«, sagte er geheimnisvoll.

Er war mit einer einspännigen, offenen Kutsche vorgefahren. Bald zottelten sie gemütlich durch die Straßen und verließ die Stadt.

Liasanya schaute ihn erwartungsvoll an.

»Warte ab«, grinste er nur.

Die Sonne neigte sich schon dem Horizont zu, als sie ein einladendes Gasthaus erreichten. Nach einem üppigen Mahl fuhren sie weiter. Liasanya war immer gespannter, was Halbart vorhatte. Doch er sagte nichts. Erst weit draußen, auf einer Waldlichtung, hielt er an. Warm und sternklar war die Nacht. Und wie Sterne schimmerten die Schweißperlen auf ihrer Haut.

***

Die Wochen vergingen, und das Leben im *Efeubusch* hinterließ auch bei Liasanya seine Spuren. Das dürre Straßenkind verschwand langsam, und eine hübsche junge Frau kam zum Vorschein.

Halbart besuchte sie nur ein oder zweimal in der Woche. Aber er vermied es, sie zu sich einzuladen. Es war klar, dass er seinen Sohn nicht noch mehr reizen wollte. Yanns Feindseligkeit stand zwar nicht zwischen ihnen, war aber stetig präsent.

»Ist er noch immer eifersüchtig?«, fragte sie Halbart einmal.

»Dass du mich ihm vorgezogen hast, hat ihm nicht gefallen, aber dass es Eifersucht ist – glaube ich nicht.«

»Ich versteh ihn einfach nicht. Erst ist er wochenlang mit Fiana zusammen. Dann besucht er sie nicht mehr, von einem Tag auf den anderen. Anschließend will er mit mir anbändeln.«

»Er ist hier in Gareth aufgewachsen. Und die Stadt hat ihn zu dem gemacht, was er ist. Der Adel, die großen Familien, die Gesellschaften, die Tempel, das alles. Seine Freunde – wenn man sie wirklich Freunde nennen kann – sind reich, die meisten noch reicher als wir. Sie haben ihre eigene Vorstellung von der Welt: Alles hat seinen Platz. Und alles hat seinen Preis.«

»Ich dachte wirklich, er hätte Fiana gern.«

»Ich bin mir sicher, dass er sie mochte. Auf seine Art. Aber er darf nicht. Ihr fehlt die rechte Hand, und das sieht jeder. Eine verurteilte Diebin? Das würde sich nicht schicken. Eine Zeit lang dachte ich, Fiana würde in ihm etwas wecken.«

»Etwas wecken?«

Er lachte, doch das Lachen erreichte nicht die Augen.

»Leichtigkeit? Die Leichtigkeit, andere einfach so zu nehmen, wie sie sind. Die Leichtigkeit, etwas zu wagen. Zu tun, was er wirklich möchte. Aber er glaubt zu sehr an Regeln und Rollen. An zugewiesene Plätze. An oben und unten.«

»Aber jetzt wäre es doch einfacher, sie ist im *Efeubusch.* Und keiner weiß, dass sie eine Diebin war – so wie ich.«

Halbart zuckte mit den Schultern, sagte aber nichts.

»Warum hasst er mich, wenn es keine Eifersucht ist?«, begann Liasanya von vorne.

»Roana«, sagte er.

»Roana? Deine Frau.«

»Ja. Yann liebt seine Mutter über alles. Noch heute. Er kann nicht akzeptieren, dass eine Frau, die jünger ist als er, eine Frau, die nicht Roanas Stand und Herkunft hat – dass du – ihren Platz einnimmst.«

»Aber ich nehme doch nicht ihren Platz ein!«

»Nein«, erwiderte Halbart, und Liasanya wusste nicht, ob in dem Wort eine Frage mitklang.

Gelegentlich besuchte Halbart Jalson den *Efeubusch* und gesellte sich zu den Männern und Frauen aus seiner alten Heimat. Das war nichts Ungewöhnliches. Doch einmal in jedem Götternamen fand ein besonderes Treffen statt. Am ›Tobrierabend‹, wie ihn jeder nannte, war die Schankstube brechend voll. Bier und Schnaps floss in Strömen, sodass die Mädchen mit dem Nachschenken kaum nachkamen. Es wurde gesungen, getanzt und Geschichten erzählt. Der Lärm und das Lachen schallten hinaus in die Gassen. Und spät in der Nacht, wenn sie genug getrunken, genug Geschichten aus alter Zeit erzählt und genug Lieder aus der alten Heimat gesungen hatten, schwiegen sie und senkten die Köpfe. Dann gedachten sie ihrer Freunde und Angehörigen, die gestorben, gefangen oder verschollen waren. Und derer, die als Untote noch immer da draußen warteten.

Anfang Rahja erlebten Liasanya und ihre Freunde ihren ersten Tobrierabend.

Mitten in der Schankstube hatte Oisin die Tische zu einer großen Tafel zusammengestellt. Am anderen Ende der frei gewordenen Fläche hatte ein Spielmann Platz genommen. Er machte einen gelangweilten Eindruck, sein Repertoire war an diesem Abend recht klein, immer wieder musste er die gleichen alten Weisen spielen. Aber er wurde dafür großzügig entlohnt. Schon jetzt standen – für jeden erfüllten Musikwunsch – etliche Becher Bier und Schnaps vor ihm – was leider weder seiner Fingerfertigkeit noch seinen Sangeskünsten gut tat. Aber den Anwesenden war dies längst egal, meist musste der Barde nur wenige Takte anspielen, schon fielen die ersten mit ein, und bald übertönte ihn der ganze Saal.

Nachdem sie genug getrunken hatten, sprangen die Ersten auf und drehten sich im Tanz. Wer keinen Partner fand, tanzte allein, nahm auch schon einmal mit einem Stuhl vorlieb – oder er schnappte sich eines der arbeitenden Mädchen, Brin oder Oisin. Was dann mehr als einmal ein Tablett voll zerbrochener Krüge und Gläser zur Folge hatte.

Oisin machte das an diesem Abend nichts aus. Er saß die meiste Zeit bei seinen Landsleuten am Tisch und vergnügte sich. Brin und die fünf Mädchen hetzten durch die Schankstube, um die Durstigen zu versorgen. Zwischen den Tischen und Tanzenden gab es kaum ein Durchkommen, die Luft war dick von Pfeifenrauch.

Nur wenige andere Gäste hatten sich an diesem Abend in den *Efeubusch* verirrt. Und die wussten sehr wohl, warum. Längst waren auch sie mit Freigetränken eingedeckt. Immer wieder kam jemand zu ihnen, nahm sie in den Arm und dankte ihnen in einem Anflug betrunkener Melancholie für die Aufnahme in das fremde Garethien.

Halbart hatte es zwar nicht bewusst vermieden, mit Liasanya zusammen gesehen zu werden, sie aber bisher keinem seiner Freunde und Landsleute vorgestellt. Es war zu weit vorgerückter Stunde, als er sie an diesem Abend zu sich winkte. Auch er hatte schon recht viel getrunken. Als sie neben ihm stand, sah sie, dass er schon sitzend leicht schwankte. Er legte seinen Arm um Liasanyas Hüften, beugte sich zu seinem Sitznachbarn hinüber – einem schlanken Mann Ende Vierzig mit schütterem dunklen Haupthaar und Backenbart –, legte die andere Hand auf dessen Schulter und sagte: »Schau, das ist Liasanya. Li, das ist Roban Horger. – Meine Li. Na, Roban, was sagst du?«

Der andere musterte Liasanya, nicht unfreundlich, aber abschätzig. »Nett«, sagte er trocken. »Aber seit wann magst du kleine Schankmädchen?«

Halbart glotzte ihn leicht schielend an.

Doch Roban Horger lachte und wandte sich Liasanya zu. »Behandle meinen Freund gut. Wenn ich höre, dass du ihm Kummer machst, bekommst du es mit mir zu tun. Übrigens, wenn wir schon bei Schankmädchen sind: Was ist mit der da – die da hinten? Ganz appetitlich. Und eine Hand reicht im Bett.« Er winkte zu Fiana hinüber. »He! Blonde! Ja du! Komm mal her!«

Fiana eilte zwischen den Tanzenden hindurch zu ihnen herüber. Roban beobachtete sie dabei, wippte mir dem Kopf und machte »Mm, mm, mm ...«

»Ihr wünscht, Herr?«

»Ich wünsche mir, dass du nicht als alte Jungfer stirbst«, rief er und brüllte vor Lachen.

Fiana schaute ihn verwirrt an.

»Wie wäre es damit?«, rief Roban. Er zog einen Dukaten aus der Tasche und warf ihn auf den Tisch.

Fiana starrte die Münze an, Tränen schossen ihr in die Augen.

Roban grinste. »Zu wenig? Du bist aber ein teures Vögelchen. Warte mal ...«

Er begann, wieder in der Tasche zu kramen. Der ganze Tisch hörte jetzt zu.

Liasanya riss sich von Halbart los und nahm ihre Freundin in den Arm. »Lass sie in Ruhe!«, fuhr sie Roban an.

Sie wollte gerade Fiana wegziehen, da erhob Yann, der am anderen Ende des Tisches saß, die Stimme: »Das ist nicht zu wenig! Normalerweise begnügt sie sich mit ...«

»Yann!«

Halbarts Schrei ließ alle anderen Geräusche im Raum verstummen.

Yann blickte feixend zu Fiana und Liasanya hinüber.

»Ihr wisst ja gar nicht, was mein Vater hier für Unrat angeschleppt hat!«

Halbart schien schlagartig nüchtern. »Sei still«, sagte er leise, aber so deutlich, dass es jeder verstand. »Sei einfach still.«

Yann schaute seinen Vater an, und das Lächeln erstarb.

»Wie kannst du!«, knurrte Halbart und sprang mit hochrotem Gesicht auf. Er ging um den Tisch herum. Grob packte er seinen Sohn am Arm und zog ihn von Stuhl hoch.

»Komm mit!«, sagte er noch, dann schob er ihn zur Tür hinaus. Alle starrten ihnen nach, doch die beiden kehrten nicht zurück.

Liasanya bemerkte, wie sie und Fiana an diesem Abend neugierig und misstrauisch beäugt wurden. Die Fragen waren deutlich in den Gesichtern zu lesen: Wer seid ihr? Woher kommt ihr? Und was hat Halbart Jalson mit euch zu schaffen?

Zunächst ging alles seinen gewohnten Gang. Die meisten Gäste hatten den Zwischenfall bald vergessen. Auch Oisin behandelte sie wie immer. Ihm war bekannt, dass sie aus Meilersgrund kamen. Aber Liasanya war sicher, dass er mehr über sie wusste, als er zugab. Bisher schien ihm das egal zu sein. Wie er aber reagieren würde, wenn herauskam, woher sie kamen – und in welchem Gewerbe sie sich verdingt hatten – wollte sich Liasanya gar nicht ausmalen. Die Gäste würden es kaum akzeptieren, von ›Dieben‹ und ›Huren‹ bedient zu werden. Und Oisin war genug Geschäftsmann, um nicht Halbarts Freundschaft zuliebe sein Geschäft zu opfern. Liasanya fürchtete, dass die beschauliche Zeit vorüber war.

***

Der Rahja neigte sich dem Ende zu, da schaute Giesel im *Efeubusch* vorbei. Zuerst dachte Liasanya, er wolle nur mal wieder seinen Durst stillen. Doch nach mehreren Krügen von Oisins Besten konnte sich der Stallknecht wieder an seinen Auftrag erinnern: Liasanya solle an diesem Abend zu Halbart kommen.

Eigentlich hätte sie liebend gern abgesagt, zu sehr war sie – insbesondere seit dem Zwischenfall am Tobrierabend – darauf bedacht, Yann aus dem Weg zu gehen. Wenn sie jetzt noch auf dem Jalsonschen Anwesen erschien, würde das seine Abneigung noch steigern. Doch Giesel war längst zu betrunken, um eine Absage zuverlässig zu übermitteln. So entschuldigte sie sich bei Oisin und machte sich kurz vor Sonnenuntergang auf den Weg.

Laille öffnete ihr: »Hallo, freut mich, dich zu sehen«, sagte die Haushälterin und nahm Liasanya kurz in den Arm. »Wo ist Giesel?«

»Er braucht wohl noch ein Weilchen«, antwortete Liasanya.

»Dieser Mann! Kein Krug ist vor ihm sicher«, seufzte Laille.

»Weißt du, warum ich kommen soll?«

»Nein. Der Herr ist oben – er hat noch Besuch. Aber er hat gesagt, ich soll dich gleich raufschicken.«

»Und Yann?«, fragte Liasanya unsicher.

»Nicht da. Er ist ausgegangen, der junge Herr. Ach Li! Er ist ein guter Junge, wenn er nur nicht so närrisch wär.«

Liasanya lächelte bitter. »Ich geh dann mal hoch.«

»Er ist in seinem Arbeitszimmer. Das erste links.«

Es war das erste Mal, dass Liasanya Halbarts Haus durch die Vordertür betrat. Dunkle Panele täfelten die Flurwände. Eine breite Treppe schwang sich in einem eleganten Bogen nach oben. Was befand sich wohl in all den Zimmern? Wo waren die Wertsachen aufbewahrt? Die Fragen tauchten unvermittelt in ihrem Geist auf. Und irgendwie beruhigte es sie. Irgendwo in dem Schankmädchen war noch die Diebin verborgen.

Sie ging nach oben. Vor dem besagten Zimmer blieb sie stehen und zögerte kurz. Laute einer Unterhaltung drangen durch die schwere Tür. Halbarts Stimme – und eine zweite, sie war ihr bekannt, auch das Gesicht und der Name dazu: Roban Horger, der unausstehliche Kerl aus dem *Efeubusch,* der Fiana so zugesetzt hatte!

Sie konnte nicht verstehen, worüber geredet wurde, und wollte gerade anklopfen, als die zweite Stimme laut wurde. Liasanya zog die Hand zurück und lauschte.

»Hör mal! Ich weiß ja nicht, was du an diesem flachbrüstigen zerzausten Straßenköter findest. Geht mich auch nichts an. Aber wo hast du sie aufgelesen? Was hat sie bisher gemacht? Was hat sie vor? Weißt du das?«

»Sie arbeitet im *Efeubusch,* das weißt du doch«, antwortete Halbart ruhig.

Roban Horger lachte: »Natürlich! Aber erst, seit du sie Oisin aufgeschwatzt hast. Ich bin weder blind noch taub oder dumm, das weißt du. Sie hat den ganzen Ingerimm für dich gearbeitet.«

»Und ich hätte sie hier behalten, aber sie wollte nicht. Und Yann – «

»Mm.« Horgers Stimme wurde ruhiger, und Liasanya musste sich anstrengen, ihn noch zu verstehen. »Aber Halbart, mein Freund, es ist mehr an ihr, als du siehst. Glaub mir. Mit solchen Weibern musst du vorsichtig sein. Ein wenig Spaß haben, das ist in Ordnung. Habe ich dir auch tausend Mal geraten, seit Roana tot ist. Aber du übertreibst es gleich. Sie lässt sich von dir beglücken, solange du sie aushältst. Wenn sie aber herausgefunden hat, wo du deine Geldbörse versteckt hast, ist sie weg. Die Kröte kehrt immer zu dem Pfuhl zurück, aus dem sie gekrochen ist, das weißt du doch!«

Kröte, dachte Liasanya wütend, *ich bin also eine Kröte!*

Sie lauschte weiter, doch beide hatten die Stimme wieder gesenkt.

Dann klopfte sie und trat ein.

Halbart saß in einem gewaltigen Polstersessel. Vor ihm, auf einem schweren Schreibtisch, stand ein Glas Rotwein. Die andere Person saß ihm gegenüber, es war tatsächlich der dunkelhaarige Tobrier aus dem *Efeubusch.*

»Komm herein. Ich bin froh, dass du Zeit hast«, begrüßte sie Halbart. »Ich denke, ihr kennt euch schon: Roban Horger - Liasanya.«

»Es ist mir eine Ehre«, lächelte Horger verschmitzt, »meines Freundes Glück endlich näher kennenzulernen.«

Erst eine Kröte, dann Halbarts Glück? Ich glaube nicht, dass wir Freunde werden, dachte Liasanya. Sie reichte ihm die Hand. Er deutete eine Verbeugung an, und sie versuchte sich an einem Knicks.

»Ganz reizend. Wahrlich, ganz reizend«, fuhr der Tobrier fort. »Aber sag, lieber Freund, wo hast du dieses Vögelchen denn gefangen? Nicht im *Efeubusch,* möchte ich annehmen.«

»Das werde ich nicht einmal dir verraten, mein Freund. Ein Geheimnis, das ich mit niemandem teile.« Er lächelte vielsagend und erhob sich.

Liasanya glaubte, ein überraschtes Leuchten in Roban Horgers Augen zu sehen.

»Nun, ich muss mich jetzt verabschieden«, sagte dieser. »Halbart, wir sehen uns. Und ihr, werte Dame: Es freut mich, eure

Bekanntschaft gemacht zu haben. Und ich hoffe, wir werden uns noch besser kennenlernen.« Er nahm ihr Hand, küsste sie, dann nickte er Halbart noch einmal kurz zu und ging.

Einige Zeit standen sie einfach da.

»Warum hast du mich geholt?«, begann Liasanya.

»Ich wollte dich noch einmal sehen. Ich reise morgen nach Hirschfurt. Ich hoffe, ich bin rechtzeitig zurück, denn während der Namenlosen Tage möchte ich nicht reisen und werde das Haus nicht verlassen.«

»Soll ich mit dir kommen?«

»Nein. Ein anderes Mal vielleicht.«

»Du hast mich nur geholt, um auf Wiedersehen zu sagen?«

»Nicht nur. Da ist noch Yanns Gerede. Ich möchte nicht, dass es die Aufmerksamkeit auf euch und damit auch auf mich lenkt.«

»Wie? Was meinst du damit?«

»Nun, ich glaube nicht, dass jemand etwas über unser Geschäft weiß. Aber ich möchte kein Risiko eingehen. Sag deinen Freunden bitte, sie sollen unter keinen Umständen darüber reden.«

»Sollen wir gehen? Zurück nach Meilersgrund?«

Liasanya ging ans Fenster und starrte in die Dunkelheit.

Draußen am Tor sah sie zwei Schatten. Der eine, wild gestikulierend, schien auf den anderen einzureden; dann trennten sie sich. Die eine Gestalt verschwand auf der Straße, Liasanya vermutete, dass es Horger war. Die andere ging auf das Haus zu. Nach wenigen Schritten konnte sie Yann erkennen.

Schnell trat sie vom Fenster zurück und stieß gegen Halbart.

Seine Hände glitten über ihre Taille, sie schmiegte sich mit dem Rücken an ihn.

»Yann«, seufzte Liasanya.

»Was ist mit ihm?«

»Er kommt gerade. Und du hast meine Frage nicht beantwortet. Sollen wir gehen?«

»Nein, ihr sollt nicht gehen. Ich brauche dich.«

»Was dann? Um was geht es bei der ganzen Sache?«

»Ich weiß selbst noch nicht genug. Und je weniger du weißt, desto besser. Ich möchte dich nicht in Gefahr bringen.«

»Was ist mit Horger? Hast du es ihm erzählt?«

»Nein, nicht einmal Roban. Er ist der beste Freund, den ich habe. Es ist das erste Mal, dass ich etwas vor ihm verberge. Siehst du, nicht einmal er ...«

»Er ist nicht ehrlich.«

»Nein – doch ...«

»Ich hab gehört, was er über mich sagte. Und ...«

»Du hast gelauscht?«

»Es war nicht zu überhören. Eine Kröte -«

»Tut mir leid. Aber er ist stolz. Er ist ein Ehrenmann.«

Als ob das eine Entschuldigung wäre, dachte Liasanya.

»Er macht sich eben seine Gedanken«, fuhr Halbart fort. »Er weiß nichts über dich.« Plötzlich lachte er: »Dies Mal muss er sich eben noch eine Weile Sorgen machen. Ich werde euch alles erzählen, wenn es vorbei ist. Vielleicht schon, wenn ich zurück bin. Dir – und Roban – und Yann. Ihr seid die wichtigsten Menschen in meinem Leben. Du wirst schon sehen, ihr werdet noch gute Freunde.«

Liasanya zweifelte daran, doch sie ließ es dabei bewenden. »Was kannst du mir nichts sagen?«, murmelte sie, mehr zu sich selbst.

»Bitte! Tu einfach, was ich sage«. Er umarmte sie fester, und seine Hände glitten etwas tiefer.

»Nicht. Ich werde jetzt gehen.«

»Warum? Bleib heute Nacht bei mir.«

»Aber Yann.«

»Nur diese Nacht. Außerdem ist das mein Haus, und ich kann hier tun und lassen, was mir gefällt!«

Er löste die Bänder des Kleides; sanft glitten seine Hände über ihren Nacken, streiften das Kleid über die Schultern, liebkosten jeden Flecken frisch entblößter Haut.

»Tu, was dir gefällt«, flüsterte Li.

Sie lehnte sich an ihn, schloss die Augen, genoss.

Als wäre es das letzte Mal.

»So einfach ist das nicht. Du kannst nicht aussteigen. Erst recht nicht nach deinem elenden Versagen.«

»Ich habe nicht versagt! Konnte ich ahnen, dass irgend so ein Langfinger mein Schlafzimmer plündert und das ganze Ding mitnimmt?«, erwiderte Lechdan Meeltheuer.

Sein Gegenüber lachte auf. Doch keine Herzlichkeit lag darin. »Wenn du dich unserer Sache mit so viel Hingabe widmen würdest, wie deinen anderen Geschäften, wäre es nicht passiert. Anstatt eines angemessenen Verstecks ...«

»Ich dachte ...«

»Du dachtest? Und ich muss mich jetzt darum kümmern, dass sich keine Schlinge um unsere Hälse legt.«

»Ach was! Wenn der Dieb den Inhalt der Schatulle sieht, wird er ihn vermutlich wegwerfen.«

»Da muss ich dich enttäuschen. Ich fürchte, derjenige, der das Zeug jetzt hat, weiß ganz genau, was es wert ist!«

»Wer? – Woher weißt du das?«

»Nun, da du nicht ganz unschuldig an dem Verdruss bist – und da du dich ja sowieso aus der Angelegenheit zurückziehen möchtest –, solltest du verstehen, dass ich mich im Augenblick dir gegenüber nicht näher äußeren möchte. Nur so viel: Ich musste zu unser aller Bedauern erfahren, dass der Besucher in deinem Schlafzimmer nicht zufällig da war.«

»Aber wie ... das kann doch nicht sein! Keiner wusste davon.«

»Keiner? Du -«

»Nein! Ich habe nicht geredet! Glaube mir! Ich bin doch nicht wahnsinnig!«

»Das will ich hoffen.«

»Aber was sollen wir jetzt tun?«

»Wir? Du meinst wohl mich? Keine Sorge. Während du deinen Kopf unter den Röcken feiner Damen versteckt hältst, hat meiner an einer Lösung gearbeitet. Die Sache ist so gut wie erledigt. Es wird sich darum gekümmert. Endgültig.«

Meeltheuer seufzte erleichtert auf.

»Und ich gehe davon aus, dass das dein letzter Fehler war, Lechdan, mein Freund. Sonst -«

Eine dritte Person betrat den Raum.

Meeltheuer stöhnte auf, als sie ins Licht trat.

Zweites Kapitel

Bannakademie Fasar – Ende Rahja

Lampen schufen Inseln aus Licht in dem ansonsten dunklen Lesesaal. Murmeln war zu hören, an- und abschwellend wie Insektensummen auf einer morgendlichen Frühlingswiese.

Setharan Laikis riss die Augen auf. Das Summen verwandelte sich wieder in die Stimmen seiner Mitstudiosi. Langsam musste er einsehen, dass seine Gedanken ganz und gar nicht bei dem muffigen Folianten vor ihm waren. Seufzend lehnte er sich zurück und starrte an die Decke. Es war nicht Müdigkeit, die ihn quälte. Normalerweise war er konzentriert bei der Sache.

Nur eben nicht heute.

Seit fast fünf Monaten studierte der Adeptus jetzt an der Bannakademie zu Fasar. Ein ungewöhnlicher Ort für jemanden, der schon die Akademie ›Schwert und Stab‹ zu Gareth besucht hatte. Und ungewöhnlich war die Karriere des jungen Magiers auch sonst. Als Sohn einer Stadthexe – eine Tatsache, die dem Großteil seiner Kollegen, Lehrer und Mitschüler bis heute verborgen war – hatte er weder Mittel noch Herkunft besessen, um sich einen Platz an der reichstreuen Akademie zu sichern. Doch eines Tages – Setharan war gerade zehn Jahre alt geworden – stand der Magister Eboran von Methumis vor der Tür, eröffnete, ein alter Freund von Setharans verstorbenen Vaters zu sein, und bestand darauf, den Jungen persönlich als Schüler anzunehmen. Das lag jetzt gut zehn Jahre zurück. Mit gemischten Gefühlen dachte Setharan an den verschreckten, schüchternen Knaben zurück, der er gewesen war.

Eboran von Methumis, wie der Name Eingeweihte schon ahnen ließ, ein Meister der Hellsicht, hatte klare Vorstellungen von der Ausbildung zukünftiger Magier. »Was nützt der beeindruckendste Kampfzauber, wenn du nicht weißt, wem oder was du gegenüber stehst«, war einer seiner Leitsprüche. Deshalb unterrichtete er die

Magica Clarobservantia auch an der Akademie ›Schwert und Stab‹ und öffnete damit seinen Schülern hier die Türen. Der anfängliche Neid auf die Akademie-Zöglinge schwand, als Setharan erkannte, dass an der Schule ein geradezu militärischer Drill herrschte. Wenn an der Akademie die Lehrer davon sprachen, man müsse den Schülern das Wissen einprügeln, so meinten dies nicht alle symbolisch.

Magus Eboran dagegen behandelte seinen Zögling zwar streng und ließ ihn hart arbeiten, war aber niemals ungerecht und für einen Weißmagier erstaunlich weltoffen und freigeistig. Unter den Freunden, die Setharan an der Akademie fand, beneidete ihn bald der eine oder andere um seine Lehrzeit und seinen unkonventionellen Lehrmeister. Zu guter Letzt bestand Eboran jedoch darauf, dass Setharan seine Prüfungen an der Akademie selbst ablegte. Die Lehrer an der Akademie nahmen keine Rücksicht auf Setharans etwas andere Ausbildung. Beim ersten Versuch rasselte er mit Bausch und Bogen durch die Prüfungen, und erst im vergangenen Winter hatte der junge Mann endlich bestanden. Auch wenn Herkunft, Biografie und die Lehrjahre ihm eine allzu enge Bindung an die weiße Gilde versagten, so trug er jetzt das Siegel der Akademie.

Eboran drängte den frisch gebackenen Adeptus sogleich, sein Wissen und seine Fähigkeiten durch Studien der Antimagie zu erweitern. Als er ihm dann auch noch Zutritt zu der kaum bekannten und im Geheimen wirkenden Bannakademie verschaffte, platzte Setharan fast vor Stolz. Außerdem schob es die eine oder andere anstehende Entscheidung über seinen Zukunftsweg auf. Er war fest entschlossen, ein Meister seiner Zunft zu werden, wissbegierig und fleißig. Auch wenn dies keiner glauben würde, der ihn jetzt sah.

Er wollte noch so viel wie möglich lernen und lesen.

Er sollte!

Er würde ...

... in wenigen Tagen abreisen. Seine Sachen waren schon gepackt.

Ja! Noch vor den Namenlosen Tagen ging es heim nach Gareth. Er freute sich Mirya – seine Mutter – und Eboran wiederzusehen.

Doch das war es nicht, was ihn die ganze Zeit von den Büchern ablenkte.

Er dachte an das Mädchen! Sie hatten sich im letzten Travia kennengelernt. Nach endlosen Prüfungsvorbereitungen in den frühen Morgenstunden endlich auf dem Nachhauseweg, konnte Setharan beobachten, wie sie mit Hilfe eines Blendzaubers einer ganzen Horde Angreifer entfloh. Neugierig auf ihr magisches Talent brachte er sie zu seiner Mutter. Mirya nahm die Stadtstreicherin nach etwas Murren als Gehilfin auf, und Setharan verliebte sich Hals über Kopf in sie. Obwohl sie sich die meiste Zeit stritten, glaubte er, dass sie ihn auch mochte. Nein, er wusste es. Sie hatten sich geküsst! Und sie war wahnsinnig wütend geworden, als er ihr eröffnete, dass er das nächste halbe Jahr hier in Fasar verbringen würde.

Das war doch ein Beweis, dass sie auch ihn liebte?

Sie würde doch auf ihn warten?

Sie würde doch noch da sein?

Während er weiterhin auf dieselbe Seite des in abgegriffenes Leder gebundenen Buches starrte, sah er sie vor sich – so wie sie einmal vor ihm gestanden war, so wie er sie am liebsten in Erinnerung hatte: Das dunkle Haar fiel ungebändigt über ihre Schultern, die braunen Augen blitzten frech, kleine Narben – Spuren eines harten Lebens – leuchteten auf ihrer Haut wie Silberschmuck. Dann die schlanken Beine, schmalen Hüften, die ...

Setharan schloss die Augen, schlug das Buch zu, riss die Augen wieder auf, erhob sich und zog seine Robe zurecht. Er wusste, dass er nicht noch einmal so viel Konzentration aufbringen konnte.

Bald würde er sie ja wiedersehen.

***

Der Rahja ging zu Ende, ohne dass sich Liasanya und Halbart noch einmal sahen. Wie sie erfahren hatte, war der Händler gerade noch rechtzeitig vor den Namenlosen Tagen nach Gareth zurückgekehrt. In einer knappen Nachricht teilte er Liasanya mit, dass er mit Yann und die Bediensteten die nächsten fünf Tage zurückgezogen auf seinem Anwesen verbringen wollte.

Auch im *Efeubusch* blieb alles recht still, nur wenigen stand zu dieser Zeit der Sinn nach Spaß und Zerstreuung.

Der erste Praios brach an und machte seinem Namen alle Ehre. Das Auge des Himmelsfürsten erhob sich über den Horizont, erpicht darauf, alles Finstere der vergangenen Tage von Deres Antlitz zu brennen.

Während anderswo die Vorbereitungen zum großen Festtag auf Hochtouren lief, saß Oisin zufrieden vor dem *Efeubusch.* Auf dem Schoß lag sein Rechnungsbuch. Alles stand bestens. Die dunklen Tage waren überstanden, der strahlend blaue Himmel kündigte Hitze und durstige Gäste an. Hinter sich, im Haus, hörte er das geschäftige Treiben seiner Bediensteten, welche die Schankstube auf den erwarteten Ansturm vorbereiteten. Doch statt der ersten Gäste näherte sich eine Patrouille der Stadtwache. Oisin grüßte und wollte sich schon wieder seinen Notizen zuwenden, als die beiden Wächter stehen blieben. »Arbeitet hier eine Liasanya?«, fragte der Eine.

Oisin schluckte. »Äh? Ja. Warum?«

»Wo ist sie? Sie muss mitkommen.«

»Äh ... drinnen. Was hat sie – ich meine – hat sie was angestellt?«

»Das wird sich noch herausstellen«, brummte der Wächter und öffnete die Tür zur Schankstube.

Liasanya summte zufrieden vor sich hin. Halbart würde heute sicher kommen. Vielleicht würde er den schönen Tag nutzen und einen Ausflug machen. Mit wohligem Schauer erinnerte sie sich der Nacht auf der Waldlichtung.

Die Tür zur Schankstube wurde aufgerissen, zwei Wächter, gefolgt von Oisin betraten den Raum. Schlagartig herrschte Totenstille, nur der stoßweise Atem des Wirts war zu hören.

»Wer von euch ist Liasanya?«

Ihre Nackenhaare stellten sich auf. Hektisch schaute sie sich um. Der erste Reflex war, wegzulaufen. Aber sie hatte doch nichts getan! Seit Wochen führte sie ein gesetzestreues Leben. Warum stand jetzt die Wache vor ihr?

»Ich – ich bin Liasanya«, flüsterte sie.

»Komm mit.«

»Aber ich ...«

»Los! Komm!« Der Gardist nahm sie am Arm, nicht grob, aber es war eindeutig, dass er keine weitere Verzögerung duldete.

»Li, was ist?«, rief Brin.

»Ich weiß doch nicht!«

Die Wächter schoben sie zur Tür.

»Was macht ihr mit ihr?«, fragte Oisin.

»Du wirst es erfahren. Vielleicht kriegst du dein Mädel gleich zurück. Und jetzt mach keinen Ärger.«

Liasanya wurde nach draußen geführt. Sie bemerkte nicht, wie die wenigen Passanten auf der Straße ihr neugierig nachschauten. Alles verschwamm vor ihren Augen. Sie sah ihre Hand auf dem Richtblock, sah ihre Haut im Schein der Flammen.

Sie näherten sich Halbart Jalsons Anwesen.

Als Liasanya das realisierte, rief sie: »Halbart? Ist etwas mit Halbart?«

»Gleich wirst du es sehen«, antwortete der Gardist. Sein Gesicht verlor alle Farbe.

Eine Träne floss Liasanyas Wange hinab. »Halbart«, flüsterte sie noch einmal.

Das Gerücht, etwas Schreckliches sei geschehen, huschte trotz der frühen Morgenstunde durch die Straßen. Schon bildete sich eine Menschentraube vor dem Jalsonschen Anwesen. Die Wächter drängten sich mit Liasanya durch die Menge, ein weiterer Gardist stand am Tor und machte wortlos Platz. Sie gingen zum Haus. Die Fensterläden im Erdgeschoss waren noch geschlossen, keine Lampe brannte, es brauchte einige Momente, bis sich Liasanyas Augen an das Dämmerlicht gewöhnt hatten.

Vom oberen Stock drangen gedämpft Stimmen herunter, und aus dem Zimmer neben der Treppe hörte sie das Schluchzen einer Frau. Giesel saß neben Laille am Küchentisch. Er hatte den Arm um die Frau gelegt, auch sein Gesicht war tränennass.

»Halbart!«, rief Liasanya.

»Li! Meister Halbart!«, schrie Laille. »Er ist tot!«

Der Schrei hinterließ ein schrilles Echo in Liasanyas Ohren. Die Kehle war ihr zugeschnürt, Blut pochte im Hals.

»Wo ist er?« Ihre Stimme war nur noch ein Krächzen.

Giesel wies mit einem Nicken in den ersten Stock.

Ihr Körper wollte sich nicht rühren.

Die beiden Wächter hatten bisher schweigend dagestanden, jetzt fasste sie der eine an der Schulter und schob sie zur Treppe. Sie umklammerte den Handlauf, betrat die erste Stufe und ging mit zitternden Beinen nach oben.

Die große zweiflügelige Tür gegenüber dem Treppenabsatz stand offen. Aus großen Fenstern schien die Morgensonne hell und freundlich in das Zimmer. Obwohl die Fenster weit geöffnet waren, verströmte der Raum einen schweren süßlichen Geruch.

Die beiden Gardisten grüßten einen dritten, offensichtlich ihren Vorgesetzten, der am Fenster stand und mit Yann redete. Als Liasanya unter den Türstock trat, verstummte die Unterhaltung.

Ihr wurde schwarz vor Augen. Ein Abgrund tat sich auf, tief wie ein Brunnenschacht. Stimmen drangen zu ihr hoch, und obwohl sie keine Worte verstand, wusste sie, was sie ihr zuflüsterten: »Komm! Lass dich fallen, und alles wird gut.«

Den Blick fest nach unten gerichtet trat sie in das Zimmer, hob dabei kaum die Füße, als fürchtete sie, den sicheren Boden zu verfehlen. Gut zwei Dutzend gelöschter schwarzer Kerzen standen verteilt im Zimmer. Zwischen Bett und Fenster lag etwas: groß, unförmig und nur notdürftig mit einem rotfleckigen Laken bedeckt. Eine dunkle Lache breitete sich davon aus.

Erschrocken zuckte sie zurück.

Ihr Blick fiel auf den Kerzenleuchter neben dem Bett.

Es war kein rotes Wachs, welches da zäh zu Boden tropfte.

Halbart lächelte sie mit bleichen Lippen an. Seine Augen fehlten.

Der Abgrund öffnete sich zu einem weiten Schlund, und dieses Mal ließ sie sich fallen.

Einer der Gardisten fing sie auf.

Zögernd öffnete sie die Augen und schaute sich um. Der Leuchter mit Halbarts Kopf war endlich bedeckt. Die Gardisten betrachteten sie fragend. Endlich fand sie ein Paar vertraute Augen.

»Yann, was ist geschehen?«

»Du!«, keuchte der Junge. Seine Unterlippe zitterte. »Was machst du hier?«

»Aber ...«

»Wir haben sie holen lassen«, sagte der Hauptmann. »Sie war seine Geliebte, haben die Bediensteten gesagt.«

»Sie? Sie ist nur eine Schankmagd! Eine billige Schlampe. Sie hat hier nichts zu suchen«, zischte Yann.

»Herr Yann, was sagst du da?« Laille und Giesel standen in der Tür.

»Schafft sie raus, sie hat hier nichts zu suchen! Und ihr geht mir ebenfalls aus den Augen!« Yanns Stimme überschlug sich. »Und wenn ihr sie noch einmal in meine Nähe bringt, landet ihr auf der Straße! Ihr könnt euch gerne zu ihresgleichen gesellen.«

Die Bediensteten starrten ihren jungen Herrn erschrocken an, dann nahmen sie Liasanya in ihre Mitte und gingen zur Treppe.

»Halt!«, rief der Gardehauptmann. »Wie verhält sich das jetzt?«

»Sie war die Freundin von unserem Herrn«, sagte Giesel leise.

»Sie ist eine Hure«, rief Yann.

Der Hauptmann schaute Yann unwillig an, ließ ihn stehen und trat hinaus in den Flur.

»Wann hast du Halbart Jalson das letzte Mal gesehen?«

»Vor gut zwei Wochen«, sagte Liasanya tonlos. »Aber er wollte mich heute besuchen.«

»Aber Li!«, rief Laille erstaunt auf. »Ich dachte, du warst gestern Abend bei ihm!«

»Nein! Wie sollte ich? Ich war ...«

»Wer war es dann? Ich hab doch Stimmen gehört. Ich habe mich schon gefragt, wie du ins Haus gekommen bist. Wollte dann aber nicht stören«, unterbrach sie Laille. »Ich dachte, ihr habt gestritten!

Li! Was hast du ...« Laille verstummte, schien erst jetzt zu realisieren, welchen Verdacht sie geäußert hatte.

»Laille! Ich weiß nicht was du gehört hast. Nein, ich war gestern nicht hier!«, verteidigte sich Liasanya.

»Wir müssen uns wohl in Ruhe unterhalten. Bringt sie runter und passt auf sie auf«, wies der Hauptmann seine Gardisten an.

Mit gesenktem Kopf ließ sich Liasanya von den beiden Wachen wegführen.

»Ich weiß schon, wie sie ins Haus gekommen ist«, mischte sich Yann ein. »Es war für sie eine Leichtigkeit. Ich weiß nämlich, was sie wirklich ist. Nicht wahr, Liasanya? Du bist eine Diebin. Eine Diebin aus der dreckigsten Suhle Meilersgrunds!«

Liasanya erstarrte und machte auf dem Treppenabsatz kehrt.

»Yann ... bitte ...«, rief sie.

Die Blicke des Hauptmanns sprangen zwischen Yann und Liasanya hin und her. »Ich kann es mir nicht vorstellen. Wenn sie es war, dann war sie nicht allein. Sie ist zu klein. Der Täter muss gewaltige Kräfte haben. Und das Ganze sieht nicht aus wie der Streit zwischen einem Kaufmann und seiner Konkubine«, sagte er nüchtern.

»Kann schon sein!«, rief Yann. »Aber diese Metze kann zaubern! Die anderen wissen es auch, sie haben es gesehen. Ja! Schaut euch alles an. Sie steht mit Dämonen im Bunde. Was hat Vater da ins Haus gebracht. Sie hat ihn verhext! Damit er bei ihr bleibt! Und jetzt hat sie ihn umgebracht!« Yann fing laut zu schluchzen an.

»Yann! Das ist nicht wahr!« Liasanya wollte sich auf ihn stürzen, doch die Gardisten packten ihre Arme fester. Während sie die Treppen hinabgeführt wurde, spürte sie den bohrenden Blick des Hauptmanns im Rücken.

Liasanya wurde in die Gesindeküche geführt, ihr wurde gesagt, sie solle sich setzen. Stumm befolgte sie die Anweisungen. Was spielte es noch für eine Rolle. Vor einer halben Stunde hatte sie fröhlich in Oisins Schankstube gestanden und sich auf das Wiedersehen mit Halbart gefreut.

Jetzt hatte sie ihn gesehen.

Jetzt war er tot.

Und Yann hatte alles verraten: Sie war eine Diebin und Zauberkundige. Stumm flossen ihre Tränen. Ohne es zu wollen, lauschte sie der leisen Unterhaltung der beiden Gardisten.

»Ulfert, was glaubst du? Ist sie eine?«

»Was weiß ich?«

»Aber sie sieht so harmlos auf.«

»Timor, das haben wir von anderen auch gedacht. Wie viele waren und sind mit Borbarad im Bunde, bei denen wir jeden Eid geschworen hätten, sie seinen auf der rechten Seite. Wenn der junge Herr recht hat, dann ist sie eine Zauberin – oder eine Paktiererin – oder sonst was Ungutes. Und die Köchin sagt, die Kleine war gestern Abend hier. Warum lügt sie, wenn sie nichts zu verbergen hat? Schau dir doch die Sauerei da oben an. Die Kerzen, der Kopf. Das war kein normaler Mord. Da sind Dämonen im Spiel. Es passt alles zusammen.«

»Da hast du recht«, erwiderte Timor, doch seine Stimme klang nicht ganz überzeugt.

Es passt alles zusammen?, dachte Liasanya. *Nein, es passt überhaupt nichts zusammen! Warum hat Laille gesagt, sie hätte mich gehört? Ich bin zeitig zu Bett gegangen! Das war alles. Oder? Wenn ich anschließend, ohne es zu wissen ...? Ist es nicht die hesindegefällige Gabe Madas in mir, sondern ein Dämon, der an meiner Seele frisst? Nein, das ist verrückt.*

Sie stützte ihr Gesicht in die Hände. »Lass es nur einen Traum sein, lass es einen Albtraum sein«, murmelte sie und wünschte sich, endlich zu erwachen.

Doch stattdessen zerrte einer der Gardisten an ihrem Arm: »He! Flüstere hier nicht herum. Und lass die Hände auf dem Tisch, damit wir sehen können, was du tust«, rief Timor.

Ulfert lachte auf: »Na! Viel wird sie nicht mehr tun, das ist klar. Hauptmann Bosko hat sicher schon die Inquisition verständigt. Brr! Hoffentlich bin ich schon weg, wenn die kommen. Krieg schon ein schlechtes Gewissen, wenn ich die bloß sehe.« Er beugte sich über den Tisch und schnüffelte. »Aber du wirst sie richtig kennenlernen. Ich rieche verbranntes Fleisch! Und das ist noch zu gut für dich. Warum hast du die Sauerei da oben angestellt?

Mit wem bist du im Bunde? Praios schütze uns!« Er wandte sich an Timor: »Vielleicht sollten wir die Dämonenbuhle gleich jetzt und hier totschlagen, bevor sie noch etwas anstellt!«

»Ulfert! Nein! Mach keinen Ärger! Wenn der Alte das mitkriegt!«

»Wenn du das Maul hältst, bekommt er nichts mit! Sie wollte uns was anhexen. Und da mussten wir -« Ulfert ging um den Tisch. Er packte Liasanya an den Haaren. Sie schrie auf, versuchte sich loszureißen, doch er zerrte sie herum, bis sie ihn ansehen musste.

Da öffnete sich die Tür. Bosko, der Gardehauptmann, kam herein, hinter ihm Giesel und Laille.

Ulfert ließ locker. Liasanya nutze die Gelegenheit und stieß ihr Knie zwischen seine Beine. Keuchend taumelte er rückwärts.

»Was geht hier vor?«, polterte Bosko.

»Sie wollte uns verhexen!«, keuchte Ulfert. »Die kleine Hexe wollte sich an mich ranmachen.«

»Nein, das ist nicht wahr!«, rief Liasanya.

»Wir werden noch sehen, was hier wahr ist. Es ist zumindest mehr an dir, als es den Anschein hat. Nun, der Orden des Lichts schickt einen Inquisitor. Der wird die Wahrheit schon aus dir herauslocken.«

Er kam auf sie zu. Panik wallte in ihr auf, bevor noch einer reagieren konnte, stieß sie Ulfert gegen den Hauptmann, stürzte durch die Tür, tauchte unter Laille und Giesel weg und in den dämmrigen Flur.

Die Magie wirkte wie von selbst. Unbewusst webte sie das arkane Muster und verschwand im Schatten unter der Treppe. Nur ihr schwerer Atem konnte sie jetzt verraten.

Ich mache alles noch viel schlimmer, dachte sie. Doch konnte sie noch jemandem vertrauen? Sie traute kaum noch sich selbst. Laille glaubte ihr nicht. Yann hasste sie. Der Gardist würde bei seiner Geschichte bleiben. Sie hatte sich gegen die Wache gewehrt, war davongerannt, das war so gut wie ein Geständnis. Und wenn die Inquisition kam, blieb ihr tatsächliches magisches Talent nicht lange verborgen. Folter und Feuer standen bevor. Sie musste weg!

Die Wachen rannten an ihr vorbei, der Zauber wirkte. Sie schlich weiter durch den Flur und kauerte kurz in eine Ecke. Bei der nächsten Gelegenheit eilte sie zur gegenüberliegenden Tür, öffnete sie leise und glitt hindurch.

Es war eine kleine Abstellkammer mit einem Fenster. Sie schloss die Tür hinter sich und schaute sich genauer um. Irgendwie musste sie das Haus verlassen. Irgendwo musste sie vom Grundstück. Vorsichtig öffnete sie das Fenster einen Spalt und spähte hinaus. Das Fenster führte in den vorderen Hof, Liasanya konnte sogar die Schaulustigen sehen, die am Zaun standen und die Hälse reckten. Der Zauber gab ihr Deckung im dunklen Haus, doch draußen in der Sonne nutzte er nicht viel. Sie ließ das Fenster geöffnet und ging zurück in den Flur, ließ auch die Tür angelehnt und verschwand wieder unter der Treppe.

Sie musste nur wenige Augenblicke warten.

»Da ist sie hinein!«, hörte sie Ulferts Stimme. Mehrere Personen eilten an ihr vorbei. Liasanya wagte nicht zu atmen.

»Wie konnte das passieren? Sie ist draußen! Sie ist durchs Fenster! Schnell, dann haben wir sie.«

Wieder trampelten Stiefel durch die Eingangshalle, dann herrschte Totenstille. Sie huschte die Treppe hinauf, vermied den Blick in Halbarts Schlafzimmer. Am Ende des Flurs war ein Fenster. Liasanya eilte hinüber und schaute hinaus. Aufgeregte Rufe drangen an ihr Ohr, doch das Fenster war von der Straße aus nicht zu sehen, auch befand sich im Augenblick niemand auf dieser Seite des Hofes. Sie musste schnell handeln. Der flache Anbau war direkt unter ihr, nur zwei Schritte trennten sie davon. Sie öffnete das Fenster, schob den Kopf hinaus, riss die Schürze herunter und warf sie aufs Dach. Dann raffte sie den Rock und knotete ihn um die Hüften und kletterte auf das Fensterbrett. Sie hangelte sich nach draußen, setze sich, so weit es ging, auf den schmalen Fenstersims. Behutsam stellte sie den Fensterriegel senkrecht, so dass er bei der leichtesten Erschütterung kippte. Sie hatte nur einen Versuch.

Mit Schwung zog sie den Fensterflügel zu sich her. Kurz bevor er zuschlug, stieß sie sich ab, hing noch einen Augenblick auf den

Sims gestützt in der Luft, der Riegel kippte, und mit einem Klicken war das Fenster verschlossen.

Zwei Schritt tiefer rollte sich Liasanya auf dem Anbau ab. *Das wird ihnen hoffentlich ein Rätsel bleiben,* dachte sie. Nun gab es kein Zurück mehr. Sie blieb ausgestreckt auf dem Dach liegen, spähte noch einmal in den Hof. Keiner schien sie bemerkt zu haben. Nach ein paar Atemzügen schnappte sie die Schürze – keine Spuren hinterlassen! – und kroch weiter bis an die Dachkante. Hier grenzte der Anbau direkt an eine Gasse. Sie ließ sich vom Dach fallen, landete wie eine Katze auf allen vieren und rannte los.

Liasanya besaß im Augenblick nur, was sie am Leib trug. Sie hoffte, noch in ihre Kammer zu kommen, bevor auch dort die Stadtwache nach ihr suchte.

Fiana und Brin standen mit Oisin und den Schankmädchen aufgeregt vor dem *Efeubusch.* Liasanya wollte ihnen, so schwer es ihr auch fiel, nicht begegnen. Die Freunde aus Meilersgrund würden für sie lügen, vielleicht sogar Oisin und die anderen Mädchen. Aber alle würden schon genug Ärger bekommen, allein weil sie Liasanya kannten. Also schlich sie um die nächste Straßenecke und kam über den Umweg ungesehen in den Stall. Noch war niemand zu sehen. Sie packte ein Bündel mit ihren Habseligkeiten. Schon wollte sie den Raum verlassen, da zögerte sie. Sie glaubte nicht, dass es irgendetwas nützen würde, trotzdem kritzelte sie auf ein Stück Papier:

Ich war es nicht. Bitte glaubt mir. Aber ich habe Angst.

Dann eilte sie hinaus. Als die Stadtgarde eintraf, war sie schon weit entfernt.

***

Niemand hielt Liasanya auf, weder am Stadttor noch auf der Reichsstraße nach Punin, die im Südquartier ihren Anfang nahm. Sie lief einfach immer weiter, durchquerte jenen Teil des Südquartiers, der seit längst vergessenen Tagen den hoffnungsvollen Namen ›Sonnengrund‹ trug, stahl etwas zu Essen und eine Decke.

Dann bog sie von der Reichsstraße ab und ließ die gepflegten Bürgerhäuser hinter sich. Im Labyrinth der Elendsquartiere tauche sie unter. Nahe der Dämonenbrache, jener götterverlassenen Wildnis, die hier fast ins Herz der Stadt hineinwucherte, fand sie eine Hütte. Sie stieg durchs Fenster ein, um Passanten nicht durch Fußabdrücke neugierig zu machen, und schaute sich um. Die Hütte besaß zwei Räume, Ratten hatten ihre Spuren im Staub hinterlassen, sonst war kein Anzeichen von Leben zu erkennen. In einer Ecke breitete sie die Decke auf dem Boden aus, lehnte sich an die mit grobem Lehm verputzte Wand und starrte durch ein spinnwebenverhangenes Fensterloch nach draußen, unfähig, einen Entschluss zu fassen.

Es wurde Abend, das Madamal stand am Himmel und träge Staubflocken tanzten wie winzige Gespenster im seinem bleichen Licht. Liasanya kratzte kleine Steine aus dem Putz und ließ sie über den Boden kullern. Bald hatte sich ein kleiner Haufen in der entgegengesetzten Ecke gebildet.

Stein um Stein rollte über den Boden, hinterließ seine Spur im Staub und stieß mit einem »Klick« gegen die anderen.

Wohin soll ich gehen?

Klick.

Wem kann ich vertrauen?

Klick.

Wer hat Halbart getötet?

Klick.

Das Mondlicht wanderte langsam über Boden und Wände, bis rubinrotes Leuchten Schmutz und Staub in Flammen setzte. Strahlender Sonnenschein durchmaß den Raum, dann verblasste auch er und die Nacht brach wieder herein.

Wohin soll ich gehen?

Klick.

Wem kann ich vertrauen?

Klick.

Wer hat Halbart getötet?

Klick.

Warum er?

Klick.

Warum ich?

Klick.

Verdammt!

Platsch!

Ihr Wasserschlauch zerplatzte an der gegenüberliegenden Wand, verspritzte seinen Inhalt und zerstörte einen Teil des Steinchenmusters.

Jetzt musste sie wenigstens etwas tun, wenn es auch nur das Stehlen eines neuen Wasserschlauchs war. Irgendwie ermutigte sie das.

Sie verließ ihre Zuflucht und marschierte durch die nächtlichen Gassen nach Norden. Auf einer Anschlagtafel an der Reichsstraße entdeckte sie den ersten Steckbrief. Erschrocken schaute sich Liasanya um, zog die Kapuze tiefer ins Gesicht, riss den Steckbrief ab und verschwand in einer Nebenstraße. Sie kletterte über zerfallene Mauerstücke und stand bald darauf auf einem moosbedeckten Schindeldach. Unter dem Giebel ließ sie sich nieder und zog den Steckbrief hervor. Im Licht des Madamals war alles gut zu erkennen:

Gesucht!
Wegen feigen Mordes und dem Verdacht der daimonischen Paktiererei flüchtig ist eine weibliche Person, die sich Liasanya nennt.
Sie ist von unscheinbarer Gestalt, etwa einen Schritt und drei Spann klein, und knabenhaft dünn. Sie hat langes, braunes Haar und Augen von ebensolcher Farbe. Die Person stammt vermutlich ursprünglich aus Meilersgrund, wo sie sich als Diebin verdingt hat.
Es wird gewarnt: Die Gesuchte ist der Magie mächtig und hat vermutlich schwarzmagische oder daimonische Unterstützer.
Für die Ergreifung der Flüchtigen, tot oder lebend, sowie für Hinweise, die zur Ergreifung der Flüchtigen führen, wird eine Belohnung von insgesamt 100 Dukaten ausgesetzt.

Sachdienliche Hinweise an die Criminal-Cammer zu Alt-Gareth/Nardesheim, zu Händen Hauptmann Geronius Bosko.

Gez. Gerhalla Isenbrook
(Leiterin der Garethischen Criminal-Cammer)

Darunter war ihr Bild – zumindest sollte sie es wohl sein: Der Zeichner hatte sich so viel Mühe gegeben, Liasanya dämonisch aussehen zu lassen, dass sie kaum jemand erkennen würde. Viel gefährlicher war der Name. Sie kannte keine weitere Liasanya aus Meilersgrund. Und die 100 Dukaten Belohnung reichten aus, um aus allen ›Freunden‹, die sie auf Grund der Beschreibung erkannten, Verräter zu machen. Zurück nach Meilersgrund konnte sie also nicht. Und im *Efeubusch* wartete mit Sicherheit die Garde! Wenn nicht: Ob Oisin und die Mädchen ein Vermögen ablehnen würden? Außerdem wollte sie Fiana und Brin nicht in noch größere Gefahr bringen.

Fiana und Brin! Hatte Yann auch ihre Herkunft verraten? Hatte Oisin sie davongejagt, oder waren sie gar in die Klauen der Inquisition geraten? *Ich bin schuld, wenn ihnen etwas zustößt*, dachte sie. *Letztendlich habe ich die beiden bei Oisin untergebracht. Ich muss wissen, wie es ihnen geht.* Bitter lachte sie auf. *Ich muss so viel wissen. Ich habe so viele Fragen. Wer wird sie mir beantworten?*

Da war sie wieder, wo sie begonnen hatte: Sie brauchte jemanden, dem sie wirklich vertrauen konnte. Jemanden, der keine Sympathien für die Garde oder Inquisition hegte.

Jemanden wie Mirya!

Schon die ganze Zeit, seit sie nach Norden ging, war sie auf dem Weg zu der Hexe gewesen. Das wurde ihr jetzt klar. Mirya verriet sie mit Sicherheit nicht an die Inquisition. Aber hatte Mirya Liasanya nicht getadelt, weil diese nur bei der Hexe erschien, wenn sie Hilfe brauchte, wenn es ihr schlecht ging? Jetzt würde sie den Tadel bestätigen, nun steckte sie richtig in Schwierigkeiten – aber was blieb ihr anderes übrig. Sie hatte sonst niemanden, an den sie sich wenden konnte.

Liasanya streckte sich auf dem Schindeldach aus, betrachtete die Sterne. Der Sturm in ihr ebbte ab. Wie sehr liebte sie diese Plätze. Die schmutzigen Straßen und das elende Leben blieben weit unter ihr zurück. Die Dächer gehörten ihr, sie musste sie nur mit den Katzen und Vögeln teilen.

Ob es Halbart hier oben auch gefallen hätte? Mit der Trauer, die einen erfüllt, wenn etwas unwiederbringlich verloren ist, dachte sie, dass sie es nie erfahren würde.

Dann schlief sie ein. Der zerknüllte Steckbrief fiel ihr aus der Hand.

Noch vor Tagesanbruch erwachte Liasanya und eilte weiter. Sie klopfte an dem Fenster, hinter dem sich das Schlafzimmer der Hexe befand. Gleich darauf öffnete sich die Hintertür. »Komm rein, ich hab dich schon erwartet«, sagte Mirya und ließ sie ein. »Der Tee ist gleich fertig, und hier ist etwas zum Essen. Greif zu, du hast sicher Hunger.«

»Woher wusstest du ...«

»Frag die weise Alte nicht nach ihren Geheimnissen. Frag sie, wie du ihr dienen kannst.«

Einen Augenblick war Liasanya völlig verdattert, dann brach sie in schallendes Gelächter aus.

Mirya fiel mit ein. »Du hättest dein Gesicht gerade sehen sollen.« Sie nahm Liasanya herzlich in die Arme und drückte sie an sich. »Du hast mir gefehlt. Aber – sag nichts – es ist schon gut. Ich hab dich wirklich erwartet.« Mirya bestätigte Liasanyas Hoffnungen, aber auch ihre Befürchtungen: »Der Steckbrief hängt überall, und wenn du schon kaum zu erkennen bist, so ist doch dein Name hier nicht allzu häufig. Und dann noch das Gerede über Zauberei, da musste ich mir nicht mehr viel zusammenreimen: Die kleine Li hat mal wieder Ärger am Hals. Und wenn sie Hilfe braucht, dann geht sie mit Sicherheit zu jemandem, der weder Garde noch Inquisition mag: zur alten Mama Mirya. Ich war schon etwas beunruhigt, weil du nicht früher gekommen bist und hätte Seth auf die Suche nach dir geschickt, sobald er zurückkommt.«

»Aber der Tee und das Essen?«

»Zufall«, grinste die Alte. Ihr ohnehin runzeliges Gesicht sah richtig zerknüllt aus. »Alte Leute brauchen nicht mehr viel Schlaf, vielleicht weil Boron sie schon bald auf ewig in seinen Armen wiegt. Außerdem machte ich mir, wie gesagt, Sorgen. Der Tee und das Essen waren für mich!«

»Und Seth? Er kommt zurück?«

»Hat mir eine Nachricht zukommen lassen. Ja, er kommt. Wollte eigentlich schon vor den Namenlosen da sein, aber dann hat er sich wohl anders entschieden. Ich erwarte ihn jeden Tag aus Fasar zurück. Aber jetzt erzähl mir mal die ganze Geschichte, du steckst in Schwierigkeiten, aber viel mehr weiß ich – ehrlich gesagt – auch nicht.«

Liasanya entspannte sich. Wie hatte sie das Haus und die Alte vermisst! Erleichtert begann sie zu reden.

»Da hast du dich ja in einen hübschen Schlamassel gebracht«, sagte Mirya schließlich. »Neben der Garde auch gleich noch die Inquisition auf den Fersen. Das ist nicht gut ... nein ... überhaupt nicht ...«

Sie stand auf und begann, in der Küche auf und ab zu gehen. »Wie kann ich dir helfen?«, murmelte sie vor sich hin. »Wäre leichtsinnig, mich mit der Inquisition anzulegen. Wäre wirklich dumm, nach all den Jahren.« Sie blieb ruckartig stehen und wandte sich wieder an Liasanya: »Aber ich hör mich mal um. Kopf hoch! Gibt noch genug Leute, die mir was schulden. Und wenn der Junge da ist, wird er alles tun, was in seiner Macht steht. – Wenn nicht, mach ich ihm Beine.«

»Seth wird nicht begeistert sein, wenn er die Umstände erfährt, unter denen ich da reingeraten bin.«

»Ach was! Der dumme Junge. Was glaubt er denn? Will er ein unerfahrenes Jüngferchen oder ein Weib, das ihm endlich seinen Magierschädel ein wenig zurechtrückt? Außerdem hast du ja nur meinen Rat befolgt.« Plötzlich wirkte die Hexe klein und traurig. »Ich war nicht mehr jung, als ich Setharans Vater nach Gareth folgte. Und die Zeit, die uns vergönnt war, war kurz. Der Junge hat seinen Vater kaum gekannt. Wer kennt schon die Pläne, die Rahja und Travia mit uns haben? Aber ein wenig Hoffnung hab ich noch. Wenn am Schluss noch ein kleines Hexentöchterchen – eine Mirya vielleicht – herauskäme – sie hätte gutes Blut – wäre eine Schülerin für mich ...« Sie verstummte, schaute Liasanya an und sagte: »O je! Hör nicht auf das Geschwätz einer alten Frau.«

Liasanya starrte beschämt die Tischplatte an. »Es tut mir leid, dass ich dich immer wieder im Stich gelassen hab. Du hast schon so viel für mich getan.«

Liasanya verbrachte den ganzen Tag bei Mirya. Am Abend packte ihr die Hexe ein paar Sachen ein: »Hier – ein paar Münzen kann ich auch noch entbehren. Sag mir nicht, wo du dich versteckst. Besser, wenn ich es nicht weiß. Kennst du den kleinen Platz gleich neben dem Schwarzen Raben? Ja? Sei dort, immer um Mitternacht. Sobald ich etwas in Erfahrung gebracht habe, komme ich. Es kann also ein paar Tage dauern. Ich komme allein. Und ich komme nicht auf dem direkten Weg, sondern betrete den Platz von Südwesten her, als würde ich aus Neu-Gareth kommen. Nur dann ist alles sicher. Sonst nicht. Und jetzt mach dich auf den Weg.«

Schon in der kommenden Nacht sah Liasanya von einem Dach aus Miryas gebückte Gestalt auf den kleinen Platz treten. Die Diebin atmete erleichtert auf, kletterte nach unten, duckte sich in einen Hauseingang und pfiff eine kurze Melodie.

Mirya kam gemächlich auf sie zu und blieb unter dem Türstock stehen. »Li?«, flüsterte sie.

»Ja?«

»Seth ist zurück. Er will dich treffen. Gleich in der Früh. Zwei Straßen weiter gibt es ein altes, leerstehendes Haus.« Sie wies nach Süden. »Rote Fassade. Liebespaare treffen sich dort, und Straßenmädchen und -jungen nutzen es gelegentlich für ihre Dienste. Aber tagsüber ist es meist verlassen. Keiner wird sich wundern, wenn ihr euch dort trefft.« Sie zwinkerte. »Denkt daran, gleich morgen früh, bei Sonnenaufgang. Ich geh jetzt wieder.« Mirya eilte davon.

Freudige Unruhe packte Liasanya, sie ging in die Richtung, die Mirya ihr gewiesen hatte.

Nur etwa die Hälfte der Häuser in dieser Straße schien überhaupt bewohnbar. Doch obwohl Mitternacht vorbei war, herrschte reges Treiben. Lärm drang aus namenlosen Schänken. Dirnen und Lustknaben boten ihre Dienste an. Immer wieder blieb ein Passant bei den wartenden Gestalten stehen. Manche gingen anschließend in eine der Absteigen, andere verschwanden in einem lichtlosen, baufälligen Haus in der Mitte der Straße. Der bröckelnde Putz hatte im Licht des Madamals die Farbe von geronnenem Blut angenommen. Liasanya wandte sich angewidert ab. Da war sogar Curthans Absteige edel. Was hatte Mirya bloß für Ideen?

Plötzlich wurde sie von hinten angerempelt.

»He!«, lallte der Betrunkene. »Ich hab noch vier Silbertaler. Gehste mit, einen trinken?« Er legte den Arm um sie.

Liasanya riss sich los und eilte davon.

»Selber schuld. Ich hätte einen ausgegeben«, rief er ihr nach.

Eine Straße weiter kauerte sie in einer geschützten Ecke nieder und erwartete den Morgen.

Sie stand wieder vor dem blutroten Haus. Am Eingang standen Mädchen. Alle trugen Masken mit Fianas Gesicht. Sie musste hinein, Seth konnte jeden Augenblick kommen. Doch die Mädchen versperrten ihr mit blutigen Armstümpfen den Weg. »Warum hast du mich allein gelassen?«, flüsterten sie.

Plötzlich wurde sie von hinten angerempelt.

»He!«, lallte der Betrunkene. »Hab noch vier Silbertaler. Komm mit.« Er legte den Arm um sie.

Li riss sich los und eilte davon.

»Fiana macht es dafür mit einer Horde Orks.«

Sie blieb stehen und drehte sich um.

Der Betrunkene trug eine Maske mit Yanns Gesicht.

Er nahm sie am Arm, dieses Mal wehrte sie sich nicht, und führte sie zum Haus.

Die Mädchen bildeten eine Gasse und ließen sie durch.

Als sie die Schwelle zum Haus überschritten ...

... stand sie wieder auf der Straße.

Eine Reihe hatte sich gebildet, flankiert von den Mädchen mit Fianas Gesicht, standen Männern in dunklen Umhängen. Ihre von Kapuzen beschatteten Gesichter waren so maskenhaft wie die der Mädchen.

Das erste Mädchen nahm die Hand ihres Begleiters und legte sie an Liasanyas Arm. Sie begleitete den Mann zur Tür ...

... und stand wieder auf der Straße.

Einer nach dem anderen nahm sie am Arm und führte sie in das rote Haus.

Wieder und wieder.

Die Reihe wurde länger und länger. Dann, weit hinten in der Reihe, sah sie Seth. Er hüpfte auf und ab, rief ihr zu: »Warum hast du nicht gewartet! Warum hast du nicht auf mich gewartet! Warum ...«

Sie erwachte bei Morgengrauen. Ein merkwürdiges Gefühl hatte sich in ihrem Bauch breitgemacht. Ihr war ein wenig übel und – sie hatte ein schlechtes Gewissen. *Vom träumen?,* fragte sie sich.

Fast hatte sie erwartet, die Gestalten aus dem Traum vor dem roten Haus zu sehen. Doch jetzt lag die Straße verlassen da. Sie betrat den dunklen Flur, ging an ein von Spinnweben verhangenes Fenster und schaute nach draußen. Natürlich war es noch viel zu früh. Nach ein paar Minuten setzte sie sich auf die Treppe und wartete.

»Hallo Li.«

Das Mädchen fuhr zusammen. War sie wieder eingeschlafen? Setharan stand in der Tür.

Er hat sich kaum verändert, dachte sie: das Haar etwas länger, der Bart etwas voller. Aber noch immer war er hager, fast knochig. Die dunkelblaue Robe schien ihm nicht recht zu passen, und er bewegte sich, als würden seine Gliedmaßen nicht richtig zu ihm gehören.

Verlegen lächelte er, und seine Augen glänzten. Ja, diese Augen, groß und grün, wie Smaragde leuchtend, in die hatte sie sich – fast? – verliebt.

Damals.

»Hallo Seth«, sagte sie. »Danke, dass du gekommen bist.«

Dann hielt sie es nicht mehr aus, sprang auf und fiel ihm um den Hals. Eine Zeit lang hielten sie sich nur fest, als könnte der andere wie ein Traum wieder verschwinden, dann löste sich Setharan, schob Liasanya einen Schritt von sich und musterte sie: »Kaum bin ich weg, schon bist du in Schwierigkeiten«, sagte er.

Liasanya senkte den Kopf: »Kaum weg, ist wohl nicht ganz richtig. Fast ein halbes Jahr hast du dich jetzt herumgetrieben. Aber in einem hast du wohl recht: Ich scheine sie anzuziehen, die Schwierigkeiten. Diesmal ist's wirklich ernst.«

Der Adeptus nickte: »Mutter hat mir ein wenig erzählt.«

»Komm, suchen wir uns eine Ecke, wo wir ungestört reden können.«

Sie wählten ein Zimmer am Ende des Flurs. Durch das Fensterloch fiel die Morgensonne auf ein altes Bett, einige Stühle und ein paar Strohmatten in den Ecken. Sie nahmen Platz.

»Was ist denn genau geschehen?«, begann Setharan. »Und wer ist dieser Halbart?«

»War«, sagte Liasanya matt.

»War – gut. Was hattest du mit ihm zu tun? Mutter drückte sich da etwas vage aus.«

»Er war mein Freund. Wir waren zusammen.«

Setharan starrte sie an, seine Augen glänzten noch mehr. »Ihr wart zusammen? So richtig? Du hast mit ihm ... aber ...«

»Aber was?« Die Freude über das Wiedersehen war noch nicht verblasst, aber tief in ihr begann es zu brodeln. Warum musste er gleich damit anfangen? »Ich habe mit ihm gemacht, was man so tut, wenn Mann und Frau zusammen sind. Was denn sonst?«

»Aber ich dachte, wir ...«

»Du dachtest was?«, unterbrach sie ihn scharf. »Dass ich auf dich warte? Du hast dich verdrückt, um deine dämlichen Studien fortzuführen.«

»Das sind keine dämlichen Studien! Das ist doch wichtig!« Verschämt senkte er den Kopf. »Und ich dachte wirklich, dass du mich liebst, dass du wartest. Dann komme ich zurück, und du bist weg, hast Ärger am Hals und einen Liebhaber – ach Li!«

»Ach Seth!«, äffte sie ihn nach, der Zorn kochte in ihr hoch. Was bildete sich der kleine Blödmann eigentlich ein? »Ach Seth! Deine Freundin wartet nicht ewig. Ich bin kein kleines Mädchen. Und du hast mich nicht einmal angefasst, seit wir uns kennen.«

»Doch ... aber ...« Er verstummte, als er verstand, was Liasanya meinte. Sein Gesicht begann knallrot zu leuchten.

»Nach dem, was ich gehört habe, hätte er dein Vater sein können«, war alles, was ihm einfiel.

»War er aber nicht. Und er wusste, wie man eine Frau glücklich macht. Weißt du das auch? Soll ich es dir erklären? Soll ich dir erklären, was er mit mir gemacht hat!«

»Li!«, gellte Setharan. »Bitte!« Er schien den Tränen nahe.

Doch Liasanya war in Rage, sie lief im Zimmer auf und ab.

»Hast du überhaupt eine Ahnung, Herr Magier? Hast du überhaupt ...« Ihre Stimme wurde zu einem giftigen Zischen. »Hast dich etwa für mich aufgespart? Hast du überhaupt schon mal?« Sie lachte böse.

Doch Setharan reagierte nicht. Er hatte das Gesicht in die Hände gestützt. Ein leises Schluchzen drang darunter hervor.

»Seth?«

Liasanya beruhigte sich langsam.

»Seth?«

Er rührte sich nicht.

Sie ging zu ihm, kniete an seiner Seite. »Seth? Ich wollte nicht ...«, begann sie und legte eine Hand auf seine Schulter, spürte sein Zittern.

»Lass mich in Ruhe!«, rief er und schlug ihre Hand weg. »Was weißt du schon? Du bist doch bloß eine billige Schlampe aus Meilersgrund!«

Liasanya zuckte zurück und starrte ihn an. »Idiot«, sagte sie, doch die Wut wollte nicht zurückkehren. Sie drehte ihm den Rücken zu und setzte sich in der entgegengesetzten Ecke auf den Boden, zog die Beine an und stütze das Kinn auf die Knie.

Setharan saß immer noch auf seinem Stuhl, steif wie ein verängstigter Praiosschüler, und starrte ins Leere.

Die Minuten verrannen, Liasanyas Beine schliefen ein.

»Es tut mir leid. Wirklich!«, sagte sie.

Setharan hob den Kopf, seine Augen waren verweint, doch er versuchte zu lächeln. »Es tut mir auch leid.«

»Muss dir nicht leid tun, du hast ja recht.«

»Du hast recht! Ich bin ein Idiot.«

Wieder Schweigen.

»Und ich hab mich nicht für dich aufgespart«, murmelte Setharan, schaute Liasanya in die Augen und begann zu grinsen.

Auch sie musste grinsen.

Dann begannen beide, wie auf Kommando, zu lachen.

Etwas später gingen sie durch die morgendlichen Straßen. Obwohl auch Setharan der Meinung war, dass sie niemand allein durch den Steckbrief erkennen würde, hatte Liasanya die Kapuze tief ins Gesicht gezogen. Trotzdem: Sie war so froh und zuversichtlich wie seit Tagen nicht mehr, hatte den Arm um die Hüfte des Adeptus gelegt und dachte, welch merkwürdiges Paar sie waren. Der hochgeschossene junge Mann und ihre fast drei Köpfe kleinere Gestalt daneben. Auch sonst waren sie sich so ähnlich, und zugleich so fremd. Mit ruhiger Stimme erzählte sie ihm von den Ereignissen der vergangenen Wochen und Monate. Setharan lauschte schweigend, und nachdem sie fertig war, lag wieder der Ausdruck von Trauer auf seinem Gesicht.

Liasanya ahnte seine Gedanken.

»Du achtest die Herrin Rahja nicht besonders? Travia steht dir wohl näher?«, fragte sie.

Doch Setharan ging auf die Stichelei nicht ein. »Doch – schon«, antwortete er nachdenklich. »Aber ich glaube nicht, dass alles, was die Menschen miteinander treiben, im Sinne der Schönen Göttin ist.«

»He!«

»Versteh mich nicht falsch. Du hast natürlich das Recht, dich dem Menschen zuzuwenden, den du willst. Aber ich dachte, es sei mehr zwischen uns. Ich dachte man muss nicht gleich das Lager teilen, um es zu besiegeln. Ich bin ein Magier, Li. Viele von uns entsagen Rahja ganz.«

»Und du hattest das auch vor?«

»Nein ... zumindest nicht, seit ich dich kenne.«

Liasanya schaute den jungen Mann an. So deutlich hatte er noch nie ausgedrückt, dass er sie wollte. Und sie ahnte, dass er es wohl nie eindeutiger zeigen würde. Sie legte beide Arme um ihn. »Seth, ich hab dich auch gern. Aber lass mir noch ein wenig Zeit.«

»Li, ich werde dich wohl nie verstehen. Wie hast du dir das vorgestellt? Was würdest du tun, wenn Halbart noch am Leben wäre?«

Liasanya schwieg. Da hatte Setharan einen wunden Punkt getroffen. Als der Magier nach Fasar gegangen war, hatte sie ihn aus ihren Gedanken verbannt. Das halbe Jahr war so schnell vorübergegangen. Was hätte sie getan, wenn Halbart noch lebte?

»Ich hätte es schon mit euch beiden aufgenommen«, grinste sie.

»Li! Wie kannst du ...«

»Das war ein Scherz. Und du lässt dich so leicht aus der Fassung bringen wie ein zehnjähriger Praiosschüler. Manchmal glaube ich, du widmest dich dem falschen Gott.«

»Das sagt Mutter auch manchmal«, sagte Setharan. »Sie behauptet sogar, sie wäre drauf und dran gewesen, mich am Tempel des Lichts auszusetzen. Aber ich glaube, das war ein Scherz.«

Liasanya lachte. »Keine schlechte Idee – du könntest damit durchkommen.«

»Sehr witzig – halt!« Er blieb abrupt stehen. »Was meinst du mit durchkommen?«

»Ich meine, du würdest vielleicht gar nicht auffallen, wenn du dich unter sie mischst, um ...«

»Kommt gar nicht in Frage. Bist du verrückt? Ich schleiche mich als Magier doch nicht bei der Inquisition ein. Die merken das sofort. Soll ich auf dem Scheiterhaufen enden?«

»Ich geh schon mal Holz sammeln.«

»Was?«

Er schaute sie erstaunt an – und sah ihr Grinsen.

»Aber du hast recht«, sagte er plötzlich, »ich könnte schon ...«

»Nein! Ich hab das nicht ernst gemeint!«, unterbrach ihn Liasanya.

»Aber ich«, erwiderte Setharan. »Hör zu: Gelegentlich werden auch Magier zu solchen Untersuchungen hinzugezogen. Mein alter Lehrmeister, der Magister Eboran, ist ein bekannter Magier hier in Gareth. Und sein Wissen über die niederhöllischen, dämonischen und schwarzmagischen Umtriebe auf Dere ist allgemein bekannt. Die Bannstrahler würden ihn wohl am liebsten selbst brennen sehen. Sogar der Weißen Gilde ist er gelegentlich etwas suspekt, hatten wir nicht erst vor ein paar Jahren einen, der ... nun, das ist eine andere Geschichte. Aber manchmal bedient sich selbst die Inquisition der Hilfe der Magier. Wenn auch mit wenig Begeisterung – auf beiden Seiten wohlgemerkt! Ich könnte mit ihm sprechen, vielleicht erfahre ich etwas aus erster Hand.«

»Seth! Bring dich meinetwegen nicht in Gefahr.«

»Sie dürfen nur nicht herausfinden, dass ich dich kenne«, sagte er und versankt wieder in seinen Gedanken.

***

Magus Eboran von Methumis weilte schon seit Jahrzehnten in Gareth. Wie Setharan schon sagte, war der eigenwillige Weißmagier nicht wenigen ein Dorn im Auge. Einige Kollegae sahen in ihm gar eine Schande für ihre Zunft. Er scherte sich nicht um Standesregeln. Dazu nutzte der Magier seine außergewöhnlichen Fähigkeiten der Hellsicht, um umfangreiche Studien der Dämonologie und Antimagie zu betreiben. Graue und sogar schwarze Magier habe man in seinem Privathaus in Tempelhöhe schon ein- und ausgehen sehen. Neben seiner Tätigkeit als Magister der Akademie ›Schwert und Stab‹ erwählte er sich gelegentlich einen oder zwei Favoriten, oder nahm sie – wie Setharan – als persönliche Zöglinge bei sich auf. Diese Eleven entwickelten sich gerne ebenfalls zu äußerst eigenwilligen Persönlichkeiten, wie man sie an der strengen und reichstreuen Akademie eigentlich nicht so gern sah.

Doch Setharan war sicher, dass Eboran wusste, was er tat. Gegen die Finsternis im Osten brauchte es gut ausgebildete Magier. Nur wer die Waffen des Feindes kannte, konnte ihnen mit geeigneten Mitteln entgegentreten, so die Argumente des Magus. Und sie hatten sich schon mehr als einmal als richtig erwiesen. Deshalb wagten es nicht einmal die Bannstrahler, den Magier ernsthaft anzuschwärzen. Zu hoch stand er im Ansehen der kaiserlichen Institutionen, und sogar der Inquisition hatte er schon mehr als einen Dienst erwiesen.

Eigentlich gab es keinen Grund für übertriebene Eile, doch Setharans Adeptenrobe bauschte sich hinter ihm, als er durch die Straßen marschierte. Passanten machten Platz und schauten ihm ehrfürchtig nach, bis er entschlossenen Schritts um die nächste Ecke verschwand.

In zwei Tagen wollte er sich mit Liasanya wieder im Roten Haus treffen; so lange hatte er Zeit, etwas in Erfahrung zu bringen. Außerdem war Setharan begierig, seinen alten Lehrmeister wieder zu treffen, auch wenn das schlechte Gewissen an ihm nagte. In Gedanken ging er immer wieder die Ausreden und Erklärungen durch, mit denen er sein Interesse am Tod des Händlers begründen konnte. Konnte er einen Meister der Hellsicht belügen? Würde Eboran es merken? Würde er seinen ehemaligen Schüler davonjagen und ihm zukünftig jegliche Unterstützung versagen?

Setharan erreichte Eborans unscheinbares Haus. Er war so in Gedanken versunken, dass er ohne zu zögern klopfte. Gleich darauf öffnete sich die Tür. Ein etwa dreizehnjähriger Junge in dunklem Kittel stand vor ihm. Er stotterte verschüchtert, als er Setharans Robe sah. »J – j – ja? Äh ... Herr ...«

Setharan lächelte freundlich. So war er auch einmal gewesen. Und wenn er an Liasanya dachte, dann fürchtete er, noch immer nicht viel erwachsener geworden zu sein.

»Setharan Laikis«, sagte er. »Oder sag einfach Seth zu mir.«

Das schien den Jungen noch mehr einzuschüchtern.

»Ist der Magister Eboran zu Hause?«

»J – ja! W – wen darf ich m – melden?«

»Wie gesagt. Setharan Laikis. Adeptus Setharan Laikis, wenn dir das lieber ist.«

Der Junge wurde rot und schaute ihn verwundert an. Es kam selten vor, dass sich ein Magier ohne die volle Nennung all seiner Titel vorstellte. »Adeptus Setharan Laikis. Ja – sehr wohl.« Er ließ die Tür offen und verschwand im Flur.

Bald darauf waren eilige Schritte zu hören. Eboran von Methumis war breitschultrig, hochgewachsen und trug eine weite schlichte Robe. Weißes Haar fiel über seine Schultern und der ebenso weiße, gestutzte Bart unterstrich den ernsten und würdigen Eindruck. Obwohl schon hohen Alters, war in seinen Gesten und Bewegungen keine Schwäche zu erkennen.

Die imposante Gestalt blieb abrupt im Flur stehen. »Du hast die Tür offen gelassen!«, donnerte er. »Dämonen können ein und aus!«

Der Schüler duckte sich verschüchtert und eilte zur Tür.

»Bleib stehen, du Narr«, rief Eboran seinem Schüler zu. »Jetzt ist es doch ohnehin zu spät.« Er kicherte, was recht seltsam wirkte. »Komm doch herein, Setharan. Hat der Unfug doch noch etwas Gutes: Ich muss nicht bis zur Tür laufen.«

Setharan trat über die Schwelle, schloss die Tür und eilte auf seinen alten Lehrmeister zu. »Meister!«, sagte er und verbeugte sich.

»Gorwind, mach Tee«, herrschte Eboran den Jungen an, der sofort verschwand. Dann wandte er sich Setharan zu, der noch immer mit gesenktem Kopf dastand.

»Las das, mein Junge. Ich bevorzuge es, den Leuten in die Augen zu sehen.«

Setharan hob den Blick und sah in ein lächelndes Gesicht.

»Ich halt ja nichts von dem ganzen Theater«, fuhr Eboran fort, legte seine Hand freundschaftlich auf die Schulter des Adeptus und führte ihn in sein Studierzimmer. »Aber lass das Gorwind nicht hören. Manchmal ist es recht nützlich, wenn die Jungen noch etwas Respekt haben. Aber erzähl! Was bringt dich zu mir? Wie war es in Fasar?«

Setharan sah sich in dem Zimmer um. Wie viel Zeit hatte er hier verbracht. Dann wandte er sich Eboran zu: »Fasar. Ja, sehr aufschlussreich ...«

Eine Zeit lang unterhielten sie sich bei Tee und Gebäck über Neuigkeiten aus Fasar, der Bedrohung aus dem Osten und sonstige Belange. Dann wechselte Eboran plötzlich das Thema. »Es ehrt mich ja, dass du, kaum zurück von der langen Reise, zu deinem alten Lehrer eilst, um mit ihm Tee zu trinken. Aber das ist nicht der eigentliche Grund deines Kommens. Was ist es? Es muss dir sehr wichtig sein.« Er sah seinem ehemaligen Schüler fest in die Augen.

»Äh – ja! Wie kommt ihr darauf?«, wand sich Setharan.

»Dazu bedarf es keiner Magie. Du erzählst, bist aber mit den Gedanken ganz woanders. Du scharrst mit den Füßen und starrst die ganze Zeit nach draußen. Also, raus mit der Sprache.«

Setharan überlegte, wie er anfangen sollte. »Ihr helft doch noch immer, dämonische Umtriebe aufzuspüren.«

»Ja – gelegentlich.«

»Äh – könnt ihr mir da vielleicht behilflich sein?«

»Behilflich? Wie meinst du das? Hast du etwas Bedenkliches entdeckt?«

»Äh ... nein ... nicht richtig. Aber Ihr ... habt Ihr zurzeit ...«

»Ich führe derzeit keine Untersuchungen durch«, vollendete der Magus den Satz.

»Nicht?«

»Nein.« Eboran schaute Setharan durchdringend an. »Die Inquisition findet natürlich permanent Bedenkliches. Aber derzeit scheinen sie der Hilfe der Gelehrtenschaft nicht zu bedürfen. An welchen Untersuchungen wärst du denn interessiert?«

»Äh – Halbart Jalson. Er ...«

»Ich habe davon gehört. Was hast du mit einem tobrischen Kaufmann zu tun?«

»Ich dachte ... es geht das Gerücht über paktiererisches oder dämonisches Wirken in dem Fall um ... und ich dachte ... da ich doch jetzt viel darüber gelernt habe, könnte ich vielleicht helfen ...«

»So? Du möchtest also auf Grund von Gerüchten deine Hilfe anbieten? Mein Junge, ich erspare dir, dass du mich weiter belügst, und biete dir an, mir die Wahrheit zu sagen. Oder mag es sein, dass ich mich in deiner Liebe zur Wahrhaftigkeit geirrt habe?«

Die Enttäuschung, die Eboran mit leiser Stimme zum Ausdruck brachte, war schlimmer als alles, was Setharan erwartet hatte. Wenn er geschrien und getobt hätte, dann ... Aber das hier! Er wäre am liebsten in Tränen ausgebrochen. Beschämt senkte er den Kopf und flüsterte: »Nicht ich – eine Freundin ...«

»Sie suchen eine Frau. Eine Dämonenbuhle, eine Paktiererin ...« Setharan spürte, wie seine Wangen bei den letzten Worten glühten.

»... du kennst sie?«

»Sie ist unschuldig.«

»Bist du sicher?«

Setharan nickte.

»Wer ist sie?«

Der Adeptus zögerte.

»Komm schon. Ich werde nicht gleich zur Wache rennen«, bestärkte ihn Eboran.

»Sie lebte einige Zeit bei meiner Mutter.«

»Die kleine Gaunerin? Ich glaube, ich kann mich an sie erinnern. Und wenn ich mich recht entsinne, besaß sie doch einiges an ungeschultem arkanem Potenzial? Oder?«

»Ja.«

»Bist du dir sicher, dass sie unschuldig ist? Armut, Neid, dazu die Last der ungeschulten Magie. Personen wie sie sind anfällig für die dunklen Verführungen.«

»Wer ist hier anfällig für dunkle Verführungen? Galotta und Haffax litten wohl weder Hunger, noch fehlte es ihnen an Bildung«, rief Setharan.

»Gut gesprochen.« Eboran sah seinen ehemaligen Schüler weiterhin durchdringend an. »Wenn du dir bei ihr sicher bist, so lass mich nachdenken. Das Einfachste wäre natürlich, du bringst sie zu mir.«

»Was würde das helfen? Auch wenn ihr beschwört, dass sie nicht besessen ist, so wird sie das kaum vor den Fängen der Inquisition schützen.«

»Das wohl nicht. Aber du könntest ihrer sicher sein.«

»Ich glaube ihr. Wirklich!«, erwiderte Setharan. Doch Eboran blickte tief, musste er sich zugestehen. Die Saat des Zweifels wartete nur auf den geeigneten Nährboden.

Einige Zeit saß Magister Eboran stumm da, die Augen geschlossen.

Setharan wartete geduldig.

Der Tee wurde kalt.

Endlich öffnete Eboran die Augen. »Na gut. Es gibt eine Möglichkeit. Dieser Händler scheint nicht so bedeutend zu sein, dass sie ihre besten Leute mit der Sache beauftragen. Aber immerhin ist neben einem Hauptmann der Wache ein Inquisitor zur Aufklärung des Verbrechens abgestellt. Ich habe diesen Praiodan Dorbrechtsson schon kennengelernt. Arroganter Bursche, jung, ehrgeizig, übereifrig und deshalb gefährlich. Du musst vorsichtig sein.«

»Ich? Vorsichtig?«

»Natürlich du! Wenn ich jetzt plötzlich auftauche, würde das der Angelegenheit zu viel Gewicht geben. Aber wenn du – ein junger, unerfahrener Magier – deine Hilfe anbötest – in meinem Auftrag natürlich – wird jeder denken, ich schicke Nachwuchs – zum Üben.«

Setharan schluckte. Auch wenn sich Eboran mit ihm von gleich zu gleich unterhielt, so war ihm doch bewusst, wer hier der Meister war. »Den Nachwuchs zum Üben schicken. Danke«, murmelte er.

Eboran hatte es wohl gehört und lachte. »Sei mir nicht böse, mein Junge. Aber du musst verstehen – das musst du selbst erledigen. Wenn deine Freundin unschuldig ist, so ist keiner glücklicher als ich. Komm, ich setze ein Papier auf, das dich ausweist. Anschließend schicke ich einem Boten zur Stadtgarde. Gorwind kann sicher etwas frische Luft gebrauchen.«

***

Es war ein weiter Marsch von Miryas Haus im Südquartier zur Criminal-Cammer, weit oben in Nardesheim. Setharan war angewiesen worden, sich dort am nächsten Tag zur Mittagszeit einzufinden. Pünktlich betrat er das ehrwürdige Gebäude und fragte einen blauberockten Gardisten nach Hauptmann Geronius Bosko. Der Adeptus wurde zu einer kleinen Schreibstube geführt, er klopfte und trat ein.

Zunächst sah er nur das goldene Ornat des Inquisitors. Dann erkannte Setharan, dass der gut zwei Schritt große und breitschultrige Mann kaum älter als er selbst war. Das glattrasierte, kantige Gesicht war rosig und sommersprossig, kurze rote Locken lugten unter der Tiara hervor. Neben ihm stand ein Gardist, Setharan schätzte ihn auf Ende vierzig, graumeliertes Haar fiel strähnig bis auf die Schultern. Beide wandten sich Setharan zu.

»Ja?« Die Stimme des Inquisitors war scharf; seine Pupillen verengten sich, als er Setharans Magiergewand sah.

»Äh – Setharan Laikis, Euer Gnaden. Adeptus der Akademie Schwert und Stab, Streiter wider die niederhöllischen Umtriebe, zu Euren Diensten. Äh – Magister Eboran von Methumis schickt mich.«

Der Inquisitor rümpfte die Nase, als röche er an dem jungen Magier eine götterlästernde Präsenz. Dann erschien ein spöttisches Lächeln auf seinem Gesicht. »Schickten sie uns jetzt schon die Anfänger?«

Setharan wurde rot und wandte den Blick ab.

»Die heilige Inquisition braucht keine Hilfe«, fuhr der Praiosdiener fort. »Schon gar nicht von jemandem wie Euch! Eines Tages wird das himmlische Feuer Eure ganze lästerliche Brut hinwegfegen.«

Das war zu viel! Setharan hob den Kopf, straffte die Schultern und erwiderte den Blick des Inquisitors. »Euer Gnaden. Wenn Ihr keine Hilfe braucht, gut. Aber bisher, so scheint mir, hat das Licht des himmlischen Richters diese Angelegenheit noch nicht erfasst. Oder mag es an seinem Vertreter liegen, der – wie mir scheint – auch nicht älter ist als ich?«

»Hütet eure Zunge! Lästert nicht Praios, oder sein Feuer wird Euch verbrennen, ehe der Tag um ist!«

»Ich lästere nicht!«, rief Setharan und ärgerte sich über seine Unbesonnenheit.

Der Gardist trat zwischen sie und schaute vom einen zum anderen. »Ich bitte Euch«, sagte er. »Verschwendet Eure Kraft nicht in Disputen. Wir stehen auf derselben Seite. Die Niederhöllen lachen über uns, wenn wir uns gegenseitig zerfleischen.« Dann wandte er sich an Setharan: »Ich bin froh, dass Euer Orden jemand entbehren konnte. In diesen Zeiten keine Selbstverständlichkeit. Aber darf ich mich vorstellen: Geronius Bosko, Hauptmann der Stadtgarde und von der Criminal-Cammer beauftragt mit der Aufklärung dieses unsäglichen Falls. Und dies ist Praiodan Dorbrechtsson ...«

»... Inquisitor der heiligen Inquisition des Praios. Und damit verantwortlich für diesen – Fall. Und, lieber Bosko! Wir stehen vielleicht alle auf der gleichen Seite – zeitweilig –, aber mit Sicherheit nicht auf derselben.«

Bosko wandte sich von Dorbrechtsson ab. Setharan konnte sehen, wie er die Augen verdrehte. Auch bei dem Hauptmann schien keine rechte Freude an der Zusammenarbeit mit dem Vertreter Praios aufzukommen.

Setharans Blick ging zurück zu dem Inquisitor. *Praiodan? Bevor du diese Robe angezogen hat, hat man dich vermutlich Asleif Dorbrechtsson gerufen,* dachte er grimmig und musste ein Grinsen unterdrücken. Dann nutzte er die gespannte Stille und wechselte das Thema. »Nun, wenn Ihr so freundlich wärt, mich über den Stand der Untersuchungen zu informieren. Es ist doch ungewöhnlich, dass sich die heilige Inquisition gemeinsam mit Wache und Gelehrtenschaft an die Aufklärung eines Verbrechens macht.«

»Wie ich schon sagte«, antwortete Hauptmann Bosko, »dies sind schwierige Zeiten. Und mir scheint, dass weder die Criminal-Cammer noch die heilige Inquisition Mittel und Personal hat, um dieser Angelegenheit die ihr gebührende Aufmerksamkeit zu widmen. Nun wurde jedoch meiner Vorgesetzten – der Herrin Gerhalla Isenbrook – von angesehenen Bürgern angetragen, dass der Tod eines der Ihren nicht ungesühnt bleiben darf.«

Das waren nicht seine eigenen Worte, merkte Setharan sofort. Zu mühsam und bitter hatte der Gardist sie hervorgestoßen. Aber er verstand, was er meinte: ein verhärmter, alternder Gardist und zwei Frischlinge (»zum Üben«, wie Eboran gesagt hatte), zwangsläufig vereint, weniger um der Gerechtigkeit den Weg zu bahnen, als vielmehr den Schein zu wahren. Doch für Liasanya sollte das ein hoffnungsvolles Zeichen sein.

»Die Umstände des Todes gebieten uns aber, all unsere Kraft dafür einzusetzen, dass die Täterin ihrer gerechten Strafe zugeführt wird«, ereiferte sich der Inquisitor.

Die Täterin!, dachte Setharan. Der Inquisitor hat sein Urteil also schon gefällt. Die aufkeimende Hoffnung erstarb.

»Wenn ich also Eure – und meine – Anwesenheit richtig deute, wurde an Leichnam oder Tatort Spuren dämonischen oder magischen Wirkens festgestellt?«, fragte er.

»Äh – nein. Nicht direkt«, antwortete der Inquisitor, jetzt mit einem Hauch Verlegenheit in der Stimme.

»Warum gehen dann die Untersuchungen in diese Richtung?«

»Wenn Ihr den Leichnam und die Umstände, unter denen er gefunden wurde, gesehen hättet, dann wüsstet Ihr es. Hat man Euch nicht aufgeklärt?«

»Nein«, sagte Setharan, »und ich würde es gerne aus erster Hand erfahren.«

»So? Aus erster Hand. Die erste Hand wäre wohl die des Täters.« Dorbrechtsson lächelte spöttisch. »Aber wie wäre es mit dem Opfer? Der Leichnam wird heute noch bestattet. Vielleicht wollt Ihr noch schnell einen Blick darauf werfen? Ich muss Euch warnen, es ist kein schoner Anblick.«

»Gut. Wo kann ich ihn finden?«

»Auf dem Boronsfeld. Wo sonst?«

Zu guter Letzt fuhren alle drei mit einem Wagen der Stadtgarde zum Boronsanger. Setharan hätte nicht nur die gut fünf Meilen niemals rechtzeitig zu Fuß zurücklegen können, nur durch das gemeinsame Auftreten von Praioskirche und Stadtgarde hatten sich die Boronsdiener bereiterklärt, die Beerdigungsvorbereitungen zu unterbrechen und dem Adeptus einen Blick auf den Leichnam gewährt.

Der Aufbahrungsraum war kühl, die Luft geschwängert vom Duft der Blumen und Kräuter. Trotzdem wurde der Verwesungsgeruch stärker, je näher er dem Toten kam. Er hatte wenig Zeit, gleich würden die Geweihten zurückkommen und den Leichnam endgültig für die Beisetzung vorbereiten.

Die Boronsdiener hatten den Kopf notdürftig wieder angenäht. Das blutleere Gesicht des Händlers war rosig geschminkt, die Augenlieder geschlossen. Er zog das Leichentuch beiseite, und Halbart lag nackt vor ihm. Setharans Blick glitt über den aufgedunsenen Leib. Plötzlich durchfuhr es ihn, dass Liasanya diesen Mann geliebt und das Lager mit ihm geteilt hatte.

Eifersucht überkam ihn.

Er schloss die Augen.

Prompt erscheinen vor seinem geistigen Auge der Händler und die Diebin in inniger Umarmung. Liasanyas Haut war rosig und frisch – doch Jalson sah aus, wie Setharan ihn jetzt vor sich sah. Eine Woge der Übelkeit stieg in ihm auf, es schüttelte ihn, und er riss die Augen wieder auf.

Konzentriere dich auf die Arbeit, sagte er sich und versuchte, das Bild abzuschütteln.

Er sprach den Odem Arcanum, doch keine Spuren magischen Wirkens waren zu sehen. Er versuchte es mit dem Analys: – Nichts. Einerseits war er erleichtert, doch andererseits sagte das nicht viel. Es wäre ungewöhnlich, wenn jetzt noch ein Zauber auf dem Toten läge. Und Spuren vergangener Zauber hätte nach so langer Zeit vermutlich nicht einmal Magus Eboran gefunden.

Was nun?

Der Adeptus erinnerte sich eines Ausspruchs, den sein Lehrmeister getan hatte, nach dem Setharan ein Mal zu oft fragte, warum man gewisse Dinge nicht einfach mit einem Zauber erledigen konnte: »Selbst Rohal der Weise ist den Weg zum Abtritt zu Fuß gegangen und nicht auf einem geflügelten Pferd geritten!«

Setharan seufzte, auch er musste hier zu Fuß gehen. Er war zwar kein Medicus, aber er hatte noch ein paar Minuten, um den Leichnam eingehend in Augenschein zu nehmen.

Nach einer halben Stunde trat er wieder hinaus ins Freie. Diesen Geruch würde er tagelang nicht aus der Nase bekommen, dachte er, lehnte sich an die Mauer des Tempels und sog gierig frische Luft ein.

Hauptmann Bosko und der Inquisitor kamen über den Boronsanger zu ihm herüber. Die Laune des Geweihten besserte sich schlagartig, als er Setharans bleiches Gesicht sah.

»Wie ich schon sagte, kein schöner Anblick«, sagte Dorbrechtsson. »Und? Habt ihr etwas herausfinden können, Herr Laikis?«

Setharan merkte wohl, dass ihn der Inquisitor bewusst nicht mit dem Titel angesprochen hatte, ignorierte es aber. Ihm stand nicht der Sinn nach weiterem Streit. Er zuckte mit den Schultern: »Nichts zu sehen, nichts zu spüren. Weder der Odem Arcanum noch der ...«

»Verschont mich mit zauberischem Geschwätz!«, unterbrach ihn Dorbrechtsson und verzog das Gesicht.

Setharan lächelte still in sich hinein und dachte: *Sensibel, dieser verkleidete Thorwaler, aber ich darf ihn nicht noch mehr reizen.*

»Wie Ihr wünscht, Euer Gnaden: Keine Magie – Punkt. Ansonsten? Ich bin kein Medicus, aber so viel erkenne sogar ich: Der Kopf wurde sauber abgetrennt. Dazu ist eine schwere und sehr scharfe Waffe von Nöten. Der Delinquent muss nicht nur sehr stark, sondern auch äußerst geschickt und geübt sein. Ein Krieger ...«

»... oder ein Henker«, warf Bosko ein. »Wäre ein Magier oder ein Paktierer dazu in der Lage?«

Setharan schüttelte den Kopf. »Ein Magier, der eine solche Waffe führt? Nein! Das kann ich mir nicht vorstellen.«

»Könnte der Täter Hilfe beschworen haben?«

Normalerweise ist doch die Inquisition zuständig für das Aufspüren und Beurteilen dämonischen Wirkens, dachte Setharan. »Ein Dämon?«, erwiderte er. »Verzeiht mir die Worte: Aber nach allem, was wir über diese Wesenheiten wissen, so machen sie sich selten die Mühe, eine saubere Amputation durchzuführen. Wenn der Kopf abgerissen worden wäre, wenn wir Spuren einer Raserei gefunden hätten, dann vielleicht. Der Herr Inquisitor hat am Tatort auch keine dämonische Präsenz gespürt, wie ich annehme?«

Dorbrechtsson schüttelte widerwillig den Kopf: »Nein. Aber die Kerzen. Der Kopf. Die fehlenden Augen.«

»Richtig«, fuhr Setharan fort. Er fühlte sich zusehends wohl in seiner Rolle. »Ihr habt berichtet, dass schwarze Kerzen am Tatort gefunden wurden. Waren sie in einer besonderen Anordnung? Gab es Hinweise auf weitere Symbole an Boden oder den Wänden? Spuren von Kräutern, Essenzen – oder Kristallen?«

»Nein«, antwortete Bosko. »Der Boden war blutgetränkt. Wenn da was war, dann ist es verwischt. Aber worauf wollt ihr hinaus?«

»Es mag sein, dass der Händler als Opfer bei einem Anrufungsritual gedacht war. Bei einer gescheiterten Anrufung. Aber der Beschwörer muss wirklich ein Stümper gewesen sein. Ein großer, kräftiger Stümper.«

»Wie meint ihr das schon wieder?«, fragte Dorbrechtsson.

»Ich meine das Fehlen jeglicher Spuren magischer oder dämonischer Präsenz. Das Fehlen eindeutiger Beschwörungsmittel. Dazu das Ganze im Hause des Opfers. Keine Zeit der Vorbereitung. Einfach dilettantisch – trotz der sonstigen götterlästerlichen Umstände natürlich.« Setharan verstummte, als er die finstere Mine des Inquisitors sah.

»So? Ihr meint wohl, ihr könnt es besser?«, knurrte dieser.

Setharan antwortete nicht.

Stattdessen sprang Bosko ein: »Herr Adeptus, wenn ich Euch also richtig verstehe: Ob Dämonenwirken oder nicht, der Täter muss eine große scharfe Waffe führen können?«

»Ja! Das scheint mir offensichtlich«, antwortete Setharan, dankbar, dass der Hauptmann ihn für den Moment aus der Schusslinie des Inquisitors geholt hatte.

»Dann wären wir mit der kleinen Schankmagd auf der falschen Spur?«, folgerte Bosko an Dorbrechtsson gewandt.

»Überhaupt nicht«, erwiderte dieser.

»Nicht? Wie meint ihr das?«, fragte Bosko.

»Diese Schankmagd, wie ihr sie nennt, war in der Nacht bei ihm, und es gab einen Streit. Eine Zeugin hat sie gehört. Des Weiteren ist sie der Zauberei überführt. Auch dafür gibt es Zeugen. Was braucht ihr noch an Indizien? Dass sie gelogen und alles abgestritten hat? Dass sie geflohen ist?«

»Verzeiht, Euer Gnaden«, sagte Bosko. »Ganz so einfach sehe ich das aber nicht. Es ist richtig, dass die Haushälterin etwas gehört hat. Einen Streit und eine Frauenstimme, die sie sich nicht erklären konnte, und deshalb der Geliebten des Opfers zuordnete. Richtig ist wohl auch, dass dieses Mädchen gezaubert hat. Aber laut der Zeugen hat sie dadurch dem Sohn des Hauses das Leben gerettet. Was wohl nicht auf ein schlechtes Wesen schließen lässt.«

»Ihr verdreht mir die Worte im Mund, Herr Hauptmann«, rief Dorbrechtsson. »Aber gleich, wie Ihr es dreht und wendet, sie ist eine flüchtige Verdächtige. Und unserer Aufgabe ist es, sie zu finden und der Befragung zuzuführen.«

»Sie ist die einzige Verdächtige?«, mischte sich jetzt Setharan ein.

»Bislang? Ja«, antwortete Bosko. »Und unsere Nachforschungen haben noch weitere Merkwürdigkeiten zum Vorschein gebracht.«

»Wie meint ihr das?«

Bosko sagte: »Nun, diese Verdächtige, diese Liasanya, scheint nicht ganz das zu sein, was sie vorgab ...«

»Als ob die Zauberei nicht schon genug wäre«, fiel ihm der Inquisitor ins Wort. »Die Flüchtige wurde, bevor sie als Bedienstete im *Efeubusch* arbeitete, von Halbart Jalson selbst beschäftigt. Aber – hier wird sehr merkwürdig, was uns der junge Herr Yann Jalson eröffnete – davor verdingte sie sich in keinerlei ehrbarem Gewerbe! Es stellte sich heraus, dass die Frau zuvor bei einem gewissen Curthan in Meilersgrund untergekommen war und dass sie dem Diebeswerk nachging. Die Ausführungen des jungen Herrn Jalson sind äußerst verwirrend: Offensichtlich war ihm der zweifelhafte Leumund des Mädchens seit Längerem bekannt. Trotzdem zogen weder er noch sein Vater irgendwelche Konsequenzen daraus, ganz im Gegenteil. Aber der junge Herr ist durch den Vorfall geistig so zerrüttet, dass wir ihm noch ein paar Tage gewähren sollten, ehe er diese Angelegenheit aufklären muss. Es wäre traurig, wenn sich eine ganze angesehene Bürgerfamilie paktiererischer oder schwarzmagischer Machenschaften verantworten müsste.«

»Und so lange werden wir uns auf die Suche nach dieser Schankmagd konzentrieren«, sagte Bosko. »Allein die Frage, wie sie aus einem Haus voller Wachen und umgeben von Schaulustigen fliehen konnte, erweckt in mir den Wunsch, mich eingehend mit ihr zu beschäftigen.«

»Und – wie gesagt – diese Flucht ist so gut wie ein Geständnis«, ergänzte der Inquisitor.

»Genügt nicht ihr Wirken von Magie und damit verbunden die Androhung der Inquisition, um vor Euch zu fliehen?«, fragte Setharan. »Wäre es ein Unterschied, wenn sie am Tod Jalsons unschuldig wäre? Sie würde brennen – so oder so.«

Setharan bemerkte zu spät, dass er zu weit gegangen war. Der Inquisitor trat bis auf eine Handbreit an ihn heran. Seine Hände zitterten. Er schien sich beherrschen zu müssen, den Adeptus nicht zu schlagen.

»Interessant, solche Worte aus Eurem Mund zu vernehmen. Wenn das die Gedanken und Ansichten sind, die unter Euresgleichen umgehen, sollte sich das Auge Praios und seiner derischen Gesandten endlich ausführlich diesen ketzerischen Gilden zuwenden! Dann werdet ihr Eure stolzen Roben gegen Büßerhemden tauschen. Es wäre mir eine Freude und Genugtuung, Eure ganze Brut endlich ausgemerzt zu sehen.«

»Bitte!«, rief Bosko. »Benehmt Euch doch wie zivilisierte Menschen. Euer Gnaden, ihr seht schon überall Paktierer. Und ihr, junger Herr, solltet vielleicht in Zukunft nachdenken, bevor ihr redet.«

Setharan blickte betreten zu Boden.

Der Inquisitor schien noch immer nicht so recht überzeugt, doch dann entspannte er sich. »Nun gut«, sagte er, »wir wollen es dabei bewenden lassen – fürs Erste.« Dann fügte er hinzu: »Ich werde ein Auge auf Euch haben.«

Das hab ich aber gründlich vermasselt, dachte Setharan.

Bosko schaute in die Runde.

»Nun. Ich glaube, es ist so weit. Wir sollten uns der Beisetzung zuwenden. Vielleicht können sich die Herren ja für eine Weile nicht gegenseitig an die Kehle gehen und stattdessen ihre Aufgabe erfüllen. Ihr wisst schon ...«

»... die Niederhöllen lachen über uns«, sagten Setharan und der Inquisitor gleichzeitig.

Unruhe kam in der vielköpfigen Trauergemeinde auf, als sich das ungleiche Trio näherte. Inquisitor Dorbrechtsson ging voraus, Setharan und der Gardist folgten mit einigen Schritt Abstand.

Bosko neigte seinen Kopf zu Setharan und flüsterte: »Mir ist die Sache einfach nicht klar.« Er schaute sich vorsichtig um und ging noch etwas langsamer, um sicher zu sein, dass der Inquisitor nichts mitbekam. »Wie ihr schon sagtet, allein ihre Magie würde ausreichen, um unter Umständen auf dem Scheiterhaufen zu enden. Soweit kann ich ihre Flucht auch verstehen. Sie war völlig außer sich, als sie den Leichnam sah, und das war nicht gespielt. Wenn sie etwas damit zu tun hat, warum hat sie sich dann ohne Widerstand zum Tatort führen lassen? Und überhaupt: Hatte sie einen Grund, ihn zu töten? Ich weiß es nicht. So weit spricht für mich einiges zu ihren Gunsten. Aber vieles ist und bleibt im Dunkeln.« Er blieb kurz stehen und schaute den Magier eindringlich an. »Ich würde gern mit ihr sprechen.«

Ahnt er etwas?, fragte sich Setharan. *Durchschaut er mich, oder bilde ich mir das bloß ein? Woher soll er wissen, dass ich Li kenne?* Er schluckte. »Ich auch«, stieß er hervor.

In respektvollen Abstand zu den Trauernden blieben sie stehen. Sofort fiel Setharan ein junger Mann auf. Sein Gesicht war blass, er hatte dunkle Ringe um die Augen, weinte jedoch nicht. *Das muss Yann sein,* dachte Setharan. Er hatte dieselben Gesichtszüge wie Halbart Jalson, nur viel jünger und schlanker. Und lebendiger! – Halbart Jalsons bleicher Leichnam blitzte wieder vor seinen Augen auf.

Etwas abseits stand ein Paar mittleren Alters. Die Frau war rundlich und hatte ein nettes Gesicht, weiche Züge, die sich in herzzerreißendem Schluchzen verzerrten. Der Mann war mittelgroß und kräftig, er verfolgte mit leeren Augen die Zeremonie und murmelte vor sich hin, während er der Frau tröstend über den Rücken streichelte. Laille und Giesel, vermutete Setharan. Eine Woge aus Mitleid überkam ihn, als er die beiden betrachtete. Wenn schon die Bediensteten so unter dem Tod ihres Herren litten, konnte Halbart Jalson kein schlechter Mensch gewesen sein. Das dämpfte die Eifersucht auf den Toten ein wenig.

Die anderen Trauergäste konnte er nicht zuordnen. Er versuchte, sich die Gesichter möglichst gut einzuprägen, man wusste ja nie.

Auch wenn es ihn reizte, Setharan wagte es nicht, im Beisein des Inquisitors einen Zauber zu sprechen. Dorbrechtsson dagegen murmelte leise vor sich hin, schüttelte gelegentlich den Kopf und ging gemessenen Schrittes umher. Er schien nach magischer oder dämonischer Präsenz zu suchen, jedoch nichts zu entdecken.

Wenn er nichts findet, wird ihn das kaum stören, dachte Setharan. *Er braucht keine weiteren Beweise für Liasanyas Schuld.*

***

In aller Frühe, noch ehe das Auge des Praios über die schiefen Dächer des Südquartiers blinzelte, trafen sie sich wieder im Roten Haus. Setharan war nicht besonders glücklich über die Neuigkeiten, die er brachte.

»Ich weiß nicht, wie wir weiterkommen sollen. Dieser Inquisitor – dieser Dorbrechtsson ist von deiner Schuld überzeugt – und Bosko misstraut mir; ich fürchte, er ahnt, dass ich dich kenne.« Setharan starrte zu Boden. »Ich habe mich auch nicht besonders schlau angestellt.«

Liasanya sagte nichts, ihr fehlten die Worte, ihm Mut zuzusprechen.

»Warum fliehst du nicht?«, fragte er plötzlich.

»Fliehen? Niemals!«, rief Liasanya heftig. Dann schwieg sie einen Moment, schien nach den passenden Worten zu suchen. »Ich weiß, das hört sich seltsam an. Aber ich hab lange genug Zeit gehabt, um darüber nachzudenken«, begann sie vorsichtig. »Wenn ich jetzt weglaufe, werde ich für immer Halbarts Mörderin sein. Es wird nicht lange dauern, und mein Name und mein Gesicht sind vergessen, aber irgendwo wird geschrieben stehen, dass die kleine Diebin aus Meilersgrund ihren Geliebten umgebracht hat. Niemand wird wissen, dass ich unschuldig bin.«

»Aber ich weiß es doch. Und Fiana. Und Mutter ...«

»Nein, ihr wisst es nicht. Ihr glaubt es. Ihr glaubt mir. Das ist nicht dasselbe. Und ich sehe den Zweifel in deinen Augen – und manchmal zweifle ich an mir selbst ...«

»Red keinen Unsinn!«, unterbrach sie Setharan. Doch das war nicht ganz ehrlich. Was wäre, wenn sie ...? Nein! Den Gedanken wollte er nicht zu Ende führen. Er überlegte sich, heimlich einen Zauber zu wirken und das Mädchen zu analysieren. Doch er entschied sich dagegen. Er wollte ihr nicht misstrauen. Vielleicht mit ihrem Einverständnis, doch nicht jetzt ... nicht jetzt ...

»Das ist kein Unsinn!«, sagte Liasanya. »Laille hat mich gehört … sie kennt mich … sie kennt meine Stimme … ich dachte, ich sei zu Bett gegangen – aber … aber was ist, wenn ich doch ...«

Setharan betrachtete die Freundin nachdenklich. Das war nicht das Mädchen, das er vor einem halben Götterlauf bei seiner Mutter zurückgelassen hatte. Etwas klang in ihrer Stimme, brannte in ihren Augen: eine verzweifelte Wut. Und Setharan bekam plötzlich Angst um sie. Nicht die Angst, dass Wache oder Inquisition sie erwischte. Es gab Leute, die recht leichtfertig mit den Worten: »Und wenn es das Letzte ist, was ich tue!« umgingen. Setharan hatte diesen Satz von Liasanya nicht gehört, spürte aber, dass es genau darum ging. Ob sie es selbst wusste oder nicht.

»Vielleicht solltest du gehen«, sagte Liasanya plötzlich. »Geh nach Fasar und setze deine Studien fort. Du hast es selbst gesagt: Sie sind schon misstrauisch.«

»Li! Ich lass dich nicht im Stich«, erwiderte er tapfer. Der Wunsch, das Mädchen fest in die Arme zu nehmen, erfasste ihn. Doch er wagte es nicht; er hatte das Gefühl, Halbart stand weiterhin zwischen ihnen. Doch Liasanya lehnte sich an seine Schulter, und er legte den Arm um sie. So einfach war es.

Einige Zeit saßen sie ganz still und hingen ihren Gedanken nach.

Obwohl er es nicht wollte, tauchte die Thesis des »Analüs« in Setharans Geist auf. Er ließ es geschehen und hoffte, dass Liasanya es nicht merkte.

»Den einzigen Anhaltspunkt, den wir noch haben – und von dem Bosko nichts weiß – ist die Schatulle. Du hast erzählt, dass Halbart Angst hatte, einer seiner Bekannten könnte etwas darüber erfahren«, sagte Setharan etwas später.

»Ich dachte, er hat Angst, sie könnten etwas über meine Herkunft erfahren. Und die von Fiana und Brin. Er wollte uns schützen.«

»Könnte da nicht mehr dahinterstecken? Du hast sie bei einem seiner Landsleute gestohlen, dieser ... dieser ...«

»Meeltheuer – Lechdan Meeltheuer. Ich glaube nicht, dass sie sich gut kannten. Halbart hat ihn sonst nie erwähnt. Und ich hab ihn nie im *Efeubusch* gesehen.«

»Wer wusste sonst noch von der Angelegenheit?«

Liasanya zuckte mit den Schultern: »Soweit ich weiß, hat Halbart nicht einmal Yann alles erzählt. Und sein bester Freund, dieser Roban Horger, wusste wohl auch von nichts. Zumindest nicht, als ich ihm das letzte Mal begegnete. Aber wer weiß, was in den zwei Wochen, in denen wir uns nicht gesehen haben, passiert ist?«

»Wenn wir den Inhalt der Schatulle kennen würden, wüssten wir vielleicht, ob sie etwas mit seinem Tod zu tun hat.«

»Der Einzige, von dem wir wissen, dass er uns mehr sagen könnte, ist Meeltheuer selbst«, sagte Liasanya. »Zumindest der einzige Lebende.«

»Ich könnte versuchen, an ihn heranzukommen.«

»Wie?«

»Ich könnte zu ihm gehen.«

»Du?« Liasanya schüttelte den Kopf. Bedächtig fuhr sie fort: »Und ihn einfach fragen, was in der Schatulle war? Er würde nichts sagen. Warum auch? Oder willst du ihm ein Messer an die Brust setzen? Das wäre eher meine ... nein.«

»Ich könnte mit Bosko reden, aber ...«

»... für Bosko hat Meeltheuer bisher nichts mit der Angelegenheit zu tun. Er würde sofort Verdacht schöpfen«, vollendete Liasanya den Satz.

»Was können wir sonst machen?«

»Mir fällt nichts Vernünftiges ein. Aber du könntest zumindest versuchen herauszufinden, was Yann und Roban Horger über die Sache wissen«, sagte Liasanya. »Vielleicht findest du auch irgendeine Verbindung zu Meeltheuer. Dann würden Bosko und der Inquisitor keinen Verdacht schöpfen, wenn du ihm doch noch auf die Pelle rückst.«

Setharan nickte und schaute Liasanya fragend an. Etwas stimmte nicht. Einen Gedanken hatte sie nicht ganz ausgesprochen: »Das wäre eher meine« ... Was hatte sie damit gemeint?

»Und Seth, bitte schau nach Fiana und Brin. Ich muss wissen, ob es ihnen gut geht.«

***

Nachdem Setharan weg war, holte Liasanya ihre Sachen aus dem Unterschlupf im Sonnengrund. Dort konnte sie sowieso nicht länger bleiben. Nach einer Woche würde langsam auffallen, dass die Hütte bewohnt war. Sie machte sich auf den Weg zu Mirya.

Bevor sie bei Meeltheuer eingebrochen war, hatte Liasanya den Mann lange ausgeforscht und viel über seine Gewohnheiten und Neigungen erfahren. Es gab eine Möglichkeit, an den Schneider heranzukommen, der dem Magier nicht offen stand. Aber sie könnte es versuchen. Setharan würde es nicht gefallen, aber der Junge musste ja nichts davon erfahren.

Entschlossen klopfte sie an der Hintertür des Hexenhauses.

Die Alte öffnete ihr, schaute sie verwundert an und bat sie herein. »Li, was machst du hier? Am hellen Morgen! Das ist gefährlich.«

»Ich brauche deine Hilfe. Ich muss jemandem einen Besuch abstatten und ... bitte verrate Seth nichts davon.«

Sie erläuterte Mirya ihren Plan.

Auch die Hexe war von dem Vorhaben nicht sonderlich angetan. Da Li aber fest entschlossen war, half sie ihr, so gut es ging.

Einige Zeit später hatte Liasanya den Schmutz der Gosse abgewaschen, etwas Parfüm aufgetragen und mit Miryas Hilfe das Haar frisiert. Bald darauf machte sie sich mit geschnürtem Bündel auf den Weg nach Alt-Gareth.

Durch einen kleinen Zauber entging sie dem Interesse der Torwachen, dann marschierte sie unbehelligt und froh, endlich etwas tun zu können, Meeltheuers Laden zu.

Das Geschäft lag an der Hauptstraße, kurz vor dem Angbarer Tor. Eine Weile beobachtete sie nur. Seinem Ruf nach hatte Meeltheuer sogar Kunden aus dem Villenviertel und der vornehmen Weststadt, doch die meisten Leute, die ein und aus gingen, waren – soweit Liasanya es beurteilen konnte – wohlhabende Bürger, Handwerker und Händler aus den Altstadtvierteln.

Liasanya entschied sich endgültig, ihr Vorhaben zu wagen. Abseits der Straße entdeckte sie ein leerstehendes Lagerhaus, dort zog sie sich um. Sie würde zwar nicht gerade als Edeldame durchgehen, aber in den dünnen Schnürschuhen, feinen Strümpfen und dem dunkelroten Kleid – alles Geschenke Halbarts – würde sie in Meeltheuers Laden nicht auffallen. Ärgerlich war nur, dass sie keine Möglichkeit fand, ihren Dolch zu verstecken. Wenn sie eine Waffe brauchte – und davon musste sie ausgehen – musste sie improvisieren. Nicht zuletzt deshalb hatte sie, als sie den Laden betrat, ein flaues Gefühl in der Magengegend.

Stoffbahnen in allen erdenklichen Farben und Mustern lagen aufgerollt auf großen Tischen bereit. An den Wänden standen hölzerne Puppen. Die meisten Kleidungsstücke waren für Damen bestimmt, für edle Damen, wie Liasanya feststellte. Sie schaute an sich herab. Ihr Kleid war schlichter als das meiste, was sie hier sah, aber konnte es trotzdem sein, dass Halbart es hier gekauft hatte? Konnte es sein, dass Meeltheuer oder einer der Angestellten es erkennen und auf ihre Verbindung zu Halbart schließen konnte? Ein erster Fehler tat sich in ihrem Plan auf. Aber jetzt gab es kein Zurück.

Ein gut gekleidetes Paar unterhielt sich mit zwei Bediensteten. Immer wieder wurde ein Stück Stoff in die Hand genommen und angeregt beraten.

Einer der Verkäufer nickte Liasanya zu.

Sie nickte ebenfalls, lächelte und ging durch die Reihen, ihre Hand glitt über die feinen Stoffe. Vor einer Puppe mit einem dunklen, silberdurchwirkten Kleid blieb sie stehen.

»Eine ausgezeichnete Wahl.«

Liasanya zuckte zusammen und fuhr herum. Einer der Diener stand vor ihr.

»Verzeiht, werte Dame, ich wollte Euch nicht erschrecken. Aber, mit Verlaub, es harmonisiert ganz wunderbar mit euren Augen.

Wollt ihr es anprobieren? Natürlich wird alles ganz persönlich angepasst. Ihr könnt auch erst Maß nehmen lassen. Eine individuelle Kreation aus der Hand der besten Schneider Gareths wäre unserem Haus eine Ehre. Oder wollt ihr euch zunächst noch etwas umsehen? Die Auswahl ist groß.«

»Äh – danke. Sehr wohl. Ich schaue mich zunächst noch etwas um. Und – ist denn der Herr Meeltheuer anwesend?«

»Ja. Ihr wollt mit ihm sprechen?«

Liasanya nickte.

»Darf ich erfahren, um was es geht?« Leichtes Misstrauen hatte sich in seinen Blick geschlichen.

»Nun, mir wurde empfohlen, mich direkt an den Herrn Meeltheuer zu wenden. Wegen seiner persönlichen Dienste.«

»Ah. Ja?« Er schaute sie etwas anzüglich an, gewisse Kundinnen schienen ihm nicht neu zu sein. »Ich werde den Meister fragen, ob er euch empfängt.«

Der Verkäufer ging in den hinteren Teil des Ladens, verschwand durch eine Tür und kam gleich darauf mit einer zweiten Person zurück. Liasanya erkannte Meeltheuer sofort wieder: Er war nicht viel größer als sie selbst und hatte etwas Wieselhaftes an sich. Der Bedienstete wies mit einem Nicken auf Liasanya, und Meeltheuer trat zu ihr.

»Willkommen. Womit kann ich dienen?«, fragte er.

Liasanya hatte keine Ahnung, wie sie Meeltheuer zu einer seiner berüchtigten Privataudienzen bringen konnte und tastete mit ihren Worten im Dunkeln. »Ich würde gerne Eure Dienste in Anspruch nehmen«, sagte sie.

»Dienste?«

»Mir wurde empfohlen, mich direkt an Euch zu wenden.« Sie senkte die Stimme zu einem Flüstern. »Da mein Gatte bedauerlicherweise nicht bereit ist, meine Bedürfnisse vollends zu befriedigen – die Garderobe betreffend, meine ich natürlich.«

»Ich verstehe. In der Tat bedauerlich. Und leider viel zu häufig vorkommend.« Meeltheuer lächelte plötzlich. »Aber da können wir vielleicht Abhilfe schaffen. Nun, dieses Kleid wäre eine gute Wahl. Normalerweise erwarte ich ja eine persönliche Empfehlung, aber in Eurem Fall ...« Seine Augen klebten jetzt eindeutig an Liasanyas Dekolleté; der Schnitt ihres Kleides ließ dezente Einblicke zu.

Liasanya holte tief Luft und lächelte ebenfalls.

»Folgt mir. Ich werde persönlich sehen, was man ändern muss«, sagte Meeltheuer, nahm das Kleid und führte sie nach hinten.

Ein großer Tisch und einige Kleiderpuppen füllten die Schneiderstube, ein Teil des Zimmers war mit einem Vorhang abgetrennt.

»Darf ich erfahren, wessen Empfehlung ich die Ehre Eures Besuches zu verdanken habe?«, fragte Meeltheuer, nachdem er die Tür hinter sich geschlossen hatte.

»Darüber spricht eine Dame nicht«, antwortete Liasanya.

»Selbstverständlich«, sagte Meeltheuer eifrig. Er rechte ihr das Kleid und wies zu dem Vorhang. »Zieht es doch an. Dort.«

Sie ging hinüber, zog der Vorhang zu, achtete darauf, dass er – wie zufällig – nicht ganz geschlossen war und zog sich aus.

Sie ließ sich Zeit. Gemächlich drehte sie sich, damit er immer wieder einen Blick auf sie erhaschen konnte. Dann zog sie das dunkle Kleid an und trat hinaus.

Der Stoff schmeichelte ihrer Haut – doch das Kleid war viel zu groß und hing an ihr wie ein Sack.

»Ja, ja – etwas zu groß für eine solch zierliche Person, aber kein Problem. Ein paar kleine Änderungen ...« Meeltheuer ging vor ihr in die Knie, zupfte an dem Kleid herum und murmelte vor sich hin: »Mm, ja. Hier etwas ... und dort ... sehr schön ...«

Liasanya musste ihren Widerwillen unterdrücken und lächelte süßlich: »Ich vertraue ganz auf Eure Talente.«

»Talente. Danke. Natürlich. Alles kein Problem. Ich werde Euch einen ausgezeichneten Preis machen, wirklich ganz ausgezeichnet«, plapperte Meeltheuer.

Ihr Blick streifte durch den Raum. Sie brauchte eine passende Gelegenheit – und eine Waffe. Bevor die Sache zu weit ging.

»So! Noch die Länge«, sagte er.

Liasanya bezweifelte, dass er mit seinen bisherigen Aktionen das Kleid ändern konnte, vielleicht brauchte er dazu auch mehrere Sitzungen, und sie hatte nicht die geringste Absicht, es so weit kommen zu lassen. Doch sie spielte das Spiel weiter mit.

»Ja!«, schnaufte er und zupfte am Saum des Kleides. »Ja, da muss eine ganze Handbreit weg. Vielleicht sogar noch mehr. Aber nicht zu viel. Sonst sieht man ...« Er kicherte kindisch. »Sonst sieht man Eure Beine. – So.«

Er hob das Kleid an und kicherte noch mehr. Mit einer Hand streichelte er ihre Wade. »Schöne Strümpfe. Ich hätte da eine ganz exzellente Auswahl. Dürfte ich sie vielleicht ... wollt Ihr sie vielleicht anprobieren?«

Das flaue Gefühl in Liasanyas Magen nahm weiter zu. Trotzdem nickte sie.

»Bin gleich wieder da«, rief Meeltheuer und ließ sie allein.

Hektisch schaute sie sich um. Da! Unter Stoffresten auf einem Tisch lag eine große Schere. Die musste genügen. Doch schon kam Meeltheuer zurück. Die Diebin setzte sich schnell auf die Tischkante, schob die Schere unter den Hintern und ließ die Beine baumeln.

»Ja – sehr gut. Bleibt so!«, rief Meeltheuer, eilte zu ihr und kniete nieder.

Liasanya streckte ihm das linke Bein entgegen.

Er hielt ihren Fuß an der Ferse und rollte den Strumpf langsam von ihrem Bein. »Oh!«, murmelte er und streichelte den Fuß. »Euer Gatte sollte Euch öfter eine Kutsche gönnen. Ein so zierlicher Fuß muss geschont und gepflegt werden. Ich würde ihn gerne baden. Duftende Öle – Ach! – Vielleicht ein anderes Mal.« Meeltheuer nahm einen der mitgebrachten Strümpfe und zog ihn ihr an, seine Hand glitt wieder über ihre Spann und die Wade. Dann nahm er ihr rechtes Bein und widmete sich ihm mit der gleichen Hingabe.

Liasanya wunderte sich zunehmend, welch seltsame Form rahjagefälliges Spiel annehmen konnte.

Meeltheuer ließ sich Zeit, er streichelte ihre Beine bis zu den Knien, wiederholte alles mit einem weiteren Paar Strümpfe. Dann stand er auf und hob, wie beiläufig, das Kleid zu den Schenkeln. »So schön«, flüsterte er. »Schöne Kleider verbergen Schönes – ja – schöne Kleider machen schöne Frauen schöner. Dürfte ich vielleicht – jetzt?«

Ohne ihre Antwort abzuwarten zog er Weste und Hemd aus, warf sie achtlos beiseite, ließ die Hose herunter und drängte sich an sie.

Liasanya tastete nach der Schere. Blitzschnell fuhr sie herum und hielt sie gegen seine Brust.

»Ja – sehr schön«, flüsterte sie. »Aber ich glaube: Nicht so schön, wenn Euch Eure gesamte Kundschaft mit heruntergelassener Hose sehen kann. Nicht alle werden erfreut sein, von Euren besonderen Diensten zu erfahren.«

Er keuchte, schnappte nach seiner Hose, doch Liasanya schlang ihre Beine um seine Hüften und hinderte ihn daran.

»Nicht so eilig«, sagte sie. »Wir sind noch nicht fertig.«

»Nicht? Was ... was wollt ihr?«

»Antworten. Nur ein paar Antworten.«

Meeltheuer hingen an ihr wie in einer Liebesumarmung, doch die Lust war ihm vergangen. Die Schere war weiterhin bedrohlich auf seine Brust gerichtet.

»Was wollt ihr?«, wiederholte er.

»Euch ist doch vor einiger Zeit etwas abhanden gekommen.«

»Abhanden? Nein! Ich weiß nicht, wovon ...«

»Ihr wisst genau, wovon ich rede.«

»Nein – was?«

»Es befand sich auf dem Schrank in Eurem Schlafzimmer.«

»Woher wisst ihr ... nein ... ich ...«

»Was befand sich darin? Los! Ich hab nicht den ganzen Tag Zeit.«

»Ich weiß es nicht ... ich kann nicht ...«

»Ihr könnt nicht nur! Ihr müsst!«

Panik weitete seine Augen. »Nein! Bitte!«

»Was war in der Schatulle?«

»Papiere! Ich hab sie nur aufbewahrt. Er ...«

Meeltheuer verstummte, Schweiß brach ihm aus.

»Wer ist er? Antworte, oder ich bring dich um.«

»Ich kann nicht«, jammerte Meeltheuer. Sein Gesicht bekam rote Flecken.

»Was für Papiere? Rede.«

»Nein!« Meeltheuer schnappte nach Luft, er stand kurz vor einer Ohnmacht. »Der gute Hund schweigt, wenn es der Herr befielt«, flüsterte er.

»Was? Was hast du gesagt?«

»Nichts – nichts –«

»Was hatte Halbart Jalson damit zu tun?«, fragte Liasanya.

»Jalson? Ich wusste nicht, dass er ...«

Wieder beendete er seinen Satz nicht, er begann zu schwanken.

»Verdammt! Rede!«, zischte Li, verstärkte den Druck der Schere.

Ein hohles Wimmern entrann seiner Kehle: »Bitte.« Namenloses Entsetzen spiegelte sich in seinem Gesicht. Liasanya musste ihn festhalten, damit er nicht vor ihr zusammensackte. Es gab etwas, das er mehr fürchtete als den Tod.

Sie drückte fester zu. Ein Bluttropfen rann über seine Brust.

»Bitte! Ich kann nicht«, schluchzte er.

Liasanya stöhnte auf, schloss die Augen: *Ich kann auch nicht! Wenn ich jetzt zusteche, bin ich eine gemeine Mörderin ... nicht besser als derjenige, der Halbart umgebracht hatte.*

Langsam senkte sie die Schere.

Meeltheuer atmete auf.

Was jetzt?, dachte Liasanya. Meeltheuer hing an ihr wie ein Bündel Elend. Sie trug ein Kleid, in dem sie keine zehn Schritte rennen konnte. Ihre Habseligkeiten lagen am anderen Ende des Zimmers. Vor der Tür standen womöglich ein halbes Dutzend Bedienstete und Kunden. Wenn sie ihn jetzt losließ, was hielt ihn dann davon ab, nach Hilfe zu rufen?

Jetzt erkannte sie einen weiteren Fehler in ihrem Plan: Wie kam sie hier wieder raus?

***

Etwa zwei Dutzend Gäste saßen in der Schankstube des *Efeubusch*. Die Bedienung schien vollauf beschäftigt zu sein, aber Setharan hatte es nicht eilig. So fand er vielleicht die Ruhe zu überlegen, wie er an Meeltheuer, Yann Jalson oder diesen Horger herankam. Er setzte sich an einen Tisch und wartete.

Doch schon kurz darauf betrat eine weitere junge Frau die Schankstube. Er hatte Fiana noch nie gesehen, erkannte das Mädchen aber nach Liasanyas Beschreibung auch ohne den Armstumpf zu sehen. *Sie ist sehr schön,* dachte er. Und so traurig. Der Wunsch, sie zu beschützen und zu trösten kam in ihm auf.

Sie kam zu ihm an den Tisch, musterte ihn verwundert, Magier schienen nicht zu den Stammgästen im *Efeubusch* zu gehören, und fragte: »Womit kann ich dienen, der Herr?«

»Einen Krug Bier bitte. Vom besten.« Er lächelte sie an.

Sie verschwand hinter dem Tresen und kam gleich darauf mit einem gefüllten Steingutkrug zurück.

»Fiana?«

»Ja?«, fragte das Mädchen überrascht.

»Wie geht es Euch?«

»Gut – wieso fragt Ihr?«, erwiderte sie.

»Ich bin ein Freund von Liasanya«, sagte er. »Setz dich doch bitte einen Augenblick.«

»Nein!« Fiana wollte davoneilen, doch er hielt sie am Arm fest.

»Warte! Hat Li nie von mir erzählt? Ich bin Seth – Setharan Laikis. Der Magier!«

»Seth? Woher soll ich wissen ...«

»Stell mir eine Frage.«

Das Mädchen schien verunsichert. Setharan hielt noch immer ihren Arm fest. »Erzählt von Eurer Mutter«, sagte sie endlich.

»Sie ist eine Kräuterfrau.« Er verstummte, als er Fianas Blick sah, und senkte die Stimme noch weiter. »Eine Hexe. Li hat einige Wochen bei ihr gelebt, bis ...«

»Ich glaube Euch«, rief Fiana erfreut. »Ja! Sie hat von Euch erzählt. Und sie hat recht, Eure Augen sind wirklich schön.«

Setharan wurde verlegen. Ehe er etwas erwidern konnte, fuhr Fiana fort: »Wisst Ihr etwas von ihr? Habt Ihr sie gesehen? Geht es ihr gut? Oder hat die Inquisition sie schon ...«

»Ihr geht es gut. Sie ist in Sicherheit.«

Fiana seufzte erleichtert.

»Sie möchte wissen, wie es euch geht. Dir und Brin«, fuhr Setharan fort.

»Jetzt besser, viel besser«, sagte Fiana. »Aber könnt Ihr mir sagen, warum sie geflohen ist? Sie hätte nie ... sie hat Halbart doch geliebt.«

Der letzte Satz versetzte dem Herz des Adeptus einen Stich. Das Mädchen zog einen Stuhl her und setzte sich. »Die Garde war hier und hat Oisin über Li ausgefragt. Er sagte, sie sei seit Ingerimm hier und sei mit Halbart zusammen gewesen, sonst wisse er nichts über sie. Er hat nicht verraten, dass wir mit ihr hierher gekommen sind! Was ist denn überhaupt geschehen? Niemand scheint etwas Genaues zu wissen.«

Setharan räusperte sich und begann, in kurzen Zügen zu erzählen, was er wusste. »Nachdem Yann also Lis Herkunft und Talente verraten hat, ist die Sache für die Inquisition klar«, endete er. »Sie ist eine Zauberin, eine Paktiererin – und damit die Mörderin. Der Gardehauptmann ist sich zwar nicht so sicher, aber Jalsons Haushälterin, diese Laille, hat in der besagten Nacht Lis Stimme gehört. Das ist wirklich merkwürdig, denn Li beteuert, nicht dort gewesen zu sein.«

Fiana erwiderte nichts.

»Weißt du etwas?«

Fiana schüttelte den Kopf: »Ich bin früh zu Bett. Und habe wohl fest geschlafen. Als ich aufgestanden bin, war Li da.«

Das half ihm auch nicht weiter. Er ließ es dabei bewenden.

»Eines ist merkwürdig«, sagte er. »Von dir und Brin wollte bisher niemand etwas wissen. Ich verstehe das nicht.«

Fiana schüttelte den Kopf: »Yann scheint nicht über uns geredet zu haben. Er war lange nicht mehr hier.« Ihr Blick glitt durch den Raum, als könne an einer der Wände die Antwort stehen. »Vielleicht mag er uns doch. Er kann doch nicht allen Ernstes glauben, Li sei eine Mörderin?«

Jetzt zuckte Setharan mit den Schultern. »Oder er ist zur Vernunft gekommen, bevor er sich vollends um Kopf und Kragen redet.«

»Wie meint Ihr das?«

»Das ist doch ganz einfach. Die Wache und Inquisition hörten sich Yanns Ausführungen sehr interessiert an. Aber jetzt interessiert es sie natürlich auch, woher er das alles weiß. Und warum er nicht eingeschritten ist, als sich sein Vater mit einem so dämonischen Wesen wie Li eingelassen hat.«

Fiana schien diese Antwort nicht zu gefallen: »Und alles, nur weil er eifersüchtig war? Warum ist er nicht bei mir geblieben?«

Setharan antwortete nicht. So kam er nicht weiter. Er nahm den letzten Schluck aus seinem Krug und erhob sich. »Ich muss jetzt gehen. Ihr seid in Sicherheit. Li wird froh sein, das zu hören.«

Fiana nickte: »Meister Oisin steht zu uns. Ich habe ihm angeboten, das Haus zu verlassen, damit kein schlechtes Licht darauf fällt. Aber er hat abgelehnt.« Plötzlich lächelte sie glücklich. »Und der Herr Roban kümmert sich auch um uns.«

»Roban?«, fragte Setharan verblüfft. »Roban Horger?«

»Ja!«, rief Fiana erstaunt. »Ihr kennt ihn?«

»Nein«, antwortete Setharan. »Noch nicht.«

***

Lechdan Meeltheuer machte den Eindruck, als könne er jeden Augenblick tot umfallen.

Damit wäre ein Problem gelöst, dachte Liasanya, bezweifelte aber, dass ihr diese Lösung gefallen würde.

»Nun gut, so kommen wir nicht weiter«, sagte sie und versuchte dabei so gelassen wie möglich zu klingen. Sie löste die Umklammerung ihrer Beine und setzte sich auf, ohne die Spitze der Schere von seiner Brust abzuwenden.

»Gibt es einen Hinterausgang?«

Lechdan Meeltheuer schüttelte den Kopf.

»Wirklich nicht? Es wäre besser für dich, wenn es einen gäbe.«

»Ja. Nein – es gibt keinen.« Der Mann war entsetzt, die Aussichten für seinen Ruf und sein Leben standen nicht gut, das schien ihm allzu bewusst.

Liasanya atmete tief durch. »Na gut. Dreh dich um. Hände auf den Rücken.«

»Was?«

»Mach schon!«

Er drehte ihr den Rücken zu. Schnell zog sie die Strümpfe aus, fessele mit dem einen seine Hände. Dann nahm sie einen Stoffrest von Tisch, stopfte ihn ihm in dem Mund und knebelte ihn mit dem anderen Strumpf. *Das müsste ihm eigentlich gefallen,* dachte sie in einem Anflug hysterischen Übermuts.

Sie sprang auf. »Da rüber!«, befahl sie und dirigierte ihn zu dem Vorhang, hinter dem ihre Sachen lagen.

»Bleib stehen. Und mach keinen Unfug.«

Liasanya legte die Schere weg, ließ – ein Auge immer auf Meeltheuer gerichtet – das schwarze Kleid von den Schultern gleiten und zog eilig ihre eigenen Sachen an.

»Es gibt jetzt zwei Möglichkeiten«, sagte sie, als sie fertig war. »Entweder ich wickle dich jetzt so ein, dass du erst frei kommst, wenn dich deine Angestellten finden. Das wäre peinlich für dich. Oder ich lockere jetzt den Strick ... Strumpf um deine Hände so, dass du dich befreien kannst und in Kürze wieder vor deine Kunden treten kannst, etwas verschwitzt von unserem kleinen Abenteuer, aber gesund, mit einer Hose an und ohne Flecken an Weste und Ruf.«

Meeltheuer nickte eifrig.

»Du meinst also auch, dass dies hier unter uns bleiben soll?«

Wieder ein Nicken.

»Gut. Ich vertraue dir. Wie gesagt: Wenn du dir einen großen Gefallen tun willst, schrei nicht, bevor ich weit weg bin ... Ich würde dir sogar raten: Schrei überhaupt nicht, wenn du gesund bleiben willst.« Plötzlich kam ihr etwas in den Sinn, um ihren Absichten mehr Nachdruck zu verleihen. »Wir könnten dich jederzeit wieder besuchen. Oder vielleicht lieber deine Familie?«, drohte sie.

Meeltheuer stammelte etwas.

Liasanya lockerte den Knebel ein wenig. »Was hast du gesagt?«

»Ich werde nichts verraten!«

»Gut.«

»Wer bist du? Du – du gehörst zu Mundtbachs Bande?«

»Versuche nicht, es herauszubekommen.«

Sie schob den Knebel wieder in seinen Mund, eilte zur Tür und lauschte. Dann ging sie noch einmal zu Meeltheuer zurück, küsste ihn auf die Wange und sagte: »Ich hätte schon gern erlebt, wie du mir die Füße wäschst. Aber vielleicht können wir das ja noch nachholen.«

Meeltheuers Miene zeigte deutlich, dass er keinen Wert darauf legte.

Liasanya öffnete die Tür einen Spalt und schlüpfte hinaus.

Meeltheuers Bedienstete grinsten, als sie das Mädchen sahen. Noch trennte sie ein gutes Dutzend unsicherer Schritte von der Ladentür. Zitternd am ganzen Leib und mit einem gezwungenen Lächeln im Gesicht ging sie darauf zu. Sie erwartete jeden Augenblick, einen Schrei aus dem Zimmer zu hören.

***

»Roban Horger?«, fragte Setharan noch einmal.

Fiana setzte sich wieder an den Tisch. Aufgeregt begann sie zu erzählen: »Er kam kurz nach Herr Halbarts Tod in den *Efeubusch.* Er war ganz anders ... Als ich ihn das erste Mal sah, da ...« Sie schlug die Augen nieder.

»Li hat es erzählt. Er hat dich bedrängt, und Yann stellte dich bloß.«

Fiana nickte. »Aber Halbart hat ihm später wohl alles erklärt. Jetzt will er uns helfen – auch Li! Er sagt, das ist er seinem Freund schuldig.«

»Schuldig?«

»Ja! Nach dem Halbart tot ist, dachte er, er schaut, ob es uns gut geht.« Sie wirkte etwas verlegen. »Wie hat er gesagt? ›Man darf die Küken nicht verhungern lassen, nur weil sie aus dem Nest gefallen sind.‹ Er ist sehr freundlich. Und er glaubt auch nicht an Lis Schuld.«

»Ich würde gerne mit ihm reden.«

Fiana nickte. »Er kommt jetzt fast jeden Tag her.«

»Wirklich?«

»Einmal hab ich das Glück!«

»Wie meinst du das?«

Fianas Stimme wurde bitter. »Li hat immer Glück. Und sie weiß es nicht einmal zu schätzen.« Sie hob ihren rechten Arm. »Mir haben sie die Hand abgeschlagen, ich bin zur Hure geworden ... und Li! Sie ist gesund, besitzt sogar ein göttliches Talent. Aber sie schätzt es nicht! Sie hätte eine Zauberin werden können. Sie hätte bei dir und deiner Mutter ein gutes Leben haben können. Sie schlug es in den Wind! Und dann ... ein paar Tage dachte ich, Yann holt mich aus Meilersgrund heraus, doch er geht mit Li davon, und sie wird mit seinem Vater glücklich ... und ich ...«

»Sie hat euch geholt – sonst wärt ihr nicht hier.«

»Ja! Sie denkt immer an ihre Freunde. Als sie mich zum Krüppel gemacht haben, hat Li mich bei Curthan untergebracht. Sie ist ja so großzügig. Verstehst du: Ich bin zur Hure geworden, und sie ist mit meinem Bruder über die Dächer und durch die Straßen davon! Während ich mich von stinkenden Kerlen besteigen lassen muss, hat sie mir jeden Tag vorgeführt, wie schön das Leben sein kann. – Und dann: Anstatt sich mit Halbart ein schönes Leben zu machen, bringt sie uns alle hierher und führt mir wieder jeden Tag vor, wie viel Glück sie hat.«

»Und jetzt sitzt sie irgendwo in einem Loch im Südquartier und bangt um ihr Leben ...«

»... ja, und es geschieht ihr auch ganz recht!« Plötzlich brach sie in Tränen aus: »Nein! Das wollte ich nicht sagen ...« Sie umklammerte mit der linken Hand seinen Oberarm. »Das meine ich nicht! Ich liebe sie ... sie ist meine beste Freundin, meine Schwester, ich würde alles für sie tun ... aber manchmal ... versteh mich ... wenn schon nicht die Götter ...«

»Ich verstehe«, murmelte Setharan und legte den Arm um das Mädchen. »Manchmal braucht man jemand, der einfach schuld ist an allem.«

Fiana rieb sich mit dem Armstumpf über die Augen. »Bitte erzähl ihr nicht, was ich eben gesagt habe. Bitte!«

Setharan nickte. Auch er kam aus einfachen Verhältnissen. Auch er kannte den Neid auf die, die mehr hatten. Aber dass Glück bedeuten konnte, einfach weniger zu leiden? Er fühlte sich geradezu schäbig ob der eigenen Eitelkeit und des eigenen Neides.

»Aber was ist jetzt mit Roban?«, kehrte er zum Thema zurück.

Ein schwaches Lächeln erschien auf Fianas Gesicht: »Ja, er ist gut zu mir. Wenn ich darf ... ich werde Roban nicht im Stich lassen.«

»Ich werde in den nächsten Tagen zurückkommen. Vielleicht kannst du mich Roban Horger vorstellen.«

»Gerne! Er wird sich freuen, einen Freund von Li kennenzulernen.«

»Nein! Bitte verrate Horger nicht, dass ich Li kenne.«

»Warum denn nicht?«

»Niemand bei der Wache oder der Inquisition darf erfahren, dass ich Li kenne. Und Roban Horger wird sicher noch befragt werden, wenn er es nicht schon wurde. Ich weiß nicht, wie gut er lügen kann. Da ist es besser, wenn er es gar nicht weiß.«

»Das verstehe ich.«

»Ich muss jetzt gehen. Bis bald.«

Fiana begleitete ihn noch bis zur Tür.

***

Jetzt war es an Liasanya, einer Ohnmacht nahe zu sein. Der Schweiß kroch ihr den Nacken hinauf. Sie spürte, wie die Haare feucht und schwer wurden. Eine kleine salzige Perle brannte im Augenwinkel.

Sie war doch nur ein kleines Straßenmädchen. Den gröbsten Dreck abgeschrubbt und in ein nettes Kleidchen gesteckt, quoll ihr die Herkunft aus jeder Pore. Sie bewegte sich falsch, sie redete falsch, sie lächelte falsch!

Gleich würde sie jemand packen und zur Rede stellen.

Doch nichts geschah.

Kein Schrei kam aus dem Hinterzimmer.

Sie erreichte die Tür, öffnete sie und trat nach draußen. Sie musste sich zwingen, nicht gleich loszurennen.

Es schien eine Ewigkeit zu dauern, bis sie in die Gasse einbog, in der das Lager mit ihren anderen Kleidern war.

Sie lief los. Jetzt würde sie keiner mehr aufhalten. Die Erleichterung steigerte sich in einen Anflug von Euphorie: Man konnte sich auf die bornierte Arroganz dieser feinen Gesellschaft verlassen, dachte sie. Sie hatte den Raum als Dame betreten und auch als Dame wieder verlassen. Und Meeltheuer schien sich der Folgen bewusst, die ein Auftritt ohne Hosen haben würde – die feine Gesellschaft verzieh alles, vergaß aber nichts.

Als sie das Lager erreichte, rang sie nach Atem. Das Gefühl der Überlegenheit schwand und machte schierem Entsetzten Platz: Was hatte sie getan? Was war bloß in sie gefahren? Völlig sinnlos hatte sie sich in Gefahr gebracht! Das war doch nicht sie gewesen, die sich wie eine Wahnsinnige mitten in der Höhle des Löwen aufgeführt hatte, die mit diesem Kerl alberne Spiele gespielt hatte. Was hätte sie getan, wenn er sich genommen hätte, was sie ihm dargeboten hatte? Welcher Teufel hatte sie geritten, welcher Dämon hatte von ihr Besitz ergriffen?

Sie ging in die Knie und übergab sich.

Vielleicht sollte Setharan untersuchen, ob sie nicht doch besessen war. Aber dann konnte sie auch Halbarts Mörderin sein!

Liasanya zwang sich, nicht zu rennen, mied die breiten Straßen und suchte über Umwege, durch enge Seitengassen, den Weg nach Süden.

Die Angst vor der eigenen Besessenheit verklang, aber sie war noch immer wütend auf sich. Aber ganz ohne Antworten war sie nicht geblieben. Sie ging die ganze Szene mit Meeltheuer in Gedanken noch einmal durch: Die Schatulle war wichtig. Natürlich, Liasanya hatte sie für Halbart gestohlen. Aber hatte sie auch etwas mit seinem Tod zu tun? Meeltheuer schien nicht der Mensch zu sein, der jemanden hinrichtete – oder hinrichten ließ. Dazu war er viel zu weich, viel zu ängstlich, viel zu feige. Aber es gab jemanden – oder etwas –, das er so sehr fürchtete, dass er sein eigenes Leben dafür geben würde.

Und dann hatte Meeltheuer am Schluss Mundtbachs Bande erwähnt! Es war ein offenes Geheimnis, dass Ifirnja von Mundtbach die Anführerin der ›Tobrier‹ war. Auch Halbart hatte die

Diebesgilde im Zusammenhang mit dem Einbruch bei Meeltheuer mehrmals erwähnt. Er hatte gesagt, er wolle nichts mit ihnen zu tun haben. Aber war das alles?

Oder hatte auch Halbart sie belogen?

Einst als Schutztruppe der Flüchtlinge aus dem Osten gebildet, hatten sich die ›Tobrier‹ – wie sie sich schlicht nannten und damit alle ihre Landsleute unter Generalverdacht brachten – inzwischen zu einer der mächtigsten Organisationen des garethischen Untergrunds gemausert. Auch wenn sie noch heute ihre hehren Ansprüche als Beschützer der Vertriebenen in den Vordergrund stellten, so bestand doch der größte Teil ihrer Tätigkeit aus Diebstahl, Hehlerei, Zuhälterei und Schutzgelderpressung – bevorzugt bei ihren Landsleuten.

Wer daran Anstoß nahm, wurde schnell eines Besseren belehrt, denn die Tobrier verstanden sich auf noch etwas: sinnlose Gewalt.

Welche Verbindung bestand zwischen Halbart, der Schatulle und den Tobriern? Halbart war tot. Die Schatulle war ... irgendwo in Halbarts Haus? Der letzte Ort, den sie derzeit betreten wollte. Oder war sie vom Mörder gestohlen worden? Wie sollte sie das erfahren?

Damit blieben nur die Tobrier.

Curthan – oder der alte Rhon – konnte ihr vielleicht weiterhelfen. Doch dazu musste sie sich zurück nach Meilersgrund wagen.

***

Setharan war zur gleichen Zeit ebenfalls auf dem Nachhauseweg. Und auch durch seinen Kopf schwirrten immer mehr und immer verwirrendere Fragen. Fianas Worte hatten ihn verunsichert. Es waren die Worte eines traurigen, verzweifelten Wesens – oder steckte doch mehr dahinter?

Liasanya und Fiana waren beste Freundinnen. Und jetzt stellte sich heraus, dass Fiana auf Li eifersüchtig war, ihr sogar Mitschuld am eigenen Schicksal gab. Gut, Fiana hatte sich in Rage geredet und am Schluss gleich mehrfach für ihre Worte entschuldigt. Aber ein Hauch von Zweifel blieb.

Und dann dieser Roban Horger! Li hatte ihn als einen eingebildeten Gecken beschrieben. Fiana dagegen war von seiner Freundlichkeit und Güte ganz hin und weg. Nun, er würde ihm so schnell wie möglich einen Besuch abstatten, dann konnte er sich sein eigenes Bild machen.

***

Auch weiterhin erwies der Himmelsfürst seinem Götternamen die Gunst. Sein Antlitz brannte vom Himmel, verwandelte die Straßen und Hinterhöfe der Armenviertel in staubige Wüstenei. Selbst die Ratten machten sich nur noch bei Nacht auf die Suche nach Verwertbarem. Eine faulige Dunstglocke hing über der Stadt. Der Gestank drang inzwischen bis nach Neu-Gareth, und wer es sich leisten konnte, suchte Zuflucht auf dem Land. Selbst die treusten Anhänger des Götterfürsten beteten jetzt zu Efferd um seine Gaben. Nur die Alten und Weisen prophezeiten kommende Wolkenbrüche und Unwetter, doch bisher war kein Wölkchen zu sehen.

So glitt das Auge Praios mit majestätischer Langsamkeit über das Himmelsgewölbe, blickte unerbittlich hinunter auf die Straßen Gareths, blendete die Augen, brannte auf der Haut und hindurch, tief bis in das Herz und in die Seele der Menschen. Nicht wenige schworen in diesen Tagen Besserung, wollten sogleich ein göttergefälliges Leben beginnen.

Nun, in wenigen Stunden, wenn das feurige Auge hinter den Giebeln verschwunden war, wenn Phexens Lachen wieder aus dunklen Winkeln drang, würden auch die guten Vorsätze schwinden. Was blieb den Bettlern, Dieben, Huren und sonstigem Gesindel der Nacht anderes übrig?, dachte Liasanya. *Nun, ich hatte die Gelegenheit. Und was habe ich daraus gemacht?*

Zwei Tage waren seit ihrem Besuch bei Meeltheuer vergangen. Es war Mittag, und sie versuchte, sich im Schatten der Häuser zu halten. Die Kleider klebten ihr am Leib, das Gesicht war von rötlichem Staub bedeckt und das Haar bestand nur noch aus verfilzten Strähnen. Wie sehnte sie sich nach einem Bad! In den wenigen Wochen bescheidenen Wohlstands war ihr das am meisten ans Herz gewachsen.

Ihre Schritte führten nach Meilersgrund. Lange hatte sie gezögert und gegrübelt und war doch immer wieder zum gleichen Schluss gekommen: Sie konnte Setharan nicht alles alleine machen lassen. Sollte der junge Zauberer sich um diesen Roban Horger kümmern. Aber wenn die Tobrier etwas mit Halbarts Tod zu tun hatten, so konnten nur ihre alten Freunde weiterhelfen. Sie hoffte, unerkannt an Curthan oder Rhon heranzukommen. Es gab hier genug Leute, die sie für weit weniger als die ausgesetzte Belohnung an die Garde verraten würden.

Vielleicht hätte sie es erst bei Nacht versuchen sollen, am besten, wie in alten Zeiten, über das Dach. Curthan wäre dann höchstens in der Gesellschaft von einem oder zwei seiner Mädchen. Doch seit dem Fiasko bei Meeltheuer quälten sie Selbstzweifel. Wenn sie zögerte, würde sie der Mut vielleicht wieder verlassen.

Also kauerte sie in einen schattigen Durchgang gegenüber von Curthans Schänke, wartete und beobachtete die Passanten.

Liasanyas Herz tat einen Sprung, als Rhons vertraute Gestalt endlich in der Gasse auftauchte.

»Psst!«, zischte sie.

Der Alte zuckte zusammen und schaute sich um.

»Hier«, flüsterte Liasanya und lugte ein Stück aus dem Durchgang hervor.

Rhon zögerte. Verunsichert kam er etwas näher.

»Rhon – ich bin's.«

»Li?« Er beschleunigte seine Schritte, eilte zu ihr und zog sie zurück in die Dunkelheit. »Was machst du hier? Du wirst gesucht!«

»Ja, ich weiß. Hör mal, ich brauche deine Hilfe ...«

»Wo bist du gewesen?«, unterbrach er sie. »Fiana hat gesagt, du bist nur für ein paar Tage weg ...«

»Rhon!«

»... und dann verschwindet auch sie und Brin. Curthan war außer sich ...«

»Rhon, bitte!«

»... wir haben uns Sorgen gemacht. Wochenlang hat man nichts von euch gehört. Und dann ...«

»Ja!« Li zerrte Rhon ein Stück tiefer in die Gasse hinter dem Durchgang. »Schon gut!«

»... und dann hängen überall Steckbriefe mit deinem Namen«, sagte Rhon, während er versuchte, mit Li Schritt zu halten. »Li! Was hast du angestellt?«

»Rhon, du musst etwas für mich tun. Ich ...«

Doch der Redefluss des Alten wollte nicht abreißen: »Ich wusste, dass du magisch begabt bist, aber ich hätte nie gedacht, dass du ...«

Li stöhnte auf.

»... deshalb Ärger mit der Inquisition bekommst. Weißt du, was aus Fiana und Brin geworden ist? Geht es ihnen gut?«

»Ja! Ihnen geht's gut«, sagte Liasanya und blieb abrupt stehen.

Rhon wäre fast über sie gestolpert.

»Rhon! Hör doch mal zu!«, rief sie.

»O Li, ich bin so froh, dass du hier bist. Aber wo hast du gesteckt?«

»Ich muss mit ...«

»Bleibst du jetzt hier? Du musst dich ver...«

»... den Tobriern reden!«

»...stecken ... Was?«

»IchmußmitdenTobriernreden!«

Rhon starrte sie an. Plötzlich schien die Gasse unnatürlich still. »Mit den Tobriern?«, flüsterte er.

»Ja!«

»Man redet nicht mit den Tobriern – und man ist froh, wenn sie nicht mit einem reden! Sie sprechen gern mit Fäusten und Messern. Ach, was erzähl ich dir das? Du weißt es selbst gut genug. Was willst du von ihnen? Hast du etwa ...«

»Sei still«, unterbrach Liasanya den erneuten Wortschwall. »Es ist besser, wenn du nicht zu viel weißt. Einige Leute scheinen Angst vor ihnen zu haben.«

»Jeder hat Angst vor ihnen. Jeder Vernünftige. Zumindest dann, wenn er nicht ...«

»Schon gut! Ja! Aber es gibt da Leute, die haben ganz besondere Angst ... wie soll ich es erklären? Ich muss wissen, ob es etwas mit – etwas, das mich betrifft, zu tun hat.«

»Li, was hast du ...«

»Bitte! Weißt du, wie ich mit ihnen Verbindung aufnehmen kann? Ich muss es erfahren, und du kennst doch alle hier, kannst du mich zu ihnen bringen?«

Rhon schaute Liasanya entsetzt an. »Li, was hast du getan?«

»Kannst du? Oder kannst du nicht?«

»Ja«, seufzte er und sah gar nicht glücklich aus. »Ja, wenn es sein muss. Ich werde sehen, was ich tun kann.«

»Schicke eine Nachricht an Fiana und Brin, wenn du etwas herausgefunden hast. Sie arbeiten im *Efeubusch* in Alt-Gareth.«

»Sie arbeiten? Ehrliche Arbeit?«

»Ja! Beide. Und Fiana muss nicht mehr ...«

»Das ist ja wunderbar! Wann ich das Curthan erzähle, wird er platzen vor Wut.«

»Bitte, sag Curthan nichts. Er ...«

»Nein, nein! War doch nur ein Spaß. Ich werde niemandem etwas verraten. Aber was ist mit dir passiert?«

Liasanya erzählte nur das Allernötigste über die vergangenen Ereignisse. Umso begieriger war sie, zu erfahren, was sich in Meilersgrund und in Curthans Schänke zugetragen hatte. Liasanya war schnell froh, nicht offen hier aufgetaucht zu sein.

»So was nennt sich Freunde!«, grollte Rhon. »Kaum waren die ersten Steckbriefe zu sehen, da behaupteten die Ersten, sie hätten es schon immer gewusst: Du seist eine Hexe, eine Paktiererin, eine Dämonenbuhle ... sie hätten dir nie getraut und so weiter.« Rhon schnaubte verächtlich. »Anfangs haben alle gelacht. Aber später. Du weißt, wie die Leute sind: Plötzlich konnte sich jeder erinnern, wie es wirklich war. Plötzlich hatte jeder schon immer gewusst, dass du eine Hexe bist.« Rhons Miene erhellte sich. »Bis plötzlich die Stadtgarde auftauchte. Ein Praiosgeweihter war auch dabei. Irgendwer hat geplaudert. Wohl gehofft, ein paar Dukaten zu bekommen. Nun, die Leute wurden ganz still. Aber der Inquisitor hat dann Wilfhelm mitgenommen.«

»Wilfhelm? Der kleine Gauner aus Bardewick? Der ist doch ganz nett.«

»Na, da hast du dich aber getäuscht. Er hat am lautesten geschrien. Hat sogar behauptet, du hättest ihn verhext und zu abnormalen Sachen angestiftet.«

»Wie bitte? Ich habe ihn nie ... wurde er ...«

»Nach drei Tagen kam er wieder zurück. Er verflucht dich bei allen Göttern. Aber er behauptet nicht mehr, du hättest ihn verhext.«

Liasanya erwiderte nichts. So schwer waren die Menschen zu verstehen. Es brauchte nicht ein Mal die hundert Dukaten – es genügte ein wenig Aufmerksamkeit, um zu lügen und Freunde zu verraten.

»Li?«

»Oh! Ja? Was?«

»Du warst gerade so abwesend.«

»Ja, entschuldige, ich hab nachgedacht. Was ist mit Curthan?«

»Oh, sie haben ihn recht schnell in Ruhe gelassen. Er hat behauptet, dich kaum zu kennen. Keiner hat ihm widersprochen, so dumm sind unsere Freunde dann doch nicht, dass sie einen der ihren einfach so in die Pfanne hauen. Aber wenn dich einer erwischt ... dein Leben ist keinen Pfifferling wert ... nein, das stimmt nicht ... es ist genau hundert Dukaten wert.« Plötzlich musste er lachen: »Li, du bist reich. Leider kommst du an das Geld nicht ran ...«

»Ich muss jetzt gehen. Denkst du an das, worum ich dich gebeten habe?«

Rhon seufzte. »Wenn dich nichts von deinem Plan abbringen kann – na gut. Dann werde ich wenigstens Fiana und Brin wiedersehen.«

»Danke!« Liasanya nahm ihren alten Freund in den Arm und drückte ihr Gesicht an seine Brust. »Danke, Rhon – ich habe dich vermisst.«

Rhon strich ihr übers Haar. »Ich auch. Ich dich auch.«

***

Setharan saß bei seiner Mutter in der Küche. Die massiven Mauern des Hauses hielten die drückende Hitze ein wenig ab. Sonnenstrahlen fielen durch das schmale Fenster und tauchen die Stube in freundliches Licht. Alles war so friedlich, jedoch ...

»O Mutter! Langsam zweifle ich an mir selbst«, jammerte der junge Magier.

Der Blick, mit dem Mirya ihn betrachtete, kannte er von früher. Wenn er als kleiner Junge mit aufgeschlagenen Knien und heulend nach Hause gekommen war, hatte sie ihn genauso angesehen.

»Du musst verstehen«, fuhr Setharan fort. »Eigentlich haben wir nicht die geringste Ahnung, worum es bei all dem geht. Und plötzlich sehe ich überall Verschwörungen und Intrigen. Alle haben Geheimnisse, jeder hat etwas zu verbergen. Ich weiß nicht, wem ich noch vertrauen kann.«

»Vielleicht solltest du mit Li die Stadt verlassen und die ganze Angelegenheit vergessen.«

»Das würde ich ja gern. Aber Li hat sich in den Kopf gesetzt, Jalsons Mörder zu finden. Ich müsste sie knebeln und fesseln, um sie aus der Stadt zu schaffen. Und sie würde zurückkommen, sobald ich nur einen Knoten lockere.«

»Du musst nicht ...«

»Ich will ihr helfen. Aber ich bin ein Magier! Kein Inquisitor und kein Gardist. Meine Fähigkeiten sind hier völlig nutzlos. Wenn ich nicht bald etwas herausfinde, fürchte ich um Li. Ich kann sie kaum zurückhalten. Ich habe Angst, sie läuft doch noch der Wache in die Arme – oder stellt noch mehr Unfug an. Im Augenblick scheint sie sich etwas zurückzuhalten, ich frage mich nur: Wie lange?«

Miryas Miene ließ nichts Gutes erahnen.

»Ich hab sie jetzt seit drei Tagen nicht gesehen. Hat sie etwas angestellt?«

»Nein. Ich hoffe nicht.«

»Du weißt etwas!«

Mirya schwieg.

Setharan wollte weiter bohren, aber der scharfe Blick seiner Mutter ließ ihn schweigen: *Sei nicht albern,* sagte dieser Blick. *Sie weiß schon, was sie tut.*

Setharan stand auf und nahm seinen Stab.

Plötzlich sagte Mirya: »Du wirst zwar immer mein kleiner Junge bleiben, aber du bist auch ein ausgebildeter Magier! Du schreckst nicht gleich zurück, wenn es schwierig und unangenehm wird. Oder?«

Setharan nickte. Kurz durchströmte in tatsächlich das Gefühl, stark zu sein und alles im Griff zu haben. »Ich werde jetzt Hauptmann Bosko aufsuchen. Falls Li auftaucht, sag ihr, sie soll auf sich aufpassen.«

***

»Ach, der junge Herr Adeptus!«, sagte Hauptmann Bosko, als er Setharan ansichtig wurde. »Was verschlägt Euch hier her? Ich dachte, ihr habt Euch nach den wenig erhellenden Untersuchungen wieder Euren Studien zugewandt.«

»Das würde ich auch gern. Aber als Absolvent der Akademie zu Schwert und Stab liegt es mir natürlich am Herzen, nicht nur meinen Teil dazu beizutragen, dass dieser Fall aufgeklärt wird und Gesetz und Ordnung zu ihrem Recht verholfen wird, sondern auch dafür zu sorgen, dass kein falsches Licht auf meinen Stand fällt.«

»Wie meint ihr das?«

»Darf ich offen reden?«

»Selbstverständlich! Offenheit und Ehrlichkeit erwarte ich von allen, die meinen, auf der rechten Seite zu stehen.«

»Nein, versteht mich nicht falsch. Ich möchte Euch nur bitten, was ich jetzt sage, nicht dem Inquisitor Dorbrechtsson mitzuteilen.«

»Das kann ich Euch, wie gesagt, nicht versprechen. Aber redet! Was liegt Euch auf dem Herzen?«

»Wie soll ich anfangen? Nun gut: Seine Gnaden Inquisitor beharrt darauf, in dieser Magiedilletantin – wie in meinen Kreisen Menschen genannt werden, bei denen Madas Gabe nicht durch die entsprechende Schulung in die rechten Bahnen gelenkt wurden – die Täterin zu sehen. Und dies, obwohl weder ich noch seine Gnaden Inquisitor selbst magisches oder dämonisches Wirken nachweisen konnten. Sollte die Verdächtige gefasst werden, so wird sie mit Sicherheit verurteilt. Unabhängig von ihrer Schuld oder Unschuld im Fall Halbart Jalson. Nun, es liegt mir am Herzen, den wahren Mörder des Kaufmanns zu finden. Meine Gilde – und dies gilt noch viel mehr für alle anderen magisch Begabten – hat in diesen unruhigen Zeiten einen schweren Stand. Die Inquisition beäugt uns misstrauisch. Ich möchte dazu beitragen, dass unsere Kraft nicht als Mittel für Gewalt und Frevel gesehen wird, sondern als Gabe der Aufklärung und Heilung.«

Der Hauptmann wirkte beeindruckt von Setharans Rede. Er brauchte einige Augenblicke, ehe er erwiderte: »Nun, jetzt ist mir klar, warum Ihr dies nicht in Gegenwart von Inquisitor Dorbrechtsson sagen wolltet. Ich muss hinzufügen, dass auch ich keine Zuneigung zu den arkanen Künsten hege. Ich misstraue Dingen, die ich weder sehen noch hören oder riechen kann. Ich bevorzuge es, die Dinge anfassen und verstehen zu können. – In meinen Kreisen nennt man so etwas Spuren, Beweise und Motive.« Ein sarkastisches Lächeln umspielte kurz seine Züge. »Aber eines muss ich gestehen: Mich plagen ähnliche Zweifel wie Euch. Die Verdächtige ist uns sozusagen perfekt in den Schoß gefallen. Mit allem, was dazugehört. Sogar eine Probe ihrer speziellen Talente hat sie uns auf ihrer Flucht geliefert. Doch auch wenn ich davon ausgehe, dass uns einmal das Glück hold – und der Täter ausgesprochen dumm – ist, so gibt es noch etwas. Wenn mich etwas mit Stolz erfüllt, dann mein Gespür für die Aufrichtigkeit der Menschen. Ich habe die Verdächtige gesehen. Ich habe mit ihr gesprochen. Und ich spürte keine ... wie soll ich es nennen ... Falschheit in ihr. Aber sie ist geflohen. Dies und anderes wirft Fragen auf. Aber wie wollt ihr uns jetzt weiterhelfen?«

»Nun, auch wenn meine Talente als Magier weder gewünscht noch gebraucht werden, so bin ich doch inzwischen mit dem Fall vertraut. Da wäre es doch schade, mein Wissen, meine Arbeit, und ganz besonders meinen Willen, die Tat aufzuklären, brachliegen zu lassen.«

»Ich bin wirklich über jede Hilfe dankbar. Es ist schon schwer genug, in dieser Stadt auch nur den Anschein von Ruhe und

Ordnung aufrechtzuerhalten. Deshalb bin ich auch froh über jede Hilfe der Inquisition. Immerhin ist sie die einzige Instanz, die sich voll und ganz auf das Aufklären von solchen Verbrechen konzentriert. Wenn sie auch ...« Bosko senkte die Stimme ein wenig. »... gelegentlich über das Ziel hinausschießt.«

»Jetzt mögt ihr verstehen, warum ich dies nicht in Anwesenheit des Herrn Inquisitors erörtern wollte. Er schätzt mich schon gering genug, wozu meine – zugegebenermaßen – unbedachten Äußerungen auch noch beigetragen haben.«

»Ja – aber ich glaube, Ihr schätzt ihn falsch ein, den Herrn Dorbrechtsson. Was die Verblendung betrifft ... sie ist vielleicht beiderseitig.«

»Wie meint ihr das?«

Bosko schüttelte nur den Kopf. »Wenn Ihr es nicht wisst«, murmelte er, wohl eher zu sich selbst. Denn ohne eine Antwort abzuwarten, ging er zum Fenster. Dann straffte er die Schultern und sagte, nun wieder laut und deutlich: »Also! Wie wollt Ihr mir wohl helfen?«

Setharan war von der plötzlichen Wendung überrascht. »Äh ... ja. Ich habe mich ein wenig umgehört.«

»So?« Bosko drehte sich zu ihm um.

»Ja! Es gibt da einige Leute, mit denen stand Jalson auf sehr vertrauten Fuß. Da wäre dieser Oisin, der Wirt des Efeubuschs.«

»Hab schon mit ihm gesprochen. Jalson war Stammgast. Hat dieses Mädchen bei ihm untergebracht. Schon seltsam: Ein reicher Händler lässt seine Geliebte im Wirtshaus arbeiten. Aber Oisin weiß auch nicht mehr. Sonst noch jemand?«

»Roban Horger.«

»Horger – Roban. Richtig. Hatte noch keine Gelegenheit, mit ihm zu reden. Der junge Herr Jalson hat ihn kurz erwähnt. Warum glaubt ihr, er könne uns weiterhelfen?«

»Es heißt, er war Halbart Jalsons bester Freund.«

»So? Das ist mir neu. Hat Yann Jalson gar nicht erwähnt ...«

»Nun ... erlaubt ihr, dass ich mit ihm rede?«

»Natürlich! Warum auch nicht? Er wohnt in Alt-Gareth, ganz in der Nähe des Jalsonschen Anwesens. Kommt, ich zeige es Euch auf dem Stadtplan. Das Anwesen steht an einem Seitenarm des Gardel ... Ihr könnt es nicht verfehlen.«

»Danke.« Setharan gab Bosko die Hand.

»Ich danke Euch. Wie gesagt muss ich über jede Hilfe dankbar sein. Es warten noch andere Dinge auf mich, als der Tod eines tobrischen Händlers. Wenn ihr mich jetzt entschuldigt.« Er nickte und öffnete die Tür.

Das ist ja gut gegangen, dachte Setharan. Er verließ Boskos Schreibstube und ging den Flur hinab.

»Apropos: tobrischer Händler«, rief der Hauptmann plötzlich und eilte dem Magier hinterher. »Sagt Euch der Name Lechdan Meeltheuer etwas?«

Setharan spürte sofort, wie sich ihm die Nackenhaare aufstellten.

»Äh ... nein?«, erwiderte er, ohne sich umzudrehen. Er hoffte, seine Miene in den Griff zu bekommen. »Oder ... wartet mal ...« Jetzt wagte er es, sich Bosko zuzuwenden. »Kann sein, dass ich den Namen schon einmal gehört habe. Warum fragt ihr?«

»Ein tobrischstämmiger Schneider und Tuchhändler. Er wird seit drei Tagen vermisst.«

Setharan schüttelte den Kopf. »Nein.«

»Nun gut. Es betrifft ja auch nicht unseren Fall. Vermutlich nicht. Obwohl da ein paar Umstände aufgetreten sind ...«

»Wie meint Ihr das?«

»Am Tag seines Verschwindens hatte der Vermisste Besuch. Und kurz nachdem der Besuch gegangen war, verließ auch Meeltheuer sein Geschäft und wurde bis heute nicht mehr gesehen. Die Bediensteten können sich so gut daran erinnern, da ihr Herr völlig verstört wirkte. Und sie beschreiben den Besucher als eine schlanke junge Frau, knapp acht Spann klein und mit langem dunkelbraunem Haar. Das ist doch interessant, oder?«

Setharan wurde heiß und kalt zugleich. Er hatte Mühe, nicht lauthals »Li« zu brüllen.

»Merkwürdig. Schon richtig«, versuchte er die Fassung zu wahren. »Aber ... vielleicht sollte ich die Bediensteten und Angehörigen aufsuchen.«

»Nein. Wir haben sie schon befragt. Und da es bisher kein Opfer gibt, muss auch kein Verbrechen vorliegen.«

»Ja«, stieß Setharan hervor. »Das wird wohl so sein.«

»Wenn es etwas mit unserem Fall zu tun hat, so werden wir es herausfinden. Oder was meint Ihr, Herr Adeptus?«

Zweites Zwischenspiel

Grünlich schimmernde Flechten ließen die Konturen eines Gewölbes erahnen. Keine natürliche Höhle, sondern fein säuberlich ineinandergefügtes Mauerwerk, dunkel und schmierig feucht.

Schritte näherten sich. Zwei Personen. Die vorausgehende Gestalt hielt eine Laterne in Augenhöhe, der Lichtstrahl sprang aufgeregt über die Wände. Die Haare hingen dem Mann ins verschwitzte Gesicht. Gamaschen und Wams waren von Dreck besudelt, die dünnen Schuhe sanken bei jedem Schritt tief ein, manchmal blieben sie stecken, dann taumelte er nach vorne, stolperte auf einem Bein zurück. Der morastige Boden gab das verlorene Schuhwerk nur mit einem widerwilligen Schmatzen frei. Der Mann schnaufte und jammerte, was nicht nur an dem beschwerlichen Marsch durch die ungastliche Umgebung lag, sondern in erster Linie an der auf seinen Rücken gerichteten Schwertspitze. Das Heft des Schwertes lag in der Hand eines Mannes, der weit besser für den Ausflug in unterderische Gefilde ausgerüstet war. Geschützt von einem derben Umhang, schritt er in hohen Stulpenstiefeln weit aus.

»Halt!«, befahl eine freundliche, kultivierte Männerstimme.

Der Vorausgehende schien die Stimme nicht so zu empfinden. Er zuckte zusammen, als sei er geschlagen worden.

Die beiden waren an einer Tür angekommen. Das Holz war schwarz und aufgequollen. Der Mann mit dem Schwert trat dagegen, die Tür öffnete sich mit einem gequälten Knarren und gab den Blick in einen kleinen Gewölbekeller frei.

Sie gingen hinein.

»Du weißt, dass ich das nicht dulden kann, Meeltheuer«, sagte der Mann mit dem Schwert.

»Aber ich habe doch nichts gesagt!«, beteuerte Meeltheuer.

»Nichts?«

»Nichts, was uns gefährlich werden könnte ... was hätte ich auch verraten können ... ich weiß doch fast nichts.«

»*Fast* nichts? Bist du dir so sicher?«

»Bitte ...«

»Du wurdest ausgewählt, weil wir bei dir unsere Geheimnisse gut aufgehoben sahen. Jetzt hast du ein zweites Mal versagt.«

»Aber ...«

»Deinen ersten Fehler konnten wir ausbügeln. Aber es hat uns sehr viel Mühe und Unannehmlichkeiten bereitet.«

»Aber sie ...«

»Du hast zu viel geredet. Deine Dummheit hat dich und andere ein Mal zu oft in Schwierigkeiten gebracht. Wie soll das weitergehen? Was soll ich nur mit dir machen?«

»Bitte!«, rief Meeltheuer und ging in die Knie.

»Du bist ein feiger Haufen Dreck. Ich zweifle daran, dass du noch zu etwas nütze bist.«

»Bitte ... meine Familie ... meine Frau, meine Kinder!«

Ein verächtliches Schnauben war die Antwort. »Deine Familie? Ja? Sollen wir uns also zuerst um deine Frau und deine Kinder kümmern? Wird das deine Loyalität und Zuverlässigkeit stärken? Na denn ...«

»Nein! Ich meinte doch nicht ...«

»Nicht? – Aber warum denn nicht? Ein letztes Angebot: das Leben deiner Kinder als Beweis für deine Treue!«

»Bitte.« Meeltheuers Stimme war nur noch ein Flüstern. Er starrte zu dem Mann hoch.

Dieser blickte abwartend auf ihn hinab. »Und?«

»Ja«, krächzte Meeltheuer.

»Ja? Du würdest deine Kinder opfern?«

Stille. Meeltheuer schaute verzweifelt auf. Die Laterne in seiner zitternden Hand ließ den Schatten des Peinigers einen grotesken Tanz aufführen.

»Du bist wirklich ein elender Feigling«, sagte der Mann mit dem Schwert.

Eine weitere Gestalt betrat den Raum.

»Du?«, war alles, was Meeltheuer hervorbrachte.

»Stimmt, du hast meine Freundin ja schon kennengelernt«, sagte der stehende Mann zu Meeltheuer. Dann wandte er sich an die Frau: »Wenn du möchtest?«

Die Frau lächelte und zog ihr Schwert.

Meeltheuer brachte keinen Ton hervor.

Er ließ die Laterne fallen.

Noch ehe das Licht erlosch, erklang das Geräusch von Stahl, der auf Fleisch trifft.

Was war bloß in das Mädchen gefahren? *Jetzt* wusste Setharan, welche hirnverbrannte Idee ihr beim letzten Treffen durch den Kopf gespukt war und warum sie ihm nichts gesagt hatte. Er hätte es zu verhindern gewusst! Außerdem war offensichtlich, was ihm Mutter verheimlicht hatte: Sie war eingeweiht, wenn nicht gar beteiligt daran! Er wusste nicht, auf wen er wütender sein sollte. Aber natürlich konnte er Liasanya jetzt nicht finden. Das war Teil des Plans zu ihrer Sicherheit. Auch wenn er anscheinend der Einzige war, der sich an die Vereinbarungen hielt! Er würde sich auch weiterhin daran halten. Jetzt ging er zu Roban Horger. Bevor auch noch Fiana ihr Versprechen brechen und über Setharans Verbindung zu Liasanya plaudern konnte.

Roban Horgers Anwesen war recht klein. Eigentlich bestand es nur aus einem prächtigen Herrenhaus, das zwischen der Straße und einem Seitenarm des Gardel aufragte. An den Seiten schlossen sich jeweils noch ein paar Rechtschritt von einer Mauer umgebenen Grundes an. Die eine Seite schien dem Gesindeeingang zuzuführen, welchen Zweck der andere hatte, wusste Setharan nicht.

Der Magieradept stand vor der beeindruckenden Eingangstür, atmete tief durch und klopfte.

Kurz darauf öffnete ein livrierter Diener die Tür.

Setharan äußerte seinen Wunsch.

Der Diener trat mit einer leichten Verbeugung beiseite und ließ den Adeptus in die geräumige Eingangshalle treten: »Einen Augenblick bitte. Ich werde Euch melden«, sagte er und verschwand gemessenen Schritts durch eine schwere Holztür am anderen Ende der Halle. Kurze Zeit später kam er zurück und sagte: »Der Herr ist in der Bibliothek und wird Euch sogleich empfangen. Bitte folgt mir.« Er wies Setharan zu der Tür, durch die er eben selbst gekommen war.

Bücherregale zogen sich die Wände entlang, einzig unterbrochen von zwei hohen Rundbogenfenster, von schweren Brokatvorhängen umrahmt. Eines stand einen Spalt offen. Das leise Gluckern und der leicht muffige Geruch des Baches drangen in die Bibliothek.

Der Diener verneigte sich und sprach: »Der Magier Setharan Laikis, Herr.«

Roban Horger erhob sich schwungvoll aus einem massigen Ledersessel, nickte seinem Diener zu, und dieser verließ die Bibliothek. Mit einem leisen Klicken schloss sich die Tür.

»Magister. Welchem Umstand verdanke ich die Ehre Eures Besuchs?«, sagte Roban Horgers. Seine Augen blitzen kurz auf.

Setharan war sich nicht sicher, ob es Überraschung oder Belustigung war. »Adeptus genügt völlig«, erwiderte Setharan. »Und es ist an mir zu danken, dass Ihr mich empfangt.«

»Ach was! Man bekommt nicht jeden Tag Besuch von einem Gildemagier. Aber sprecht: Was kann ich für Euch tun?«, fragte Horger und ließ sich lässig zurück in seinen Sessel fallen.

»Es geht um Halbart Jalson. Ihr kanntet ihn?«

»Aber natürlich.« Horgers Miene wurde zu einem Sinnbild der Bestürzung. »Ich kann noch immer nicht begreifen, was geschehen ist. Aber was habt Ihr damit zu tun?«

»Ich helfe bei den Ermittlungen. Hauptmann Bosko hat mich gebeten, mit Euch zu reden.«

»So kommt also endlich eine Untersuchung in Gang, die diesen Namen auch verdient? Ich hatte schon den Eindruck, als glaube die Wache, mein Freund habe seinen Kopf aus Schusseligkeit verloren. Aber dann scheint meine Unterredung mit Frau Isenbrook von der Criminal-Cammer doch Wirkung gehabt haben. Nun ist Halbart seit zwei Wochen tot, da kommt die Criminal-Cammer endlich auf die Idee, mit mir zu sprechen. Auch wenn ...« Horger räusperte sich.

Setharan verstand auch so: Auch wenn sie mir einen Frischling schicken, Nachwuchs zum Üben. Er kannte es inzwischen zu Genüge.

»Wie Ihr vielleicht wisst, wurde frühzeitig die Inquisition eingeschaltet, da götterlästerliche, schwarzmagische oder gar daimonische Umtriebe nicht mit Sicherheit auszuschließen waren. Und da gewisse Aspekte des Falls auch für die Gildenmagierschaft von Interesse sind, wurde ich gebeten, meine Dienste der Aufklärung dieser traurigen Angelegenheit zur Verfügung zu stellen ... Aber keine Sorge. Mein Besuch bei Euch ist nur darin begründet, dass Inquisition und Criminal-Cammer schon alle Hände voll zu tun haben. Und da ich mit der Angelegenheit vertraut bin ...«

»Ja, es sind unruhige Zeiten. Und wenn ich ehrlich bin: Der Höflichkeitsbesuch eines Inquisitors wäre mir doch bedeutend unangenehmer gewesen.« Er lachte. Und Setharan war sich zum ersten Mal sicher, dass seine Gefühlsregung echt war.

»Setzt Euch doch«, fuhr Horger fort und wies auf den Sessel neben sich. Setharan nickten und ließ sich nieder. Tief sank er in die weichen Polster.

»Etwas zu trinken? Ich habe hier einen ausgezeichneten Tropfen.« Ohne eine Antwort abzuwarten, nahm er eine Weinkaraffe vom Tisch neben sich und füllte zwei Gläser.

Eines reichte er an Setharan weiter. »Auf Kaiserin Rohaja!«

»Auf die Kaiserin«, erwiderte Setharan und nippte an seinem Glas. Die herbe Süße erfüllte seinen Gaumen und stieg ihm sogleich in den Kopf. »Ganz hervorragend«, seufzte er.

»Unsere göttliche Inquisition!«, nahm Horger den Faden wieder auf. »Es wird für Euch auch nicht immer leicht sein, möchte ich meinen. Schon erstaunlich, in der Not arbeiten sogar Hund und Katze zusammen. Aber sagt, womit kann ich Euch helfen?«

»Hm ... ich wäre über jeden Hinweis dankbar. Ihr kanntet den Toten sehr gut. Hat er irgendetwas geäußert? Hatte er Angst? Feinde? Sorgen?«

»Nein ... nein, nicht, dass ich wüsste.« Horger wog seine Worte sorgsam ab. »Wir haben über alles gesprochen, und ich dachte, er würde mir alles anvertrauen ... wirklich alles, habe ich gedacht ... und doch scheint hinter seinem Tod ... ein grausames Geheimnis zu stecken ... in das ich nicht eingeweiht bin.«

»Wann habt Ihr ihn das letzte Mal lebend gesehen?.«

»Das muss wohl am Dreißigsten des Rahja gewesen sein. Wir saßen noch lange zusammen. Er hasste und fürchtete die Namenlosen Tage. Nun, er hatte seine Gründe ... Tobrien ... seine Frau ... Ihr kennt die Geschichte?«

»In groben Zügen«, sagte Setharan. »Könnte es sein, dass die Gründe für Jalsons Tod irgendwo in dieser Vergangenheit zu finden sind?«

»Ich kann es mir schwer vorstellen. Aber Halbart kämpfte mit Schwert und Gold für die Befreiung unserer Heimat. Er hatte mit Sicherheit keine Freunde bei den Schwarzen Horden. – Welcher götterfürchtige Mensch hat das schon. – Und wenn deren Arm schon bis nach Gareth reicht, so müssten viele um ihr Heil fürchten. Ich möchte gar nicht daran denken ... auch ich habe gekämpft ...« Horger schüttelte sich.

Setharan überlegte: Die Arme der Heptarchen reichten weit, das war nicht erst durch den vonallenzwölfgötterverfluchten Galotta klar. Aber war es schon so weit, dass Paktierer und Schwarzmagier unter den Augen der Geweihtenschaft und der Magier durch wohlgesittete Stadtviertel marschierten und anständigen Bürgern die Köpfe abschlugen?

»Jedoch konnten wir bisher keinerlei schwarzmagisches oder dämonisches Wirken feststellen. Obwohl die barbarische Tat an sich wiederum dafür sprechen würde«, sagte er vorsichtig.

»Könnte es nicht sein, dass ein ganz gewöhnlicher Meuchelmörder für die Tat angeworben wurde?«, schlug Horger vor. »So jemand kann völlig unauffällig unter uns wandeln. Ihr wisst doch: Auch das Seelenheil hat einen Preis, für den es sich veräußern lässt.«

»Ein Rachefeldzug? Das ist eine Überlegung wert, muss ich gestehen. Ich werde die Sache mit Hauptmann Bosko erörtern. Das würde zumindest ein anderes Licht auf die Verdächtige werfen. Ihr wisst, von wem ich rede?«

»Diese Liasanya. Die Geliebte meines Freundes? Ja.«

Setharan musste bei dem Wort »Geliebte« schlucken.

»Kennt Ihr sie?«, fragte er schnell.

»O ja. Wenn auch nur flüchtig. Ein ausgesprochen reizendes Wesen. Sehr sympathisch. Halbart war glücklich mit ihr. Es traf mich hart, als ich hörte, dass sie verdächtig ist.«

»Eure Thesen sprechen immerhin zu ihren Gunsten.«

»Da wäre ich mir nicht so sicher. Ihr wisst, dass sie mit Madas Gabe gesegnet ist? Aber wusstet ihr auch, dass sie sich zuvor in Meilersgrund auf der dunklen Seite unseres Herren Phex verdingt hat? Eine Diebin – und wer weiß, womit sie sich sonst noch verdingt hat. Es ist leicht, sich vorzustellen, dass sie angeworben wurde. Ein geeignetes Objekt. Sozusagen Täterin und Opfer zugleich.«

Setharan musste schlucken: Inquisitor Dorbrechtsson würde vermutlich schnell die gleichen Schlüsse ziehen.

»Aber – ob mit oder ohne Magie – sie wäre kaum in der Lage, die Tat so durchzuführen ... den Kopf abschlagen ...«

»Vielleicht war sie nicht allein? Sie baute das Vertrauen zu Halbart auf und ließ dann den Schlächter ins Haus. Oder ihre Liebe zu Halbart war echt, und sie wurde erst später angeworben. Oder erpresst, oder ... aber beenden wir die finsteren Mutmaßungen. Ich möchte nicht glauben, dass sich mein Freund in diesem Menschen so getäuscht hat.«

»Nun, Hesinde möge uns die Erkenntnis geben.«

»Auf dass die Wahrheit doch ans Licht kommt.« Horger hob sein Glas und sie stießen darauf an.

Setharan nahm einen tiefen Schluck, lehnte sich entspannt in dem Sessel zurück und fragte: »Könnt Ihr mir sonst noch etwas berichten? Weitere Hinweise?«

»Das ist alles. Aber falls mir noch etwas einfällt, melde ich mich bei Euch.« Horgers Mine erhellte sich. »Oder kommt doch bei Gelegenheit einfach vorbei! Ich genieße eine anregende Unterhaltung. Und jetzt, da Halbart tot ist ...« Er seufzte.

»Gern«, erwiderte Setharan und dachte dabei an die langen Bücherreihen, die hier auf ihn warteten.

»Dann könnt ihr mir auch berichten, wie Eure Ermittlungen voranschreiten«, fügte Horger hinzu.

»Ja, gern«, sagte Setharan und dachte: *Nun, meine Ermittlungen schreiten nicht gerade. Sie schleichen eher. Und sie schleichen in die falsche Richtung. Sie schleichen um Liasanya herum wie die Katze um die verwundete Maus.* Roban Horger schenkte nach.

***

»Meeltheuer ist verschwunden?« Liasanya schaute Setharan ungläubig an.

»Ja! Wie von Sumu verschluckt.«

»Was glaubst du ...«

»Was ich glaube? Sag du es mir!«

»Ich? Weshalb?«

»Weshalb?« Setharan schnappte nach Luft. »Li! Du warst bei ihm. Was hast du mit ihm gemacht?«

»Ich?«

»Natürlich du!«

»Ich hab nichts angestellt. Na gut, ich war bei ihm. Ich wollte ihn zur Rede stellen. Wissen, was es mit der verdammten Schatulle auf sich hat. Aber ich hab ihm nichts getan, zumindest nichts Schlimmes. Als ich den Laden verließ, ging es ihm gut. Also? Wo ist das Problem?«

»Ich sag dir, wo das Problem ist. Was glaubst du, woher ich von seinem Verschwinden weiß?«

»Du wirst es mir gleich sagen, nehme ich an«, schnappte Liasanya zurück.

»Ja! Hauptmann Bosko hat es mir erzählt! Er hat erzählt, dass sich Meeltheuers Bediensteten an eine Frau erinnern, die ihn besucht hat. Einer kleinen Frau mit langem braunem Haar, in einem dunkelroten Kleid! Kurz darauf hat er seinen Laden völlig aufgelöst verlassen. Und seitdem hat ihn niemand mehr gesehen!« Er durchbohrte Liasanya mit seinen Blicken. »Wenn Bosko je an deine Unschuld geglaubt hat, dann jetzt nicht mehr!«

»Aber wie sogar dein Bosko einsehen muss: Meeltheuer hat den Laden nach mir verlassen. Lebendig!«

Setharan schüttelte nur den Kopf.

»Ich hab ihm nichts getan. Wirklich! Wer hätte auch ahnen können, dass sich Meeltheuer einfach in Luft auflöst«, sagte Liasanya.

Der Adeptus schwieg weiterhin. Dann sagte er: »Hast du wenigstens herausgefunden, was in der Schatulle war?«

Liasanya schüttelte den Kopf. »Ich hab die Sache wohl ziemlich vermasselt«, fügte sie kleinlaut hinzu.

»Kann man wohl sagen.«

»Aber ein paar Sachen hab ich doch herausgefunden«, ergänzte Liasanya. »Meeltheuer hatte Angst. Furchtbare Angst. Ich hätte ihn langsam in Streifen schneiden können, er hätte nichts verraten, was die Schatulle betrifft.«

Sie erzählte alles, was Meeltheuer gesagt hatte, ohne auf die näheren Umstände der Unterredung einzugehen.

»Zumindest wissen wir, dass ich für Halbart etwas wirklich Wichtiges gestohlen habe. Wenn wir davon ausgehen, dass er deshalb ermordet wurde ...«

»... könnte Meeltheuer der Mörder sein«, ergänzte Setharan.

»Nein. Er war ehrlich überrascht, als ich Halbart erwähnte ... Er ahnte nicht, dass Halbart die Schatulle hatte, oder er ist ein sehr guter Schauspieler.«

»Wer wusste überhaupt davon?«

»Fiana, Brin und Yann wusste zumindest, dass ich etwas für Halbart stehlen sollte. Fiana und Brin können wir ausschließen. Und Yann liebte seinen Vater abgöttisch. Er hätte niemals etwas getan, das ihm schadet. Auch bei allem Streit meinetwegen – niemals.«

»Aber Halbart hatte trotzdem Angst, jemand könnte ihm auf die Spur kommen. Einer seiner Freunde, einer der Tobrier aus dem *Efeubusch?*«

»Ich kenne sie kaum. Da ist Oisin: Kann mir nicht vorstellen, dass er etwas anderes als den *Efeubusch* im Sinn hat. Aber vielleicht wissen Fiana und Brin mehr. Dann gibt es noch diesen Roban Horger: ein arroganter Schleimbeutel. Lügt dir aus lauter Höflichkeit ins Gesicht. Aber ich glaube nicht, dass dieser weichliche Geck in der Lage ist, eine Fliege tot zu schlagen. Und er war Halbarts bester Freund.«

Setharan erwähnte nicht, dass Fiana jetzt mit dem arroganten Schleimbeutel zusammen war. Und dass er selbst den weichlichen Geck eigentlich ganz sympathisch fand. Wenn Liasanya hinter seinem Rücken Spielchen spielte, konnte er das auch.

»Sonst noch einer?«, fragte er stattdessen.

»Die anderen kenne ich nicht einmal beim Namen – Aber ... nochmals dieser Horger: Halbart sagte, er habe ihn bisher in alles, was er macht, eingeweiht – außer, was die Schatulle und mich betrifft. Aber wenn sie sich so gut kannten – vielleicht ahnt oder weiß er mehr, als Halbart gedacht hat. Man könnte mit ihm reden.«

»Schade, dass ich das erst jetzt erfahre. Ich war nämlich gestern bei ihm«, brummte der Magier.

»Es tut mir leid. Ich ...«, sagte Liasanya, und Setharan merkte sofort, dass die Diebin noch mehr zu beichten hatte.

»Er hatte Angst vor den Tobriern«, sagte sie zunächst.

»Wie meinst du das? Wer hatte Angst?«

»Meeltheuer! Meeltheuer hatte furchtbare Angst. Er hatte Angst vor mir, er hatte Angst, dass seine Bediensteten etwas von unserer ...« Liasanya räusperte sich. »... Unterredung mitbekommen würde. Er hatte Angst um sein Leben. Und er fürchtet etwas – oder jemanden – so sehr, dass es sogar noch stärker war. Das hab ich ja schon gesagt. Aber dabei ist ihm etwas herausgerutscht. Ich hab's erst gar nicht für wichtig gehalten. Jetzt denke ich, es ist vielleicht unser einziger Anhaltspunkt. Er fürchtete, ich sei ein Mitglied der Tobrier!«

»Ist es denn ungewöhnlich, die Tobrier zu fürchten?«

»Zunächst hab ich auch gedacht, seine Landsleute seien einfach die Naheliegendsten, die er fürchten könnte. Dann ist mir eingefallen, dass Halbart, als er mich angeworben hat, Wert darauf legte, dass ich keiner Bande angehöre. Und wen erwähnte er: die Tobrier! Nicht die Almader, nicht die Alte Gilde, nicht sonst jemanden – sondern die Tobrier. Das ist kein Zufall!«

»Du glaubst also, das hat etwas mit Jalsons Tod zu tun?«

»Ja. Bei Meeltheuer und der Schatulle, da bin ich sicher. Und er schien davon auszugehen, dass die Tobrier die einzigen sind, die von seinem Geheimnis – von der Schatulle und deren Diebstahl – wissen könnten. Die Tobrier hängen mit drin, irgendwie. Ich werde es herausfinden. Im Grund habe ich einen alten Freund getroffen ...« Jetzt war es heraus.

»Du warst in Meilersgrund? Li!«, rief Setharan.

»... er wird versuchen, die Verbindung aufzubauen. Sie werden mir schon verraten, um was es geht.«

»Das wirst du nicht!«

»Doch!«

»Verdammt! Du sollst in deinem Versteck bleiben! Aber stattdessen marschierst du am hellen Tag bei Meeltheuer ein, dann schleichst du dich nach Meilersgrund, wo dich jederzeit jemand erkennen und der Inquisition ausliefern kann. Ein Haufen Leute – ich, Mutter, Fiana, Brin – anscheinend sogar Oisin – wollen dich schützen und riskieren dabei Leben und Ruf! Zum Dank stolzierst du durch die Stadt, als legtest du es drauf an, deinem Halbart möglichst schnell in Borons Arme zu folgen!«

»Ich will *meinem* Halbart nicht folgen! Aber ich muss doch die Wahrheit herausfinden.«

»Nicht so!«

»Ich muss wissen, was die Tobrier wollen!«

»Dann gehe ich zu ihnen.«

»Du? Nein! Ich glaube nicht, dass sie mit dir reden.«

»Und du meinst, sie reden mit dir?«

Liasanya zuckte mit den Schultern: »Wenn Rhon es schafft, dann schon.«

Setharan überlegte, ob er Liasanya von Horgers Gedanken über Schwarz Tobrien erzählen sollte, entschied sich aber vorläufig dagegen. Es würde sie kaum von ihren Plänen abbringen. Und je weniger sie wusste, desto weniger Unfug konnte sie anstellen.

»Ich möchte Fiana besuchen, vielleicht hat sie schon Nachricht von Rhon. Und ich vermisse sie«, sagte Liasanya plötzlich, packte ihren Umhang und beendete damit die Diskussion.

Setharan stürzte hinter der Diebin her. »Was hast du vor? Wie willst du nach Alt-Gareth reinkommen?«

»So wie immer. Durch das Stadttor.«

»Sie werden dich erwischen.«

»Haben sie noch nie.«

»Nach der Sache mit Meeltheuer werden sie umso wachsamer sein. Bilde dir nichts ein. Dein bescheidener Ignoratia wird dir nicht viel nutzen, wenn sie nach dir suchen.«

»Meine bescheidenen Künste haben mich immerhin bisher ernährt und am Leben gehalten.«

»Was willst du damit sagen? Ich gehe eben nicht leichtfertig mit meiner astralen Kraft um.«

»So kann man es auch nennen.«

Liasanya marschierte mit weit ausholenden Schritten Firun zu. Setharan folgte ihr. »Dann lass mich dich begleiten. In meiner Gesellschaft werden sie dich nicht behelligen.«

Liasanya blieb stehen und drehte sich zu Setharan um. »Glaubst du?«, fragte sie schärfer als beabsichtigt. Insgeheim war sie froh über den Vorschlag.

»Glaube ich. Wenn sie sich für jemanden interessieren, dann für den Magier, der aus dem Südquartier hereinmarschiert, und nicht für seine Begleiterin.«

»Danke«, sagte Liasanya sanft, um sich für den harschen Tonfall zu entschuldigen.

»Tu ich doch gern«, erwiderte Setharan. »Aber bitte renn nicht so.«

Es war nicht die Zeit für Eilige. Bauernkarren, deren Inhalt schon auf den Altstadtmärkten erwartet wurde, verstopften die Straße im Südquartier. Händler aus Alt-Gareth, zeitig unterwegs, um eine möglichst große Tagesetappe zu schaffen, kamen ihnen mit großen Plan- und Kastenwagen entgegen. Dazwischen drängte sich allerlei Volk das, ehrbare oder ehrlose Geschäfte im Sinn, die Stadtteile wechseln wollte. Alle hatten es eilig, alle wollten die nächsten am Tor sein. Außer natürlich den Bettlern und jenen, die in den Taschen anderer ihr Auskommen fanden. Dann gab es ein Gerangel, böse Worte und Beschuldigungen fielen. Ein Teil der Torwächter musste ausrücken, um nach dem Rechten zu sehen, und der Stau am Tor wurde noch größer – der Dieb oder Gauner war inzwischen längst in der Menge verschwunden.

Liasanya und Setharan ließen sich Zeit. Sie konnten gelassen auf eine Gelegenheit warten, unbeachtet durchs Tor zu schlüpfen, vor Mitternacht brauchten sie gar nicht in der kleinen Stube über Oisins Pferdestall erscheinen.

Sie waren noch ein paar Schritte von Tor entfernt, da kam Unruhe in die Menge.

Setharan reagierte, ehe ihm bewusst wurde, wen er sah. Mit einer Hand schob er Liasanya hinter sich und flüsterte ihr zu: »Versteck dich.«

Die leuchtend rotgoldenen Roben waren in dieser Gegend ohnehin selten. Aber warum musste sich, von all den Praiospfaffen Gareths, gerade der Inquisitor Praiodan Dorbrechtsson in dieser Gruppe befinden? Setharan wollte ebenfalls verschwinden, doch Dorbrechtsson hatte ihn schon entdeckt. Er sprach kurz mit einem älteren Praiosgeweihten in aufwendigem Ornat, verneigte sich, ließ ihn mit einigen Novizen und einem halben Dutzend Sonnenlegionären zurück und ging auf Setharan zu. Die Menge teilte sich vor ihm.

»Er sieht tatsächlich aus wie ein verkleideter Thorwaler«, flüsterte es hinter Setharan.

»Was?«

»Der Praiot! Du hast es doch erzählt. Die roten Haare, die Statur – trägt er auch Hautbilder? Man sieht bei der Robe nichts.«

»Warum Hautbilder? Li, versteck dich.«

»Vielleicht ist er ja wirklich einer. Thorwaler haben an den unmöglichsten Stellen Hautbilder.«

»Li! Woher weißt du das? Und verschwinde jetzt!«

Setharan spürte, wie sich das Mädchen kurz an ihn drückte, ihm in den Hintern kniff und verschwand. Der junge Magier wurde rot, wagte aber nicht, sich umzudrehen.

»Erfreut, mich hier zu sehen?«, stichelte der Inquisitor, als er den Adeptus erreicht hatte. Die Menge schloss sich hinter ihm, viele blieben aber neugierig stehen, um mitzubekommen, was die beiden so unterschiedlichen Robenträger zu bereden hatten.

Dorbrechtsson ließ einen ärgerlichen Blick über die Menge gleiten, und diese wich eilig zurück, wie Setharan neidvoll sehen musste.

»Äh, ja, Euer Gnaden. Ich war gerade auf dem Weg zur Criminal-Cammer. Da kann ich mir den Weg ja sparen. Gibt es etwas Neues?«

»Ihr kommt gerade aus dem Südquartier? Ah, stimmt. Ihr habt ja in diesem reizenden Viertel das Licht Praios' erstmals erblickt. Besuch bei der Mutter?«

»Ja«, erwiderte Setharan kurz angebunden. Wenn sich der Inquisitor bloß nicht näher über seine Familienverhältnisse informierte! »Aber Ihr habt meine Frage nicht beantwortet.«

»O ja. Verzeiht, Herr Adeptus.« Dorbrechtsson lächelte säuerlich. »Nein, nichts Neues. Natürlich das Verschwinden dieses Schneiders. Meeltheuer, wenn ich mich recht entsinne. Aber außer der tobrischen Herkunft mag es ja keine Verbindung zu Jalson geben.«

»Äh, nein, das glaube ich auch nicht. Dann werde ich jetzt wieder zurückkehren. Zu meiner Mutter.« Setharan litt Qualen, als er das aussprach.

»Wollt ihr uns nicht doch ein Stück begleiten? Hauptmann Bosko wird erfreut sein, dass Ihr Euch in der Angelegenheit noch engagiert. Wir sind gerade auf dem Weg zurück zur Priesterkaiser-Noralec-Sacrale. Das liegt doch auf Eurem Weg.«

»Wäre es denn für Euch angemessen, in Begleitung eines Magiers gesehen zu werden?«

»Wenn Ihr zeigen wollt, dass Ihr im Angesicht Praios nicht vergeht, so wäre Eure Gesellschaft eine Ehre für unsere bescheidene Gruppe.«

»Diese Einladung kann ich nicht abschlagen.«

»Nein, natürlich nicht. Auch wenn Eure Begleiterin es vorzieht, im Dunkeln zu bleiben?«

»Welche Begleiterin? Ich bin allein unterwegs.«

»Wart Ihr nicht gerade noch in Gesellschaft einer jungen Frau?«

»Nein, nein. Man wandte sich an mich und bat um Almosen. – Und es war keine Frau ... es war ein alter Mann.«

»So? Da mag ich mich getäuscht haben. Doch dann, so scheint es mir, hatte der Bettler zwar keinen Heller, um mit Bürste, Kamm oder Schere den Schopf in Zaum zu bringen, seine Wangen jedoch erschienen mir glatt wie ein Kinderpo.«

»Da müsst ihr Euch getäuscht haben. Doch wollen wir nicht aufbrechen? Unsere Anwesenheit am Stadttor scheint den Verkehr völlig zum Erliegen gebracht haben. Und Eure Begleitung scheint mir auch schon ungeduldig.«

Dorbrechtsson nickte und ging zurück zu den anderen. Setharan folgte in gemessenem Abstand. Der Eindruck, abgeführt zu werden war so schon stark genug. Beunruhigt stellte er fest, dass sich der Inquisitor mehrfach umdrehte und in die Menge hinter ihm spähte.

Setharan hätte es ihm gerne gleichgetan, doch er wagte es nicht.

***

Liasanya beobachtete aus der Menge heraus, wie Setharan mit den Praiosdiener nach Alt-Gareth verschwand. Sie hatte sich weit zurückfallen lassen und war ständig in Bewegung geblieben. So hatte sie von der Unterhaltung nichts mitbekommen. Ihr war jedoch nicht entgangen, dass der Blick des Inquisitors immer wieder über die Gesichter der Menschen glitt. Als erwartete er jemanden – sie? – zu entdecken.

Jetzt ließ sie sich mit dem Strom treiben, der langsam, und im Augenblick kaum behelligt von den Wachen, wieder zu fließen begann. Sie hoffte, Setharan nicht aus den Augen zu verlieren, wollte aber auch nicht als Verfolger erkannt werden. So war es keine Überraschung, dass sie die Gruppe bald nicht mehr sah. Es wäre ein Leichtes gewesen – nur der Spur von Gerüchten und Gemurmel durch die Straßen folgend –, wieder Anschluss zu bekommen. Doch Liasanya entschied, es bleiben zu lassen. Sie konnte Setharan in Gegenwart der Praioskirche nie eine Hilfe sein, was auch geschah.

So machte sie sich allein nach Nardesheim auf, zum *Efeubusch*.

Noch ehe Fiana und Brin aus der Schankstube zurückkehrten, tauchte auch Setharan auf.

»Wo hast du gesteckt?«, fragte Liasanya.

»Ich musste natürlich zuerst zur Criminal-Cammer, weil ich behauptet habe, dorthin unterwegs zu sein und um nicht hinterher als Lügner dazustehen«, sagte Setharan atemlos. »Dann bin zwei Mal durch die halbe Stadt gerannt. Wollte sicher sein, dass mir keiner folgt. Wusstest du, dass der ältere Priester der oberste Inquisitor der Sakrale war? Ich wäre fast im Erdboden versunken.«

»Ich glaube, du hast doch die Berufung verfehlt, bei so viel Ehrfurcht«, schnaubte Liasanya.

»Die Schankstube muss bald schließen«, wechselte Setharan das Thema.

»Mm ...«

Sie warteten.

»Sag mal, woher weißt du eigentlich, wo sich Thorwaler überall Hautbilder stechen lassen?«, fragte Setharan plötzlich.

»Rat mal«, erwiderte Liasanya schnippisch.

Als Setharans Augen noch größer wurden, fügte sie seufzend hinzu: »Beim Baden gesehen.«

»Du badest mit Thorwalern?«

***

Endlich öffnete sich die Hintertür des *Efeubusch*, und ein schwacher Lichtschein fiel auf den Hof. Gleich darauf kamen Fiana und Brin auf den Stall zu. Als sie drin waren, schlich ihnen Liasanya nach. Setharan wollte warten und Wache halten.

Es dauerte keine Stunde, da kam Liasanya zurück.

»Oh! Ich dachte, ihr redet bis zum Morgen. Aber es ist schön zu sehen, dass du langsam vernünftig wirst. Obwohl wir uns jetzt noch die halbe Nacht um die Ohren schlagen müssen, ehe wir zurück können, außer du willst dem Tempel des Lichts einen Besuch abstatten.« Alle Stadttore bis auf das nach Neu-Gareth führende Angbarer Tor waren nachts geschlossen. Und an diesem wurde streng kontrolliert.

Liasanya ging wortlos an ihm vorbei und marschierte die Straße entlang.

»He! Das war doch nur ein Scherz, nicht böse gemeint. Ich schlag mir gern mit dir die Nächte um die Ohren!«, rief Setharan und eilte ihr nach.

Liasanya sagte noch immer nichts.

»Was ist los? Habt ihr euch gestritten?«

»Warum hast du nichts gesagt?«

»Was nicht gesagt?«

»Dass sie und Horger ...«

»Ach das? Eben deshalb! Weil du ihn nicht leiden kannst.«

»Aus gutem Grund.«

»Du kennst ihn nicht richtig.«

»Das hat Fiana auch behauptet.« Liasanya verlangsamte ihre Schritte, blieb dann ganz stehen und wandte sich Setharan zu. »Nachdem ich ganz nebenbei erwähnt hatte, dass es mir am liebsten wäre, wenn Roban Horger hinter allem steckte. Denn bei dem wäre es mir ein Vergnügen, ihm das Herz und noch ein paar andere Sachen rauszureißen. Ich dachte, Fiana lacht und stimmt mir zu – stattdessen wird sie schier hysterisch. Blöde Kuh!«

»Oh!«

»O ja.«

Den Rest des Wegs wechselten sie kaum ein Wort.

***

Nachdem die Treffen im Roten Haus schon zu verdächtiger Routine geworden waren, änderten Liasanya und Setharan jetzt täglich Ort und Zeitpunkt. Setharan hatte bei seinem zwangsläufigen Besuch in der Criminal-Cammer Hauptmann Bosko und den Inquisitor über seine Unterredung mit Roban Horger in Kenntnis gesetzt. Wie der Adeptus befürchtet hatte, war der Inquisitor ganz angetan von der Idee, Liasanya sei eine gedungene Meuchlerin für die Schwarzen Lande.

Auch Liasanya zeigte zunächst Interesse an der Theorie einer schwarztobrischen Verschwörung. Als sie jedoch erfuhr, von wem der Gedanke war, wandte sie sich wieder der Schatulle und den Tobriern zu. Setharan war einerseits froh, dass Liasanya keine weiteren Besuche bei Fiana und Brin beabsichtigte, andererseits schmerze es ihn zu sehen, wie die beiden Freundinnen einander weh taten.

***

Eine Woche nach ihrem Zusammentreffen in Meilersgrund bekam Liasanya endlich Nachricht von Rhon.

»Dein alter Freund war gestern bei Fiana«, berichtete Setharan.

»Endlich!« Ein Gefühl der Wärme durchströmte Liasanya, als sie an den Gauner dachte. »Hat er ... was hat er gesagt?«

»Er sagte, die Tobrier suchen dich.«

»Die Tobrier suchen mich? Hast du das richtig verstanden? Wie meinte er das?«

»Ja! Rhon warnt dich: Er hat wohl erfahren, dass die Tobrier tatsächlich sehr neugierig sind, was die Umstände von Halbarts Tod betrifft. Und er rät dir, sich von ihnen fernzuhalten.«

»Warum?«, fragte sie, doch sie erwartete darauf keine Antwort. Die Freude über die Nachricht von Rhon wich eisiger Kälte.

»Sie vermuten wohl, dass du etwas damit zu tun hast. Und sie wollen dich in die Finger bekommen. Dein Verdacht scheint sich zu bestätigen: Die Schatulle, Meeltheuer und Halbarts Tod haben etwas miteinander zu tun. Und die Tobrier hängen mit drin. Aber Rhon hat recht. Du darfst ihnen auf keinen Fall zu nahe kommen.«

Liasanya schluckte. Jetzt hatte sie neben der Garde und der Inquisition auch noch die Tobrier auf dem Hals.

»Ich muss doch herausfinden, was dahintersteckt«, klagte sie.

»Dann werde ich gehen«, sagte Setharan. »Ich glaube nicht, dass sie mir etwas tun. Warum auch?«

»Weil sie die Tobrier sind?«, sagte Liasanya.

Es herrschte betretenes Schweigen.

»Ich werde es versuchen. Rhon hat zwar geraten, dass du um Meilersgrund einen großen Bogen machen sollst ... aber mich kennt dort niemand. Falls doch etwas schiefgeht: Ich kann nicht verraten, was ich nicht weiß. Gib mir ein paar Tage Zeit und halte dich so lange versteckt. Ich werde Mutter eine Nachricht übermitteln. Aber schau erst in drei, vier Tagen bei ihr vorbei, nicht früher.«

Liasanya war nicht sehr glücklich über diesen Plan. Doch sie hatte auch keinen besseren.

***

Seit zwei Tagen streifte Setharan durch die Gassen um Curthans Absteige. Die Suche nach Rhon erschien ihm zunehmend hoffnungslos. Er hatte geglaubt, den Gauner anhand Liasanyas detaillierter Beschreibung zu erkennen. Doch dank der anhaltenden Hitze hielten noch mehr Leute als gewöhnlich ihr Gesicht bedeckt. Der Magier konnte schlecht allen in Frage kommenden Personen die Kapuzen und Hüte vom Kopf ziehen. So blieb ihm nichts anderes übrig, als sich in Geduld zu üben. Immer wieder ging Setharan die Straße auf und ab. Dann blieb er vor dem Eingang zu Curthans Schänke stehen, erwog für einen Moment, einfach hineinzugehen und nach Rhon zu fragen. Ein kühles Bier wäre auch nicht zu verachten. Aber wenn Rhon in jenem Augenblick durch die Straße käme? Er ließ es.

Der Adeptus hatte einen alten, schäbigen Umhang über seine Magierrobe gezogen. Nicht, dass er sie ernsthaft verbergen wollte: Er hoffte, wenn sie gelegentlich unter dem Umhang hervorblitzte, gebe ihm das ein geheimnisvolles und gefährliches Aussehen. Bisher hatte ihn, außer ein paar bettelnden Kindern, noch niemand belästigt. Der einzige, der ihn am dritten Tag seiner Suche zunehmend nervös machte, war ein kleinwüchsiger, offenbar blinder Mann. Er saß im Staub vor Curthans Schänke, eine Almosenschale vor sich. Doch Setharan hatte das Gefühl, der Mann würde ihn jedes Mal anstarren, wenn er ihm den Rücke zuwandte.

Als die Sonne schon schräg über den Dächern stand, wartete er noch immer. Da tauchte ein Lockenkopf in der Menge auf, die schwarzen Haare waren von grauen Strähnen durchzogen. Der Mann war hager und ging gebeugt, als würde er eine große Last mit sich herumtragen.

»Rhon?«, flüsterte Setharan, als der Mann an ihm vorüberging.

Der Alte blieb abrupt stehen und schaute Setharan an. In seinen Augen funkelte Erkennen, er sagte aber nichts.

»Ich bin Setharan. Ich bin wegen Li hier. Liasanya. Du weißt schon?«

Der Alte nickte kaum merklich und wies in die Richtung, in die er gerade ging. Setharan folgte ihm. Nach einigen hundert Schritt bog Rhon in eine Seitengasse ab. An der dunkelsten Stelle hielt er an und wartete.

»Du weißt, wer ich bin?«, fragte Setharan.

Rhon nickte. »Der Magier. Li hat von dir erzählt. Du hast sie im Stich gelassen. Das war nicht recht von dir.«

»Nein, das war nicht so – und das spielt jetzt keine Rolle. Ich versuche, ihr zu helfen. Du weißt, worum es geht?«

Rhon nickte wieder.

»Du hast Fiana erzählt, dass die Tobrier auf der Suche nach Li sind?«

Wieder ein Nicken.

»Weißt du, warum?«

Eine kurze Pause. Dann schüttelte Rhon den Kopf.

»Kannst du mich zu ihnen bringen?«

Rhon wackelte unentschlossen mit dem Kopf. »Was willst du von ihnen?«, fragte er.

»Antworten. Wissen, weshalb sie Li suchen.«

Rhon zuckte mit den Schultern. »Willst du sie wirklich treffen?«

»Ja! Oder hast du eine bessere Idee?«

Stille.

Setharan wartete.

»Nein«, sagte der Alte endlich.

»Äh ... wie kann ich sie finden?«

Rhon schaute Setharan eindringlich an.

Endlich antwortete er: »Treff mich hier bei Sonnenuntergang«, und eilte davon.

»Warte!«, rief Setharan ihm nach.

Rhon blieb stehen.

»Gehörst du zu ihnen?«

Wieder wackelte Rhon unschlüssig mit dem Kopf. Dann ging er weiter, ohne sich noch einmal umzudrehen.

Setharan schüttete verwundert den Kopf: Liasanya hatte Rhon als recht redselig beschrieben.

Bis Sonnenuntergang war es nicht mehr lange. Um die Zeit zu überbrücken und seine Unruhe etwas zu mildern, ging er jetzt doch noch in Curthans Schänke, bestellte einen Krug Bier und wartete.

In dieser elenden Absteige hat Li mit ihren Freunden gehaust, es gar ihr ›Zuhause‹ genannt, dachte der junge Magier. *Ich hätte mich doch mehr um sie kümmern müssen.*

Als ihn ein junges Mädchen aufforderte, mit ihr nach oben zu gehen, stand er eilig auf und verließ die Schänke.

Die Abendröte wanderten schmutzige Hausfassaden hoch, während die Nacht hereinbrach. Mehrmals war Setharan schon drauf und dran, einfach nach Hause zu gehen. Sterne leuchteten am Himmel, und das Madamal erhob sich über die Dächer der Stadt, als Rhon endlich zurückkehrte. »Folge mir«, war alles, was er sagte.

Sie gingen durch die dunklen Gassen immer weiter Richtung Südquartier.

»Hier«, sagte Rhon endlich und wies auf die mondbeschienene Kellertreppe eines verfallenen Hauses.

»Hier?«, fragte Seth zurück. »Da unten?«

Rhon nickte: »Sie wird bald kommen. Und Ratte wartet sicher schon.«

Der Alte drehte sich um und eilte davon. Kurz bevor er um die nächste Ecke bog, drehte er sich noch einmal um und zischte Setharan zu: »Pass auf dich auf.«

Dann war er verschwunden.

»Ratte wartet schon?«, sagte Setharan leise zu sich selbst. »Dass da unten Ratten sind, kann ich mir gut vorstellen. Aber wer ist sie? Ich hoffe, der Kerl hält mich nicht zum Narren.«

Er stieg die ausgetretenen Steinstufen hinab. Unten hing eine Tür schräg in den Angeln. Der Raum dahinter roch säuerlich, wie hundert Jahre altes eingelegtes Gemüse.

Den Magier beschlich ein ungutes Gefühl. *Nein,* korrigierte er sich: *Sogar schlecht wäre ein zu guter Begriff dafür.* In Gedanken legte er sich schon einen Verteidigungszauber zurecht.

Als sich seine Augen an die Dunkelheit gewöhnt hatten, konnte er in der Ecke ein einfaches Lager ausmachen. Doch es war unmöglich zu sagen, ob es in den letzten Tagen oder Wochen benutzt worden war.

»Schön, dich wiederzusehen.« Die Stimme kam von der Treppe. Gegen das Licht waren von der Gestalt nur die Umrisse zu erkennen. Sie war klein. Und sie trug ein Kurzschwert, das jetzt auf Setharan gerichtet war.

»Hallo«, erwiderte Setharan, und versuchte dabei gelassener zu klingen, als ihm zu Mute war. Die Thesis des Blitz Dich Find war bereit. »Wir sind verabredet?«

»Ja? Richtig! Wollte nur sehen, ob du allein bist. Von alten Rhon mal abgesehen.«

Er schritt lautlos über das Gerümpel. Sein Gesicht war schmutzig und ausgemergelt. Barthaare hingen ihm an den Wangen wie Tang an einem Schiffswrack. Der Mann umkreiste Setharan, misstrauisch und ohne die Waffe zu senken.

»Der blinde Bettler? Du hast mich den ganzen Nachmittag beobachtet«, sagte Setharan.

»Richtig. Nur nicht blind. Und du? Ein Magier! So was sieht man hier selten. Was sucht einer von *euch* in dieser feinen Gegend?« Er spuckte das »Euch« förmlich aus.

»Ich brauche Hilfe. Ich möchte mit deinem Anführer sprechen«, antwortete Setharan.

»So? Herr Magier! Glaubst du, der Meister spricht mit jedem? Und was sagt dir, dass nicht ich der Herr bin?«

»Ich möchte mit deinem Anführer sprechen«, wiederholte Setharan. »Es ist wichtig. Für uns beide.«

»Für uns beide? Was hier wichtig ist, entscheide ich!«, wurde der Bewaffnete laut. »Warum bist du hier? Wenn ich dich zum Meister lassen soll, muss ich wissen, dass es wichtig ist.« Seine Stimme wurde zunehmend gereizt – und etwas weinerlich.

Setharan sah seine Chance: Der Kleine hatte offensichtlich Angst vor seinem Anführer. »Ich denke, dein Herr wird dir sehr verbunden sein, wenn du mich unverzüglich zu ihm bringst.«

»Ich sagte, das ist meine Entscheidung!«, knurrte der Gauner. Doch er senkte das Schwert.

Setharan atmete auf. *Das ging doch ganz einfach,* dachte er.

Der Kleine drehte ihm den Rücken zu.

Dann drehte er sich abrupt weiter im Kreis und rammte dem Zauberer das Heft des Schwertes in den Bauch.

Setharan sackte wie ein baufälliges Haus in sich zusammen und landete im Dreck.

»Ach, das tut mit jetzt aber leid«, sagte der Gauner und ließ sich an Setharans Seite nieder. »Da sind noch immer eine Menge offene Fragen. Aber das hat jetzt erst einmal Zeit.« Er betrachtete Setharan versonnen. »Ich glaube, du wirst gleich bedauern, dass du nicht ein wenig redseliger warst.«

Setharan stöhnte und versuchte sich aufzurichten.

»Ach bleib doch«, sagte der Gauner und stieß ihn wieder zu Boden. »Hör gut zu, du kannst etwas lernen. Und lernen, das tut ihr Magier doch gern. Ich lehre dich ein Spiel.« Er lachte. »Also: Kennst du Kovos Spiel? Nein? Ist ganz einfach – ganz einfach, wirklich, versteht sogar ein Magier. Regel Eins: Ich werde dir jetzt weh tun. Regel Zwei: Dann stell ich dir ein paar Fragen, die du – Regel Drei – brav und prompt beantwortest. Am Schluss wird ausgezählt. Wenn du verlierst, stirbst du. Und wenn nicht?«

Setharan spürte Kovos Finger, sie tasteten über seine Rippen bis zu diesem einen Punkt unter dem Brustkorb.

»Ich glaube, ich habe bisher immer gewonnen«, sagte Kovos und presste seinen Daumen ganz langsam in das Sonnengeflecht.

Mit dem Schmerz kam eine Woge von Übelkeit. Kovos drückte fester zu. Setharan verlor fast das Bewusstsein. Ein Rülpsen kam aus seiner Kehle. Dann übergab er sich. Er hustete und warf verzweifelt den Kopf hin und her.

»Na, wie war das, Herr Magier?«, fragte Kovos. »Manchmal ist nicht einmal der Schmerz das Schlimmste. Stell dir vor, deine Familie könnte dich jetzt sehen. Deine Freunde, das ganze Magierpack. Der große Zauberer liegt mir zu Füßen, verschmiert wie ein Säugling, wie ein elender Bettler aus der Gosse!« Kovos Hand tastete über den Boden und hob einen handtellergroßen Stein auf. Er beugte sich über Setharans Beine und schlug den Stein leicht, aber gezielt gegen die rechte Kniescheibe des Magiers. Der Schmerz fuhr ihm bis ins Rückgrat. Kovos wiederholte es am anderen Knie. Durch den gleichzeitigen Drang zu schreien und die Zähne zusammenzubeißen, biss sich Setharan auf die Zunge.

»Oh! Das wird jetzt aber ganz schlimm anschwellen. Aber egal! Du läufst sowieso nie wieder.« Er nahm den Arm des Magiers, fast zärtlich tätschelte er seine Hand. »Weißt du, wie es ist, immer der Kleine zu sein? Der Schwache? Ratte nennen sie mich. Ratte! Aber Ratte hat seine kleinen Namensvettern beobachtet.« Er beugte sich tief über Setharan und sagte dumpf, wie in Trance: »Wie sie uns plagen – mit ihren kleinen Zähnen – mit ihren kleinen Pfoten ...« Plötzlich durchfuhr in ein Ruck, er setzte sich gerade auf und sagte mit klarer Stimme: »Wusstest du, dass Rattenpfoten aussehen wie kleine Menschenhände?« Dann kippte er nach vorn und verfiel in seinen Singsang: »... wie sie uns krank machen – wie sie unser Essen verderben ...« Wieder richtete er sich kerzengerade auf. »Und dann hat Ratte es erkannt! Man braucht keine Oberarme wie ein Ork, um stark zu sein! Man muss nicht mit dem Kopf an die Zimmerdecke stoßen, um groß zu sein!« Er begann den Arm seines Opfers langsam im Gelenk zu drehen. »Wahre Kraft, wahre Größe ...«

Setharan brüllte vor Schmerz.

»... kommt von Herzen!«

Kovos lachte und ließ von Setharan ab. Eine Zeit lang betrachtete er ihn wie ein Kind seine kaputte Puppe.

»So. Und jetzt redest du. Wenn ich nicht zufrieden bin, darfst du sterben.«

Setharan stöhnte, spuckte aus, Speichel und Blut lief aus seinen Mundwinkeln. »Ja!«, keuchte er.

»Warum bist du hier?«

»Es geht um Halbart Jalson«, antwortete Setharan. Der Schmerz war viel zu präsent, als dass ihm eine Lüge eingefallen wäre. »Ich habe gehört, dass ihr ebenfalls an den Umständen seines Todes interessiert seid.«

Kovos nahm wieder seinen Arm in die Hände. »Ungenau! Du hast die Frage nicht beantwortet. Warum bist du hier?«

Diesmal überlegte Setharan länger. »Ich bin hier, weil ich wissen möchte, was ihr über Jalsons Tod wisst. Und warum ihr – das Mädchen sucht.«

»Die kleine Hexe? Du kennst die Schlampe?« Er beugte sich tief über Setharan. »Was ist mit ihr?«

Alles tat ihm weh, doch Setharan versuchte, beherrscht zu bleiben. »Ja – ja – und sie ist unschuldig an Jalsons Tod.«

»Das ist ja interessant. Ich dachte, du sagst mir jetzt, wo sie ist.«

»Das weiß ich nicht. Niemand kennt ihr Versteck. Warum wollt ihr sie finden?«

»Schade.« Kovos bog Setharans Arm wieder nach oben. Der Schmerz, kaum dass er ein wenig abgeklungen war, schwoll wieder an.

»Warum tust du das? Ich habe die Frage doch beantwortet.«

Kovos drehte den Arm jetzt im Gelenk. »Kovos Regel Nummer 5«, sagte er. »Antworte nie mit einer Gegenfrage. Hast du das verstanden?«

»Ja! Aber woher sollte ich das ...« Es war zu spät.

»Kovos Regel Nummer 5.«

Der Schmerz explodierte in seinem Kopf, als der Arm aus dem Gelenk sprang. Setharan spürte kaum noch, wie sich Kovos Hände um seinen Hals legten und langsam zudrückten.

***

Liasanya fuhr hoch. Angespannt lauschte sie in die Nacht. Irgendetwas hatte sie geweckt. Aber was?

Sie strich mit der Hand über den Unterarm: Die feinen Härchen hatten sich aufgerichtet, sie hatte eine Gänsehaut. Sie stand auf, rieb sich den Schlaf aus den Augen, trat an das verhangene Fensterloch und spähte nach draußen. Ein paar Sterne schimmerten am dunstig verhangenen Himmel. In den Straßen herrschte tiefe Stille. Seit drei Tagen hauste sie jetzt in einer winzigen Stube im obersten Stock eines verkommenen Mietshauses nahe der Dämonenbrache. Der Vermieter hatte einen geradezu unverschämten Preis gefordert, aber Liasanya hatte bezahlt. Sie wollte nicht zu weit weg von Miryas bleiben.

Wieder strich sie sich über die Unterarme. Es war fast so warm und stickig wie am Tage. Trotzdem fröstelte sie. Was hatte sie geweckt? Ein unangenehm dumpfes Gefühl machte sich in der Magengegend breit.

Sie warf den Umhang über die Schultern und verließ das Haus. Die brennende Unruhe, die sie erfasst hatte, wollte sie nicht wieder loslassen. Sie musste mit jemandem reden.

Die letzten Sterne am Himmel waren noch nicht verblasst, da klopfte sie am Hintereingang von Miryas Haus.

Die Alte war schon auf. »Was machst du hier? Du weißt, es ist gefährlich, wenn du hier einfach so auftauchst«, begrüßte Mirya die Streunerin.

Trotzdem hatte Liasanya den Eindruck, als sei die Hexe froh, sie zu sehen.

Mirya führte Liasanya in die kleine Küche und schob ihr einen dampfenden Becher hin.

Auch sie kann nicht schlafen, dachte Liasanya. Dankbar nahm sie einen Schluck Tee. Sie wartete, bis sich die Alte ebenfalls gesetzt hatte, dann sagte sie: »Ich weiß, ich bin etwas früh dran. Seth will sich heute melden, und er hat noch den ganzen Tag, ehe wir uns Sorgen machen müssten.« Sie seufzte. »Aber – Ich weiß nicht, wie ich es sagen soll – irgendetwas ist passiert. Ich spüre es.« Sie glaubte ein erkennendes Blitzen in Miryas Augen zu sehen, doch diese schwieg.

»Das ist unheimlich«, fuhr Liasanya fort. »Verstehst du: Ich – ich trau mir manchmal selbst nicht ...«

Mirya schwieg beharrlich.

Liasanya atmete tief durch und sprach aus, was sie schon lange beschäftigte: »Es erschreckt mich mehr, als ich Setharan gegenüber zugebe. Irgendetwas stimmt doch mit mir nicht! Laille hat meine Stimme gehört, obwohl ich weiß ... obwohl ich glaube, in dieser Nacht nicht bei Halbart gewesen zu sein. Und jetzt ist auch noch Meeltheuer verschwunden ... kurz nach dem ich ihn besucht habe ... ich kann mich nicht erinnern, irgendjemandem etwas getan zu haben ... und trotzdem passiert andauernd etwas, wenn ich in der Nähe bin.«

Mirya nickte nur.

»Vielleicht liegt ein Fluch auf mir ... oder ich bin besessen ...«

Jetzt lächelte die alte Frau, fuhr mit der Hand freundschaftlich durch Liasanyas dunkle Mähne und sagte: »Ich glaube nicht – nein: Ich weiß es. Eine Sache, die dir mein Junge nicht erzählt hat: Er hat dich untersucht, und er sagt, du bist weder besessen, noch unterliegst du einem Zauber.«

»Er hat was?«, fuhr Liasanya auf. »Wie kann er? Wieso hat er mich nicht gefragt?«

Mirya schwieg wieder.

»Er hätte mich fragen müssen! Er kann doch nicht so einfach ...«

»Siehst du!«, unterbrach Mirya den Redefluss. »Hättest du es ihm erlaubt?«

»Er vertraut mir also auch nicht.«

»Er macht sich Sorgen.«

»Er hätte es mir sagen müssen«, beharrte Liasanya.

»Ihr hättet euch nur wieder gestritten. Er vertraut dir, Li. Was glaubst du, warum er all das für dich tut? Er vertraut dir – und er liebt dich.«

Jetzt war es an Liasanya, zu schweigen.

»Vertraust du ihm auch?«

Liasanya nickte: »Ja ... ja ... es tut mir leid. Ich hätte euch in die ganze Sache nie hineinziehen dürfen ... es ist meine Angelegenheit.«

»Jetzt ist es auch unsere.«

»Nein ... ich hätte nie ... Halbart ist tot, und ich ... wir ... suchen den Mörder des Mannes, mit dem ich jetzt noch zusammen wären, wenn er noch lebte. Wie kann Seth mir da helfen, wenn er mich liebt?«

»Weil er dich liebt.«

»Aber ich ... Seth ist wie ein Bruder für mich ... vielleicht, wenn er damals nicht gegangen wäre ... Ich möchte ihm nicht weh tun, aber ich weiß nicht, ob ich ihn das geben kann, was er erwartet. Ich bin nicht die, die er in mir sieht.«

»Warte ab. Wenn alles vorbei ist ... wenn du frei bist ... wer weiß?«

»Wer weiß? Ich ...« Plötzlich verstummte sie. Wieder rieb sie ihre Unterarme. Die Unterhaltung hatte das unangenehme Gefühl für einige Momente verdrängt, aber jetzt kam es mit voller Kraft zurück. »Etwas ist passiert!«, rief sie und sprang auf. »Zu viel ist schon geschehen ... Wenn Seth etwas zustößt, werde ich es mir nie verzeihen.«

»Er wird schon kommen«, erwiderte Mirya. »Setz dich wieder hin. Du machst auch mich ganz verrückt.«

Liasanya warf sich auf den Stuhl und scharrte mit den Füßen.

Einige Zeit saßen sie schweigend da, jeder in den eigenen Gedanken versunken.

Dann sprang Li wieder auf. »Ich geh ihn suchen!«, rief sie und rannte zur Tür.

»Was? Du kannst nicht ... warte ...« Mirya eilte ihr nach.

Doch Liasanya war schon zur Tür hinaus. Sie hatte keinen Plan, doch ihre Füße trugen sie zu dem einzigen Ort, an dem sie mit der Suche beginnen konnte: nach Meilersgrund.

***

Am Anfang war der Schmerz. Kaum dass er sich erinnerte, wer und wo er war, kehrte der Schmerz zurück. Wie schwere Wogen zog er ihn hinab in wohlig dunkles Vergessen, trieb ebenso unerbittlich zurück ins Hier und Jetzt. Die Welt formte sich aus verschwommenen Konturen, nahm Gestalt an, wurde zu einem Gesicht, wurde zu ...

... Kovos.

Stöhnend schloss Setharan die Augen. Ein Hustenanfall schüttelte ihn, er erbrach etwas gelblichen Schleim, der ihm die Wange hinunterlief. Kovos kniete neben ihm und wischte sein Gesicht mit einem dreckigen Lappen ab.

Setharan versuchte sich aufzurichten. Mit einem Schrei ließ er sich wieder zurücksinken. Seinen rechten Arm war taub, und die Schulter quittierte jede Bewegung mit einem stechenden Schmerz. Die Knie fühlten sich an, als hätte Kovos glühende Nägel in sie geschlagen. Setharan stützte sich auf den linken Arm, rutschte auf dem Boden rückwärts, bis er gegen die Wand stieß und sich schwer atmend dagegen lehnte.

Ein weiteres Mal schwanden ihm fast die Sinne. Er betete zu allen Göttern, dass sein Peiniger die Kniescheiben nicht wirklich zertrümmert hatte, dass er je wieder laufen konnte. Tränen liefen über sein Gesicht, Tränen des Schmerzes, der Verzweiflung und Scham.

Kovos betrachtete ihn interessiert. Setharan hatte den Eindruck, es war der Blick eines Künstlers, der kritisch und zufrieden sein Werk begutachtete.

Bleiches Licht fiel durch das Treppenhaus in den Keller, es musste also schon Morgen sein. Auf dem Tisch brannten mehrere Kerzen. Eine kräftige Person saß dahinter, groß, der Schädel kahl oder kurzgeschoren. Mehr konnte Setharan nicht erkennen, denn das Gesicht der Gestalt blieb im Schatten.

»Wer ...«, begann Setharan atemlos.

»Schon gut.« Die Stimme einer Frau, hart, aber ruhig und gelassen – und ein wenig amüsiert. »Kovos hat ein wenig übertrieben, aber ich bin sicher, du verzeihst ihm. Sag ihm: Es tut mir leid, Ratte.«

Der Angesprochene zuckte bei dem Namen zusammen, murmelte aber gleich darauf: »Es tut mir leid ... Ratte.«

»Schon gut, Ratte, lass uns jetzt allein. Warte draußen und halt die Augen offen. Los! Husch, husch!«

Kovos eilte geduckt die Treppe hinauf.

Als er verschwunden war, wandte sich die Fremde wieder Setharan zu: »Leider ist unser gemeinsamer Freund gelegentlich etwas zu eifrig bei der Sache. Das bedauere ich. Aber es hat auch etwas Gutes. Jetzt konnte ich dir das Leben retten, und du schuldest mir etwas. Ist das nicht schön?«

Setharan antwortete nicht. Er fragte sich, was unheimlicher war: die perversen Spiele Kovos oder die verquerer Logik der Fremden.

Diese schien auch keine Antwort zu erwarten. Stattdessen fuhr sie fort: »Du willst also wissen, was wir mit Halbart Jalson und dem Mädchen zu tun haben, nicht wahr? Vielleicht werde ich dir darauf auch eine Antwort geben. Doch zunächst: Ich weiß, dass du mit Bosko und dem Inquisitor diese Angelegenheit untersuchst.

Rhon weiß, dass ich einen Schnüffler der Garde Kovos' begabten Händen überlassen würde. Endgültig. Und doch hat er für dich eingestanden. Was hast du mit ihm zu tun?«

»Woher soll ich wissen, dass du ...«

»Ratte!«

»Nein, nein, ich rede schon!«

»Besser so. Du sprichst mit der Richtigen. Kovos lässt sich nicht von besonders vielen Leuten Befehle erteilen. Das sollte dir als Beweis genügen. Also rede«, sagte die Fremde scharf.

Setharan nickte. »Ich kenne Rhon nur flüchtig. Und ich habe gehört, dass ihr selbst an den Umständen von Jalsons Tod interessiert seid, dass ihr nach der flüchtigen Verdächtigen sucht. Da habe ich gedacht ...«

»Woher weiß ein Magier, wen oder was wir suchen?«, unterbrach ihn die Frau. »Sollte da ein flüchtiger Bekannter von dir geplaudert haben? Das würde kein gutes Licht auf jenen fallen lassen.«

»Nein, nein, ich weiß es nicht von Rhon. Ich ...«

»Freunde vertrauen sich. Freunde sagen sich die Wahrheit. Und zur Wahrheit gehört auch Vollständigkeit. Ich frage mich, ob ich dir heute wirklich ein zweites Mal das Leben retten soll – Freund.«

Die Worte der Fremden ließen mehrere Deutungen zu – und keine davon war angenehm. Setharan versuchte es mit der Wahrheit.

Ob es die Flucht nach vorn oder der Schritt über den Abgrund war, würde sich herausstellen.

»Gut. Ich kenne die Verdächtige. Und ich weiß, dass sie unschuldig ist. Nun hat sie – sie stammt ja aus Meilersgrund und kennt die Leute hier – erfahren, dass ihr auf der Suche nach ihr seid. Und da haben wir vermutet, dass es etwas mit der Schatulle zu tun hat, die sie für Jalson gestohlen hat.«

»Welche Schatulle? Was meinst du?«, rief die Frau.

Setharan war verwirrt. Wenn die Schatulle etwas mit den Tobriern zu tun hatte, warum wusste die Frau nicht davon?

»Einfach eine Schatulle. Li durfte sie nicht öffnen.«

Die Frau nickte zufrieden. »Wem hat sie das Ding gestohlen?«, fragte sie.

»Lechdan Meeltheuer, einem Schneider und Tuchhändler oder so.«

»Was hat es mit ihm auf sich?«

»Ich weiß nicht. Ich habe gedacht, Meeltheuer gehört vielleicht zu euch?«

Die Frau schüttelte den Kopf, überlegte eine Weile, ehe sie fortfuhr. »Er hatte also die Papiere? Das ist ja interessant. Lechdan Meeltheuer, sagst du ... vielleicht sollte Ratte ihm einen Besuch abstatten.«

»Er ist verschwunden – seit einigen Tagen schon ...«

»Schade. Aber gut für dich. Vielleicht bist du ja doch noch nützlich.«

»Wie meinst du das?«

»Alles zu seiner Zeit. Und du weißt nicht, wo die Papiere sind?«

»Nein. Aber du redest von Papieren. Das war also in der Schatulle?«

»Nehme ich an. Da du dich bisher recht kooperativ gezeigt hast, werde ich dir etwas erzählen. Halbart Jalson hat uns etwas angeboten: Papiere, Unterlagen, die sehr wertvoll sein sollen. Die demjenigen, der sie hat, gewisse Macht über deren Verfasser geben sollten. Jalson drückte sich recht vage aus, aber er hat mein Interesse geweckt. Jetzt möchte ich einfach haben, was mir gehört. Das wirst du doch verstehen.«

Setharan nickte.

»Die kleine Paktiererin hat sie also Meeltheuer gestohlen?«

»Ja«, antwortete Setharan.

»Und sie hat sie Jalson übergeben?«

»Ja.«

»Bist du sicher?«

»Ja!«

»Jalson hatte die Papiere also seit Wochen. Warum hat er sie uns nicht ausgehändigt?«

»Ich weiß es nicht.«

»Ihr habt den Inhalt auch nie zu Gesicht bekommen?«

»Nein! Ich bin erst Anfang Praios nach Gareth zurückgekehrt. Und Li hat sich streng an Jalsons Anweisungen gehalten. Das ärgert sie jetzt selbst.«

»Und sie wusste, dass die Papiere für uns sind?«

»Nein!«

»Warum bist du dann hier?«

»Habe ich doch gesagt: Ihr sucht sie! Und sowohl Jason als auch Meeltheuer fürchteten euch. Da lag es einfach nahe. Li ist fest entschlossen, ihre Unschuld zu beweisen.«

»Ich will diese Papiere! Jalson! Ich grabe deinen vermaledeiten verrotteten fetten Leib eigenhändig aus und drehe dir noch einmal den Hals um«, knurrte die Frau.

Dann fuhr sie leise fort: »Könnte es sein, dass die Wache sie gefunden hat?«

»Nein. Ich glaube nicht. Die Wache und die Inquisition tappen vollkommen im Dunkeln. Der Inquisitor denkt, dass Li Jalson umgebracht hat und ...«

»Und die Kleine? Hat sie die Sachen vielleicht beiseite geschafft?«

»Nein!«, rief Setharan verzweifelt. Die Befragung drehte sich im Kreis. »Mit Sicherheit nicht. Sie wusste ja nicht einmal, dass sie so wichtig sind.«

»Wer hat sie dann?«

»Ich weiß es nicht. Ich schätze, Jalsons Mörder hat sie. Oder vielleicht ...« Setharan schluckte. Auf die einfachste Möglichkeit waren sie nie gekommen: Konnte es sein, dass die Papiere noch in Jalsons Haus waren?

»Was?«

»Vielleicht sind sie noch auf seinem Anwesen.«

Ein amüsiertes Glucksen kam aus der Ecke, wo die Fremde saß. »Nein. Wir haben das Haus durchsucht. Soweit es ging, ohne zu viel Aufmerksamkeit zu erregen. Aber vielleicht kennt die kleine Paktiererin ein Geheimversteck?«

»Soweit ich weiß, war sie nur ein oder zwei Mal im Haus.«

»Schade. Ihr Wert sinkt.«

Setharan sagte nichts. Er schloss die Augen und konzentrierte sich auf einen Heilzauber.

Die Fremde trommelte mit den Fingern auf dem Tisch und riss so den Magier aus seinen Vorbereitungen. »Was mach ich jetzt mit dir?«, fragte sie. »Viel konntest du mir ja nicht helfen. Aber immerhin ... Na gut. Ich nehme an, dass du noch ein wenig weiterleben willst? Ja? Und ich nehme an, dass du mir nicht verraten willst, wo deine Freundin ist?«

»Ich weiß ja nicht, wo sie ist.«

»Wirklich?«

»Ich schwöre!«

»Na gut. Ich gebe dir eine Chance. Eine einzige. Beweis mir, dass ihr noch zu etwas Nutze seid. Blende mich mit deinem Scharfsinn!«

Setharan holte tief Luft und sagte: »Es gibt zwei Möglichkeiten. Erstens: Jalsons Mörder ist der ursprüngliche Besitzer der Papiere. Meeltheuer oder ein Verbündeter. Meeltheuer wusste offensichtlich bis zu seinem Verschwinden nicht, wer ihn bestohlen hat. Er kommt also nicht in Frage. Deshalb müssen noch mehr von der Schatulle gewusst haben. Aber wer? Außer Meeltheuer kann uns das keiner sagen. Und fragen können wir ihn nicht, da er, wie gesagt, weg ist. Die zweite Möglichkeit: Noch jemand war hinter den Papieren her. So wie ihr. Ihr sagt, ihr habt Jalson nicht umgebracht. Also wer? Und woher wusste dieser, dass Jalson die Papiere von Meeltheuer hat? So oder so haben wir ein Problem: Um die Papiere zu bekommen, müssen wir Jalsons Mörder finden. Um Jalsons Mörder zu finden, müssen wir wissen, was in den Papieren stand. Und dazu müssen wir die Papiere finden ... wir drehen uns im Kreis.«

»Nicht schlecht, nicht schlecht. Aber egal, wie wir es drehen und wenden, eine Frage müsste sich beantworten lassen: Wer wusste, dass Jalson die Papiere hatte?«

»Jalson ist tot, Meeltheuer ist verschwunden.«

»Hat deine Freundin mit jemandem darüber geredet?«

»Nein. Li ist sicher, mit niemandem darüber gesprochen zu haben. Vor Jalsons Tod, meine ich.« *Außer mit Fiana und Brin,* dachte Setharan, hütete sich aber, das auszusprechen. »Und Jalson selbst: Nach allem, was Li weiß, hat er nicht einmal seinen Sohn eingeweiht ... außer, er hat Li belogen ... nun, das kann ich nicht wissen.«

»Meeltheuer?«

»Li war bei ihm und hat ihn ausgefragt. Sie hat gesagt, er fürchtet euch. Aber wenn ihr nicht mit ihm in Verbindung wart, fürchtet er jemand anderen noch viel mehr. Wie gesagt: Er machte nicht den Eindruck, zu wissen, wer ihn bestohlen hat. Wie sieht es bei euch aus?«

»Ob wir selbst eine undichte Stelle haben? Jemanden, der auf eigene Faust etwas dreht? Das würde mir überhaupt nicht gefallen. Nein, nein. Aber darum werde ich mich kümmern.«

Sie erhob sich. »Schön ... da hat sich die Unterhaltung doch gelohnt. Und ich werde nicht undankbar sein: Ich rette dir jetzt zum zweiten Mal das Leben. Aber ich erwarte eure Mithilfe. Wenn du oder die kleine Paktiererin dabei behilflich seid, dass wir unser Eigentum bekommen, wäre es nicht zu eurem Schaden. – wir würden vergessen, dass es euch gibt. Einverstanden?«

Setharan nickte.

»Ich werde jetzt gehen. Soll ich Ratte schicken, damit er dich nach Hause bringt?«

»Nein, danke ... ich schaff es schon.«

»Das dachte ich mir.« Sie verschwand in der Treppenflucht. »Wir bleiben in Verbindung«, rief sie Setharan noch zu.

»Wie?«

»Wir finden dich.«

Setharan hatte noch tausend Fragen, aber die Tobrierin war schon verschwunden. Er schloss die Augen und atmete tief durch. Zunächst fürchtete er, dass Kovos zurückkehren würde, doch alles blieb still. Während die Angst verklang, kehrte der Schmerz zurück. Und so war es auch mehr eine Ohnmacht als ein traumloser Schlaf, in die er versank.

***

Als sich Liasanya der vertrauten Gegend um Curthans Schänke näherte, zog sie die Kapuze tief ins Gesicht. Zu viele kannten sie hier, und nach dem, was Rhon ihr erzählt hatte, konnte sie nicht allen vertrauen. Sie hoffte möglichst schnell ihren alten Freund zu treffen. Doch damit tat sich sogleich das nächste Problem auf: Obwohl sie ihn seit ihrer Kindheit kannte, wusste sie nicht, wo er hauste, zudem tauchte er selten vor der Mittagszeit hier in der Gegend auf – und jetzt war es noch immer früh morgens. Das letzte Mal hatte sie viel Geduld und Glück gebraucht, um ihn zu treffen; das Erste fehlte ihr, und auf das Zweite konnte sie sich nicht verlassen.

Nachdem sie eine halbe Stunde unentschlossen in den Straßen auf und ab getrottet war, verschwand sie in einer Seitengasse, durchquerte einen Hinterhof, stieg über Mauerreste auf ein niedriges Vordach hinaus auf die Dächer Meilersgrunds. Das vertraute Dachfenster zu Curthans Schänke war noch geöffnet, als sei sie nie weg gewesen. Kurz überkam sie der Wunsch, niemals Yann und Halbart begegnet zu sein. Doch der Gedanke an den toten Freund versetzte ihrem Herz einen Stich. Mit frischer Entschlossenheit stieg sie durch das Fenster in das Haus.

Wo mochte Curthan stecken?

Er hatte sein eigenes Zimmer neben der Küche im Erdgeschoss, aber womöglich schlief er bei einem der Mädchen – wenn seine aktuelle Favoritin nicht gerade einen Gast hatte.

Sie schlich sich nach unten, klopfte zuerst zaghaft, dann heftiger an Curthans Tür.

Gerade wollte sie aufgeben und es in einem der oberen Zimmer versuchen, da hörte sie leises Fluchen.

»Ja ... verdammt ... hmmpf ... wer ist da?«

»Ich bin's«, flüsterte Liasanya.

»Verdammt ... wer ist ich?«

»Li!«

»Verdammt ... verdammt ... verdammt ...«

Die Tür wurde ein Stück aufgerissen, und Curthans Nase spähte heraus: »Li! Was machst du hier? Hat dich jemand reinkommen sehen?«

»Nein, ich kam übers Dach.«

»Verdammt ... warte ... ich komm gleich.«

Das Gesicht verschwand aus der Tür. Liasanya hörte ein Rascheln und Schnaufen, dann stand Curthan wieder vor ihr und zog sich die Hose hoch: »Die halbe Stadt sucht nach dir ... die Garde war im Haus ... sogar ein Inquisitor war hier ... ich dachte, mein letztes Stündlein hätte geschlagen ... irgendjemand hat ihnen gesteckt, dass du dich hier herumgetrieben hast ... was hast du gemacht? Ich bin ein anständiger Mann, bring mich nicht in Schwierigkeiten.«

Normalerweise hätte Liasanya das »anständig« nicht unkommentiert gelassen, doch dieses Mal hütete sie ihre Zunge. »Ich muss Rhon finden«, sagte sie stattdessen. »Sofort! Weißt du, wo er sich herumtreibt? Es ist wichtig.«

»Rhon? Was willst du von dem alten Gauner?«

»Ich brauche seine Hilfe. Bitte, Curthan ... es ist wirklich wichtig!«

»Willst du mir nicht erst einmal erzählen, was du angestellt hast?«

»Curthan! Ich habe nichts getan ... aber keiner glaubt mir das ... außer Rhon ... und ... bitte, das hat Zeit!«

Curthan schien nicht zufrieden mit der Antwort. »Die Wache stellt also zum Spaß mein Haus auf den Kopf und verschreckt mir die Gäste ... und wo sind Fiana und Brin? Da hast du doch auch mit zu tun, oder?«

»Ihnen geht's gut.«

»So? Und mich lasst ihr im Stich, bringt mich fast in den Kerker, nach allem, was ich für euch getan hab.«

»Curthan! Bitte – du musst mir sagen, wie ich Rhon finde – alles andere erklär ich dir später. Wir sind doch Freunde, oder?«

»So? Jetzt kommst du wieder zu mir. Und was ist der Dank?«

»Bitte!«

Curthan schnaubte noch einmal, dann schlurfte er durch den Flur und die Treppe hoch.

Kurz darauf erschien er wieder, im Gefolge ein junges Mädchen, das verschlafen und verschüchtert dreinschaute, sich einen Umhang überwarf und zur Vordertür das Haus verließ.

Fragend schaute Liasanya ihr nach.

»Tsaja erledigt die Sache«, erklärte Curthan. »Komm mit in die Schankstube, dort können wir warten.«

»Warum sagst du mir nicht, wo ich ihn finden kann?«

»Lass das meine Sorge sein ... du bleibst hier, solange ... solange ... verdammt, ich will nicht, dass jemand sieht, wie du bei mir ein und aus gehst.«

»Du weißt, dass mich keiner sieht, wenn ich es nicht will.«

»Komm mit und sei ruhig.«

Sie folgte ihm in die dunkle Stube. Er entzündete zwei Kerzen.

»Können wir nicht ein Fenster aufmachen?«

»Damit dich einer sieht?«

Liasanya schwieg, sie wartete darauf, dass Curthan sie über die vergangenen Wochen ausfragte, doch der hagere Wirt schlurfte zunächst zum Tresen und goss sich aus einer Flasche eine bernsteinfarbene Flüssigkeit in ein Glas.

»Willst du auch einen?«, fragte er, nachdem er das Glas in einem Zug geleert hatte.

Liasanya schüttelte den Kopf.

Curthan schenkte sich ein, und auch dieses Mal verschwand der Schnaps mit einem Schluck in seiner Kehle.

Liasanya beobachtete den Wirt besorgt. Er verhielt sich ungewohnt unsicher. »Curthan?«

»Ja?«

»Kann ich dir vertrauen?«

»Aber ja ... sicher!«

Aber Liasanya beunruhigte die Antwort umso mehr. Eine solche Frage hätte Curthan normalerweise mit einer hämischen Bemerkung quittiert. Doch er blieb auffallend ernst und unruhig.

»Ich will mal sehen, ob sie schon kommen«, murmelte er und schlurfte zu Tür.

Liasanya lauschte aufmerksam: Sie hörte das Quietschen der Vordertür, dann seine Schritte im Flur. Ein Klacken, ein weiteres Quietschen. Nach einer Minute stand er wieder im Schankraum. »Die Hintertür schließt nicht richtig«, murmelte er betont beiläufig.

Bei Liasanya stellten sich die Nackenhaare auf. Alle ihre Sinne gaben Alarm. Eine Woge aus Angst überkam sie. Curthan hatte sie verraten, da war sie jetzt sicher – er hatte sie verraten und warnte sie zugleich. Mühsam versuchte sie, ruhig und gelassen zu wirken. Sie stand auf. »Vielleicht ist es besser, wenn ich später wiederkomme«, sagte sie.

»Warte doch, er wird schon kommen«, sagte Curthan und ging zu ihr herüber.

»Curthan – du hast doch nicht ...«

Dann ging alles ganz schnell.

Die Vordertür wurde aufgerissen, schwere Schritte dröhnten durch den Flur, einen Augenblick später stand ein Gardist mit gezogenem Schwert im Schankraum. Zwei weitere folgten ihm.

»Li ... es tut mir leid ... ich musste ...«, murmelte Curthan kaum hörbar. Dann rief er laut: »Da ... das ist sie!«

Liasanya stieß Curthan beiseite, rannte durch die Stube, sprang über den Tresen und in die kleine Küche dahinter.

»Passt auf! Die Hintertür schließt nicht richtig!«, hörte Liasanya Curthan noch einmal rufen.

»Du Narr ... warum sagst du das erst jetzt!«, brüllte einer der Gardisten. Ein Klatschen war zu hören, dann ein dumpfes Geräusch, als schlage etwas Schweres am Boden auf.

Die andere Tür in der Küche war nur angelehnt, Liasanya stieß sie auf und sprang in den Flur, rannte los, auf die Hintertür zu. Auch diese stand einen Spalt offen. Wenn sie den Ruf des Gardisten richtig verstanden hatte, wartete niemand hinter dem Haus. Sie riss die Tür auf. Mit einem Knall schlug diese gegen die Wand, Liasanya sprang nach draußen, die Tür schwang zurück und fiel mit einem Klicken ins Schloss. Die geschlossene Tür verschaffte ihr ein paar weitere Schritt Vorsprung. *Curthan,* dachte sie, *du hast mich verraten und versuchst zugleich, mich zu retten. Warum?*

Einen Augenblick blieb sie stehen. Liasanya glaubte, am Ende der Gasse eine vermummte Gestalt um die Ecke huschen zu sehnen. Aber wer es auch war, es handelte sich nicht um einen Gardist. Sie rannte los.

Liasanya hatte die Ecke noch nicht erreicht, da hörte sie Schritte und Rufe hinter sich. Aber hier, wo die mehrstöckigen Mietshäuser und Absteigen dicht an dicht standen, hatte sie eine Chance zu entkommen. Der Weg auf die Dächer Meilersgrunds, den sie heute Morgen gewählt hatte, lag auf der anderen Seite von Curthans Schänke. Und dazwischen wartete jetzt die Garde. Aber es gab noch andere Aufstiege, und der nächste war nur ein paar Ecken entfernt. Mit dem knappen Dutzend Schritt Vorsprung sollte sie es bis dorthin schaffe. Zumindest, solange die Gardisten keine Verstärkung rufen konnten.

Liasanya schlitterte auf dem staubigen Boden um die nächste Biegung, verlor fast das Gleichgewicht, fasste wieder Tritt und rannte weiter. Das Klappern der Rüstungen und Schwertgehänge blieb stetig hinter ihr. Ihre Verfolger waren gut zu Fuß, der Abstand hatte sich nicht verändert. Phex sei Dank war kaum jemand auf der Straße, und die wenigen Passanten beobachteten das Schauspiel mit nur mäßigem Interesse. Die Rufe der Garde, das Mädchen doch aufzuhalten, wurde, wenn überhaupt, gerade mal mit verwunderten Blicken quittiert.

Vor ihr ging es jetzt nur noch um eine Ecke, in eine Seitenstraße, auf ein verlassenes Grundstück, dann konnte sie über die Trümmer eines im Jahr des Feuers zerstörten Hauses mit wenigen Sprüngen die Dächer erreichen.

Gleich war sie in Sicherheit.

Scharf bog sie um eine Hausecke, auf das Trümmerfeld zu. Liasanya schaffte es gerade noch, die Hände vors Gesicht zu halten, ehe sie gegen eine morsche Holzwand prallte.

Einen Moment war alles schwarz vor den Augen, dann erkannte sie die Konturen einer niedrigen Hütte, errichtet aus alten Dielen und Brettern, zerbrochenen Ziegeln und Mauerresten – den Trümmern des alten Hauses!

Entsetzt fuhr Liasanya herum. Neben ihr spielten drei schmutzige Kinder auf der Straße. Das vierte, einen Säugling, hielt eine magere, zerlumpte Frau unschätzbaren Alters an ihre Brust. Gleichgültig betrachtete sie die ungebetene Besucherin, wandte sich dann wieder ihrem Kind zu.

Liasanya rannte um die Hütte herum. Auf dem Grundstück des zerstörten Hauses waren weitere einfache Hütten und Unterstände gewachsen. Deren Erbauer hatte zu Liasanyas Entsetzen alle verwertbaren Steine weggeräumt und verbaut und damit jeglichen Aufstieg auf die Nachbarhäuser unmöglich gemacht: Die nächste Dachtraufe hing unerreichbare fünf Schritt über ihrem Kopf.

Das Klappern der Schwertgehänge näherte sich. Das Kleinste der spielenden Kinder begann zu weinen. Die beiden Größeren bedachten die Gardisten mit demselben gleichgültig-dumpfen Blick, der schon den Gesichtsausdruck ihrer Mutter bestimmte.

Die Gardisten erblickten Liasanya und eilten ebenfalls hinter die Hütte. Alle drei kamen ihr von derselben Seite entgegen. Zwischen der vorderen Hütte und dem Nachbarhaus verblieb ein knapp zwei Spann breiter Durchlass. Sie sprang zurück und quetschte sich durch.

Der erste Gardist versuchte ihr zu folgen. Gleich darauf wies er seine Kameraden fluchend an, um die Hütte zu laufen. Er selbst versuchte, das verkantete Schwertgehänge aus dem Durchgang zu lösen.

Liasanyas Vorsprung war jetzt auf wenige Schritt zusammengeschrumpft. Die nächste Möglichkeit, die Straße zu verlassen, war einige hundert Schritt entfernt. Aber sie wurde müde und bekam Seitenstechen. Ihr Atem ging schnell und stoßweise. Nicht nur die vergangene, viel zu kurze Nacht zehrte an ihren Kräften; sie lebte seit fast drei Wochen wieder auf der Straße, doch das machte die zwei Monate Wohlleben längst nicht wett, schon gar nicht, da sie sich die meiste Zeit versteckt gehalten hatte. Aber noch hatten die Gardisten sie nicht eingeholt. Noch war sie nicht gefangen. Endlich tat sich vor ihr die Straße auf und weitete sich zu einem kleinen Platz. Neben einem für diese Gegend schmucken Gasthaus stand ein hoher hölzerner Pferdestall.

Die Scheunentür stand weit offen. Liasanya rannte hinein, ignorierte die erstaunten Blicke des Schmieds, der sich im vorderen Teil des Stalls über die Esse gebeugt hatte, und eilte eine flache Rampe hoch, die auf den Heuboden führte.

Die Gardisten folgten ihr mühelos.

Liasanya eilte eine zweite Rampe hoch. Am anderen Ende des Scheunenbodens fielen die Strahlen der Morgensonne durch mehrere Öffnungen auf Strohballen, Säcke und Fässer. Liasanya hatte keine Zeit, sich genauer umzusehen. Wenn jetzt irgendetwas schiefging, war sie verloren, so oder so. Sie rannte auf die linke Öffnung zu und sprang.

Einen Augenblick war sie sicher, dass das Nebenhaus ebenso verschwunden war wie die Ruine einige hundert Schritt zurück, dass sie gleich ein halbes Dutzend Schritt tiefer auf das Pflaster aufschlagen würde, da trafen ihre Füße auf ein Schindeldach.

Sie stolperte, fiel, ein stechender Schmerz durchfuhr ihre linke Schulter. Ihr Blick ging zurück auf die Scheune. Einer der Gardisten schaute zu ihr herüber, trat zurück und nahm Anlauf.

Liasanya zögerte nicht. Sie rappelte sich auf, rieb ihre Schulter – um die musste sie sich später kümmern – und eilte los. Sie orientierte sich und wandte sich Firun zu. Die Häuserblocks standen hier bis zum Lauf des Gardel eng beieinander, waren hoch, in recht guten Zustand und – nicht zuletzt: Liasanya kannte deren Dächer von unzähligen Diebestouren.

Geduckt sprang sie zwischen Giebeln und Erkern umher. Immer wieder waren Steine an Kaminen und in Dachrinnen aufgeschichtet oder Zweige in Dachschindeln geklemmt. Unscheinbare Zeichen für jeden nicht Eingeweihten, aber für Liasanya deutliches zu lesen: Jemand hatte sich Mühe gegeben und die Dächer als häufig begangenen und sicheren Weg gekennzeichnet. Zwei Gardisten hatten es ebenfalls auf das Dach geschafft und folgten ihr hartnäckig. Immer wenn sie dachte, sie hätte die beiden endlich in die Irre geführt und abgehängt, tauchten ihre Gestalten auf einem benachbarten Dach auf. Sie war viel zu langsam, viel zu müde und erschöpft, so würde sie die beiden nie los. Sie eilte über ein langgezogenes Dach.

Eine junge Birke hatte sich die mit Dreck gefüllte Dachtraufe als Heimaterde gewählt. Wind und Wetter hatten ihre Zweige in absonderlicher Form wachsen lassen.

Liasanya erreichte das Ende des Dachs. Das Nebenhaus lag fast drei Schritt tiefer. Sie nahm Anlauf ...

Gekreuzte Zweige. Wie ein X.

... sprang ...

Wie eine Warnung: Gefahr!

... das Dach kam näher, ihre Füße berührten die Schindeln ...

Kein Zufall? Absicht!

... sie warf sich nach vorn, die Arme ausgestreckt vor der Brust, die morschen Schindeln knirschten, gaben nach, ihre Knie durchschlugen das Dach, sie riss die Arme vors Gesicht und verschwand in einer Wolke aus Staub und Trümmern.

Der Sturz endete keine zwei Schritt tiefer auf einem dunklen Dachboden. Holzstücke regneten auf sie herab. Liasanya lag flach auf dem Bauch, ihr Atem stockte, sie spürte Schmerzen an unzähligen Stellen. Aber sie schien weitgehend heil zu sein. Sie rollte sich auf die Seite, die Arme noch immer schützend vor dem Gesicht, um eventuell nachstürzenden Trümmern aus dem Weg zu gehen.

Noch einmal hielt sie inne. Sie wusste nicht, ob sie lachen oder weinen sollte. *Ich könnte jetzt tot sein,* dachte sie. *Ich habe Glück gehabt, vielleicht sogar mehr, als ich verdiene. Denn die Gardisten haben es bisher nicht gewagt, mir nachzuspringen. Bis sie auf einem anderen Weg von den Dächern gestiegen sind und die Verfolgung von den Straßen aus wieder aufnehmen, bin ich schon über alle Berge. Zumindest dann, wenn ich jetzt endlich aufstehe. Noch bin ich nicht in Sicherheit!*

Liasanya sprang auf und schüttelte Holzstücke aus dem Haar. Von draußen konnte sie aufgeregte Stimmen hören, sie schaute sich auf dem dunklen Dachboden um und suchte nach einer Leiter oder Treppe, die nach unten führte.

Plötzlich erregte eine der Stimmen ihre Aufmerksamkeit. Sie hörte genauer hin. Einer der Gardisten brüllte, wohl zum wiederholten Mal, vom Nebendach herunter und den Passanten auf der Straße zu: »Keiner verlässt das Haus! Dieses Haus! Und ich sagte keiner! Das ist ein Befehl! Wir sind gleich unten! Wenn sie noch lebt und wir sie erwischen, gibt es eine großzügige Belohnung! Belohnung! Verstanden?«

Liasanya wartete keinen Augenblick länger, sie rannte auf den Treppenschacht zu, den sie am Ende des Dachbodens erblickt hatte. Verschiedene Körperstellen meldeten sich jetzt schmerzhaft. Sie war vermutlich mit blauen Flecken und Schrammen übersät, aber zum Glück verweigerte keine Gliedmaße den Dienst. Als sie die Treppen hinunter und durch die unverschlossene Dachbodentür in das oberste Stockwerk kam, fluchte sie leise vor sich hin. *Ich bin hier oben zu Hause,* dachte sie. *Wie kann ich durch ein morsches Dach brechen? Bei den Göttern, und jetzt vergeude ich auch noch wertvolle Sekunden, um mit dem Schicksal zu hadern.*

Die Bewohner Meilersgrunds hegten keine große Sympathie für die Stadtgarde, ließen sich aber auch selten eine Gelegenheit entgehen, ein paar Münzen zu verdienen. Außerdem war dies für den einen oder anderen eine gute Gelegenheit, sich bei der Wache beliebt zu machen. Es war schon von Vorteil, bei dem einen oder anderen Gardisten einen Stein im Brett zu haben, wenn man dabei erwischt wurde, wie man die Finger in einer fremden Tasche hatte.

Mit diesen Gedanken im Kopf stürzte Liasanya die Treppen hinab. Zugleich versuchte sie, sich zu konzentrieren. Ihre arkane Gabe würde nicht helfen, solange sie durch das Treppenhaus polterte, sie brauche eine ruhige, dunkle Ecke mit der sie verschmelzen konnte – wie damals, in Halbarts Haus, an dem Tag, nachdem er ermordet worden war ...

Die Konzentration war weg, sie musste von vorne beginnen.

Liasanya schätzte, dass das Haus vier Stockwerke hatte, doch wie viele war sie jetzt nach unten gelaufen? Sie wollte nicht im Keller landen, aus einem Fenster im ersten – vielleicht auch im zweiten – Stock konnte sie zur Not auch noch springen. Sie überlegte, ob sie in eine der Wohnungen eindringen sollte, entschied sich aber dagegen, um nicht noch mehr Aufmerksamkeit auf sich zu lenken.

Oder doch in den Keller?

Die Entscheidung wurde ihr abgenommen. Am nächsten Treppenabsatz hörte sie laute Stimmen. Sie schlich sich die letzten Stufen hinab und spähte um die Ecke. Einige Personen standen im Eingangsbereich und redeten wild durcheinander. Liasanya konnte kein Wort verstehen, doch sie glaubte nicht, dass die Leute dort warteten, um ihr zu helfen. Schon bildete sich eine Gasse, und ein Uniformierter trat in den Hausflur.

Liasanya zögerte nicht. In einem Satz sprang sie am Türrahmen vorbei und rannte die Kellertreppe hinab.

Die Wache hatte den Lärm wohl gehört, denn sogleich näherten sich Schritte. Liasanya hoffte bloß, dass die Wache nicht gesehen hatte, in welche Richtung sie gesprungen war.

Sie erreiche das Ende der Treppen, schlich sich in die Nische darunter und schaute in den finsteren Keller. Wieder konzentrierte sie sich auf ihren Zauber. Wenn die Wächter sich aufteilen, würde jede Gruppe nach einiger Zeit denken, sie sei in Reichweite der anderen. Das würde ihr vielleicht die Zeit geben, durch das belebte Treppenhaus zu entkommen. Ihre Haut begann zu prickeln, kurz schwindelte ihr, sie lehnte sich gegen die Holztäfelung und atmete tief ein und aus. Wenn sie jetzt still stehen blieb, sie keiner direkt anschaute, würden die meisten Leute sie einfach übersehen. Dennoch ging sie vorsichtig weiter in die Finsternis.

Vom Treppenhaus her waren wieder Rufe zu hören, Schritte entfernten sich – kurz kam die absurde Hoffnung auf, die Gardisten würden den Keller gar nicht durchsuchen – dann waren wieder Schritte auf der Treppe, und ein gelber Lichtstrahl teilte die Dunkelheit.

Liasanya duckte sich gerade noch durch den nächsten Türrahmen weg in den Raum dahinter, da kamen die Wächter auch in den Kellerflur.

»Es heißt, sie hat einen Dämon auf ihren Liebhaber gehetzt«, flüsterte der eine.

»Ja genau«, antwortete der andere. »Nur weil er ihr nicht genug zu Willen war.«

»Ich hab gehört, dass sie ihn geopfert hat, um den Dämon selbst als Buhlen zu bekommen.«

»Sie hat sein Blut getrunken!«

»Was? Das des Dämons?«

»Nein, das ihres Liebhabers ... um seine Kraft zu bekommen.«

»Wirklich ... das ist ja ... widerlich.«

»Ja. Paktiererpack.«

Die beiden erreichten den Raum, in dem Liasanya stand. Sie presse sich gegen die Wand, hielt die Luft an.

»Glaubst du, sie ist wirklich so gefährlich?«, fragte der Eine. Der Strahl der Laterne huschte über die Wände.

»Natürlich! Ich meine ... wie meinst du das?«

Der Lichtstrahl glitt an ihr vorbei, verharrte, wanderte weiter und verschwand.

»Ich mein ... warum, glaubst du, hat sie nicht einfach einen geflügelten Dämonen gerufen um von den Dächern zu fliehen?«

Liasanya atmete so flach sie konnte. Ihr wurde schwindelig. Aber die beiden Gardisten standen noch immer in der Türöffnung.

»Am helllichten Tag? Im Monat des Götterfürsten?«

»Oh! Natürlich! Aber ... vielleicht ... hier unten?«

Der andere schwieg.

»Glaubst du?«, begann der mit der Laterne wieder. »Sie würde ... ich meine ... ich hab vier Kinder.«

»Stell dich nicht so an!«, rief der Zweite, aber auch seine Stimme klang längst nicht so fest wie zuvor. Die Gardisten gingen weiter und schauten in den nächsten Raum.

Liasanya atmete erleichtert aus, ging zur Tür und schaute den beiden nach. *Mit einem weißen Laken könnte ich sie jetzt verscheuchen,* dachte sie und grinste.

Die beiden Gardisten hatten das Ende des Flurs erreicht und leuchteten in einen großen Raum, in den der Gang mündete. Vorsichtig gingen sie hinein.

Kurz erwog Liasanya, ihnen zu folgen, in der Hoffnung, einen weiteren Ausgang oder ein besseres Versteck zu finden, dann entschloss sie sich, ins Treppenhaus zurückzugehen. Wenn die dritte Wache die oberen Stockwerke durchsuchte, so war der Weg zur Haustür vielleicht für einen Augenblick frei.

Sie kroch wieder in die Treppennische und lauschte. Den Geräuschen nach zu urteilen, war die Wache tatsächlich weiter oben beschäftigt. Sie wollte gerade ihr Versteck verlassen, da fiel ihr Blick auf die Wand unter der Treppe: Genau vor ihr war eine Öffnung in der Holzvertäfelung. Eine Tür, vielleicht anderthalb Schritt hoch, kaum einen halben Schritt breit. Liasanya zögerte. Warum hatte sie die Tür zuvor nicht bemerkt? Sie unterschied sich kaum von der Täfelung, aber sie stand einen Finger breit offen. Vielleicht hatte sie sich geöffnet, als sie sich vorhin dagegengelehnt hatte? Das konnte sein. Und wenn nicht? War jemand im Treppenhaus, den sie nicht bemerkt hatte?

Vorsichtig schob sie zwei Finger in den Spalt und zog. Ein tiefes Knarren erklang. Liasanya hielt inne, schaute nach den beiden Wachen im Keller. Sie kamen langsam zurück, blickten ein weiteres Mal in jeden Raum und unterhielten sich. Liasanya musste sich schnell entscheiden: Für die Rückkehr in einen der Kellerräume war es jetzt schon zu spät. Sie konnte hier unter der Treppe warten und hoffen, dass der Zauber weiter wirkte, sie konnte nach oben eilen und hoffen, dass sie irgendwie die Straße erreichte. Oder sie konnte es mit dieser Tür versuchen.

Die Neugier – und die Hoffnung auf ein sicheres Versteck – siegte. Ganz langsam zog sie die Tür weiter auf, gelegentlich hakte sie und löste sich wieder mit einem Knacken. Doch die Gardisten waren in ihrer Unterhaltung vertieft und schienen es nicht zu hören. Kaum war der Spalt breit genug, da quetschte sie sich durch. Schmale Stufen führten in die Tiefe. Ein Rascheln war von unten zu hören. *Ratten,* vermutete Liasanya, oder sonstiges lichtscheues Getier. Vorsichtig zog sie die Tür an einem hölzernen Griff zu und blieb auf der obersten Stufe stehen.

»Was hättest du getan, wenn wir sie entdeckt hätten?«, fragte einer der Gardisten; die Erleichterung war hörbar.

»Weiß nicht. Zuschlagen und dann fragen ist meine Devise bei dem Pack. Bloß nicht zu Wort kommen lassen, sonst hast du einen Fluch am Hals.«

Die Stimmen verharrten kurz am Treppenabsatz und wanderten dann nach oben.

Liasanya wartete einen Augenblick, dann schob sie die Tür wieder auf. Sie schlich zum Treppenabsatz und lauschte. Oben war noch immer geschäftiges Treiben zu hören. Stiefel donnerten die Stufen hinauf und hinab, Befehle wurden gerufen.

Auf einer der untersten Stufen stand die Laterne der Gardisten. Der Docht brannte schwach.

Bevor sie es sich richtig überlegt hatte, schnappte sie sich die Lampe und zog sich hinter die verborgene Tür zurück. Sie stand auf der oberste Stufe und drehte das Öl auf. Sogleich wurde es hell. Liasanya untersuchte die Tür, leider konnte sie nicht verriegelt werden, doch sie zog sie fest zu und hoffte, dass niemand die Tür entdecken würde. Wie lange sie hier unten ausharren musste, wagte Liasanya nicht zu schätzen.

Nach einem Dutzend Stufen endete die Treppe in einem großen Gewölbekeller. Es was angenehm kühl hier unten. Liasanya ließ das Licht der Lampe über Wände und Boden streifen. Es fiel auf einige Fässer und Kisten, bedeckt mit einer dicken Staubschicht. Bei Regen musste der Keller wohl öfter unter Wasser stehen. Alles, was auf der Erde stand, war bräunlich und aufgequollen. Die Diebin blickte in einige der Kisten: Die meisten waren leer, andere enthielten Gegenstände, deren Funktion und ursprüngliches Aussehen nicht mehr ausgemacht werden konnte. Sie ging tiefer in den Raum hinein. Er war sicher zehn Schritt breit und doppelt so lang. Links und rechts stapelte sich Gerümpel, Haufen schimmliger Lumpen, alter Kleider, weitere Fässer und Kisten, die meisten morsch oder zerbrochen. An dem der Treppe entgegengesetzten Ende des Raums war ein Teil der Wand eingestürzt. Liasanya ging darauf zu. Wo sie einen Haufen Erde und Fels erwartet hatte, gähnte ein schwarzes Loch. Ein leichter, muffiger Luftzug kam ihr entgegen.

»Ja, da geht's weiter«, sagte eine Stimme, knarrend wie die rostigen Angeln der Kellertür. »Wenn du weißt, wie, wenn du weißt, wie. Ja! Dann findest auch raus. Ja!« Ein heißeres Lachen. »Aber Jorla kann helfen. Jorla wird dir helfen, so wie du Jorla hilfst. Ja, Jorla kennt dich. Ha!«

Liasanya drehte sich um. Was ausgesehen hatte wie ein Haufen alter Lumpen, erhob sich und kam auf sie zu.

»Wer bist du?«, fragte sie.

»Wer bin ich?«, knarrte die Stimme. »Hab's doch gesagt. Jorla. Und ich kenn dich. Ja! Haha!«

Liasanya antwortete nicht. Sie war durch eine ganze Reihe von Zufällen hierher geraten. Und gerade hier, an einem Ort, von dem man als Letztes erwarten würde, auf jemanden zu treffen, behauptete dieser Haufen Lumpen – der Stimme und dem Namen nach höchstwahrscheinlich eine Frau, ob menschlich, ließ sich bisher nicht ausmachen – sie zu kennen. Sie ging davon aus, dass die Frau völlig verrückt war.

»Du kommst jetzt mit mir«, sagte die Frau und ging an ihr vorbei, auf das Mauerloch zu. Liasanya stieg ein unangenehmer, stechender Geruch in die Nase. »Komm, komm, Jorla führt dich hinaus, ehe die Wache den Keller entdeckt.«

»Wohin?«, keuchte Liasanya.

»Komm, Liasanya. Hast nettes Licht. Aber du findest den Weg auch mit ihm nicht. Nein! Nur mit mir. Komm! Haha.«

Jorla stieg über die Steine und verschwand in dem Loch.

Liasanya schüttelte noch einmal den Kopf. Hatte sie soeben ihren Namen gehört? Oder hatte der Sturz durch das Dach ihren Verstand völlig verwirrt? Sie entschloss sich, die Sache vorerst auf sich beruhen zu lassen. In einem hatte Jorla mit Sicherheit recht: Die Garde konnte den Keller jeden Augenblick entdecken. Und Liasanya kannte sich auf den Dächern aus – oder hatte dies zumindest bis vor kurzem geglaubt; jeder Gedanke an den Sturz versetzte ihrer Streunerehre einen heftigen Stich –, der Untergrund aber war ihr fremd.

Sie folgte Jorla in die Dunkelheit, ließ das Licht der Laterne über Boden und Wände gleiten. Nach wenigen Schritt weitete sich das Loch zu einem gemauerten Tunnelgewölbe. Liasanya hatte nicht gewusst, dass es in diesem Teil Meilersgrunds eine Kanalisation gab. Der Boden war mit getrocknetem Schlamm und Unrat bedeckt. Nach einem Regen konnte sich der Kanal in kürzester Zeit in eine tödliche Falle verwandeln, doch der ersehnte Wetterwechsel war nicht in Aussicht, und sie konnte jetzt sowieso nicht zurück.

Immer wieder zweigten schmale, gemauerte Kanäle ab. Liasanya vermutete, dass die auf der einen Seite dem Gardel zuliefen, doch Jorla ging stur geradeaus. Einen Moment spielte Liasanya mit dem Gedanken, es auf eigene Faust zu versuchen, so stark war der Wunsch, das Tageslicht wiederzusehen, so groß die Furcht vor dem, was hier lauerte. Doch die Angst, sich zu verlaufen, war größer, und Jorla schien zu wissen, wohin sie ging.

Nach wenigen hundert Schritt endete der Kanal an einem Einsturz. Kurz davor klaffte wiederum eine Lücke im Mauerwerk, ein Schacht, steil und stufenlos, führte in die Tiefe. Jorla stieg ohne Zögern hinab.

Jetzt bekam es Liasanya wirklich mit der Angst zu tun. Die alten Kanäle waren Zeugnisse vergeblichen Menschenwerks. Begonnen in einer Zeit, als die Stadt von einer besseren Zukunft träumte, längst aufgegeben und von allen vergessen, außer jenen, die ebenfalls vergessen waren. Aber wer all die anderen Schächte und Tunnel, Höhlen und Katakomben gegraben und gebohrt hatte, wusste niemand. Paktierer und Schwarzmagier sollten hier unten hausen, auch Untote und Monstrositäten, die nie das Antlitz Praios ertragen würden.

»Komm! Jorla kennt den Weg!«, rief die fremde Frau, Liasanyas Furcht ahnend.

Und diese folgte in die Tiefe.

Schon bald kamen sie an weiteren Gängen vorbei. Manche waren sorgfältig aus dem Stein gehauen, andere schienen natürlichen Ursprungs. Am schlimmsten waren jene, die aussahen, als wären sie nicht von Wesen mit warmem Blut und Gliedmaßen gegraben worden. Was nagte so stetig an den Eingeweiden der Stadt? Liasanya wollte es nicht wissen. Jorla benutzte alle, ohne Zögern bog sie mal hier, mal dort ab, Liasanya hätte sich längst heillos verirrt.

Gelegentlich blieb die Frau plötzlich stehen, prüfte sorgfältig einen Teil des Bodens oder der Wände, ging vorsichtig weiter und wies die Diebin wortlos an, ihr Schritt für Schritt zu folgen. Diese vermutete, dass ein Fehltritt den Tunnel zu Einsturz bringen oder sie in eine dunkle Grube schleudern konnte.

Manchmal glaubte Liasanya aus einem Gang oder einer Höhle Geräusche zu hören, dann quoll Gestank aus einem Schacht, und Jorla trieb ihre Begleiterin an, sich zu eilen. Doch die ganze Zeit blieben sie allein, kein Lebewesen zeigte sich. Nur einmal glaubte Liasanya, im Licht ihrer Laterne einige huschende Gestalten zu sehen. Da stellte sich Jorla schnell vor sie und zischte: »Nein! Die Kleinen wollen nicht gestört werden!«

Liasanya wusste nicht, wie lange der Marsch durch die Finsternis gedauert hatte, da kletterte Jorla durch einen weiteren Mauerdurchbruch hinaus ins Freie – zumindest schien es so.

»Und was jetzt?«, fragte Liasanya. Zu ihrer Enttäuschung war sie beileibe nicht im Freien. Bei dem Raum musste es sich um einen alten Keller handeln, ähnlich jenem, in dem sie Jorla getroffen hatte, jedoch war ein großer Teil der Decke eingebrochen. Tageslicht fiel auf Mauerreste, Trümmer und Balken. Das Treppenhaus war kaum noch zu erkennen. Zwei weitere Mauerdurchbrüche führten in den Schacht. Einer war dem ähnlich, aus dem sie gerade gekrochen waren, und führte in die Dunkelheit. Der andere war mit einer Tür aus alten Brettern verschlossen.

Ein gutes Dutzend zerlumpter Gestalten saß um ein qualmendes Feuer. Liasanya schreckte zurück: Wer hier unten angekommen war, galt sogar für die Meilersgrunder Diebin als erbärmlich. Und der Garether Bürgerschaft waren diese Leute lästiger als Ratten. Die Aussätzigen und Kranken, die Entstellten und Krüppel, die Besessenen und Verrückten, aus jeder Straße und von jedem Platz, deren Bewohner noch etwas auf sich hielt, wurden sie mit Prügeln und Steinen vertrieben. Sie waren vergessen, solange sie unter sich blieben, schuld an allem Unbill, wenn sie im Weg waren. Teile des Untergrunds waren ihr Reich, das sie eifersüchtig verteidigten, auch wenn die anderen Wesen und Dinge, die hier unten hausten, blutigen Tribut forderten.

Jorla war zu der Gruppe gegangen und sprach mit ihnen. Die Leute am Feuer schienen ziemlich aufgebracht zu sein. Immer wieder wurden ihre Stimmen laut, und nicht nur einer drehte sich zu Liasanya um und warf ihr feindselige Blicke zu.

Sie fühlte sich zunehmend unwohl.

Nach einiger Zeit kam Jorla zu ihr herüber, nickte ihr zu und ging durch die Tür. Liasanya folgte ihr in eine kleine Kammer. In einer Ecke konnte man eine notdürftige Bettstatt aus Stroh und Lumpen erkennen, davon abgesehen war der Raum leer.

Jorla schloss die Tür und legte einen hölzernen Riegel vor.

Liasanya ließ sich auf das Strohlager fallen. Sie überkam eine schreckliche Müdigkeit. Zu lange war sie gerannt und durch dunkle Kanäle gekrochen. Ihre Schulter pochte, sie spürte die Prellungen und Quetschungen, die sie sich zugezogen hatte, als sie durch das Dach gebrochen war. Der Zauber, den sie gewirkt hatte, forderte seinen Tribut. Noch ehe ihr all das bewusst wurde, war sie eingeschlafen.

***

Als Setharan erwachte, war es noch hell. Endlich konnte er seine Glieder bewegen, ohne dass der Schmerz unerträglich wurde. Da seine Talente in der Heilmagie begrenzt waren und er ahnte, dass er in der nächsten Zeit jedes bisschen Astralenergie dringend brauchen würde, heilte er sich nur so weit, dass die geschundenen Knie ihren Dienst taten. Er erhob sich langsam und humpelte nach Hause.

Mirya war entsetzt, als sie ihn kommen sah. Zuerst renkte sie die ausgekugelte Schulter wieder ein, dann versorgte sie seine Knie mit einer übelriechenden Tinktur.

Nachdem er ihr das Geschehene berichtet hatte, fügte er noch hinzu: »Ich fürchte, ich habe auch dich in Gefahr gebracht. Sie haben mich sicher verfolgt und wissen jetzt, wo ich wohne. Ich traue ihnen nicht. Wie soll ich jetzt bloß Li erreichen? Ich hoffe, sie kommt nicht hier her.«

»Das lass mal meine Sorge sein«, antwortete Mirya ruhig. »Li ...«

»Was ist mit ihr? Was hat sie schon wieder angerichtet?«

»Sie war heute in aller Frühe bei mir«, sagte Mirya. »Weißt du? Ich glaube, sie hat gespürt, dass dir etwas passiert ist. So wie ich ...«

»Wie meinst du das? Was hat sie getan?«

»Sie wollte dich suchen. Ich konnte sie nicht aufhalten.«

»Diese Närrin!« Setharan sprang hoch, stöhnte dann vor Schmerz auf und ließ sich wieder auf den Stuhl fallen. Er rieb sich die geschundenen Kniescheiben.

»Du solltest dich jetzt erst einmal erholen. Sonst bist du ja zu nichts zu gebrauchen«, sagte Mirya.

»Aber ich muss sie finden. Wenn ihr etwas geschehen ist ...«

Jetzt lachte Mirya: »Setharan! Junge! Genau das hat sie auch gesagt. Und jetzt? Wenn ihr die ganze Zeit hintereinander herlauft, werdet ihr euch nie treffen. Oh! Das ist ja fast philosophisch: Solange ihr euch sucht, werdet ihr euch nie finden!« Noch immer lachend strich sie ihrem Sohn übers Haar und ging dann nach nebenan.

***

Liasanya drehte sich auf den Rücken und bewegte vorsichtig ihre Glieder. Die linke Schulter tat noch immer weh, ansonsten schien sie heil zu sein. Sie richtete sich auf, rieb sich den Schlaf aus den Augen und schaute sich um.

Sie war allein.

Wie spät es wohl war? Und wo war Jorla? Ein paar rötliche Sonnenstrahlen fielen durch die Ritzen in der Tür. Sie ging hinüber und versuchte sie zu öffnen. Geschlossen. Natürlich! Der Riegel auf ihrer Seite war offen, also musste es außen noch einen geben. Sie spähte durch die Ritzen. Das Erste, was sie sah, waren die zerlumpten Gestalten. Sie saßen noch immer reglos in einer Ecke zusammengekauert.

Liasanya betrachtete die Tür genauer. Auch wenn ihre Finger nicht durch die Ritzen passen, so wäre es doch ein Leichtes, die Tür zu öffnen, auch ohne Magie. Ihr Blick schweifte kurz durch das dämmerige Gefängnis. Schon nach wenigen Augenblicken hatte sie eine Handvoll Gegenstände entdeckt, mit denen sie den Riegel erreichen konnte.

Trotzdem war sie nicht zufrieden.

»Wenn ich die Tür öffne, werden sie mich dann gehen lassen?«, murmelte sie und lehnte die Stirn an die raue Holztür. »Da draußen warten zwölf oder fünfzehn von ihnen auf mich – mit allen werde ich nicht fertig. Und wenn sie mich gehen lassen? Wo bin ich? Und wo ist diese Jorla hin? Was will sie von mir? Warum hat sie mich eingesperrt? Und woher – bei Phex – kennt sie meinen Namen?«

Sie ging wieder zu dem Strohlager und warf sich hin. Verschiedene Überlegungen gingen ihr durch den Kopf. Es brachte nichts, die Tür auch noch von innen zu verriegeln. Sie konnte Jorla, oder wer auch immer hier auftauchte, auflauern und überwältigen. Das brachte sie aber auch nicht hier raus, solange draußen noch die ganze Horde lauerte. Sie tastete nach dem schlanken Dolch in ihrem Stiefelschaft. Eigentlich konnte sie nur warten.

Nach einiger Zeit döste sie wieder ein.

Der Riegel wurde beiseite geschoben. Liasanya fuhr aus einem unruhigen Schlaf auf.

»Hast schön geschlafen. Und Jorla hat aufgepasst«, sagte die Bettlerin.

»Was willst du von mir? Und warum hast du mich eingesperrt?«, fragte Liasanya.

»Hab dich nicht eingesperrt«, sagte Jorla. »Nein, nein, nicht. Hab dich beschützt. Du sollst nicht rauslaufen. Zu ihnen.«

»Ihnen?«

»Ihnen.« Jorla wies mit einem Nicken nach draußen.

»Sie? Aber sind sie nicht deine Freunde?«

»Nein.« Die knarrende Stimme nahm einen traurigen Unterton an. »Keine Freunde. Jorla hat hier keine Freunde. Und du hast hier auch keine Freunde. Sie werden dich töten!«

»Aber warum?«

»Warum wohl? Du hast viele Sachen. Feine Stiefel. Scharfes Messer. Schöne Sachen. Sie wollen sie haben. Aber du bist jung. Du bist gesund. Du bist stark. Du bist schnell. Du kannst wiederkommen. Sie möchten nicht, dass du wiederkommst. Dann bringst du Freunde mit, böse Menschen. Dies ist ihr Versteck, ihr Zuhause. Ich hab dir den Weg gezeigt, und du kommst zurück. Das sagen sie.«

»Ich weiß noch nicht einmal, wo wir sind. Ich würde den Weg im Leben nicht wiederfinden.«

»Ich weiß das. Jorla weiß das. Aber sie nicht. Sie sind dumm. Jorla nicht. Sie hassen Jorla. Sie wollen auch Jorla töten. Aber Jorla ist stark. Jorla ist klug. Und Jorla ist eine Kriegerin. Sie fürchten Jorla.«

Jorla ist eine Kriegerin? Ein kalter Schauer glitt über Liasanyas Rücken. Was meinte die Frau damit? Und warum zeigte sie ihr Gesicht nicht? Steckte unter den Lumpen vielleicht eine Goblinfrau? Wie sie gebeugt vor ihr stand, war Jorla einen halben Kopf kleiner als Liasanya. Die Lumpenschichten ließen ihre Statur nur erahnen, sie schien aber recht kräftig. War Jorla vielleicht eine Zwergin? Liasanya hatte über die Tiefzwerge, die weit unter der Stadt hausen sollten, nur Geschichten gehört. Auch die knarrende Stimme und die knappen Sätze würden dazu passen. Aber was hatte Jorla während ihrer Wanderung durch den Untergrund gesagt? »Die Kleinen wollen nicht gestört werden.« Die Kleinen? Waren sie dem Reich der Tiefzwerge nahe gekommen? Wenn Jorla selbst zu diesem Volk gehörte, würde sie die Zwerge dann so nennen? Liasanya wagte nicht zu fragen, stattdessen sagte sie: »Das ist ja eine schöne Hilfe. Du führst mich stundenlang durch stinkende Kanäle, bloß dass *die* mich wegen meiner Stiefel umbringen.«

»Du bist nicht nett, nein! Aber keine Angst. Dies war Jorlas Heim. Hier sind wir sicher. Jorla hat dich hergebracht. Du kennst die Wege nicht. Jorla hat dir geholfen.«

»Ja! Aber warum?«

»Frag später ... bin jetzt müde. Bin weit gelaufen.« Sie warf sich in die Ecke neben Liasanya und war sofort eingeschlafen.

Liasanya ging auf und ab. Sie hatte lange genug geschlafen und wollte nur noch raus hier. Besorgt schaute sie immer wieder zur Tür. Sie hatte wenig Erfahrung mit diesen Leuten. Es hieß, dass sie kaum zu berechnen waren, dass sie für weit weniger als ein paar Stiefel alles tun würden. Normalerweise war es ein Leichtes, sie in die Flucht zu schlagen. Aber wenn sie in einer großen Gruppe auftraten, konnten sie auch einem gestandenen Krieger zum Verhängnis werden. So wurde es erzählt. Und Liasanya hatte nicht die Absicht, es persönlich zu überprüfen. Aber wie weit konnte sie Jorla trauen? Würde sie ihr im Schlaf die Kehle durchschneiden? Nein, das war Unfug, dazu hatte die Bettlerin bessere Gelegenheiten gehabt als jetzt. Wieder ging Liasanya zur Tür. Sollte sie es doch versuchen? Nein! Ohne Hilfe war sie hier unten verloren. Und ihre einzige Hilfe war Jorla, ob ihr das nun gefiel oder nicht.

Sie setzte sich in die entgegengesetzte Ecke des Raums und starrte ins Leere.

Liasanya wurde geschüttelt und fuhr hoch. Die vermummte Gestalt Jorlas kniete vor ihr. Sie reichte ihr einen gesprungenen Tonbecher und ein Stück graues Brot. Das Wasser roch muffig und das Brot war hart, aber Liasanya war hungrig und durstig.

Jorla ließ sie nicht aus den Augen, bis sie fertig war. Dann schnappte sie den Becher und verstaute ihn sorgfältig in einer Ecke. Auf allen vieren kroch sie zurück, setzte sich neben Liasanya und begann, in ihren Taschen zu kramen. Nach einiger Zeit brachte sie ein zerfetztes Stück Pergament zum Vorschein. »Hier! Du!«

Liasanya entfaltete es vorsichtig: Es war ihr Steckbrief.

»O nein!«, stöhnte sie.

»Ja!« Aus Jorlas Kehle drang ein erfreutes Glucksen. »Jorla hat dich gleich erkannt.«

»Und du verrätst mich nicht an die Wache?«

»Nein! Keine Wache. Warum soll Jorla dich vor ihnen retten und dich dann verraten? Jorla hat dir geholfen, und du wirst Jorla helfen.«

»Aber wie soll ich dir helfen?«

Jorla fuchtelte mit dem Steckbrief vor Liasanyas Nase herum. »Du machst mich heil. Du machst mich wieder schön. Du nimmst den Fluch von mir«, sagte sie. »Du bist eine Hexe.«

Jorla senkte den Kopf, als schäme sie sich. »Ich ... ich bin keine Hexe ... die Garde lügt ...«

»Wohl bist du eine Hexe! Hab's gehört. Alle sagen es.«

»Wer sagt das?«

»Sie sehen uns nicht. Sie beachten uns nicht. Aber wir sind da. Wir sehen. Und wir hören. Und Jorla versteht. Jorla ist klug. Jorla ist eine kluge Kriegerin.« Wieder lachte sie heiser.

»Aber ich bin keine Hexe. Ich kann keinen Fluch von die nehmen ... welchen Fluch überhaupt?«

Jorla wandte sich ab und zog behutsam die Kapuze vom Kopf. Liasanya konnte nun ihre linke Gesichtshälfte sehen: das schmale, ebenmäßige Gesicht einer etwa 30jährigen Frau, umrahmt von verfilztem schmutzig-blondem Haar. Ein kleiner, sinnlicher Mund lächelte sie traurig an. Dann wandte sie sich der Diebin zu.

Liasanya schluckte.

Jorlas rechte Gesichtshälfte mit wulstigen roten Narben bedeckt, einige davon eitrig entzündet. Das Auge quoll milchig hervor wie das eines toten Fisches. Die Haare über dem Ohr fehlten, die Kopfhaut war kränklich weiß und von Pusteln bedeckt.

»Was?«, war alles, was Liasanya hervorbrachte.

»Schlacht an der Trollpforte«, sagte Jorla. Sie wandte ihr wieder die linke Gesichtshälfte zu. Das gesunde Auge, braun und mandelförmig, schaute an Liasanya vorbei, ins Nichts. Sie räusperte sich. »Ein heldenhafter Kampf für unser Reich«, begann sie. Ihre Stimme war jetzt warm, klar und fest. Die Worte schienen aus einer fernen Vergangenheit zu kommen. Von einer anderen Jorla. »Aber die großen Helden haben wohl das bessere Los gezogen. Für sie ist es vorbei. Und ich kämpfe noch immer jede Nacht gegen die schwarzen Horden. Und dann erwache ich und wünsche mir, sie hätten mich endlich geholt ... aber das haben sie nicht. Haben mich so zurückgelassen.« Jorlas fuhr mit der Hand über die Narben auf ihrem Schädel. »Ich wurde geschlagen und verbrannt. Wie so viele. Aber dann ... diese Wunden«, mit zitternden Fingern wies sie auf ihre rechten Gesichtshälfte, »wollten nicht heilen. Mein Gesicht! Mein schönes Gesicht. Anfangs haben sie uns noch wie Helden behandelt. Wir bekamen Orden und Geld und Schnaps, und anfangs habe ich noch gelacht. Dann habe ich mich versteckt. Das Geld rann mir durch die Finger, und sie haben mich vergessen, und jeder, der mich sah, stieß mich weiter, bis ich hier gelandet bin ... das ging schnell ... so schnell ... hier unten sind wir endlich alle gleich ... und doch nicht ...« Jorla schaute zur Tür. »Sie fürchten mich. Denn sie wissen, dass ich noch immer eine Kriegerin bin. Sie hassen mich. Aber du wirst mich retten. Du wirst Jorla retten, wie sie dich gerettet hat. Du nimmst den Fluch weg! Du machst mich wieder schön!«

»Ich kann nicht! Ich bin keine Hexe. Jedenfalls keine richtige. Das bisschen, was ich zaubern kann, wird dir nichts nützen.«

»Nein! Du musst mir helfen! Bitte!« Jorla ging auf die Knie und griff nach Liasanyas Schenkel.

Diese schreckte zurück. Jorla schaute Liasanya verzweifelt in die Augen. Die beiden Gesichtshälften verbanden sich zu einer grotesken Fratze.

»Nein!«, rief Jorla. »Ich mach dich nicht krank ... bitte hilf mir!«

Liasanya schluckte, sie war hin und her gerissen zwischen Ekel und Mitleid. Sie ging ebenfalls in die Knie und fasste vorsichtig Jorlas Hand. »Bitte, Jorla, glaube mir, ich kann dir nicht helfen. Mein bisschen Magie kann dich nicht heilen. Ich kenne keinen Heilspruch. Und schon gar nichts, was bei Flüchen oder Krankheiten helfen könnte.«

Jorla sank in sich zusammen und begann hemmungslos zu schluchzen. »Dann sollen sie uns beide haben!«

»Wer soll und beide haben?«, fragte Liasanya entsetzt.

»Sie«, sagte Jorla und wies wieder nach draußen. »Sie warten schon lange. Aber noch haben sie Angst.«

»Warum wollen sie dir etwas tun?«

»Hab ich doch gesagt! Weil ich anders bin. Weil ich eine Kriegerin bin. Wer hierher kommt, bleibt nicht lange. Wie viele überstehen ihren ersten Winter? Wie viele ersaufen in den Kanälen, sobald die ersten Herbststürme kommen? Wie viele verrecken an fauligem Wasser oder verdorbenem Essen im Sommer? Wie viele sind Futter für die, die in der Tiefe lauern? Wie viele werden totgeschlagen, gejagt wie die Ratten, von den ehrenwerten Bürgern? Da draußen sind Hunderte und Tausende. Aber sie sind immer neu, immer jung. Niemand bleibt lange hier. Außer mir. Die da draußen haben keine Namen mehr. Keine Hoffnung. Ich habe einen: Jorla. Sag ihn immer wieder, damit ich ihn nicht vergesse. Damit sie ihn nicht vergessen!« Sie sprang zur Tür und schrie: »Jorla! Ja! Jorla!« Sie schien Liasanya völlig vergessen zu haben. Doch plötzlich sprang sie auf die Diebin zu und schlug auf sie ein. »Du willst Jorla nicht helfen? Nein? Du willst sie verrotten lassen? Du willst nicht helfen? Jorla bringt dich um!«

Liasanya hob die Hände vors Gesicht, um die zahlreichen ungezielten Schläge abzuhalten. »Hör auf!«, rief sie. »Ich kann dir nicht helfen. Nein! Aber ich kenne eine Hexe! Sie kann es vielleicht!«

»Du lügst. Du willst bloß weg. Aber du kommst ohne Jorla nie hier raus. Nie!«

»Ich lüge nicht! Ich kenne wirklich eine Hexe!«

»Du bist selbst eine.«

»Nein!«

»Aber du hast gesagt, du kannst hexen.«

»Ich kann ein wenig zaubern, aber ...«

»Siehst du! Du lügst! Du bist eine Hexe!«

»Ich kenne eine. Und ich kenne einen Zauberer!«

»Nein! Zauberer sind böse! Tun uns weh!«

»Der nicht. Er ist mein Freund!«

»Du bist auch böse!«

»Nein! Bitte! Ich werde dir helfen – aber dazu musst du mir vertrauen!«

»Du bist eine Hexe?«

»Ja!«, rief Liasanya resigniert. »Aber es wird nicht einfach sein. Ich brauche Hilfe.«

»Ja?«

»Jemand Erfahreneres.«

Jorla beruhigte sich: »Ja! Du bist die junge Hexe. Und brauchst die alte Hexe – mit Erfahrung – ja?«

»Ja!«

»Keine Zauberer?«

»Aber ...«

»Zauberer hassen Hexen – weiß jeder!«

»Ja«, seufzte Liasanya, um den Disput endlich zu beenden. Sie wusste selbst nicht, ob sie Jorla tatsächlich helfen wollte oder ob es bloß eine List war, um hier wegzukommen. Einige der Pusteln im Gesicht der Bettlerin waren aufgeplatzt, blutiger Eiter lief ihr die Wangen hinab. Sie schien es nicht einmal zu bemerken. Wieder überkam Liasanya eine Woge aus Ekel. Sie schloss die Augen, versuchte, sich die linke, gesunde Gesichtshälfte in Erinnerung zu rufen und daraus in ihrem Geist ein vollständiges Gesicht zu formen. Es war ein gutes, freundliches Gesicht.

Liasanya nickte und öffnete die Augen. »Ich werde Hilfe holen. Wenn du mir vertraust.«

»Wir gehen hin«, erwiderte Jorla. »Sag mir, wohin.«

»Beim Puniner Tor«, antwortete Liasanya.

»Wir müssen aber nicht durch das Tor?«

»Nein. Zumindest nicht, wenn wir noch im Grund oder Quartier sind. Das sind wir doch?«

»Ja. Die Wege unter der Mauer durch sind nicht gut. Geh ich nicht gerne.«

»Gut. Warte hier. Jorla wird dich holen, wenn es so weit ist.«

»Warum? Willst du die alte Hexe auf eigene Faust suchen? Du wirst sie nicht finden.«

»Nein, nein. Du musst Jorla vertrauen, wie sie dir vertraut. Muss noch den Weg auskundschaften. Hab Geduld.«

Draußen verging ein sonnig-heißer Tag, er neigte sich dem Ende zu, als Jorla zurückkam. »Komm«, sagte sie. »Jetzt gleich. Müssen uns eilen.« Sie zog die Kapuze über den Kopf und öffnete die Tür.

Ein Luftzug begrüßte Liasanya, als sie Jorla nach draußen folgte. Sie holte tief Luft und hustete sofort angewidert. Die Luft war fast so abgestanden wie die in Jorlas Raum, dazu roch es nach Schweiß, Verwesung und Krankheit. Der Gestank schien größtenteils von der Gruppe von Menschen zu kommen, die jetzt unter einem Mauervorsprung Schutz vor der Abendsonne suchten.

Das klägliche Feuer war erloschen, ein paar dünne Knöchelchen – vermutlich von Ratten oder Tauben – waren die einzigen Überbleibsel des gestrigen Festmahls.

Jorla beachtete die anderen nicht, die wiederum jeden Schritt der beiden beobachteten. Sie führte Liasanya zum zweiten Mauerdurchbruch.

Liasanya zögerte noch einen Augenblick und schaute nach oben. Wie sie schon am Vortag gesehen hatte, fehlte ein großer Teil des Dachs, sie konnte den Himmel sehen. Plötzlich erschien etwa vier Schritt über ihr – im ehemaligen Erdgeschoss – ein kleines Gesicht. Liasanya lächelte und wollte ihm etwas zurufen, da hob das Kind etwas auf und warf es nach ihr.

Liasanya duckte sich in den Mauerdurchbruch, und der Stein prallte gegen die Wand.

»Rattenvolk!«, hörte sie eine Jungenstimme. »Dreckiges Rattenvolk! Verrecken sollt ihr alle!« Zwei weitere Kinder gesellten sich zu dem ersten, ein Mädchen und ein Junge, beide etwa zehn Jahre alt, schmutzig und zerlumpt. Sie begannen, die Gruppe mit Steinen und Dreck zu bewerfen. Die Leute duckten sich weg und suchten vergeblich in einer anderen Ecke Schutz.

»Komm«, rief Jorla aus der Dunkelheit.

Das Letzte, was Liasanya sah, ehe sie Jorla folgte, war der kleine Junge: Er hatte die Hose geöffnet und ließ in hohem Bogen sein Wasser über das Rattenvolk laufen.

Liasanya folgte Jorla durch den dunklen Gang. Schon nach wenigen Schritt konnte sie die Hand nicht mehr vor Augen sehen, sie tastete sich mit den Händen an den Wänden entlang und verließ sich überwiegend auf ihr Gehör.

Nach einiger Zeit wurde der Gang niedrig und gewölbt. Liasanya musste gebückt gehen. Immer wieder trat sie auf Dinge, die ein knirschendes oder schmatzendes Geräusch von sich gaben – sie wollte sich wirklich nicht vorstellen, auf was sie da trat.

Sie hatte in der Dunkelheit längst jedes Gefühl für Zeit und Entfernung verloren, da weitete sich der Gang wieder. Auch konnte sie jetzt wieder ein wenig sehen, aus einigen der Seitenkanäle und aus Schächten, die schräg von oben in den ihren führten, fiel Licht.

»Gleich da«, sagte Jorla. Es war das erste Wort, das sie gesprochen hatten, seit sie in dem Kanal verschwunden waren. »Komm, es ist nicht mehr weit.«

Jorla eilte voraus und verschwand um eine Biegung, nur ihre Stimme hallte dumpf durch den niedrigen Gang.

»Komm schon! Hier geht's raus.«

Liasanya folgte der Biegung, ein paar Schritte weiter endete der Kanal. Sie trat hinaus in einen etwa drei Schritt breiten Graben.

Der Boden war mit vertrocknetem Gras bewachsen, die Wände bestanden aus Erde und Mauerresten, verkrüppeltes Gesträuch klammerte sich an den steilen Rändern und streckte seine Zweige nach der Abendsonne aus. Auf der einen Seite ging die Wand in etwa doppelter Mannhöhe direkt in eine verwahrloste fensterlose Hauswand über. Was auf der anderen Seite lag, entzog sich Liasanyas Blicken. In die eine Richtung – Liasanya schätzte, dass es, Tageszeit und Sonnenstand nach, Süden war – endete der Graben nach ein paar Schritten in einer halbrunden, etwas anderthalb Schritt hohen Öffnung, ähnlich der, aus der sie und Jorla gerade gekrochen waren.

Jorla eilte in die andere Richtung. Der Weg war abschüssig und immer wieder von großen Gesteinsbrocken und eingestürzten Mauern versperrt. Jorla schien, wie in den Tunneln und Kanälen, die meisten Hindernisse zu kennen und fand ihren Weg trittsicher und schnell. Liasanya achtete wieder darauf, ihr möglichst genau zu folgen. Nur einmal dauerte es recht lange, bis sie weiterkamen. Große frische Mauerreste versperrten den Weg. Jorla tastete vorsichtig die verkanteten Steine ab, schob und zerrte mit Liasanyas Hilfe den einen beiseite, verkeilte den anderen mit kleineren Brocken. Die Frau ging mit erstaunlicher Konzentration und Beharrlichkeit ans Werk. Nach einigen Minuten sprang Jorla über den frisch gesicherten Einsturz und eilte weiter.

Sie legten mehrere hundert Schritt in dem Graben zurück, immer wieder gingen Schächte in die Finsternis ab, zu guter Letzt verschwanden sie ebenfalls wieder für einige Augenblicke im Untergrund, gingen durch verlassene Kellerräume. Als sich erneut der Himmel über ihnen öffnete, endete der Graben. Mauerreste hatten sich zu einer natürlichen Treppe verschoben. Sie kletterten hinauf. Mehrstöckige, heruntergekommene Häuser umstanden einen kahlen Platz, etwa eine halbes Hundert Schritt im Quadrat. Mehrere höhlenartige Durchgänge führten durch die Häuser auf die Straßen hinaus. In einer Ecke drängte sich eine Handvoll einfacher Hütten. Einige Kinder spielten davor mit einer Schweinsblase Ball. Als sie Jorla und Liasanya aus dem Graben steigen sahen, zogen sie sich ans andere Ende des Hofs zurück.

Dies erinnerte Liasanya an ein anderes Problem. »So kommen wir kaum unversehrt bis zu Mirya«, sagte sie und wies auf Jorlas verdreckten Lumpen.

»Jorla hat an alles gedacht«, sagte Jorla. »Hab alles da. War noch fast frisch.«

»Was meinst du? Was war fast frisch?«

»Warts ab.« Jorla kramte unter ihrem Umhang und brachte ein kleines Bündel hervor. »Du wartest! Versprochen?«

»Ja! Was ist es denn?«

Doch Jorla eilte ohne Antwort zurück in den Graben. »Du wartest!«, rief sie noch.

Das wäre die Gelegenheit, einfach zu verschwinden und die letzten beiden Tage möglichst schnell zu vergessen, dachte Liasanya. Sie wandte sich einem der Ausgänge zu. *Nein!* Auch wenn sie zu dem Schluss kam, dass sie genug eigene Probleme hatte und weder Mirya noch Setharan Jorla helfen konnten, so brachte sie es nicht übers Herz.

Die Bettlerin hatte ihr geholfen. Liasanya konnte nicht einfach davonlaufen und sie im Stich lassen. Sie setzte sich auf einen Steinhaufen und wartete.

»Komm schon, komm schon«, kam Jorlas Stimme aus dem Graben.

Liasanya fuhr herum. Für einen Augenblick glaubte sie einen Fremden vor sich zu sehen. Jorla kletterte zu ihr hoch. »Du hast gewartet«, sagte sie lächelnd.

Liasanya war sprachlos. Jorla trug eine Hose aus dunkelblauem Garether Samt, dazu eine passende Weste und ein besticktes Hemd. Die Sachen waren schmutzig, das Hemd hatte einen Riss an der Seite, aber solche Kleidung fand man trotzdem nicht in einem Abwassergraben. Liasanya hatte in ihrem ganzen Leben nur einen Menschen kennengelernt, der sich so etwas leisten konnte: Halbart.

Erstaunlich war auch, dass die Kleider Jorla recht gut passten. Ohne die unzähligen Lagen von Lumpen, die sie sonst um sich gewickelt hatte, sah man, wie dünn Jorla war. Obwohl: Dünn war nicht das rechte Wort. Die Brüste zeichneten sich kaum unter der

Weste ab, aber ihr Oberkörper war sehnig und muskulös. Wenn Liasanya je in Zweifel gezogen hätte, dass sich Jorla als Kriegerin oder Söldnerin verdingt hatte, so jetzt nicht mehr.

Liasanya konnte ein Grinsen nicht verbergen: Wenn sie irgendwie noch des verunstaltete Gesicht verbergen konnten, würde die Bettlerin ohne weiteres als junger Stutzer durchgehen, der sich im Südquartier mit den falschen Leuten angelegt hatte.

Jorla schien den gleichen Gedanken zu haben. »Gib mir deinen Umhang«, sagte sie.

Liasanya übergab ihn nur widerwillig der Bettlerin: Jorla hatte sie in einem dunklen Keller erkannt. Der Steckbrief war ihr wohl doch nicht so unähnlich, wie sie gehofft hatte. Und hier im Südquartier konnte sie jederzeit jemandem über den Weg laufen, der sie kannte und an die Garde verraten würde.

Jorla machte sich darüber wohl keine Gedanken. Sie zog den Umhang über und eilte gebückt los. »Komm!« rief sie. »Wir gehen zur großen Hexe. Zeig mir den Weg.« Sie verschwand im nächsten Durchgang.

Liasanya eilte ihr nach.

Schon bald wusste sie wieder, wo sie waren. Keine halbe Stunde Fußmarsch trennte sie von Mirya, aber sie waren zu weit im Westen aus dem Untergrund gekrochen. Sie mussten, wenn sie keinen Umweg machen wollten, die Reichsstraße in der Nähe des Puniner-Tors überqueren. Nicht zuletzt nach dem Erlebnis mit Setharan und dem Inquisitor hatte Liasanya nicht die geringste Lust, sich dort aufzuhalten.

Jorla verhielt sich hier oben ganz anders als in den Kanälen. Immer wieder blieb sie stehen, drückte sich in einen Hauseingang, wenn ihnen Passanten entgegenkamen, dann eilte sie ein paar Dutzend Schritt voraus, spähte umher und bog plötzlich in irgendeine Gasse ab.

Liasanya versuchte darin einen Plan oder System zu erkennen, gab es jedoch schnell auf. Im Augenblick fühlte sie sich schutzloser als die gut verkleidete Bettlerin. Sie wollte das Ziel möglichst schnell erreichen, doch Jorla ließ sich nicht von ihrem Weg abbringen.

Endlich traten sie aus einer Nebenstraße. Das Stadttor lag gut zweihundert Schritt zu ihrer Linken. Liasanya eilte los, Jorla folgte ihr gebeugt und mit wehendem Umhang. Die Hauptstraße war belebt, immer wieder mussten sie Fuhrwerken ausweichen, hielten sich im Schutz der Pferde und Wagen und spähten umher, um nicht doch einer Patrouille in die Hände zu laufen.

Liasanya umging gerade den vierspännigen Planwagen eines fahrenden Händlers, da wurde sie von Jorla festgehalten. »So viele Leute«, jammerte sie. »Ich hab Angst.«

»Dann geh weiter, es sind nur noch ein paar Schritt«, flüsterte Liasanya und schaute sich nervös um. Der Händler auf seinem Wagen glotzte schon zu ihnen herab.

»Kann nicht!«, greinte Jorla.

Jetzt geriet der Verkehr ins Stocken. Von entfernten Wagen waren ärgerliche Rufe zu hören.

Jorla drehte sich um, ging ein Stück zurück und dann auf das Stadttor zu. Liasanya rannte ihr hinterher, hatte die Bettlerin fast erreicht, da hörte sie einen schrillen Aufschrei, nur wenige Schritt neben ihnen. Sie fuhr zusammen und drehte sich um.

Eine Frau, um die dreißig und gut gekleidet, sprang von einer Reisekutsche herunter und rannte auf die beiden zu. Sie stieß Liasanya beiseite, packte Jorla am Saum des Umhangs und schrie sie an: »Wo hast du das her?«

Die fremde Frau schien den Tränen nahe. Ein dunkel gekleideter Mann sprang vom Kutschbock auf, starrte auf Jorla hinab, wandte sich dann nach Norden, dem Stadttor zu, und begann zu rufen: »Wache! Wache! Mörder! Diebe! ...«

Liasanya wollte zu Jorla, blieb aber dann abrupt stehen: Sie kannte diese Frau! Liasanya hatte ihr Haus tagelang beobachtet. Es war Meeltheuers Frau. Und noch etwas anderes begriff sie jetzt: Hatte sie es wirklich nicht erkannt, oder hatte sie es nicht erkennen wollen? Jorla trug Meeltheuers Kleider!

Schon hatte sich eine kleine Menschenmenge um die Kutsche versammelt und beobachtete das Schauspiel.

Liasanya zögerte nicht länger, sie rannte zu Jorla, die noch immer wie angewurzelt dastand, und zog sie ein Stück beiseite.

Dem Mann auf dem Kutschbock schienen die Augen aus den Höhlen zu fallen, als er Liasanya bemerkte. Er rief: »Du da! Bleib stehen! Wer bist du? Du warst beim Herrn, kurz bevor er verschwunden ist!«

Liasanya packte Jorla fest an der Hand und zog sie weg. Ein Reißen war zu hören, der Umhang glitt von Jorlas Schultern und die Kapuze rutschte ihr vom Kopf.

Meeltheuers Frau kreischte auf, als sie das entstellte Gesicht sah. Angeekelt starrte sie auf den Umhang, den sie noch in der Hand hielt, und ließ ihn in fallen.

Jorla bewegte sich, noch immer zögernd ließ sie sich von Liasanya wegführen.

Die Leute sprangen angewidert beiseite. »Aussätzige! Dämonen!«, riefen sie.

»Haltet das Mörderpack fest!«, rief der Mann auf dem Kutschbock. Doch keiner wollte sie aufhalten. Vom Tor her war jetzt noch mehr Unruhe zu vernehmen, eine Handvoll Gardisten drängelte sich durch die Menge, um nach der Ursache des Tumults zu forschen.

Liasanya und Jorla hatten endlich den Straßenrand erreicht. Jorla bewegte sich noch immer so träge, als lege sie es darauf an, festgenommen zu werden. »Wenn du deine Beine jetzt nicht in die Hand nimmst, dann sollen sie dich doch holen«, zischte Liasanya. »Dann ist es nichts mit der Hexe!« Sie rannte los. Jorla schien endlich zu begreifen, was geschah, und folgte ihr. Ehe die Gardisten bei Meeltheuers Wagen angekommen waren, waren die beiden schon in der nächsten Gasse verschwunden.

Liasanya lauschte. Nichts war zu hören, nur Jorla, die völlig verstört stotterte: »Was ... was wollte diese Frau? Was wollten die Leute? Jorla hat nichts getan! Jorla hat ihnen nichts getan!«

Liasanya antwortete nicht. Bei allen Göttern, woher hatte Jorla ausgerechnet Meeltheuers Kleider? Warum hatte sie diese nicht früher erkannt? Und warum mussten sie – von den unzähligen Leuten, die in Gareth unterwegs waren – ausgerechnet Meeltheuers Frau und seinem Bediensteten in die Arme laufen?

»Komm«, sagte Liasanya. »Wir sind gleich in Sicherheit.«

Sie traute sich nicht, offen zu Miryas Haus zu gehen. Ihr Umhang war endgültig verloren, und es war besser, wen keiner sie oder Jorla sah. Sie befahl Jorla zu warten, wirkte einen Zauber und schlich sich im Schatten der Häuser zu Miryas Hintertür. Ohne zu klopfen ging sie hinein.

Mirya erschrak, als Liasanya plötzlich vor ihr stand.

»Wo bist du gewesen?«, fragte sie dann. »Wir haben uns Sorgen gemacht.«

»Erkläre ich dir später. Aber jetzt brauche ich deine Hilfe. Ich möchte nicht noch einmal vor die Tür. Aber ich habe jemanden mitgebracht. Du musst sie holen! Nimm aber irgendeinen Mantel oder Umhang mit.«

Mirya schaute sie wortlos an.

»Der kleine Hinterhof, zwei Straßen weiter«, fügte Liasanya hinzu.

Mirya nahm einen Kapuzenmantel und verschwand zur Tür hinaus. »Du stinkst«, sagte sie noch.

Kurz darauf kam sie mit Jorla zurück.

Nach einem Bad in Miryas kleiner Zinkwanne saß Liasanya in der Küche bei einem üppigen Mahl. Sie trug ein Hemd von Setharan, ihre gewaschenen Sachen hingen an der Leine. Hoffentlich ging der Gestank aus dem teuren Leder. Sie berichtete von den Erlebnissen der vergangenen Tage. Währenddessen untersuchte Mirya Jorlas Gesicht. Die Miene der Hexe war besorgt. Sie tastete die Pusteln ab. Wenn sie drückte, platzten sie, und ein stinkendes Gemisch aus Eiter und Blut trat daraus hervor.

Jorla blieb dabei erstaunlich ruhig, empfing jede Berührung wie eine Katze ihre Streicheleinheiten. Liasanya erwartete fast, dass Jorla anfing zu schnurren.

Mirya betastete weiter das Gesicht, murmelte dabei vor sich hin, dann stand sie auf und kramte zwischen Gläsern und Schalen einen kleinen Tiegel mit einer grauen, streng riechenden Paste hervor.

»Ist nicht mehr ganz frisch«, murmelte sie, mehr zu sich selbst. »Ich muss wohl mal wieder neue machen, aber das sollte zumindest etwas Erleichterung bringen.« Sie begann, die Salbe sorgfältig auf Jorlas entstellte Gesichtshälfte zu streichen. »Ich bin nicht sicher, was es ist«, wandte sich die Hexe jetzt an die beiden. »Ich glaube, es ist mehr eine Krankheit als ein Fluch, eher so etwas wie eine dämonische Abart der Zorgan-Pocken, die einfach nicht abheilen will und ... nein ... einfach anders, aber der Herd sitzt an deinem Auge oder dahinter. Deshalb ist es so geschwollen.«

»Mach es weg. Bitte!«

»Ich werde mein Bestes versuchen. Aber versprechen kann ich nichts. Du solltest besser zu einem Peraine-Geweihten gehen. Oder zu so einem modernen Medicus. Oder zu einem Heilzauberer.«

»Kein Zauberer! Magier sind böse!«

»Ach was! Mein Sohn ist Magier – und von ›böse‹ versteht der überhaupt nichts. Der steht Praios näher, als mir manchmal lieb ist.«

Liasanya musste lachen. »Ach ja!«, äffte sie Mirya nach. »Du bist mir die Rechte! Welche Hexe schickt ihren Sohn schon auf die Akademie? Und beklagt sich dann, dass er Satuaria nicht genug Ehre erbietet. Was würden wohl deine Schwestern dazu sagen?«

Mirya hörte auf, Jorlas Gesicht zu behandeln und schaute zu Boden. Leise sagte sie: »Ja, was würden sie dazu wohl sagen? Ich habe schon lange keine mehr gesehen. In Gareth gibt es mindestens noch ein Dutzend von uns. Aber eine ist merkwürdiger und verschrobener als die andere. Kein Wunder. Wir gehören nicht hierher.«

Liasanya hatte sich nie Gedanken darüber gemacht, wie isoliert die Hexe sein musste. Ehe ihr etwas Tröstliches einfiel, fuhr Mirya fort: »Oft habe ich gedacht, ich pack meine Sachen und gehe zurück. Aber ...« Jetzt lächelte Mirya wieder, wenn auch etwas wehmütig. »Ich hätte nach Calebs – Seths Vaters – Tod gehen können, aber ich wollte nicht. Ich gehöre jetzt hierher! Ich drück mich doch schon davor, selbst vor die Stadt zu gehen, um Kräuter zu sammeln. Mir wird die Luft zu dünn da draußen. Also, was soll das Ganze! Hört nicht auf mein Geschwätz. Stadthexen müssen einfach ein wenig verrückt sein.« Sie wandte sich wieder ihrer Patientin zu.

Es wurde Abend, ehe Liasanya sich daran erinnerte, dass ihr Besuch bei Curthan, ihre Flucht vor der Wache und das ganze Abenteuer mit Jorla einen Grund gehabt hatten. Angesichts Miryas Gelassenheit schien sich dieser Grund jedoch erledigt zu haben.

»Seth ist wieder da?«, fragte sie Mirya.

»Ja, aber jetzt sucht er dich. Ich konnte ihn nicht davon abhalten.«

»Mich?«

»Ja!« Miryas Miene verfinsterte sich. »Wenn ich's nicht besser wüsste, wäre ich sicher, ihr habt den Verstand verloren. Wie die Kinder: Der eine rennt davon, und der andere muss ihn suchen! Wenn ihr eure Dickschädel nicht in den Griff bekommt, dann geschieht noch ein Unglück. Und es gibt Wichtigeres zu tun. Seth ist von den Tobriern ziemlich übel zugerichtet worden, er hat aber auch einiges erfahren. Das soll er dir aber später selbst erzählen.« Nach einem Augenblick fügte sie noch beiläufig hinzu: »Ich nehme an, dass die Tobrier wissen, dass du jetzt hier bist, sie beobachten das Haus.«

»Was?« Liasanya blickte sich erschrocken um, als erwarte sie, die Bande würde jeden Augenblick zur Tür hereinstürmen.

»Ganz ruhig! Sie suchen dich, aber es sieht so aus, als wollten sie dir nichts tun. Trotzdem willst du sicher auf eine Begegnung mit ihnen verzichten. Und die Geschichte mit Meeltheuers Frau ist ganz sicher schon bis zu diesem Bosko durchgedrungen. Ziemlich übel, mit welcher Genauigkeit du den falschen Leuten über den Weg läufst. Aber da ich nicht davon ausgehe, dass du daraus gelernt hast und in Zukunft in deinem Versteck bleibst, müssen wir uns was einfallen lassen. Also? Wenn ich dir bloß eine ›Harmlose Gestalt‹ beibringen könnte.«

»Ich kann im Schatten verschwinden«, sagte Liasanya trotzig.

»Ja, aber im Tageslicht sieht dich jeder. Und wenn du dich bewegst, und wenn dich jemand direkt anschaut, und ...«

»Schon gut, schon gut! Ich bin eben keine Meisterhexe, so wie du!«

Mirya lachte. »War nicht böse gemeint. Aber ich glaube auch, dass wir alle unsere Kraft noch brauchen werden, ehe alles vorbei ist. Das habe ich Seth auch gesagt. Deshalb sollten wir unsere Zeit und Kraft nicht für übereilten und möglicherweise vergeblichen Unterricht verschwenden. Es gibt noch andere Möglichkeiten.«

»Als ich zu Meeltheuer ging, habe ich mich verkleidet.«

»Mm, ja ... aber dieses Mal machen wir es richtig.«

Mirya grinste.

Als die ersten Locken fielen, musste Liasanya dann doch eine Träne herunterschlucken. Halbart hatte ihr langes Haar geliebt, und jede Strähne, die Mirya jetzt stutzte, schien ein weiterer Abschied von dem toten Geliebten zu sein.

Anschließend beschmierte die Hexe das Haar und die Augenbrauen der Streunerin mit einer scharf riechenden Paste. Als die Paste nach einer Stunde ausgewaschen war und Mirya sie in ihren kleinen Metallspiegel blicken ließ, musste sie dann doch lachen.

***

Setharan kam spät in der Nacht zurück. Er hatte vergeblich nach Liasanya gesucht. Die Neuigkeiten, die auf der Straße kursierten, ließen seine Sorgen nicht geringer werden. Es war ein Leichtes für ihn, herauszuhören, dass Liasanya an einigen beteiligt war: Gestern früh war sie bei Curthan fast von der Meilersgrunder Garde erwischt worden, und die ersten Gerüchte über das Geschehen am Puniner Tor waren auch schon an sein Ohr gedrungen.

Umso überraschter war er, als er seine Mutter mit zwei Frauen in der Küche vorfand. Zuerst fiel ihm nur die eine ins Auge: Ihr Gesicht war auf der einen Seite dick mit einer grauen Paste bestrichen. Die andere hatte kurzes blondes Haar, und Setharan musste zweimal hinsehen, ehe er sie erkannte. »Li«, rief er erfreut. »Du bist hier. – Und was hast du mit deinem Haar gemacht?«

Das Mädchen grinste. »Ich dachte, es ist Zeit für eine Veränderung.«

»Das kann man wohl sagen. Wenn nur die Hälfte von dem wahr ist, was mir zu Ohren gekommen ist, ist es auch gut so«, brummte er. »Immerhin: Würdest dir mein Hemd nicht viel zu groß sein, könntest du glatt als Junge durchgehen.«

Liasanya stand auf, ihre Miene zeigte, dass sie Setharans Bemerkung nicht gerade als Kompliment auffasste. Sie stellte sich vor ihm auf die Zehenspitzen und legte die Arme um seinen Hals. »Vielleicht hast du ja Jungen lieber«, sagte sie und küsste ihn. »Na, wie ist das?« Sie küsste ihn noch einmal. Dieses Mal öffnete sie leicht den Mund und schob ihre Zunge zwischen seine Lippen.

Setharan entwand sich ihr. »Was soll das?«, rief er.

»Ich freue mich, dich gesund wiederzusehen«, schmollte Liasanya. »Aber vielleicht willst du ja lieber Jorla küssen.« Sie wurde rot und wandte sich der Bettlerin zu. »Entschuldigung, Jorla. War nicht so gemeint.«

Doch diese schien es gar nicht gehört zu haben, sie saß auf ihrem Stuhl zusammengekauert, ihr Gesicht war bleich, die Haut schimmerte feucht von Schweiß.

Setharan, der die fremde Frau völlig vergessen hatte, ging zu Jorla und beugte sich zu ihr hinab.

Diese zuckte mit einem spitzen Aufschrei auf dem Stuhl zurück, ihre Glieder zitterten.

Der Adeptus – nun selbst etwas verunsichert – wich ebenfalls zurück.

Liasanya ging neben der Bettlerin in die Knie und legte ihr die Hand auf die Schulter. »Was ist?«, fragte sie leise.

»Er ist ein Zauberer«, sagte Jorla tonlos.

»Ja, er ist ein Magier«, erwiderte Liasanya. »Und ein Freund.«

»Nein, kein Freund ... Zauberer sind schlecht und böse.«

»Er ist nicht böse, Jorla. Er ist unser Freund. Und er ist Miryas Sohn. Siehst du, Mirya hat dir geholfen, und Seth wird dir auch helfen.«

»Nein, er hat nicht geholfen ... er hat gelächelt ... und es tat weh ...«

Liasanya schaute zu Setharan hoch, dieser zuckte nur mit den Schultern, ging aber noch einen Schritt zurück. »Ich weiß nicht, was sie meint. Ich kenne sie nicht. Wer ist sie überhaupt?«

»Er war ein böser Zauberer«, wiederholte Jorla, ohne Setharan aus den Augen zu lassen.

Dann plötzlich – Liasanya hatte es schon einmal erlebt – wurde Jorlas Stimme klar. Ihre Art zu reden veränderte sich, eine andere Person schien in ihrem Geist Platz zu nehmen. »Es stand gut«, begann sie und setzte sich aufrecht, die Schultern straff nach hinten. »Wir waren auf dem Vormarsch, hatten sogar einen Teil des Walls zurückerobert. Von unserem Haufen waren noch genug übrig, um ihn zu halten, bis Verstärkung kommen würde.« Jorlas Stimme wurde zu einem Flüstern. »Doch dann kam er! Er ging ganz allein über das Schlachtfeld. Als sei er unverwundbar, als fürchte er weder Pfeil noch Schwert. Seine Robe bauschte sich im Wind, leuchtend rot, bestickt mit wunderlichen Zeichen. Sein Haar war dunkel und fiel ihm in langen Locken über die Schultern. Sein Gesicht war schön. Schmal und edel. Und er lächelte. Er lächelte, und jeder, der ihn sah, ob Mann ob Weib, sehnte sich danach, dass dieser Blick auf ihm ruhe. So ging er durch unsere Reihen, keiner hielt ihn auf. Er schaute nach links und rechts, schenkte jedem dieses Lächeln und diesen Blick. Und eine jeder ... einer nach dem anderen ... sank zu Boden und schrie. Schreiend und windend vor Schmerz himmelten sie ihn an, diesen wunderlichen, wunderschönen Magier, bis sie verstummten, für immer verstummten.« Die Bettlerin hielt einige Augenblicke inne. »Und keiner stellte sich ihm entgegen, jeder – auch ich – wartete gebannt und sehnsüchtig darauf, an der Reihe zu sein. Endlich war es so weit. Er kam zu mir. Ich verging vor Freude – und vor Schmerz.« Jorla strich sich mit der Hand über das Gesicht und räusperte sich. »Dann war es plötzlich vorbei. Er war ein Mensch und nicht unverwundbar. Ein verirrter Pfeil muss ihn getroffen haben. Er steckte in seiner linken Schulter, als ich zu ihm aufblickte. Er wirbelte herum und eilte davon, verschwand, ohne sich noch einmal umzudrehen. Und ich blieb zurück ... allein ... nur mit dem Schmerz.«

Jorla verstummte, und keiner der anderen wagte, etwas zu sagen. Da schaute Jorla noch einmal auf und sagte mit klarer Stimme: »Noch etwas weiß ich. Doch ich weiß nicht, ob es ein Albtraum oder Wirklichkeit war. Als er zu mir kam, schaute ich auf seine Robe. Und ich war mir sicher, sie war einst weiß gewesen, weiß wie Schnee. Die Säume streiften den Boden. Sogen sie das Blut der Gefallenen aus deren Leibern? Oder zogen sie das Blut Sumus selbst aus deren Leib? Ich weiß es nicht. Aber die ganze Robe war satt davon und leuchtete blutrot. Vollgesogen wie eine Zecke, nährte sie sich – und nährte sie ihn ...« Jorla keuchte und sank in sich zusammen. »Aber ich glaube, das war nur ein Traum.«

Die anderen hatten ihr gebannt gelauscht. Keiner war im Krieg gewesen, keiner von ihnen konnte sich auch nur im Ansatz vorstellen, wie das war. Und Setharan beschäftigte noch ein anderer Gedanke: Wie oft hatte er – natürlich nur unter seinesgleichen – über die furchtsamen Leute auf der Straße gelacht und über die verbohrten Inquisitoren und Bannstrahler gelästert, die doch allesamt so gar nicht einsehen wollten, welch segensreiche, göttliche Gabe sie da verdammten. Natürlich wusste er, welchen Schaden der unbesonnene Einsatz der Magie anrichten konnte, natürlich wusste er, dass es unter den Anhängern des Dämonenfürsten viele Magier gab.

Er wusste es.

Und jetzt verstand er es auch.

»Nicht alle sind böse«, murmelte er. »Die meisten von uns sind anständige, götterfürchtige Leute. Unter den Hexen gibt es mindestens genau so viele, die auf der falschen Seite ...« Er verstummte beschämt. Was sollte das: einfach die Schuld weiterreichen. »Nein ... ich werde dir helfen ... wenn ich kann ... ich bin ja kein Heiler ... doch ich werde dir helfen. Aber wer bist du überhaupt?«

***

Jorla hatte sich ein wenig beruhigt. Trotzdem beobachtete sie den jungen Magier misstrauisch. Liasanya berichtete von ihren Erlebnissen seit dem letzten Treffen, und Setharan erzählte, was er bei den Tobriern erfahren hatte. »Und seit ich wieder laufen kann, bin ich auf der Suche nach dir«, fügte er hinzu. »Dein verräterischer Freund Curthan ist ziemlich kleinlaut, obwohl auf der Straße alle von der Garde und deiner Flucht reden. Ich denke, in seinen Kreisen wäre es nicht gut, wenn bekannt würde, dass er seine Kameraden verrät. Oder was denkt ihr?«

»Wir sollten über all das erst einmal schlafen«, antwortete Mirya und holte ein paar Decken in die Küche. Draußen dämmerte es bereits.

Doch Jorla bestand darauf zu gehen. Zunächst wollte sie, dass Liasanya sie begleitete, doch diese hatte nicht die Absicht, so schnell wieder in irgendwelchen Löchern herumzukriechen. Sie konnten die Bettlerin noch überzeugen, eines von Miryas alten Kleidern anzuziehen, weigerte sich aber, die Sachen von Meeltheuer herzugeben. Mirya überließ ihr den Tiegel mit der restlichen Salbe und so viel Essen, wie sie entbehren konnte. So zog die Bettlerin mit einem dick gepackten Bündel von dannen.

»Ob wir sie wohl wiedersehen?«, fragte Liasanya.

»Komm erst mal wieder rein«, sagte Mirya. »Es mag zwar bequem sein, aber trotzdem ist es nicht angebracht, nur im Hemd auf der Straße zu stehen.«

»Ich hätte ihr gerne mehr geholfen«, sagte Liasanya, als sie zurück ins Haus ging.

»Hab alles getan, was ich konnte«, erwiderte Mirya kurz angebunden. »Sie müsste zu jemandem gehen, der ihr wirklich helfen kann. Aber ich zweifle daran, dass sie es will.«

»Wie meinst du das?«

»Hör zu«, sagte Mirya und wandte sich Liasanya mit ernster Mine zu. »Sie ist krank. Nicht nur am Körper, sondern vor allem an der Seele. Da sind zwei Jorlas. Die Schlacht an der Trollpforte ist jetzt bald zehn Jahre her, Jorla war damals kaum älter als du heute. Trotzdem beharrt sie darauf, bei allem, was ihr seither widerfahren ist, noch immer eine Kriegerin zu sein. Sie hat ihr Innerstes nach außen gekehrt. Und ich glaube nicht, dass sie gelogen hat. Aber ich glaube auch, dass sie uns irgendetwas verheimlicht.«

»Vielleicht bist du auch nur enttäuscht, dass du ihr nicht richtig helfen konntest und schiebst es jetzt auf sie«, erwiderte Liasanya.

»Kann schon sein«, sagte Mirya und ging in ihr Zimmer.

Damit hätte das Thema erledigt sein können. Doch kurz darauf kam Setharan in die Küche und fragte: »Was weißt du über diese Frau?«

»Wie meinst du das? Ich hab dir alles erzählt.«

»So? Trotzdem sollten wir vorsichtig sein, wenn wir ihr noch mal begegnen.«

»Warum? Sie hat mir geholfen und das Leben gerettet. Misstraust du ihr, weil sie Magiern misstraut?«

»Nein! Aber da ist mehr an ihr, als es den Anschein hat.«

»Hast du dich mit deiner Mutter abgesprochen?«

»Wie? Nein! Das ist Blödsinn. Hat sie das Gleiche gesagt? Dann musst du doch einsehen, dass was dran sein kann. Denk nur daran, dass ihr gerade dann Meeltheuers Frau über den Weg lauft, als Jorla die Kleider ihres Gatten trägt.«

»Das war Zufall. Woher sollte sie denn wissen, dass die Meeltheuer in dem Augenblick vor dem Tor steht? Und sie war in größerer Gefahr als ich selbst. Ich hätte jederzeit verschwinden können.«

»Jorla vertraut Liasanya, und Liasanya vertraut Jorla!«, machte er die Bettlerin nach. »Sie wusste genau, dass du ohne sie nicht davonläufst.«

»Es war Zufall. Phexens Wege sind unergründlich.«

»Bei allem Respekt vor deiner neu entdeckten Götterfürchtigkeit, aber ich glaube hier nicht an Zufall!«

»Glaub, was du willst!«, sagte Liasanya. »Das ist nur eine billige Retourkutsche. Weil ich diesem Horger nicht traue, traust du Jorla nicht.« Plötzlich schnappte sie nach Luft. Etwas kam aus ihrem Mund, das eher ein Schluchzen als ein Schrei war. »Vielleicht solltest du dich mit Fiana zusammentun«, rief sie. »Die sieht in deinem Hemd wenigstens nicht aus wie ein Junge!« Sie zerrte wutentbrannt das Hemd über den Kopf und schmiss es ihm vor die Füße.

»Liasanya! Was machst du da? Bedecke dich!«

»Da ist nichts, was du nicht schon gesehen hast. Und außerdem reizt es dich ja nicht im Geringsten«, rief Liasanya, drehte ihm den Rücken zu und verschwand in Nebenraum.

»Das ist nicht wahr. Überhaupt nicht wahr«, murmelte der Magier.

Bald darauf kam Liasanya in ihren eigenen Kleidern zurück. Sie sah jetzt tatsächlich mehr den je wie ein junger Mann aus. Doch weder Setharan noch Mirya – die den Streit wohl mit angehört hatte – wagten es, das zu sagen.

»Wie geht es jetzt weiter?«, fragte die Hexe.

»Ich müsste zurück zu Bosko und diesem Inquisitor. Ich möchte erfahren, welche Schlüsse sie aus der Sache am Puniner Tor gezogen haben. Und du solltest dich wieder verstecken, Li.«

»Nachdem ich mit der ganzen Maskerade begonnen habe? Nein! Ich weiß schon, was ich tue«, erwiderte Liasanya.

»Und was soll das sein?«

»Ich gehe zu Halbart.«

»Auf den Boronsanger?« Es war heraus, ehe Setharan wusste, was er sagte.

»Nein«, zischte ihn Liasanya an. »Zu ihm nach Hause.«

»Und wie willst du dahin kommen? Durch das Stadttor? Da haben sie dich schon zwei Mal fast erwischt.«

»Eben. Fast! Und wenn du dabei bist, werden sich die Wachen für den kleinen Knaben neben dir nicht interessieren.«

Setharan ging darauf nicht ein. »Was willst du überhaupt in seinem Haus?«

»Das ist doch klar. Nach dem, was die Tobrier dir erzählt haben, könnte die Schatulle oder ihr Inhalt noch immer im Haus sein.«

»Sollte nicht besser ich ...«

»Natürlich! Du steigst bei ihm heute Nacht ein. Morgen früh komme ich vorbei und lache dich aus, wie du in deiner Robe am Fensterkreuz hängst.«

***

Die Diebin duldete keinen Widerspruch. Am späten Nachmittag gingen Liasanya und Setharan nach Alt-Gareth, und dieses Mal wurden sie am Tor nicht behelligt. Sie hätten den größten Teil des Wegs gemeinsam gehen können, doch sie trennten sich kurz nach dem Tor. Setharan wollte nicht in ihrer Gesellschaft Hauptmann Bosko oder dem Inquisitor über den Weg laufen.

Liasanya durchquerte allein das Arenaviertel. In Nardesheim beschlich sie das Gefühl, in einen Traum zurückzukehren, so fern waren die Wochen mit Halbart. Als sie bei Jalsons Anwesen angekommen war, kletterte auf den Anbau und beobachtete das Haus. Endlich erloschen die Lichter im oberen Stock. Nur die Gesindeküche war noch erleuchtet. Dann hörte sie Geräusche von der Haustür. Sie spähte über den Rand des Flachdachs: Yann ging über den Hof. *Er geht noch aus,* dachte Liasanya, *dann bin ich wenigstens eine Weile fast ungestört.*

Sie schlich unter das Fenster, aus dem sie damals geflohen war. Es war zwei Schritt über ihr, sie konnte es nicht direkt erreichen. Liasanya sprang vom Dach. Im Pferdestall fand sie eine lange Stange. Mit ihr kehrte sie aufs Dach zurück. Sie lehnte die Stange an die Hauswand und kletterte daran hoch. Das Fenster war verschlossen, doch wieder einmal bewegte sich der Riegel wie von Geisterhand. Lautlos schwang das Fenster auf, und die Diebin kletterte hinein. Sie schlich durch den Flur, vorbei an Halbarts Schlafzimmer – kurz zögerte sie. Nein, das wollte sie möglichst nicht betreten. Sie ging bis zum Arbeitszimmer, entzündete die Lampe auf den Schreibtisch, dämpfte das Licht und begann, ihn zu durchsuchen. Wo konnte Halbart etwas versteckt haben? Der Schreibtisch brachte sie nicht weiter. Sie schaute in die Schränke und Kommoden: Nichts! Er musste doch ein geheimes Versteck besitzen. Irgendwo! Vielleicht lag dort noch die gestohlene Schatulle? Sie ließ sich auf einem Stuhl nieder und überlegte. Gleich darauf sprang sie wieder auf und spähte auf die Schränke, schob Bilder und Wandbehänge beiseite, betastete die Vertäfelung.

Nein! So einfach machte er es ihr nicht.

Sie eilte noch einmal zu einem der Schränke, öffnete ihn, ging in die Knie und betastete den Boden und die Wände. Schon wollte sie aufgeben, da ertastete sie eine kleine Holzfeder, die zwei Teile der Rückwand zusammenhielt. Sie drückte dagegen. Nichts. Dann zog sie daran. Ein leises metallisches Klicken war zu hören, und ein Teil des Bodens vibrierte leicht. Sie fuhr mit der flachen Hand noch einmal darüber und ertastete eine schmale Ritze. Sie versuchte, mit den Fingernägeln in die Spalte zu fahren und das Brett anzuheben, doch vergeblich. Dann drückte sie mit der ganzen Hand auf das vermeintlich lose Brett. Ein weiteres scharfes Klicken, und das Brett sprang einen Finger breit nach oben. Sie hob vorsichtig den Boden an und erblickte eine Vertiefung, kaum zwei Finger tief, eine Spann hoch und breit. Die Schatulle hätte dort nie Platz gehabt, war sie also doch in den Händen des Mörders?

In dem Geheimfach befand sich ein kleines ledergebundenes Buch. Sie nahm es heraus und betrachtete es nachdenklich.

War es so wichtig, dass er es so gut versteckt hatte?

Sie ging zum Schreibtisch, setzte sich, zog die Laterne heran und öffnete das Buch.

Es war ein Tagebuch.

Sie überflog die ersten Seiten, dann blätterte sie weiter, ein Schauer lief über ihren Rücken, sie kehrte zurück zum Anfang und begann zu lesen:

28. Phex

Nie in meinem Leben plagte mich der Wunsch, ein Tagebuch zu führen. In meiner Jugend hielt ich es für eine eitle, weibische Spielerei. Später, in den Jahren der Freude, hatte ich auch kein Verlangen danach, schien das Glück doch ewig zu währen. Dann kam die Zeit des Verlusts. Heimat und geliebtes Weib waren mir genommen, was blieb war der Schmerz und der Kampf. Und nichts schien es zu geben, des zu Erinnern es wert gewesen wäre.

Doch heute, in Herbst meines Lebens, muss ich damit beginnen, muss Zeugnis ablegen, denn dies ist es – noch mehr als ein Tagebuch.

Ich schwöre bei den Zwölfen, dass alles wahr ist, was ich hier berichte. Ich schwöre: bei Phex, der mir der Nächste der Zwölfe. Ich schwöre: bei Rondra, in deren Namen ich gegen das Übel in der Heimat kämpfte. Ich schwöre: bei Rahja, die mir das Liebste gab und in deren Armen meine Liebste jetzt wohl träumt. Und ich schwöre: bei Praios, dem Fürst der Götter, möge er sein Urteil über mich sprechen. Ich stelle mich demutsvoll seinem Richtspruch.

Da ich geschworen habe, hier nichts Falsches niederzuschreiben, ich aber auch geschworen habe, dessen Namen nicht zu nennen und auch keine Hinweise geben, wer er ist, muss ich mich damit begnügen: Vor einigen Tagen bekam ich Besuch. Ein Landsmann, ich kannte ihn nur flüchtig, er war betrunken und verzweifelt: »Freund«, sagte er, obwohl mir nicht bekannt war, dass wir Freunde seien. »Freund, du bist doch ein aufrechter und götterfürchtiger Mann. Ich muss mich dir anvertrauen, denn meine Seele leidet Qualen. Ich sündige vor dem Reich und vor den Göttern. Meine Schwächen und meine Eitelkeit haben mich in eine Lage gebracht, die ich kaum ertragen kann ...« Er war betrunken, doch was er faselte und was ich seinen Worten entnehmen konnte, war ungeheuerlich. In seinem Hause befände sich eine Schatulle zur Aufbewahrung. Eine Schatulle aus dunklem Holz, zwei Spann breit, zwei Spann tief und ein Spann hoch. Geschnitzte Rosenblüten auf dem Deckel. Ein billiges Ding, in dem die Möchtegern-Damen aus Alt-Gareth ihren falschen Schmuck aufbewahrt. Doch diese enthalte Papiere von solcher Brisanz, dass Leben und Wohlstand von so manchem – auch ihm selbst – verwirkt sei, sollten diese Papiere je in die falschen Hände fallen. So sei er gezwungen, dieses Geheimnis zu bewahren. »Deine Abscheu und dein Kampf gegen die Schwarzen Lande ist wohl bekannt«, sagte er.

»Jeder götterfürchtige Mensch verabscheut die Schwarzen Landen«, erwiderte ich. »Und davon voll ist doch das Mittelreich und Gareth an sich.«

»Das wohl«, erwiderte mein Besucher. »Aber dein Hass auf die dämonischen Horden in der alten Heimat ist doch ein besonderer, und du würdest es wohl kaum dulden, wenn einige deiner Landsleute dies anders sähen, gar Nutzen daraus zögen.«

So redete er noch einige Zeit weiter, ohne dass ich erfuhr, um welch böses Geheimnis es sich wohl handele.

Nur eines war klar: Mein Besucher wünschte sich Absolution von mir. Da sein Betteln nicht enden wollte, gewährte ich sie ihm – ein reines Lippenbekenntnis, möchte ich betonen – da verschwand er so schnell, wie er gekommen war.

Lange grübelte ich über seine Worte, ohne schlau daraus zu werden. Doch meine Neugier ist geweckt. Wie soll ich weiter verfahren, ohne mich und meinen Sohn zu gefährden?

5. Peraine

Ich habe es ihm geschworen, so werde ich meinen Besucher nicht öffentlich anklagen können. Auch wäre es fahrlässig, einen oder mehrere angesehene Bürger eines unbekannten Verbrechens zu beschuldigen, ohne den geringsten Beweis.

Und doch muss ich handeln.

Bisher hatte ich mit der verborgenen Seite des Herren Phex nicht viel zu schaffen und werde es auch nicht wagen, selbst nach einem gedungenen Dieb zu suchen. Aber vielleicht kann ich Yann dazu animieren, sich etwas umzuhören, ohne ihm zu viel zu verraten. Seine jugendliche Neugier treibt ihn vermehrt in die zwielichtigen Winkel des Südquartiers und Meilersgrunds.

19. Peraine

Die Tobrier sitzen mir im Nacken. Schutzgeld nennen es diese vermaledeiten Halunken. Aber vielleicht kann ich zwei Fliegen mit einer Klappe schlagen. Sie mögen Gauner und Halsabschneider sein, aber den Heptarchen wohlgesonnen sind sie mit Sicherheit nicht.

Ich muss Yann anhalten, sich etwas intensiver auf die Suche nach einem geeigneten Dieb zu machen. Es darf bloß keiner der Tobrier sein, sonst ist die ganze Sache sinnlos.

21. Peraine

Die Tobrier zeigen großes Interesse an der Angelegenheit. Sie gewähren mir Aufschub bis Anfang Praios.

26. Peraine

Yann scheint endlich einen geeigneten Dieb gefunden zu haben. Eine Diebin, genauer gesagt. Sie soll morgen hier als Gehilfin anfangen. Ich bin gespannt.

27. Peraine

Eine kleine schmächtige Gestalt. Sie kommt sicher gut durch kleine Fenster und dergleichen. Ich hoffe, sie beeilt sich. Sie hat zwei Götternamen Zeit, das sollte reichen. Noch hab ich ihr die Frist nicht genannt.

3. Ingerimm

Welche Überraschung! Das Mädchen schob mir das Diebesgut unter die Bettdecke, während ich schlief. Ich sollte ein Auge auf sie haben.

Doch jetzt halte ich den größten und zugleich schlimmsten Schatz in Händen, den ich je besessen habe. Auch wenn es mit in den Fingern juckt, ihn sofort zu verwenden, so werde ich mich doch gedulden und zuerst eine wortgetreue Abschrift anfertigen. Man kann ja nie wissen, wozu es gut ist.

Doch wie so oft liegen Freude und Leid dicht beieinander. Denn was ich hier vor mir habe, bereitet kein Entzücken und beschert nicht nur Macht und Einfluss – nein! Was ich lese, bewirkt auch großes Leid und tiefste Enttäuschung: Mindestens ein Dutzend Händler aus Gareth machen Geschäfte mit Schwarz Tobrien. Nahrung, Werkzeug, Waffen; Tag für Tag rollen die Wagen ungesehen nach Osten. Ich habe hier Bestelllisten und Liefertermine, Wegbeschreibungen und Kennwörter.

Aber wer sind die Hintermänner und Drahtzieher? Alle Namen sind verschlüsselt in kryptischen Zeichen. Ich brauche einen Gelehrten, einen Schriftkundigen, einen Rätsellöser. Aber keinen aus Gareth! Das ist zu gefährlich, ich brauche einen Gelehrten von außerhalb. Nagrond aus Hirschfurt? Ich werde mich sofort morgen auf die Reise begeben.

Doch ich werde an meinem Plan festhalten. Wenn alles vorüber ist, so hoffe ich zutiefst, werden einige Wunden geheilt sein. Narben werden bleiben, aber der Schmerz, das Pochen und Schwären, wird ein Ende haben.

Wenn ich zurück aus Hirschfurt bin, kann ich endlich mit der Abschrift beginnen. Die Tobrier müssen warten, ich hab ja noch fast zwei Götternamen Zeit.

Ja! Wenn nur alles vorbei wäre.

15. Ingerimm

Ich komme erst jetzt wieder zum Schreiben. Doch was ist geschehen! Ich habe mich verliebt! Nie habe ich gedacht, dass mich der Ruf der schönen Göttin noch einmal ereilt. Li – Liasanya, ist ihr Name. Habe ich sie verführt, oder sie mich? Doch sie hat es abgelehnt, bei mit zu bleiben. Yann, der dumme Junge, ist schuld.

Nagrond braucht einige Zeit. Er hofft, die Papiere entschlüsseln zu können. Ich hoffe das Beste, denn nach den Namenlosen Tagen muss ich sie den Tobriern übergeben.

Vielleicht wäre es besser gewesen, die Sache der Wache oder der Inquisition zu überlassen. Aber dazu ist es jetzt zu spät, wer hätte auch geahnt, was ich in Händen halten werde.

8. Rahja

Die schöne Göttin hat mich in ihrem Götternamen reichlich belohnt. Ich bin erfüllt von einem Glück und einer Freude, wie ich es seit dem Tod meiner Roana nicht mehr empfunden habe.

Doch jetzt ist ein Schatten auf mein Glück gefallen. Die närrische Eifersucht von Yann wird Liasanyas Herkunft enthüllen und, was noch viel schlimmer ist, ich fürchte, jemand ist dadurch auf meine geheimen Aktionen aufmerksam geworden. Ich muss sie warnen, noch vor den namenlosen Tagen muss ich sie warnen!

Ob ich ihr den Traviabund anbieten soll, wenn alles vorüber ist?

Liasanyas Augen füllten sich mit Tränen. Sie atmete tief ein und aus, versuchte den Gefühlen Herr zu werden, ließ einen Finger zwischen den gelesenen Seiten und schlug das Tagebuch hinten auf.

Halbart hatte das Buch von zwei Seiten begonnen, sie musste es auf den Kopf drehen. Was sie hier fand, war tatsächlich die fein säuberliche Abschrift von Geschäftspapieren, Bestellungen, Ladepapieren und Verträgen. Ein Teil des Textes bestand aus merkwürdig verschlungenen Zeichen, die Halbart eher abgemalt als abgeschrieben hatte. Doch bei einigen standen – eindeutig später hinzugefügt – Namen. Manche waren mehrfach durchgestrichen oder korrigiert worden. Doch eines war klar: Dieser Nagrond hatte Erfolg gehabt und Halbart die Ergebnisse auf dessen letzter Reise nach Hirschfurt übergeben. Kurz darauf war Halbart tot. Sein Mörder musste von Halbarts Nachforschungen erfahren haben. Aber Halbart musste etwas geahnt haben. Schon Anfang Rahja hatte er einen Verdacht!

Wer?

Vielleicht war sein Name weiter vorne zu finden!

Liasanya drehte das Buch wieder um.

Plötzlich hörte sie Schritte auf dem Flur. Sie sprang auf, wollte noch das Licht löschen, da stand Yann in der Tür und rief: »Wer bist du? Was machst du hier?« Er schien sie nicht zu erkennen. Sein Gesicht war rot vor Zorn. Er schwankte leicht, hatte wohl etwas getrunken, doch die Spitze des Rapiers zitterte kaum, als er sie auf die Diebin richtete.

»Yann! Hör zu ...«

»Li? Du wagst es? – Lass das fallen!«, rief er und deutete mit der Rapierspitze auf das Tagebuch.

»Es ist das Tagebuch deines Vaters! Er hat ...«

»Leg es hin! Du bringst nur Unglück über meine Familie. Wie kannst du es wagen, noch einmal hier her zu kommen?«

»Ja«, murmelte Liasanya, »vielleicht bring ich Unglück, aber lies das hier!«

Sie warf das Tagebuch auf den Schreibtisch.

»Ich werde jetzt die Garde holen!«

»Nein, Yann, versteh doch ...«

»Ich versteh schon ganz gut! Warum willst du unsere ganze Familie auslöschen? Wir haben dir nichts getan!«

Yann kam langsam auf sie zu.

»Warum sollte ich euch etwas Böses wollen? Lies sein Tagebuch. Ich glaube, darin steht, wer Halbart umgebracht hat!«, rief sie und rückte zurück zur Wand.

»Nein! Hier herüber!«, befahl Yann. »Ich hatte gute Lehrer. Es wird mit ein Leichtes sein, dich zu töten. Und ein Vergnügen ...«

»Bitte!«

»Ich werde meinen Vater rächen!«

Yann sprang auf sie zu, die Klinge auf ihren Brustkorb gerichtet.

Sie duckte sich unter dem Stoß weg, warf sich zu Boden und kroch unter dem Schreibtisch durch, versuchte zur Tür zu kommen.

Die Klinge traf sie unterhalb des rechten Schulterblatts. Sie hechtete nach vorn, aus der Reichweite des tödlichen Stahls, und kam auf die Beine. Gebückt eilte sie zur Tür, auf den Flur hinaus und die Treppe hinab.

Giesel und Laille standen, von dem Lärm aufgeschreckt, in der Eingangshalle.

»Haltet sie auf!«, rief Yann.

Doch Liasanya stieß Giesel beiseite, bevor er sich rühren konnte, und stürzte zu Tür hinaus. Sie verschwand in der Dunkelheit. Nur eine dünne Blutspur bewies, dass sie dagewesen war.

Liasanya spürte, wie sich das Hemd am Rücken mit Blut vollsog. Jetzt begann die Wunde heftig zu pochen. Sie hatte keine Ahnung, wie schwer die Verletzung war, wusste aber, dass sie nicht bis zum Morgen warten konnte. Außerdem würde sie mit den zerrissenen blutgetränkten Kleidern nie durchs Stadttor kommen. Ihre einzige Zuflucht in Alt-Gareth war der *Efeubusch.* Zaghaft klopfte sie an der Tür zu Fianas Stube. Nach einigen Augenblicken öffnete sich die Tür, und die Freundin starrte sie mit verschlafenen Augen an.

»Li! Was machst du hier?«

Liasanya schob sich wortlos an Fiana vorbei ins Zimmer und schloss die Tür.

»Was ist geschehen? Li! Du bist verletzt!«

»Yann«, war alles, was sie hervorbrachte. Sie riss sich das Hemd vom Leib. Die Wunde hatte inzwischen zu bluten aufgehört. Fiana reinigte und verband sie notdürftig.

»Sie ist nicht sehr tief, aber du solltest zu einem Medicus gehen«, sagte sie.

Liasanya schüttelte den Kopf: »Mirya soll sie sich morgen ansehen. Kann ich heute Nacht hier bleiben?«

»Bin ich dir jetzt wieder gut genug?«, fragte Fiana bitter.

»Fiana! Ich wollte dir nicht weh tun. Ich wusste doch nicht, dass du Horger liebst.«

»Nein, Liasanya. Ich weiß, dass du es nicht bedauerst. So bist du eben. Du kannst auf dem Boden schlafen. Oisin hat dein Bett schon lange rausgeräumt.«

Fiana gab ihr noch ein sauberes Hemd, dann ging sie zu ihrem Lager und löschte das Licht.

Liasanya legte sich auf den Boden, konnte aber nicht schlafen. Am frühen Morgen verabschiedete sie sich kurz angebunden. Roban Horger wurde nicht wieder erwähnt, und doch stand er wie ein Schatten zwischen ihnen.

Yann starrte auf die dunkelbraune Tischplatte. In seiner Hand zitterte das kleine, in schwarzes Leder gebundene Buch. Der Kloß in seinem Hals schmerzte beim Schlucken, sein Magen war so flau, als habe er seit Tagen nichts gegessen. Das Gefühl hielt seit Stunden an, seit er Vaters Notizbuch das erste Mal gelesen hatte.

Gedanken und Erinnerungen quollen hoch: Er hatte Liasanya ins Haus gebracht. Er mochte sie, hatte angenommen, die Diebin sei nett, einfach und fügsam – wie ihre Freundin Fiana. Doch dann wies sie ihn ab, machte sich an Vater heran. Und der fiel auf sie herein. Er war sicher gewesen, dass sie Vater nur benutzte. Der gab ihr eine Rolle in seinem Leben, die ihr nicht zustand, die nur eine Person innehaben durfte: Roana, die Mutter. Vater benahm sich wegen diesem Flittchen wie ein Narr. Und Yann war überzeugt, dass es eine Narretei war, ausgelöst oder angestachelt von dem Mädchen, die seinem Vater den Tod brachte.

Das Tagebuch ließ die Geschichte in einem anderen Licht erscheinen. Seltsam, er hatte sich nie Gedanken darüber gemacht, wer seinen Vater wirklich umgebracht hatte.

Jetzt wusste er es.

Der Groll auf Liasanya war nicht verschwunden, doch der Hass auf jemand anderen war neu.

Der Hass auf sich selbst.

Yann legte das Buch beiseite und ging in den Keller. Gleich darauf kam er mit einer Flasche Bosparaner und einem Seil zurück. Er setzte sich, öffnete die Flasche, trank einen Schluck. Aus der Schreibtischschublade nahm er Papier und Siegel, zog Tuschefass und Feder zu sich heran, überlegte, wie er beginnen sollte.

Er schrieb ein paar Zeilen – hörte auf, legte die Stirn auf die kühle Tischplatte. Kämen doch nur die Tränen, das würde alles leichter machen.

Er starrte wieder auf die Zeilen ...

Ich kann nicht mehr. Vater, ich fürchte, mein Fehler brachte dir den Tod ...

... und stand auf, band das Seil zu einem Knoten, warf es über den Deckenbalken am Fenster und stellte einen Stuhl bereit.

Dann setzte er sich wieder und starrte auf den begonnenen Brief.

Das Tagebuch fehlte!

»Interessant«, sagte eine Stimme hinter ihm. Yann wandte sich erschrocken um. Die dunkle Gestalt kam auf ihn zu, das Tagebuch in der Hand. »Ich wusste nicht, dass das existiert.« Das Buch verschwand in einer Manteltasche.

»Wie kommst du hier rein?«

»Ich bin da, wenn ich gebraucht werde«, antwortete die Gestalt und zog die Kapuze von Kopf.

»Du«, stieß Yann hervor und sprang auf.

»Bleib doch sitzen«, sagte der Besucher, legte eine Hand auf Yanns Schulter und drückte ihn sanft zurück auf den Stuhl. »Schade, dass es so enden muss. Aber ich helfe dir, es auch zu Ende zu bringen. Ich bin doch dein Freund.« Eine Hand wies auf den begonnenen Brief. »Und jetzt hör zu«, sagte die Gestalt, legte die Hände um Yanns Hals und begann zu diktieren.

»Nein«, sagte Yann, »das kann ich nicht.«

»Doch, das kannst du. Du fürchtest den Schmerz«, sagte der Besucher. Seine Fingerspitzen drückten sich in das Fleisch unter Yanns Kehlkopf.

Yann begann zu japsen, die Gestalt ließ von ihm ab, und er begann zu schreiben, was ihm diktiert wurde. Anschließend ließ er sich zum Fenster führen. Sein Begleiter schien den Stuhl nicht für notwendig zu erachten. Er legte Yann die Schlinge um den Hals und zog am anderen Ende des Stricks.

Langsam.

Er schien es zu genießen.

Mit dem Ende kamen Yann endlich auch die Tränen.

Er weinte um sich.

Er weinte um die, die er verraten hatte.

Viertes Kapitel

»Du hast dich mit Yann duelliert?«, fragte Setharan.

»Es war kein Duell. Er hat mich angegriffen, und ich bin davongelaufen. Hatte ja nicht einmal eine Waffe dabei«, erwiderte Liasanya. Mirya hatte die Wunde gut versorgt, und Dank ihrer Hexenmagie schmerzte sie kaum noch.

»Und er hat das Tagebuch?«, forschte Setharan weiter.

»Ja!«, brummte Liasanya.

Setharan schien diese Nachricht zu erfreuen. »Vielleicht ist das gut so«, sagte er. »Er wird es sicher Bosko übergeben. Dann klärt sich alles auf. Auch wenn aus deiner persönlichen Rache nichts wird. Was ich ebenfalls nicht bedauern werde. Jalson war einer üblen Sache auf der Spur. Aber, bei allen Göttern, warum hat er die Papiere nicht gleich der Garde oder der Inquisition übergeben? Warum musste er sich persönlich um die Angelegenheit kümmern – und dazu noch mit den Tobriern gemeinsame Sache machen?« Der Adeptus schüttelte den Kopf.

»Hab ich dir doch gesagt«, sagte Liasanya. »Sie setzten ihn unter Druck, verlangten Schutzgeld. Und er dachte wohl, dass er zwei Fliegen mit einer Klappe schlagen kann. Er stellt sich gut bei den Tobriern, und die erledigen gleich noch die Drahtzieher bei diesen schwarztobrischen Geschäften.«

»Aber wie konnte er sicher sein, dass die Tobrier nicht einfach die ganze Sache übernehmen?«

»So übel die Mundtbach und ihre Bande sind, sie sind noch immer Tobrier. Und mit Dämonenpaktierern haben sie nichts am Hut.«

»Nun, ich werde mich jetzt auf den Weg zur Criminal-Cammer machen«, sagte Setharan und sprang auf. »Vielleicht war Yann schon dort. Dann feiern wir heute Abend ein Fest.«

Doch von der Criminal-Cammer schickte man Setharan gleich zu Jalsons Anwesen. Er war weiterhin guter Dinge: Yann hatte mit Sicherheit Bosko zu sich einbestellt und das Tagebuch übergeben.

Erst als ihn der Inquisitor an Jalsons Haustür mit: »So? Mal wieder als Letzter am Tatort?« begrüßte, war klar, dass das Fest ausfallen würde.

Er folgte Dorbrechtsson – vorbei an den völlig aufgelösten Giesel und Laille – nach oben.

Yanns Leiche war abgenommen worden und lag jetzt, den Strick noch um den Hals, auf dem Boden vor dem Fenster. Hauptmann Bosko stand am Schreibtisch und reichte dem jungen Magier wortlos und mit grauer Miene ein Blatt Papier.

Setharan las es:

Ich kann nicht mehr. Vater, ich fürchte, mein Fehler brachte dir den Tod.
Ich habe dich mit dieser verfluchten Diebin zusammengebracht. Sie war heute bei mir und gestand, auch Lechdan Meeltheuer getötet zu haben. Sie sagt: Noch weitere werden folgen.
Seit sie da war, geht es mir elend. Das ist einerseits kein Wunder, jedoch scheint mir, ich bin nicht mehr Herr meiner Sinne.
Nicht mehr Herr meiner selbst.
Ich kann mich nicht erinnern, den Strick angebracht zu haben.
Er ruft mich zum Schlaf.
Es tut mir leid.

Die letzten Worte waren kaum noch lesbar, die Unterschrift ein Gekrakel.

Setharan versuchte, nicht zu sehr zu zittern, als er den Brief zurück auf den Tisch legte.

»Sollte es jetzt noch Zweifel an der Schuld der Hauptverdächtigen geben?«, fragte Inquisitor Dorbrechtsson.

Setharan schüttelte den Kopf. Mit geschäftiger Nüchternheit versuchte er das Chaos in seinem Inneren zu verbergen. Er ging zur Tür und schaute mit auf dem Rücken verschränkten Armen hinaus auf die Treppe. »Nein«, sagte er. »Kein Zweifel. – Obwohl.« Er drehte sich um, marschierte mit langen Schritten zurück zum Schreibtisch, zog den Brief noch einmal zu sich her. »Obwohl – wenn ich Yann Jalsons Worte richtig deute, so stand er unter dem Zwang, sich selbst töten zu müssen. Dazu ist ein mächtiger Beherrschungszauber nötig ...«

»Dem, wie ihr glaubt, unsere Verdächtige nicht mächtig ist?«

»Nein, das wollte ich nicht sagen. Aber wer unter solch einem Bann steht, dem mag auch der Geist und die Feder, die er führt, getäuscht werden.«

»Da muss ich Euch enttäuschen. Zweierlei zu Eure Information: Der junge Jalson war offensichtlich spätestens seit dem Tod seines Vaters schweren Gemüts. Die vermeintliche Schuld, seinem Vater dieses Weib zugeführt zu haben – die Umstände werden ja jetzt wohl endgültig im Dunkeln bleiben – mag es der Zauberin leicht gemacht haben, den Wunsch zu forcieren, sein Leben wegzuwerfen. Und zweitens: Die Täterin ist auf der Flucht gesehen worden. Sie hat wohl ihr Äußeres verändert – ob auf natürliche oder magische Weise, ist nicht bekannt – aber die Bediensteten haben sie eindeutig identifiziert.«

Setharan unterdrückte ein Stöhnen. Wie sollte er jetzt Liasanyas Unschuld beweisen? Wer oder was konnte den Weg zu den Drahtziehern hinter dieser ganzen Intrige weißen? So musste es sein: Das war eine verdammte, heimtückische Intrige, deren Sinn und Zweck er einfach nicht verstand! Sein Herz wollte fest an Liasanyas Unschuld glauben – auch wenn der Verstand zu rebellieren begann.

»Ja«, war alles, was er hervorbrachte. »Das ist wohl eindeutig.«

***

Liasanya nahm Setharans Bericht mit versteinerter Miene zur Kenntnis. Es war fast wie damals, als sie von der Wache zu Halbarts Leichnam geführt wurde. Wo eben noch die Hoffnung glomm, der Albtraum könnte ein Ende finden, tat sich jetzt ein schwarzer Abgrund auf.

Liasanya floh auf die Dächer der Stadt. Sie wollte allein sein. Andererseits wünschte sie sich fast, die Garde würde kommen und sie festnehmen. Sie war es müde, davonzulaufen.

Ein altes Mietshaus im Südquartier, das alle Gebäude in der Nachbarschaft überragte, war ihr Ziel. Auf den sonnengewärmten Dachziegeln streckte sie sich aus und wartete auf die Nacht. Die trockene Hitze war einer drückenden Schwüle gewichen, doch noch immer zeigte sich keine Wolke am Himmel. Ihre Gedanken kreisten mit den Sternen über ihr: Wer tat ihr das an? Wer wollte sie in den Fängen der Inquisition sehen? Wer wusste – manchmal besser als sie selbst-, wohin sie ging und was sie vorhatte? So gut, dass sie an den ungünstigsten Orten auf die unpassendsten Leute traf. Oder waren es gar nicht die Menschen, die ihr so übel mitspielten? Hatte sie sich an den Göttern versündigt? Nahm Praios ihr das bescheidene magische Talent so übel, dass sie auf dem Scheiterhaufen brennen sollte?

Plötzlich sagte eine Frauenstimme: »So treffen wir uns endlich.«

Liasanya fuhr herum. Auf dem Giebel stand eine schlanke, hochgewachsene Gestalt. »Wer bist du? Ich habe dich nicht bemerkt«, sagte Liasanya.

»Das will ich auch hoffen«, erwiderte die Frau und kam näher. Ein wunderschönes Gesicht, umrahmt von silberweißem Haar, war jetzt zu erkennen.

»Talimee? Talimee Nebelstern?«, flüsterte Liasanya, als sie die berühmt-berüchtigte Diebin zu erkennen glaubte.

Diese nickte nur und setzte sich neben Liasanya. »Nicht mein Revier, aber die Sterne sind hier genau so schön wie in Neu Gareth«, sagte sie.

»Was willst du?«, fragte Liasanya.

»Warum so unhöflich? Ich wollte nur sehen, wer mir in den Schankstubengeschichten langsam den Rang abläuft. Du bist also die Diebin aus Meilersgrund, die vermeintliche Paktiererin, von der alle reden.«

»Ich bin keine Paktiererin!«

»Ich weiß. Deshalb sagte ich auch: vermeintlich. Ich sehe schon, wir haben viel gemeinsam.«

Was sollte ich schon mit der berühmten und reichen Talimee gemeinsam haben, dachte Liasanya. »Wenn du meinst, dass ein Fluch auch auf dir liegt, so habe ich davon noch nichts gehört«, sagte sie bitter. »Warum bin ich mit Madas Gabe gestraft?«

»Es ist, wie du schon sagst, eine Gabe, kein Fluch. Ich muss es wissen.« Talimee legte sanft eine Hand auf Liasanyas Schulter.

»Du?«

»Ist das nicht allgemein bekannt? Mein Blut legt es doch nahe.«

Natürlich! Talimee war eine Halbelfe. Liasanya war nicht in den Sinn gekommen, dass die bekannte Diebin ihren Erfolg ebenfalls nicht allein den geschickten Fingern verdankte.

»Ja«, sagte Talimee. »Wir haben viel gemeinsam. Wir lieben die Dächer unserer Stadt. Wir lieben die Unabhängigkeit. Und Madas Gabe tut uns gelegentlich einen Gefallen.«

»Das Einzige, was sie bei mir gerade tut, ist: Sie bringt mich jeden Tag dem Scheiterhaufen näher«, sagte Liasanya.

»Ich glaube nicht, dass es deine Gabe ist«, erwiderte Talimee. »Ich glaube, es sind zutiefst menschliche und derische Umstände, die dich in Gefahr bringen.«

»Wie meinst du das? Weißt du etwas darüber?«

Talimee schüttelte den Kopf. »Aber glaub mir: Es ist der Rat einer erfahrenen Kollegin. Das Gespür einer großen Schwester. Du wirst es schon schaffen. Vertrau auf deine Freunde. Und vertrau auf dich.«

Die Meisterdiebin beugte sich zu Liasanya hinüber und hauchte einen Kuss auf deren Wange. Dann stand sie auf und war innerhalb von wenigen Augenblicken verschwunden.

Liasanya lag noch lange auf dem Dach und betrachtete die Sterne.

Irgendwann schlief sie ein, und als sie am Morgen erwachte, dachte sie eine Zeit lang, die Halbelfe sei nur ein Traum gewesen. Doch dann fand sie eine seltsame Blüte in ihrer Tasche: den Gruß der Silberkatze.

***

Der Himmel hatte ein trübes Graublau angenommen. Und als sich am Horizont die Wolken zu schwarzen bedrohlichen Türmen zusammenschoben, wussten die Garether, dass es keinen erfrischenden Sommerregen geben würde. Doch noch war es nicht so weit.

Liasanya und Setharan trafen sich an diesem Morgen in einer heruntergekommenen Schankstube unweit von Miryas Haus. Das war zwar gefährlicher als in irgendeinem Hinterhof, aber – es gab noch keinen neuen Steckbrief – Liasanya fühlte sich mit dem veränderten Aussehen relativ sicher. Die quälende Schwüle ließ die Kleider am Leib kleben, und mehr denn je sehnte sie sich nach einem Bad. Sie war fast froh über die geschorene Haarpracht.

Setharan wischte sich den Schweiß von der Stirn und nahm einen tiefen Schluck aus dem Wasserkrug, ehe er sagte: »Was ich mich frage: Wo ist das Tagebuch, das du erwähnt hast?«

Liasanya zuckte mit der Schulter. »Gestohlen?«

»Aber von wem? Laille und Giesel würden so etwas Wichtiges niemals an sich nehmen.«

»Yanns Mörder?«

»Li! Es deutet nichts darauf hin, dass es einen Mörder gibt. Er hat sich erhängt. Und in seinem Wahn hat er dich ein weiteres Mal der abscheulichsten Verbrechen bezichtigt. Das Tagebuch hat er vielleicht verbrannt.«

»Ich habe ihm gesagt, dass es das Tagebuch seinen Vaters ist und dass es daraus die Wahrheit erfahren würde. Warum sollte er es vernichten? Außerdem: Brannte denn irgendwo ein Feuer?«

»Vermutlich in der Küche. Yann ist verrückt geworden ...«

»Yann war nicht verrückt! Er war verzweifelt vor Wut und Trauer, aber er war nicht verrückt.«

»Aber ... wenn das Tagebuch so existiert hat, wie du es schilderst ...«

»Du hältst mich also auch für verrückt? Ich habe es mir nicht eingebildet. Ich hatte das Tagebuch in der Hand! Genau so, wie ich es beschrieben habe.« Liasanya zitterte vor Anspannung.

»Ich glaube dir doch!«, versuchte Setharan sie zu beschwichtigen. »Aber es ist weg. Versteh mich nicht falsch. Ich kann mit dieser

Geschichte nicht zu Bosko oder Dorbrechtsson gehen. Es gibt keinen einzigen Beweis, dass das Tagebuch, Meeltheuers Schatulle oder die ganzen verdammten schwarztobrischen Geschäfte je existiert haben.«

Liasanya schwieg. Auch wenn Setharans Lippen etwas anderes bekannten: Er misstraute ihr. Vertraue auf deine Freunde, hatte Talimee gesagt. Schon bald würde sie keine Freunde mehr haben. Es fiel ihr schwer, nicht am eigenen Verstand zu zweifeln.

»Wie machen wir weiter?«, fragte Setharan sanft. »Ich kenne Jalsons tobrische Freunde nicht. Horger hat gemeinsam mit Halbart gegen Borbarads Horden gekämpft, das hat er mir erzählt. Wie es mit Oisin aussieht, weiß ich nicht. Aber Roban Horger könnte das nächste Opfer sein.«

»Seth!«, fuhr ihn Liasanya an. »Hör damit auf! Oder glaubst du inzwischen ebenfalls an diesen Rachefeldzug aus Schwarz-Tobrien? Das ist Blödsinn! Die Leute sterben wegen Meeltheuers Papieren. Irgendjemand will verständlicherweise, dass seine miesen Geschäfte nicht auffliegen. So ist das.«

»Bist du dir wirklich sicher?«

»Ja! Wie oft soll ich es noch sagen? Halbart hat mich beauftragt, Meeltheuer zu bestehlen. Das ist wohl nicht der Einbildung einer Verrückten entsprungen. Und deine Unterredung mit den Tobriern sollte dir doch noch in Erinnerung sein. Oder war das auch nur eine Fiebertraum?«

»Ich wünschte, es wäre so«, seufzte Setharan.

»Du solltest nicht das, was wir wissen, und das, was du der Inquisition erzählen kannst, durcheinanderbringen. So wenig uns auch bleibt«, sagte Liasanya.

»Bleibt überhaupt etwas? Die meisten, die davon wissen, sind tot. Zumindest die, die wir kennen.«

»Roban Horger.«

»Du magst ihn nur nicht! Es gibt nicht den geringsten Hinweis, dass er von irgendetwas wusste.«

»Zurzeit sind die Leute, die ich nicht mag, in der Mehrheit. Muss wohl an mir liegen«, sagte Liasanya bitter. »Aber wer sagt denn, dass Horger nicht doch eingeweiht war?«

»Ich hab mehr als einmal mit ihm gesprochen. Er ist ein kultivierter Ehrenmann. Und seine Bibliothek ...« Setharan verstummte, als er Liasanyas Miene sah.

Eine Weile schwiegen beide grübelnd.

»Meeltheuer«, sagte Liasanya plötzlich.

»Was ist mit Meeltheuer?«, fragte Setharan verwundert.

»Richtige Frage! Ist er überhaupt tot? Wie ist Jorla an seine Sachen gekommen?«

»Frag sie doch.«

»Das werde ich. Wenn ich sie finde.«

»Das dürfte das kleinste Problem sein. Sie war erst heute Morgen bei Mutter und bettelte um neue Salbe. Ihr Gesicht sieht schon viel besser aus. Aber ich bin sicher, dass sie bald wiederkommt.«

***

Tatsächlich tauchte Jorla zwei Tage später bei Mirya auf, und diese verabredete ein Treffen mit Liasanya.

Jorla behauptete, Meeltheuers Sachen bei seinem Leichnam in den Katakomben gefunden zu haben und erklärte sich – wenn auch widerwillig – bereit, Liasanya am Abend des folgenden Tages dorthin zu führen. Setharan fand keinen Gefallen daran, dass die beiden Frauen allein in den Untergrund gehen wollten, aber Jorla weigerte sich strikt, den Magier mitzunehmen.

Am nächsten Morgen schaute Liasanya besorgt zum Himmel. Noch immer hatte kein Tropfen Nass den ausgetrockneten Leib Sumus erfrischt. Aber der Wind nahm jetzt stetig zu und trieb schwarze Gewitterwolken übers Land. Noch fern, eher zu spüren, als zu hören, grollte der Donner.

Die Diebin hoffte, dass sich das Unwetter noch etwas Zeit ließe und sich die Kanäle nicht so schnell füllten, wie es die Gerüchte verhießen.

Um die Mittagszeit ebbte der Wind plötzlich ab. Schwere Regentropfen schlugen kleine Krater in den staubigen Boden. Kinder wie Erwachsene trieb es nach draußen. Alle reckten die Gesichter dem Regen entgegen, ließen sich von dem himmlischen Nass Staub und

Schweiß von der Haut waschen. Dann zog der erste Hagelschauer über die Stadt, und die Leute ergriffen die Flucht.

Liasanya hatte sich dieses Mal auf die Reise in die Dunkelheit vorbereitet. Sie trug ein Bündel mit Zunder, Feuerstein und Talglichtern sowie eine kleine Öllaterne bei sich. Außerdem steckte der Dolch in ihrem Stiefelschaft.

Auch Setharan hatte eine Tasche bereitgelegt und einen einfache dunkle Robe übergeworfen. Er wollte den beiden heimlich folgen. Doch daraus wurde nichts.

Am späten Nachmittag tauchte der junge Scholar Gorwind im Hexenhaus auf. Er überbrachte eine Nachricht, die über Eboran von Methumis dringend an ihn weitergeleitet werden solle: Der Adeptus *müsse* sich umgehend in der Criminal-Cammer einfinden. Setharan blieb nichts anderes übrig als zu folgen. So machte sich Liasanya am frühen Abend alleine auf, um in dem Hinterhof, in dem sie das letzte Mal den Untergrund verlassen hatte, auf Jorla zu treffen.

Wind kam auf und trieb einen stetigen Nieselregen durch die Straßen. Der Himmel war in ein düsteres Violett getaucht. Nur vereinzelt stießen Sonnenstrahlen wie mahnende Finger durch die Wolkendecke. Am Horizont kündigten Blitze den Höhepunkt des Unwetters an.

Jorla wartete schon am vereinbarten Treffpunkt. Sie trug wieder Miryas altes Kleid – es war noch erstaunlich sauber.

Die Bettlerin freute sich, Liasanya zu sehen, und nahm diese kurz in den Arm. Dann stiegen sie gemeinsam in den Graben, durchquerten einige Keller, ehe Jorla vor einem unscheinbaren Loch stehen blieb.

»Nicht schön, nicht schön«, sagte sie. »Müssen unter der Mauer durch. Da gibt es bessere Wege, aber die mag Jorla nicht gehen. Sind zu viele Leute. Wir müssen weit nach unten. Komm – und bleib immer bei mir.«

Dieses Mal schien sich Jorla nicht blind auf ihre Wegkenntnisse zu verlassen. Sie hatte ein kleines Bündel Pechfackeln bei sich und entzündete jetzt eine davon. Der Tunnel ging stetig in die Tiefe. Zunächst sah man noch Spuren der Werkzeuge, mit denen der

Gang durch den Fels getrieben worden war. Dann verschwand jeder Hinweis auf Menschenwerk. Ob der Gang so alt war, dass das Wasser jegliche Zeichen ausgelöscht hatte, oder ob der Weg, dem sie jetzt folgten, natürlichen Ursprungs war, wusste Liasanya nicht. Die Wände waren zum Teil mit schmierigen, orangeroten Flechten überzogen. Auch wenn es die Diebin in den Fingern juckte, so wagte sie nicht, die Gewächse anzufassen.

Die wochenlange Trockenheit hatte diesen Ort nicht erreicht. Bei jedem Schritt sanken sie in den aufgeweichten Boden ein. Weiße Maden sammelten sich in den feuchten Fußspuren. Handtellergroße Schaben huschten eilig aus dem Licht ihrer Fackel. Einmal sah Liasanya einen armlangen Tausendfüßler, der sich bedrohlich vor ihnen aufrichtete und den stachligen Rückenkamm aufstellte, sich aber dann – angesichts der offensichtlich bedeutend größeren Gegenüber – trollte und in der Dunkelheit verschwand.

Während Liasanyas Ekel vor dem bleichen Leben hier unten wuchs und wuchs – da waren ihr ja die Gargyle aus Neu-Gareth lieber –, störte sich Jorla nicht im Geringsten an dem Gewusel. Manchmal, wenn eine besonders prächtige Schabe oder ein besonders fetter Aaskäfer vor ihr auftauchte, trat sie mit einem Grinsen darauf. Meist wurde das Insekt dann einfach in den Morast gedrückt, doch manchmal knackte der Panzer mit einem Geräusch, das Liasanya die Nackenhaare zu Berge stehen ließ, und Jorlas lappenumwickelte Füße zogen noch zwei, drei Schritte einen gelblichen Schleimfaden hinter sich her. Nur an den Abzweigungen wurde Jorla langsam, lauschte und schnüffelte intensiv in jeden Stollen, ehe sie weiterging.

Liasanya konnte sich nur langsam an das vielfältig gedeihende Kleingetier gewöhnen, da machte die Höhle eine Biegung und Jorla blieb abrupt stehen. Keine zehn Schritt vor ihnen versperrte etwas den Weg. Zunächst dachte Liasanya, es sei eine große Höhlenspinne. Der behaarte Leib, von Größe und Form her an ein Bierfass erinnernd, wippte zwischen mehreren Beinpaaren auf und ab. Doch ein gut zwei Schritt langes Fühlerpaar spross aus dem aufgedunsenen Leib und tastete klackend die Höhlenwände entlang. Die Augen unterhalb der Fühleransätze waren nicht die eines Insekts, eher die eines Säugetiers. Und als diese Augen im Licht von Jorlas Fackel aufleuchteten, streckten sich die Fühler gierig nach ihnen aus.

Mehr konnte Liasanya nicht erkennen, denn Jorla warf die Fackel zu Boden und trat die letzten Funken aus.

Liasanya wollte sich umdrehen und davonlaufen, doch Jorla hielt sie fest. »Es wird dich jagen«, flüsterte sie. »Und wenn du entkommst, hast du dich verlaufen.«

Ein leises Schmatzen kam aus der Dunkelheit, und ein Knacken wie von morschem Holz.

Jorla drückte Liasanya eng an die Höhlenwand und flüsterte: »Du blutest?«

»Was? Nein, ich bin nicht verletzt. Nicht mehr.«

»Gut. Es würde es riechen. Sei jetzt still.«

Das Klicken und Schmatzen war jetzt ganz nahe.

Plötzlich fühlte Liasanya eine Berührung an ihrer Wade. Sie musste einen Schrei unterdrücken, wollte in die Knie gehen und den Dolch aus dem Stiefelschaft ziehen. Doch Liasanya spürte die warme Hand der Bettlerin an der ihren – wieder hätte sie fast aufgeschrien – und hielt inne. Sie nahm Jorlas Hand und drückte fest zu.

Das Tasten ging weiter, über ihre Beine, den Bauch, die Arme, die Brust. Etwas berührte ihr Gesicht, es war kalt und feucht, Liasanya hielt die Luft an und schloss die Augen. Schweiß brach ihr aus. Sie drückte sich fest an die Wand, spürte, wie die schleimige Nässe ihr Hemd durchtränkte.

Dann war es vorbei.

Die Geräusche verschwanden in der Richtung, aus denen Jorla und Liasanya gekommen waren.

Licht flammte auf. Jorla hatte mit geübter Hand eine neue Fackel entzündet. »Komm weiter, sind bald da, müssen wieder nach oben«, sagte sie und ging voran.

Liasanya hatte nicht die geringste Lust zu fragen, was das für ein Ding gewesen war.

***

»Hesinde zum Gruße, werte Herren. Gibt es Neues bei unseren Nachforschungen? Oder benötigt ihr meine Hilfe, wo ihr mich so dringend hier einbestellt habt? Es ist mir ...« Setharan hielt inne. Nur Hauptmann Bosko war im Raum. Er hatte dem Magier den Rücken zugewandt, stand am Fenster und starrte nach draußen.

»Auch ich wurde von Inquisitor Dorbrechtsson erst von kurzem unterrichtet, dass er uns unverzüglich zu sehen wünscht. Er ist noch nicht hier«, sagte er, ohne sich umzudrehen.

»Wisst ihr, um was für eine Angelegenheit es sich handelt?«, fragte Setharan.

»Nein«, antwortete Bosko kurz angebunden. »Ich kann nicht behaupten, dass es mir gefällt. Als Hauptmann der Garde und Mitglied der Criminal-Cammer bin ich anderes gewohnt. Aber in diesem Fall scheint es ja zur Normalität zu werden.«

»Auch ich bedaure das, Herr Hauptmann. Der Inquisitor Dorbrechtsson scheint nicht sehr kooperativ zu sein. Ob es an seiner Jugend liegt oder an der veränderten Lage, mit der auch die Heilige Inquisition zu kämpfen hat? Mag sein, er ist es gewohnt, so wie früher, nur mit Untergebenen zu arbeiten. Aber seid versichert, ich ...«

»Ihr?«, sagte Bosko. »Ihr kommt und geht auch, wie es Euch gefällt.«

Setharan sank das Herz in die Hose. »Aber was ist ... ich habe nachgeforscht ...«

»Ach?«

»Ja!«

»Und währenddessen entwischt uns die Verdächtige ein ums andere Mal. Vielleicht könnt ihr mir das erklären?«

»Äh ... nein ... wieso ich?«

Bosko schaute noch immer zum Fenster hinaus. »Ihr seit schon ein seltsamer Magier«, sagte er. »Ihr schleicht hier herum, aber Ihr setzt Eure Fähigkeiten kaum ein.«

»O doch, wo es mir sinnvoll erscheint. Bei Jalsons Leichnam zum Beispiel. Ansonsten halte ich es für wenig ratsam, in Gegenwart des Herrn Inquisitors meine Talente zu sehr zur Schau zu stellen.« Setharan lachte gezwungen.

»Trotzdem ...«, sagte Bosko scharf und verstummte dann abrupt.

Setharan sah, dass sich die Hände des Soldaten krampfhaft in das Fensterbrett krallten. Als könne er sich nur mühsam zurückhalten, nicht loszuschreien.

»Wenn Ihr einen Jahrmarktszauberer braucht, so solltet ihr dort suchen«, versuchte Setharan sich zu verteidigen. »Ich hingegen bin mir als Adeptus und Absolvent der Akademie zu Schwert und Stab meiner Verantwortung bewusst und halte es für sinnvoll, Zurückhaltung zu wahren.«

»Ich werde aber keine weitere Zurückhaltung wahren, Herr Adeptus!«, rief Bosko und drehte sich endlich zu Setharan um. Sein Gesicht war wutverzerrt.

Kurz fürchtete Setharan, der Hauptmann würde auf ihn losgehen, doch dieser eilte an ihm vorbei, riss die Tür auf, spähte nach draußen, schloss die Tür wieder und lehnte sich dagegen. Bosko holte tief Luft und zischte dann durch die zusammengebissenen Zähne: »Es ist gut, dass wir noch allein sind. Denn es gibt etwas, das mir schon lange am Herzen liegt. Ich habe genug von Eurem arroganten Geschwätz, Herr Magier. Ich habe genug von Euch Gelehrten und Geweihten, Euren hohlen und sinnlosen Reden, Eurer Untätigkeit und Besserwisserei.«

Setharan ahnte, dass Bosko nicht nur ihn, sondern auch den Inquisitor meinte, es aber niemals wagen würde, diese Rede in dessen Gegenwart zu führen.

»Und ganz besonders ...«, Bosko trat jetzt auf Setharan zu und schaute ihm in die Augen. »Und ganz besonders hasse ich es, wenn ich zum Narren gehalten werde, wenn ich belogen werde, von einem Bürschchen, das meint, nur weil es eine Robe trägt, könnte es sich alles erlauben.«

»Äh ... meint ...«, stotterte Setharan, da sich seine ärgsten Befürchtungen zu bestätigen schienen. »Ihr meint seine Gnaden, den Inquisitor ... ich hingegen ...«

»Ich spreche von Euch!« Geronius Bosko packte Setharan am Kragen und stieß ihn gegen die Wand. »Ich spreche von Euch«, wiederholte er leise und ließ Setharan wieder los. »Ihr kennt sie.

Das weiß ich genau. Eine Zeit lang dachte ich, Ihr würdet Euch mir irgendwann anvertrauen, da wir die gleichen Interessen haben. Aber da habe ich mich wohl getäuscht. Ihr spielt ein Spiel mit mir. Ein gefährliches Spiel. Es könnte Euch den Kopf kosten.«

»Ich weiß nicht, was Ihr meint ... ich ...«

»Hör mal zu, *Herr* Magier.« Bosko trat wieder ganz nah an Setharan heran und zischte ihm ins Ohr: »Ich hab jetzt genug. Ich mag ein einfacher Gardist sein. Aus einer einfachen Familie. Ich trage keine Robe, sondern nur eine Uniform. Aber alles, was ich in meinem Leben erreicht habe, habe ich mir hart erarbeitet, und ich lasse mir das nicht von Euch kaputtmachen. Denn einer Gabe habe ich es zu verdanken, dass ich heute Hauptmann der Garde bin und für die Criminal-Cammer arbeite: Das ist mein Gespür dafür, wenn jemand versucht, mich an der Nase herumzuführen!«

Bosko atmete schwer.

»Ihr verschweigt mir etwas«, fuhr er fort. »Und ihr kommt Euch dabei auch noch ungeheuer schlau vor. Aber gebt Acht! Inquisitor Praiodan Dorbrechtsson mag verblendet sein, ist aber nicht blind. Seine Gedanken mögen in fremden Sphären weilen, doch seine Ohren sind überall. Auch er fragt sich längst, woher Ihr so viel über die Verdächtige wisst und warum Ihr so beharrlich an ihre Unschuld glaubt. Ich habe meinen Verdacht zu lange für mich behalten. Ist Euch bewusst, dass wir beide längst mit einem Bein in den Kerkern der Inquisition stehen? Also!« Er senke die Stimme. »Ihr kennt diese Frau, und Ihr wisst, wo sie sich befindet! Ich bin kein Hexenjäger, ich suche einen Mörder.« Bosko holte noch einmal tief Luft und fügte mit fast flehender Stimme hinzu: »Ihr glaubt an ihre Unschuld? Gebt mir eine Chance, *mein* Urteil zu fällen. Ich möchte nur mit ihr reden.«

Bosko ließ von Setharan ab.

Dieser sackte in sich zusammen und senkte beschämt den Blick, fühlte die Stiche eines plagenden Gewissens. Er hatte in Boskos Augen nicht nur Bitterkeit und Zorn gesehen, sondern auch Angst und Enttäuschung. Seine Unbedachtheit brachte nicht nur ihn und Liasanya in Gefahr, sondern auch andere. Aber er konnte das

Mädchen doch nicht so einfach an die Garde ausliefern. »Ich weiß nicht, wo sie ist«, sagte er leise.

»Geht mir aus den Augen – ich will Euch hier nicht mehr sehen. Verschwindet, solange Ihr noch Zeit habt.« Bosko ging zurück ans Fenster und starrte hinaus.

Setharan blieb wie angewurzelt stehen.

»Ihr seid noch nicht weg?«, fragte Bosko.

»Nein – so hört doch zu!«, faste sich Setharan ein Herz. Er wünschte sich verzweifelt, dass Bosko ihm vertraute. Und dass er Bosko vertrauen konnte. »Ihr habt ja recht ... ich kenne sie ... seit fast einem Jahr. Ich will ihr doch nur helfen. Ich bin sicher, dass sie unschuldig ist.«

»Ihr seid sicher? Heißt das, ihr wisst, dass sie unschuldig ist?«

»Äh ... ich glaube ... ich habe sie untersucht und fand keine Spuren von Besessenheit oder eines Dämonenpaktes.«

»So?«

»Ich kam am Vierten des Praios nach Gareth zurück. Liasanya bat mich um Hilfe. Ich sprach mit meinem alten Lehrmeister Eboran von Methumis, der mich an Euch verwies. Liasanya hält sich die meiste Zeit versteckt. Nicht einmal ich weiß, wo. Wir treffen uns an wechselnden Orten im Südquartier. Wenn sie aber etwas Ungewöhnliches bemerkt, wird sie nie erscheinen. Sie ist jetzt auf der Suche nach Beweisen für ihre Unschuld. Sie ist auf der Suche nach Meeltheuer. Vor morgen kann ich sie nicht erreichen. Wenn Ihr mir noch einmal vertraut, dann werde ich versuchen, sie zu überzeugen, mit Euch zu reden.«

Bosko schaute Setharan lange an. Dann nickte er. »Gut. Einmal werde ich Euch noch vertrauen.«

Schweigend warteten sie auf den Inquisitor. Dann wurde die Tür aufgerissen, und Praiodan Dorbrechtsson marschierte in Begleitung von zwei Sonnenlegionären und einem zerlumpten Mann herein. »Wollt ihr mich begleiten?«, fragte er. »Es wird Zeit, Licht in das Dunkel zu bringen.«

***

Der niedrige gemauerte Gang führte stetig nach oben. Auch wenn es die Geräusche und Gerüche nahe legten, dass sie hier unten nicht allein waren, so begegnete ihnen doch kein größeres Lebewesen als ein paar gewöhnliche Ratten. Liasanya holte die Laterne aus ihrem Bündel und entzündete sie. Schnell bereute sie es, denn der Gang wurde bald so niedrig, dass sie auf allen vieren kriechen mussten. Schlamm verspritzte das Glas der Laterne. Wenn Liasanya ihre Gliedmaßen aus dem Morast zog, überkam sie eine Woge fauligen Gestanks, der sie würgen ließ.

»Wie ist es hier eigentlich, wenn es geregnet hat?«

»Sehr alt, sehr tief, der Weg hier«, schnaufte Jorla. »Oft voller Wasser. Aber das Wasser fließt schnell ab. Ist sicherer, der Weg.«

Endlich krochen sie durch einen Mauerdurchbruch, vielleicht einen halber Schritt hoch. Liasanya wischte mit dem Ärmel den Dreck von der Laterne und blendete etwas auf. Feuchte, schwarze Steine bildeten einen hohen Gewölbegang, der in beiden Richtungen in die Finsternis führte.

Jorla stand auf, wandte sich nach links und ging einige Schritt weiter. »Komm, wir sind da«, sagte sie und winkte Liasanya zu sich.

In der rechten Gewölbewand befand sich eine Tür, uralt, aus verzogenen Bohlen zusammengefügt. Doch auf ihr prangte ein zwar rostiger, jedoch offensichtlich recht neuer Metallriegel. Jorla schob ihn beiseite, wollte die Tür öffnen. Dann hielt sie inne, lauschte, ging ein Stück weiter den Gang entlang und kniete sich hin. Nachdenklich betrachtete sie die Spuren im feuchten Boden. Als sie zurückkam, sagte sie: »Nicht gut. Gar nicht gut. Sie gehen normalerweise nicht hier runter.« Das erste Mal schien Jorla wirklich unsicher zu sein.

»Wen meinst du? Die Rattenmenschen?«, fragte Liasanya.

»Nenn *sie* nicht so. Der Tunnel hier führt direkt unter der Mauer durch, aber er endet in *ihrem* Lager. Deshalb mag ich ihn nicht gehen. Aber vielleicht hat das Wasser *sie* hierher getrieben. Ja, so muss es sein. *Sie* werden es nicht wagen. Noch nicht. Komm!«

Jorla lächelte gezwungen, ging den Gewölbegang zurück, vorbei an dem Mauerdurchbruch und weiter in die andere Richtung.

Liasanya fragte sich, was Jorla wohl meinte. Die Bettlerin hatte Ähnliches schon bei ihrer ersten Begegnung angedeutet: Die Rattenmenschen – Liasanya fand keinen treffenderen Namen für sie – sahen in Jorla eine Bedrohung und würden eines Tages versuchen, sie aus dem Weg zu räumen. Aber warum sollten sie sich gerade den Tag aussuchen, an dem sie mit Jorla hier unten herumkroch? Die Liste der unangenehmen Zufälle schien kein Ende zu nehmen. Wenn es denn überhaupt Zufälle waren.

Liasanya folgte der Bettlerin. Jorla wartete an einem kleinen Tunnel, der nach links abging und sich in der Dunkelheit verlor. Gleich an der Ecke befand sich ein gemauerter Rundbogen in der Wand. Eine steile Treppenflucht führte nach oben.

»Hier«, sagte Jorla und wies auf die Treppe. »Hier geht es raus. Immer rauf. Jorla mag den Weg nicht, dort sind viele Menschen. Aber du kannst ihn gehen, wenn sie kommen.«

»Wer soll kommen?«, fragte Liasanya, bekam aber wieder keine Antwort.

Sie gingen zurück zu der Tür und öffneten sie.

»Jetzt ist er nicht mehr frisch«, sagte Jorla. »Aber du wolltest ihn ja sehen.«

Liasanya hatte gedacht, nach dem seltsamen Spinnentier und dem Kriechen im Schlamm könne sie nichts mehr erschrecken, aber der Gestank, der ihr entgegenschlug, ließ sie ein paar Schritt zurücktaumeln. Obwohl es nicht viel helfen würde, wandte sie den Kopf von der Tür ab, holte noch einmal tief Luft und ging hinein.

Er lag auf dem Rücken, nackt und aufgedunsen, die Haut im Laternenlicht von grau-grüner Farbe. Sein Kopf lag zwei Schritt neben ihm. Ein Teil des Gesichts fehlte, auch die Augen. Unter schwarzen, etwa handtellergroßen Flecken bewegte es sich. An einigen Stellen waren die Schwären aufgebrochen, man konnte das Gewimmel weißer Maden sehen.

Doch Liasanya erkannte ihn sofort. Die kleine dünne Statur, das geschniegelte dunkle Haar, die Reste der spitzen Nase.

»Meeltheuer«, murmelte sie.

»Das ist ihm jetzt egal«, knarrte Jorla hinter ihr.

»Was? Wie?«, fragte Liasanya verblüfft.

»Spielt für ihn jetzt keine Rolle mehr, wenn das Mehl teuer ist.«

»Was? Nein – er heißt ...« Trotz des Anblicks und des Gestanks musste Liasanya grinsen.

»Ja – Jorla hat einen Witz gemacht«, lachte die Bettlerin. »Jorla weiß, er hieß Meeltheuer.«

Plötzlich hielt Liasanya inne. Sie bückte sich, zog den Dolch und scharrte im Boden. Dort, im Dreck, lagen zwei etwa wallnussgroße Dinge. Die Verwesung war schon weit fortgeschritten, aber sie erkannte, was es war.

Liasanya taumelte hoch, stürzte zur Tür hinaus, lehnte sich gegen die Wand des Gangs und begann zu schluchzen.

»Halbart«, war das einzig Verständliche, was sie hervorbrachte.

Jorla folgte ihr verunsichert. Zaghaft legte sie eine Hand auf Liasanyas Schulter. »Was hat meine Freundin?«, fragte sie vorsichtig.

Liasanya brauchte eine Weile, bis sie sprechen konnte. »Ach, es hat mich nur erschreckt. Die Augen. Die Augen wurden nicht von Tieren gefressen.«

»Nein«, sagte Jorla nüchtern. »Keine Augen. Er kann uns nicht sehen. Aber warum erschreckt dich das?«

»Weil der, der Meeltheuer umgebracht hat, auch Halbart auf dem Gewissen hat. Weil ... ach!«

»Wer ist Halbart?«, fragte Jorla.

»Ein Freund, ein guter Freund«, sagte Liasanya schlicht. Sie hatte keine Lust, Jorla die ganze Geschichte zu erzählen.

»Ein besonders guter Freund?«, fragte Jorla vorsichtig.

»Ja«, antwortete Liasanya. »Ein ganz besonderer.«

»Ach so«, sagte Jorla und ging mit gesenktem Kopf ein paar Schritte bei Seite. »Tut mir leid. Tut Jorla sehr leid.«

Eine Zeit lang standen sie schweigend in dem dunklen, feuchten Gang.

Plötzlich flüsterte Jorla heißer: »Schnell! Sie kommen!«

»Was?«, fragte Liasanya verwirrt. »Wer kommt?«

***

Setharan eilte den anderen hinterher. Er hatte keine Fragen stellen können, doch es war klar, dass die zerlumpte Gestalt den Inquisitor und seine Begleiter zu Liasanya führen wollte.

Kurz keimte bei Setharan Hoffnung auf, als er feststellte, dass sie sich keineswegs ins Südquartier oder nach Meilersgrund aufmachten, sondern das Arenaviertel ansteuerten. Und in diesem Teil von Alt-Gareth konnte Liasanya im Augenblick kaum sein. Aber dem jungen Magier war auch klar, dass er keine Ahnung von den Labyrinthen unter der Stadt hatte.

Zielbewusst führte sie der Mann in den Keller eines alten Hauses. Dort verneigte er sich kriecherisch vor dem Inquisitor: »Ich werde Euer Gnaden direkt zu ihr führen«, sagte er und wies auf eine Öffnung in der Wand, die in die Tiefe führte. »Ich habe es versprochen. Möge Praios sich mir gnädig erweisen.«

Der Inquisitor lächelte zufrieden.

Der Adeptus zweifelte jetzt fast an seinem Verstand. Scheinbar wusste wieder jemand, wo Liasanya war. Und dieses Mal führte er sie auf dem kürzesten Weg dorthin.

Setharan blieb nichts anderes übrig, als zu folgen.

***

Die Gänsehaut kroch Liasanyas Nacken empor. Sie konnte jetzt die Geräusche vieler Füße hören, die langsam durch den Schlamm schritten. Jorla und Liasanya hatten sich bis zu der Abzweigung mit der Treppe zurückgezogen, als Licht im Tunnel schimmerte und die ersten Gestalten erschienen. Liasanya hatte sie bisher nur lethargisch und abgestumpft erlebt, sie mehr bemitleidet als gefürchtet, doch jetzt marschierten sie entschlossen auf sie zu, und die Diebin bekam es mit der Angst zu tun.

»Wohin?«, flüsterte sie. Aus dem Gang zurück zur Tür kam mehr als ein Dutzend der zerlumpten Gestalten. Damit war auch die Flucht durch den kleinen Durchlass unmöglich. Doch noch immer blieben drei Wege: Sie konnten dem Hauptgang in die entgegengesetzte Richtung folgen, die Treppe hinauf oder diesen Seitengang nehmen. Liasanya fragte sich, warum Jorla zögerte.

Immer wieder schaute diese den Gang jenseits der Treppenflucht hinab, als suche sie etwas, das Liasanya verborgen blieb. Dann beobachtete sie die sich langsam nähernden Menschen.

Da erschien plötzlich Licht am Ende des Seitengangs. Liasanyas Gefühle taumelten zwischen Hoffnung und Verzweiflung: Wer auch immer hier unten unterwegs war, der würde sie nicht mit den Rattenmenschen allein lassen.

Sie wollte ihnen entgegenlaufen, tat den ersten Schritt ...

Oder kamen von dort noch mehr?

... und blieb wieder stehen.

Da erkannte sie die Neuankömmlinge.

»Jorla! Wohin?«, rief Liasanya verzweifelt.

Doch die Bettlerin war verschwunden.

***

»So? Zweifelt jetzt noch einer? Die Paktiererin im Kreise ihrer Helfer«, sagte der Inquisitor, an Setharan und Bosko gewandt. Dann trat er vor, hob sein Sonnenzepter und rief: »Kommt! Und werft euch nieder, im Lichte Praios!«

Das Bettelvolk zögerte einen Moment. Dann wandte sich ein Teil der Gruppe den Neuankömmlingen zu. Zornige Stimmen erhoben sich. Die zerlumpten Gestalten hatten die Diebin fast erreicht, doch die stand noch immer reglos da

Setharan fragte sich, ob die anderen wohl merkten, wie verzweifelt das Mädchen war. Hilflos ging ihr Blick zwischen den beiden Gruppen hin und her. Der Adeptus hätte am liebsten gerufen, sie solle doch endlich verschwinden, da wurde ihm klar, was sie sah: Er, ihr Freund und Vertrauter, stand hier zwischen dem Inquisitor und den Sonnenlegionären! Woher sollte Liasanya wissen, dass nicht er sie hierher geführt hatte.

Er musste sie retten! Egal was mit ihm geschah – und ganz gleich, ob sie ihm je wieder ein Wort glauben würde. Er sprang nach vorn, neben den Inquisitor, hob die Hände und sprach die Formel. Aus seinen Händen stieg ein Feuerball empor, der sich stetig auf Liasanya und die anderen zubewegte. *Nicht zu schnell,* dachte Setharan und ließ den Feuerball zwischen den Wänden tanzen, sodass ihrer Gruppe die Sicht erschwert war. Setharan ahnte, dass es für Liasanya wirken musste, als greife er sie an. Aber hoffentlich nutzte sie die wenigen Augenblicke, um zu verschwinden. Hoffentlich ging sie wenigstens beiseite. Sonst würde er sie töten.

»Was tut ihr!«, rief der Inquisitor neben ihm. Er schlug mit dem Sonnenzepter auf Setharans Unterarm.

Der Adeptus verlor die Kontrolle über den Feuerball, und dieser zerstob in einem grellen Blitz, etwa drei Schritt vor der Gruppe um Liasanya. Ein Stöhnen drang zu ihnen herüber. Als sich ihre Augen erholt hatten, sahen sie, dass der Zauber keinen Schaden angerichtet hatte. Die Gestalten wankten zurück – doch keiner schien verletzt.

Jetzt drängten sich die Sonnenlegionäre nach vorn und zogen ihre Waffen.

Setharan wurde an der Robe gepackt. »Wie könnt ihr es wagen?«, rief der Inquisitor. »In meiner Gegenwart!«

Der Adeptus konnte ein irrsinniges Grinsen nicht unterdrücken. Auch wenn er unterbrochen worden war, er hatte einen Zauber gemeistert, der ihm oft misslang. Und das im Angesicht von Praios Vertreter! Eigentlich war er sogar froh, dass der Inquisitor ihn gestört hatte, denn der Gedanke, Liasanya oder das Bettelvolk – so bedrohlich es im Augenblick auch wirkte –, zu verbrennen behagte ihm gar nicht. Aber das Allerbeste war: Liasanya war verschwunden.

Auch der Inquisitor hatte es bemerkt. Er rannte auf die Bettler zu. »Wo ist sie?«, rief er, hob sein Zepter und ließ es auf dem Kopf des Erstbesten niedersausen. Der ging zu Boden und rührte sich nicht mehr. Einige der Zerlumpten flohen, doch andere drängten, umso entschlossener, ihr Reich zu verteidigen, aus der Dunkelheit auf sie zu.

Setharan zögerte. Dieser Kampf erschien ihm wenig ehrenhaft. Ihr Führer war zwar beim ersten Anblick der Angreifer verschwunden, aber sie waren noch immer zu fünft, alle im Kampf mit der Waffe ausgebildet, auch Setharan hatte das als Zögling der ›Schwert und Stab‹ gelernt. Auf der anderen Seite stand ein Dutzend Menschen, die mit Knüppeln, Steinen und bloßen Händen angriffen.

Doch die Bettler drangen beharrlich auf sie ein, sodass auch Setharan seinen Stab hob und sich zur Wehr setzte.

Plötzlich hörte er einen Schrei hinter sich und drehte sich um.

Dorbrechtsson lag auf dem Boden, ein Stein musste ihn am Kopf getroffen haben. An seiner Schläfe klaffte eine Wunde, und er schien kaum bei Bewusstsein. Das Sonnenzepter hatte er verloren, es lag einige Schritt abseits in Schlamm. Auf seiner Brust saß ein Mensch, Setharan konnte nicht sagen, ob Mann, ob Frau, er hatte die Hände um den Hals des Inquisitors gelegt und drückte zu. Den bleichen Schädel hatte der Angreifer zurückgeworfen. Das verhärmte, eingefallene Gesicht war von einem lustvollen Grinsen verzerrt. Die Augen lagen tief in ihren Höhlen, ein kaltes Feuer brannte darin.

Setharan zögerte.

Wenn der Inquisitor erledigt war, hätten er und Liasanya ein Problem weniger.

Aber das konnte er doch nicht tun!

Entschlossen hob er den Stab und schlug zu. Zunächst schien es kaum eine Wirkung zu haben, die Gestalt wandte sich ihm zu und lächelte. Setharan schlug wieder zu, der Kiefer des Bettlers brach und verwandelte das Grinsen in eine blutige Fratze. Jetzt zielte Setharan etwas tiefer. Er traf den Oberarmknochen. Der Bettler fuhr zurück, löste den Griff um des Inquisitors Hals, ein Wimmern kam aus seinem Mund. Der Magier sah, dass Dorbrechtsson wieder atmen konnte, er warf den Angreifer ab, kroch zur Seite und packte sein Zepter.

Noch ehe Setharan zu einem weiteren Schlag ausholen konnte, schlug der Inquisitor zu, und das unheimliche Leuchten in den Augen des Zerlumpten erlosch.

Setharan ließ sich keuchend neben dem Inquisitor in den Schlamm fallen.

»Danke«, sagte dieser. »Danke, dass Ihr mir nicht mit einem Zauber das Leben gerettet habt.«

Setharan lachte.

Dorbrechtsson fiel ein.

Der Kampf war vorüber. Die meisten Angreifer waren geflohen. Aber eine Handvoll lag erschlagen im Dreck. Setharan sah es mit einer Mischung aus Erleichterung und Bestürzung. Was hatten diese armseligen Gestalten hier unten verloren gehabt? Warum stürzten sie sich in einen aussichtslosen Kampf?

Auch sie hatten alle Blessuren davongetragen, aber keiner außer dem Inquisitor war ernsthaft verletzt worden. Sie versorgten die Wunde an dessen Stirn. Dann sahen sie sich um ...

... und fanden Meeltheuers Leiche.

Ihr zerlumpter Führer blieb verschwunden, doch sie hatten Zeichen zurückgelassen und fanden so schnell aus dem Untergrund heraus.

Setharan dachte die ganze Zeit, dass Bosko jetzt endgültig von Liasanyas Schuld überzeugt sein musste und es nur eine Frage der Zeit war, bis der Hauptmann den Inquisitor in Setharans Verstrickungen einweihen würde.

Er musste sich so schnell wie möglich von der Gruppe trennen und Liasanya suchen. Es gab nur einen Ort, an den sie fliehen konnte.

***

Als Liasanya den Feuerball auf sich zuschweben sah, war sie zunächst überzeugt, dass Setharan sie verraten hatte. Doch sie erkannte auch, dass die taumelnde Flammenkugel nicht auf sie gerichtet war, sie gar für einige Sekunden vor den Blicken der anderen schützen würde.

Egal mit welchen Absichten Setharan den Zauber tatsächlich eingesetzt hatte, sie nutzte die Chance, verschwand durch den Rundbogen und eilte die Treppenflucht hinauf. Sie konnte nicht sehr tief unter der Erde sein, trotzdem schien der Weg endlos. Zunächst ging es stur geradeaus. Immer wider blendete sie die Laterne ab und schaute zurück. Kein Licht war hinter ihr, kein Laut war zu hören, außer dem Echo ihrer eigenen Schritte.

An einem Absatz zögerte sie kurz. Drei Gänge führten der Treppe zu, diese ging als enge Wendeltreppe weiter. Doch was hatte Jorla gesagt: »Immer rauf«, also wählte sie die Wendeltreppe. Liasanya stieg atemlos immer weiter. Bis die Treppe an einer hölzernen Decke endete.

Eine Falltür! Liasanya hoffte, dass sie nicht von oben blockiert war. Einen Riegel oder ein Schloss konnte sie von hier unten vielleicht öffnen, aber einem Mehlsack war ihre Magie nicht gewachsen. Doch die Klappe ließ sich anheben. Liasanya war zu erschöpft, um sie ganz aufzustoßen. Sie schob die Laterne durch den Spalt und quetschte sich hinterher. Flaschenregale standen an den Wänden, Kisten und Säcke stapelten sich am Boden. Licht fiel eine breite Holztreppe hinab. Sie musste im Keller eines Gasthauses oder einer Schankstube sein.

Jemand kam die Stufen hinab, und Liasanya versteckte sich hinter ein paar Kisten. Als der Unbekannte unten war, sprang sie auf und rannte die Treppe hoch.

»He! Was machst du hier!«, hörte sie ihn rufen.

Oben angekommen befand sie sich hinter dem Tresen einer kleinen, gut besuchten Schankstube. Die Luft war dick vom Rauch, die Gestalten schienen größtenteils einfache Leute zu sein. Einige Gäste wandten sich ihr zu. Liasanya war klar, wie es wirken musste: Sie war von oben bis unten dreckbeschmiert und stank sicher entsetzlich. Aber sie verschwendete keinen Gedanken daran, wie sie ihr plötzliches Auftauchen erklären sollte – sie war noch immer auf der Flucht, und zumindest der Wirt musste von der geheimen Treppe wissen. Neugierige Rufe ignorierend drängte sie sich durch die Menge, dem Ausgang zu.

Es goss in Strömen, die niedrige Wolkendecke ließ die Nacht noch finsterer wirken. Zuerst hatte sie keine Ahnung wo sie war. Wenn Jorla nicht gelogen hatte, waren sie unter der Stadtmauer hindurch in irgendwelche Katakomben unter der Kanalisation von Alt-Gareth gestiegen. Bald wusste sie es genauer. In der Ferne tauchte das Immanstadion auf. Sie musste den Untergrund also im Süden von Nardesheim verlassen haben und jetzt automatisch in Richtung Puniner-Tor gelaufen sein.

Aber das Tor war jetzt verschlossen.

Sie blieb stehen und wandte sich um. Es gab nur einen Menschen, an die sie sich hier wenden konnte: Fiana. Erst vor wenigen Tagen hatte sie schon einmal hilfesuchend vor deren Tür gestanden. Und auch wenn der Streit wegen Roban Horger noch immer zwischen ihnen stand, eine andere Zuflucht kannte sie nicht.

Liasanya hatte keine Ahnung, wie lange sie durch die Eingeweide der Stadt gekrochen und wie spät es jetzt war. Regenwolken verdeckten jeden Blick auf Sterne oder Mond. Aber die Schankstube war noch voll gewesen, und nicht ein Schimmer war am östlichen Horizont zu sehen. Es musste also noch mitten in der Nacht sein. Trotzdem brannte Licht in Fianas Stube. Hatte sie Besuch? Nur Roban Horger fiel ihr ein, und dem wollte sie jetzt eigentlich nicht begegnen.

Aber Liasanya musste raus aus dem Regen, sie war bis auf die Haut durchnässt, völlig erschöpft und die Ereignisse der letzten Stunden warteten nur darauf, als quälende Fragen über sie herzufallen.

Zaghaft klopfte sie an der Stubentür.

Niemand antwortete.

Sie überlegte sich, ob sie nicht einfach unten im Stall auf den Morgen warten sollte, dort fand sie vielleicht auch Brin, der irgendwo im Heu bei den Pferden schlief.

Doch sie konnte nicht warten. Wenn Setharan sie verraten hatte – was sie nicht glauben wollte –, dann würde er die Verfolger in Bälde auch hierher führen.

Noch einmal klopfte sie, dieses Mal kräftiger. Als noch immer kein Laut zu hören war, öffnete sie die Tür eine Spalt.

Fiana lag da, still und reglos, das Nachthemd über dem Bauch gerafft. Ihre Haut schimmerte auch im gelben Licht der Kerze bleich, ganz im Gegensatz zu der Blutlache, die sich über die Strohmatratze und auf dem Boden ausbreitete.

»Fiana«, rief Liasanya, eilte zu der Freundin, kniete sich in deren Blut. »Fiana!«, rief sie noch einmal und schüttelte sie. Dann sah sie, dass sich der Brustkorb leicht hob und senkte. Sie schluchzte auf, tastete über Fianas Leib. In der Haut über dem Armstumpf waren tiefe Schnitte, aus denen in einem dünnen, aber unablässigen Strom der Lebenssaft rann. Liasanya riss ein Stück aus Fianas Hemd und band damit den Arm ab. Dann schüttelte sie die Freundin wieder. »Fiana!«, schrei sie. »Wach auf!«

Doch sie lag einfach so da, die Augen geschlossen.

Schritte auf der Treppe.

Liasanya fragte sich, wer es war, ihre Muskeln spannten sich, machten sich bereit für eine weitere Flucht. Sie wusste wie es aussehen musste: die vermeintliche Mörderin und Paktiererin, beschmiert von oben bis unten mit dem Blut der besten Freundin. Aber jetzt war es ihr egal, wenn bloß jemand käme und Fiana rettete.

Die Tür wurde geöffnet.

Brin trat mit verschlafenen Augen ein.

»Fiana, was ...«, murmelte er. Und dann: »Li! Was machst du hier?« Erst dann begriff er, was er sah.

Ehe Brin noch etwas sagen konnte, schrie Liasanya: »Hol Hilfe! Hol Oisin, einen Heiler, egal wen ... Fiana stirbt!«

Brin machte auf der Stelle kehrt.

Nach kurzer Zeit konnte Liasanya wieder Schritte auf der Treppe hören, dieses Mal von vielen Füßen.

Oisin war der Erste, der hereinkam. Hinter ihm drängten sich Brin und die anderen Schankmädchen in die kleine Stube. Oisin eilte auf Liasanya zu. »Was machst du hier? Ich dachte ...« Dann sah er Fiana, und seine Augen weiteten sich vor Schreck. »Ich dachte, sie ist deine Freundin. Warum hast du das getan?« Er taumelte einen Schritt zurück und starrte Liasanya an.

Die hob den Kopf und starrte zurück. »Ich? Sag mal, bist du blöd? Warum sollte ich ihr was tun?«

»Ja! Aber alle – die Garde – Halbart und – und ...«

»Aber *das* hätte ich ja wohl kaum zustande gebracht«, schrie Liasanya, sprang auf und deutete auf die gelblichen Flecken auf Fianas Schenkel und dem Laken.

Oisins Verhalten änderte sich schlagartig. »Rahjala!«, rief er geschäftig. »Hol einen Heiler. Bosper Grabensalb ist der nächste hier. Daire, du holst die Wache – aber kein Wort über Liasanya. Nurinai, du machst heißes Wasser und holst Verbandszeug. Bei Travia, was ist hier geschehen? Und warum musst gerade du es entdecken?« Er wandte sich wieder Liasanya zu.

Die schüttelte nur den Kopf. »Vielleicht bin ich doch verflucht. Ich bringe allen Unglück.«

Oisin schnaubte: »Quatsch! Aber wenn du dir nicht selbst Unglück bringen willst, dann verschwinde, bevor die Stadtwache kommt.«

Liasanya wollte widersprechen, doch sie sah es ein. Wieder dachte sie an die Worte von Talimee: Vertrau auf deine Freunde. Es war schon erstaunlich, dass es Menschen gab, die noch immer an ihre Unschuld glaubten.

Sie beugte sich über Fiana und küsste deren Stirn.

Plötzlich öffneten sich Fianas Augen einen Spalt. »Li?«, flüsterte sie schwach.

»Fiana!« Tränen schossen Liasanya in die Augen. »Fiana! Wer hat das getan?«

Aber Fiana hatte schon wieder die Augen geschlossen. Ein Lächeln war auf ihrem Gesicht. »Der Vogel singt noch im Rachen der Katze«, flüsterte sie. Ihr Brustkorb hob und senkte sich schwach, aber stetig.

»Der Vogel ...« Liasanya verstummte. »Oisin? Hatte Fiana heute Besuch? Von Roban Horger vielleicht?«

»Ich weiß nicht«, erwiderte dieser verblüfft. »Er besucht Fiana öfter, aber ob er heute da war ...«

Liasanya sprang auf. Das spielte keine Rolle mehr. Sie wusste, wer es war! Horgers alberne Sinnsprüche aus dem Tierreich hatten ihn verraten! »Wer wusste über fast alles, was ich mache, Bescheid?«, rief sie, ohne eine Antwort zu erwarten. »Fiana und Seth! Und beide haben Horger vertraut! Ich weiß nicht, wie er das alles hingekriegt hat. Aber er will mich als Täter für seine Verbrechen brennen sehen!«

Sie rannte zur Stubentür.

»Warte!«, rief Brin und sprang ihr in den Weg. »Woher willst du das wissen? Fiana hat Roban sicher nicht viel über dich erzählt.

Und seit eurem Streit wusste sie nicht mal, wo du dich herumtreibst.«

Liasanya starrte Brin an, hörte seinen Einwand, nahm ihn aber nicht wirklich wahr. Brin wich zurück. Sie konnte nur ahnen, wie sie auf den Jungen wirken musste: Feucht klebte das kurze, gefärbte Haar an ihrem Schädel, die dreckigen, nassen Kleider waren jetzt auch noch mit Blut vollgesogen. In ihrem Herzen wogte Verzweiflung und die Sorge um Fiana. Aber in ihren müden Augen war nur noch eines zu sehen: pure Mordlust. Als sie weiter auf Brin zukam, ging er ihr aus dem Weg – so wie alle anderen.

Es schien, als wollten Efferd und Rondra ganz Gareth ihren Reichen einverleiben. Das Gewitter tobte über der Stadt. Gassen, Straßen und Plätze hatten sich in Bäche und Teiche verwandelt. Wie ein Verdurstender konnte der ausgetrocknete Leib Sumus die ersehnte Nässe nur langsam und zögerlich aufnehmen.

Liasanya hatte Robans Stadthaus erreicht und schlich vorsichtig um das Anwesen. Kein Fenster war erleuchtet, alles schien zu schlafen. Wie zu erwarten, war der Zugang zum Haus nicht so einfach. Die Fenster im Erdgeschoss waren vergittert, und es schien weder einen Kellereingang noch eine Kohlenschütte oder ähnliches zu geben. Sie ging zur Rückseite des Hauses. Ein schmaler Sims, etwa zwei Spann breit, trennte es von einem Seitenarm des Gardel.

Sie stieg auf den Sims und tastete sich, dicht an die Wand gedrückt, daran entlang. Das normalerweise träge dahinplätschernde Rinnsal hatte sich in einen reisenden Bach verwandelt. Die braune Brühe schwappte über den Mauervorsprung, durchtränkte Liasanyas Schuhe und spritze an ihr hoch.

Die Fenster hatten hier keine Gitter, waren aber fest verschlossen, die Vorhänge vorgezogen. Liasanya wollte sich an einem der Fenster versuchen, dann entschied sie sich anders. Über ihr, wie ein Krähennest über tosender See baumelnd, gab es einen schmalen Balkon. Sie zog sich an einer glitschigen Efeuranke hoch und stand wenige Augenblicke später vor einer Glastür. Hier stand sie sicherer und konnte sich konzentrieren. Ihre Hand glitt über das kalte Glas. Sollte sie einfach die Scheibe einschlagen? Bei dem tosenden Unwetter wäre sicherlich nichts zu hören. Sie verstärkte den Druck ihrer Finger, und die Tür schwang lautlos auf.

Offen?

Das war einfach gewesen.

Zu einfach?

Leise betrat sie den Raum. Die Wände waren mit dunklem Holz getäfelt und machten das Zimmer noch düsterer. Liasanya holte ein Talglicht aus ihrer Tasche und entzündete es. Ihre Blicke streiften einen schweren Schreibtisch und verharrten auf einige Schränke. Eigentlich wollte sie gleich weiter, Robans Schlafzimmer suchen, doch sie zögerte. Die verdammten Papiere mussten hier irgendwo sein. Doch was sollte sie jetzt noch damit? Roban würde in wenigen Minuten Golgaris Schwingen rauschen hören, und damit sollte die Sache für sie erledigt sein. Es würde ihn ohnehin nicht helfen. In den Augen der Garde und der Inquisition blieb sie eine Mörderin und Paktiererin. Noch vor kurzem – so musste es den Anschein haben – hatte sie die Rattenmenschen auf einen Praiosdiener gehetzt.

Ohne es wirklich zu wollen, öffnete sie trotzdem eine Schublade nach der anderen.

Nichts.

Sie gab auf, schlich auf den Flur, öffnete Tür um Tür, fand Horgers Schlafzimmer, doch das Bett war leer. War er gar nicht zu Hause?

Liasanya folgte der Treppe nach unten, orientierte sich. Sie wollte keinen der Gesinderäume betreten. So sehr sie sich danach sehnte, Horger zu töten, gegen seine Bediensteten hegte sie keinen Groll.

Dann blieb sie vor einer prächtigen Holztür stehen und lauschte.

Die Geräusche waren nicht eindeutig zu identifizieren, aber irgendjemand befand sich in dem Raum.

Vorsichtig öffnete sie die Tür eine Spalt.

Das Erste, was sie sah, waren Bücherregale. Der Raum schimmerte in einem flackernden rötlichen Licht. Jemand hatte Feuer im Kamin gemacht, die Vorhänge waren fest zugezogen, sodass kein Schimmer nach draußen fallen konnte.

Sie schob die Tür noch eine Spalt weiter auf und sah Roban Horger. Er stand am Kamin, und neben ihm, auf einem kleinen Tisch: eine flache, geschnitzte Holzschatulle.

Horger nahm immer wieder ein Blatt heraus, betrachtete es – und warf es ins Feuer.

Jetzt gab es keine Zweifel mehr.

Horger schien unbewaffnet.

Liasanya zog den Dolch aus dem Stiefelschaft und stieß die Tür auf.

»Du kommst spät«, sagte Horger, ohne sich umzudrehen. »Hast du dieses Mal auch alles erledigt?«

»Eine Sache fehlt mir noch«, antwortete Liasanya.

Horger drehte sich zu ihr um. Staunen war in seinen Augen, das jedoch schnell Gleichmut wich. »Du?«, sagte er freundlich. »Mit dir hätte ich heute nicht mehr gerechnet.«

»Du hättest wohl eher damit gerechnet, dass ich im Kerker der Inquisition sitze. Oder auf dem Boronsanger liege. Oder in den Kanälen abgesoffen bin«, sagte Liasanya bitter.

»Bitte, bitte«, sagte Horger. »Aber es sollte mich nicht überraschen, hast du doch bewiesen, dass du mehr Leben hast als eine Katze.«

»War ich nicht das letzte Mal ein räudiger Straßenköter? Und dann eine Kröte?«

»Die, wie es sich jetzt zeigt, auch ein schlauer Fuchs ist. Darf ich erfahren, was dich hierher führt?«

»Das da«, sagte Liasanya und wies auf die Schatulle. »Ich würde es lieber in der Hand der Inquisition sehen.«

»Nun, da ich dem Dolch in deiner Hand entnehmen kann, dass du ansonsten die Dienste der Inquisition nicht in Anspruch nehmen willst, so erlaube mir die Frage, was dich zu mir geführt hat.«

Horger spielte auf Zeit, das war ihr klar.

»Fiana«, stieß sie hervor.

Horger schien überrascht. »Es ist schade um die Kleine. Aber ich musste vermeiden, dass jemand übrig bleibt, der zu viel über mich wissen könnte. Darf ich deinen Worten entnehmen, dass sie noch lebt? Es überrascht mich. Sie hat mich also verraten.«

»Der Vogel singt noch im Rachen der Katze.«

»Was?«

»›Die Kröte kriecht immer in den Pfuhl zurück, aus dem sie gekrochen ist.‹ Deine dummen Sprüche. Meeltheuer hat sie benutzt, als er fürchtete, dich zu verraten. Als es das Einzige war, was Fiana über die Lippen brachte, ahnte ich, dass du dahintersteckst. Da erkannte ich auch anderes: Du wolltest Seth unbedingt eine Verschwörung gegen Veteranen aus dem Tobrienkrieg schmackhaft machen. Keiner hat sich gewundert, dass statt dir oder einem anderen alten Kämpfer plötzlich Yann dran glauben muss. Aber Yann hat dir vertraut. Er hat mit dir gesprochen, als ich bei Halbart war. Hat er dir damals anvertraut, weshalb Halbart mich angeheuert hat? Und als er das Tagebuch seines Vaters las, muss er erkannt haben, dass er ihn verraten hat ... an dich. Hast du dich deshalb auch an Fiana rangemacht und Seth umschmeichelt, weil du wusstest, dass sie mich kennen?«

»Nicht schlecht. Wie gesagt, schlau wie ein Fuchs. Wenn ich das geahnt hätte, hätte ich mich schon früher um dich persönlich gekümmert.«

»Nun, ich muss zugeben, dass ich es erst richtig verstanden habe, als ich die Schatulle in deinen Händen sah. Also jetzt.«

»Trotzdem. Ich ziehe meinen Hut.«

»Nur eins noch, bevor ich dich zu Boron schicke: Warum ich?«, fragte Liasanya und trat, ohne den Dolch zu senken, näher an Horger heran.

»Weil du da warst«, antwortete dieser. »Einfach, weil du da warst.«

Ein eisiger Schauer überkam Liasanya. Mit den gleichen Worten hatte sie damals Halbart geantwortet, als er sie fragte, warum sie ihn erwählt hatte. War das alles? War das Wohl und Wehe des Menschen nicht mehr als das Ergebnis eines makabren göttlichen Würfelspieles?

»Glaub mir«, fuhr Horger, Liasanyas Miene missdeutend, fort. »Ich gab mir große Mühe, der Criminal-Cammer genug Arbeit zu machen und genug Verwirrung zu stiften, dass sie nie auf mich kommen würden. Ein verpfuschtes schwarzmagisches Ritual, warum nicht? Doch dann kam alles, als hätten es die Götter für mich geplant. Ich konnte ja nicht ahnen, welche speziellen Talente die kleine Freundin meines Freundes hat. Es war sehr nett von Yann, dich auch gleich bei der Garde anzuschwärzen. Und dass sich der Inquisitor so vehement darauf stürzen würde, nahm ich dankend zur Kenntnis.« Horger grinste. »Bedauerlicherweise hast du dich nicht gleich abführen lassen, denn sonst würden ein paar Leute noch leben. Nach deinem Besuch bei Meeltheuer war mir klar, dass er ein Risiko ist. Seine Leiche sollte eigentlich nicht mehr auftauchen. Als dann der Inquisitor auch in diesem Fall seine Schlüsse zog, gab es keinen Grund, ihn eines Besseren zu belehren.«

»Alles Zufälle. Aber woher wusstest du immer, wo ich bin und was ich vorhabe. Fiana und Seth ...«

»... waren hilfreich, aber längst nicht so redselig, wie ich mir gewünscht hätte. Nachdem du dich weiterhin hartnäckig weigertest, dich fassen zu lassen, da musste ich doch noch selbst aktiv werden. Und in deinen Kreisen gibt es genug, die für ein paar Heller ihre Mutter verraten.«

»Warum das alles? Halbart war dein Freund«, stieß Liasanya hervor.

»Freund?« Roban starrte versonnen ins Nichts. »Ja! Ein Freund war er. Mein bester Freund. All die Jahre. Aber er hat nichts begriffen. Überhaupt nichts. Mit seinem patriotischen Getue hätte er mich fast ans Messer geliefert. Was soll das? Ich paktiere nicht mit Dämonen! Ich mache Geschäfte! Mit Menschen! Sie leben nur durch Zufall auf der verkehrten Seite. Halbart hat das alles nicht verstanden, und die anderen Tobrier genauso wenig. Wenn ich es nicht mache, tut es ein anderer!«

»Das macht es nicht besser!«

»Ist dir nicht klar, dass auch Halbart die Sache nur zum Eigennutz durchgezogen hat? Aus dem Weg räumen wollte er mich!«

»Er wollte die vernichten, die schmutzige Geschäfte mit eurer alten Heimat betrieben!«

»Sein Geschäft war genau so schmutzig! Wie hätte er bei den Tobriern dagestanden und die Hand aufgehalten, wenn sein Plan gelungen wäre? Mit meinem Blut, dem Blut seines besten Freundes an den Händen!« Der Händler schrie fast.

»Und jetzt hast du Halbarts Blut an den Händen. Und das von Yann. Und Meeltheuers. Und Fianas! Warum sie?« Liasanya ging zu dem Tischchen mit den Papieren, ihre freie Hand glitt darüber.

»Du hast es doch schon selbst erfasst. Yann hat mir erzählt, dass du etwas für Halbart besorgt hast. Da wurde ich neugierig. Es fügte sich schnell alles zusammen. Ich hatte kein Problem, ins Haus zu gelangen, hatte ich von meinem Freund doch den Schlüssel. Und da fand ich auch die Papiere, die Lechdan abhanden kamen. Ach ja! Könntest du sie vielleicht liegen lassen. Sie könnten in die falschen Hände geraten.«

Liasanyas Finger schoben die verstreuten Papiere zusammen. Darunter kam ein schwarzgebundenes Büchlein zum Vorschein. »Halbarts Tagebuch«, flüsterte sie und legte die Papiere wie beiläufig darauf. Sie ging einen Schritt beiseite. Misstrauisch beäugte sie dabei ihren Gegner, der, trotz ihres Dolchs, zunehmend Spaß an der Sache zu finden schien. Er ging vor den Bücherregalen auf und ab und fuhr fort: »Ja. Halbarts Tagebuch. Keiner ahnte, dass es existierte. Es hätte auch keinen interessiert, wenn du es nicht gefunden hättest. So, mein Täubchen, warst es du, die auch Yann den Tod brachte. Er hat es gelesen. Es reichte, um Yann die Augen zu öffnen: Er war schuld an seines Vaters Tod, er hat ihn an mich verraten. Nun, ich kam durch Zufall gerade noch rechtzeitig vorbei, als er seinen Abschiedsbrief begann. Ich musste ihm dabei etwas zur Hand gehen. Die geplante Version hätte mir zu Schaden gereicht. Dann half ich ihm noch ein wenig beim Beenden seines jungen Lebens.« Er rieb die Hände und lächelte zufrieden.

Liasanya verfolgte jeden von Horgers Schritten. Sie ging wieder an dem Tisch vorbei, ihre freie Hand glitt unter den Papierstapel, und das Tagebuch verschwand in ihrer Tasche.

»Welcher Zufall brachte dich zu Yann?«

Horger ging zum Fenster, zog den Vorhang bei Seite und öffnete das Fenster. »Heiß hier«, sagte er, ging zurück zu den Papieren, nahm ein Blatt und warf es ins Feuer.

»Lass das!«, rief Liasanya und sprang auf ihn zu. Ein Windstoß fegte durch das Zimmer, wirbelte die Papiere auf und schlug Liasanya den schweren Vorhang ins Gesicht. Sie taumelte zurück, ließ dabei fast den Dolch fallen.

»Ach? Warum denn? Hast du nicht begriffen, dass ich tatsächlich jemanden erwarte?«

Geräusche kamen von Fenster, jemand stieg auf dem Sims und sprang in das Zimmer. Die Person war triefend nass, trug einen kurzen Lederharnisch und Kniehosen, schulterlange blonde Haare lugten unter einer Lederhaube hervor, die auch die rechte Gesichtshälfte verbarg.

»Jorla!«, schrie Liasanya.

Die angebliche Bettlerin zog ein Kurzschwert.

Liasanya trat einen Schritt zurück.

»Nun? Was hast du noch zu sagen?«, fragte Horger. Seine Stimme war sanft und gelassen. Ein spöttisches Lächeln umspielte seine Züge. »Nichts?«

Liasanya starrte ihn an, dann Jorla. Es war eher ein Keuchen als ein richtiger Laut, der ihrer Kehle entrann: »Du? Warum ...«

»Meine spezielle Freundin hat sich als sehr hilfreich erwiesen«, sagte Horger. »Wir kennen und von der Schlacht an der Trollpforte. Und als ich Jorla dann vor etwa einem Jahr hier in der Gosse entdeckte, da war es doch selbstverständlich, ihr zu helfen. Eine junge Kriegerin. Sie kennt, wie du dich selbst überzeugen konntest, die Tiefen unter Gareth wie kaum ein anderer. Und sie kennt genügend Leute, die für einen Heller tagelang Curthans Schänke beschatten konnten, in der Hoffnung, dass du irgendwann zurückkehrst. Was du ja netterweise getan hast. Seitdem wusste ich fast immer, wo du warst, was du tust und planst. Jorla ist ein dankbares Wesen, die gerne für einige Zeit in die Löcher zurückkehrt, aus denen ich sie geholt habe. Nicht wahr, Jorla?« Horger legte eine Hand auf Jorlas Schulter, und die schmiegte kurz ihre Wange daran.

»Und jetzt, liebe Freundin, mach dem ein Ende. Der Disput hat lange genug gedauert.«

Jorla zögerte einen Augenblick, dann ging sie auf Liasanya zu.

»Jorla!«, rief Liasanya. »Wir haben dir doch auch geholfen. Denk an die Salbe.«

Liasanya rannte zu dem kleinen Tisch mit der Schatulle, ihre Finger krallten sich um den Stapel Pergament und hoben sie auf. »Die Papiere! Roban macht Geschäfte mit denen, die dir das alles angetan haben.«

Horger und Jorla standen Seite an Seite, traten auf den Tisch zu. »Roban ist mein Herr. Er hat mich gerettet«, waren die ersten Worte, die Jorla sprach.

»Und sie dankt es mir gut«, sagte Horger. »Sie führt meine Befehle so exakt aus, wie es einer guten Kriegerin geboten ist. Das erste Mal, mit Meeltheuers Frau am Puniner Tor, hat es ja leider nicht geklappt. Aber wer hat dich heute Nacht zu Meeltheuers verrotteten Resten geführt? Wer hat dafür gesorgt, dass der Inquisitor auch rechtzeitig zur Stelle ist?«

»Und die Rattenmenschen? Sie wollten dich gar nicht töten?«

Jorla zögerte, dann sagte sie: »Doch. Sie fürchten mich. Sie hassen mich. Aber noch tun sie, was ich ihnen befehle. Ich bin stark. Jorla ist eine Kriegerin. Ja!«

»Und Roban Horgers Gold machte sie noch etwas fügsamer«, sagte dieser. Horger machte eine Pause, fuhr dann triumphierend fort: »Wessen Stimme haben Laille und Giesel gehört, in der Nacht als Halbart starb? Wer hat Halbart und Lechdan die Köpfe abgeschlagen? Und wer hatte solche Freude daran, ihnen die Augen aus dem Schädel zu pulen?«

»Jorla, das ist nicht wahr?«

»Es tut mir leid«, murmelte Jorla. »Sie sollen mich nicht ansehen. Wegen dem da.« Ihre Hand glitt über die verunstaltete Gesichtshälfte. »Hab dir doch gesagt, es tut mir leid.«

Liasanya ließ die Blätter fallen. Tränen der Enttäuschung stiegen in ihr hoch. Alles vergebens! Und doch: Wenn es das Letzte war, was sie machte – sie war sicher, es war das Letzte –, Horger nähme sie mit. Sie sprang nach vorne, rutschte bäuchlings über den Tisch und rammte Horger den Dolch in den Bauch. Blut quoll durch seine Hände, die den Griff umfassten. Der Tisch kippte, Liasanya fiel kopfüber zu Boden und blieb vor ihm liegen. Er trat ihr in die Rippen, sie krümmte sich zusammen, rollte sich außer Reichweite von Robans Füßen und rappelte sich auf.

»Bring sie um«, stöhnte Roban. »Schneid sie in Scheiben. Aber langsam!«

Jorla drang wieder auf sie ein. Liasanya stolperte zurück an die Bücherregale. Auch mit ihrem Dolch hätte sie keine Chance gegen das Schwert gehabt. Und der Dolch steckte in Robans Brust, leider nicht tödlich, wie sie jetzt sah. Ein letzter Beweis für ihre Schuld, ein letzter Nagel für Liasanyas Sarg. Die Schwertspitze durchbohrte ihren Oberarm. Liasanya schrie auf, starrte Jorla flehend an, dann traf das Schwert ihren Oberschenkel und sie knickte ein. Jorla entblößte ihre Zähne zu einem Grinsen. Liasanya zog sich am Bücherregal hoch, humpelte in Richtung Fenster und brachte den umgefallenen Tisch zwischen sich und die Angreiferin.

»Los, mach schon«, zischte Roban.

»Nein!«, schrie Liasanya. »Jorla! Wir haben dir geholfen. Und du hast mir geholfen! Jetzt willst du deine Freundin umbringen?«

»Freundin?«

»Ja! Du hast es selbst gesagt! Wenn du mich in den Untergrund geführt hast, damit mich die Wache bei Meeltheuers Leiche erwischt, warum hast du mir dann einen Fluchtweg gezeigt, den du nicht gehen kannst?«

»Was?«, rief Horger.

»Hast du mich gerettet, nur um mich jetzt zu töten?«, fragte Liasanya.

Jorla nickte. Mit erhobenem Schwert sprang sie auf Liasanya zu.

Die Diebin schaffte es, noch einmal auszuweichen. Das Schwert glitt unter ihrem linken Arm durch, und die beiden Frauen prallten zusammen. Liasanya wollte Jorla von sich stoßen, besann sich dann aber eines Besseren. Sie versuchte die andere niederzuringen, ohne dass diese wieder eine Gelegenheit fand, das Schwert einzusetzen. Sie schlug auf die Kriegerin ein. Doch Jorla war stärker. Die ehemalige Söldnerin drängte Liasanya zurück bis zum Fenstersims, den rechten Arm um deren Hals.

»Bitte, Jorla«, keuchte Liasanya. »Wir sind doch Freunde.«

»Ja«, flüsterte Jorla.

»Wir haben dir geholfen. Wir werden dir wieder helfen. Dein Gesicht. Wir machen dich wieder schön!«

»Ja?« Jorla lächelte.

Der Griff lockerte sich.

Liasanya schöpfte Hoffnung.

Jorla schlang die Arme um sie.

Dann sah Liasanya, wie der Blick in Jorlas gesundem Auge brach.

Horger stand hinter ihr, das Heft eines Rapiers noch in der Hand.

Erst jetzt spürte Liasanya den neuen Schmerz. Das Rapier hatte Jorlas Leib durchbohrt, und die Klinge stak in Liasanyas Bauch.

»Ich dulde nicht, wenn du unzuverlässig wirst«, flüsterte Horger und hauchte einen Kuss auf Jorlas Hals.

Er trieb die Klinge tiefer hinein und stieß die beiden aneinandergeklammerten Körper über den Fenstersims nach draußen.

Liasanya spürte noch, wie der Degen aus ihrem Leib glitt, dann schlugen die tobenden Fluten über ihr zusammen und alles wurde schwarz.

***

»Ich hätte Euer Gnaden gerne die Leiche präsentiert. Doch als ich sie mit meinem Degen durchbohrte, stürzte sie aus dem Fenster. Ich fürchte, sollten ihre Überreste gefunden werden, werden der Gardel und die Ratten nicht mehr viel von ihr übrig gelassen haben.«

Hell schien die Morgensonne in die Bibliothek. Horger saß in seinem massigen Sessel, einen dicken Verband um den Bauch. Trotz der Schmerzen, die er offensichtlich hatte, genoss er die Aufmerksamkeit der versammelten Garde und des Inquisitors.

Setharans Miene zeigte keine Regung. Sein Gesicht war aschfahl, bis auf die dunklen Ringe um die Augen. Das lag nicht nur daran, dass er in dieser Nacht kein Auge zugetan hatte. Er beobachtete jede Regung und Geste des Tobriers. Wie konnte er nur so ruhig dasitzen, im Angesicht des Inquisitors, der seine Lügen doch endlich durchschauen musste?

Vielleicht lag es daran, dass er seine Worte sehr behutsam wählte. Er sagte nicht alles. Und was er sagte, mussten keine Lügen sein. Es kam nur auf die Betrachtungsweise an.

Setharan hätte gerne einige Fragen gestellt, wagte es aber nicht. Sein eigenes Schicksal hing an einem seidenen Faden. Bosko schwieg noch immer über seine Verbindung zu Liasanya. Aber wie lange?

Setharan kehrte mit Bosko zurück in die Villa der Criminal-Cammer.

»Nun?«, fragte der Hauptmann. »Die Sache hat ein Ende. Seine Gnaden Inquisitor scheint Euch, nach dem tapferen Einsatz in den Kanälen, etwas wohlwollender gestimmt zu sein. Deshalb werde ich über Eure Verbindung zu der Paktiererin schweigen. Es ist schon genug Blut vergossen worden. Aber ihr solltet Euch vielleicht mit Eurem Meister Magister Eboran zusammensetzen. Eure Hellsicht bräuchte vielleicht ein wenig – Erleuchtung.«

»Die Sache hat kein Ende«, sagte Setharan. »Noch nicht. Hier.« Er reichte Bosko ein kleines, in schwarzes Leder gebundenes Buch.

Hauptmann Bosko las schweigend.

Setharan wartete geduldig.

Dann legte der Hauptmann das Buch auf den Tisch, lehnte sich zurück und seufzte.

»Und?«, fragte Setharan ungeduldig.

»Was erwartet ihr, dass ich jetzt tue?«

»Was ihr tun sollt?«, rief Setharan aufgebracht. »Da drin stehen die Namen von einem halben Dutzend angesehener Bürger, und noch mindestens dreimal so viele, die ich nicht kenne. Und alle treiben ein böses Spiel. Sie machen Geschäfte mit Schwarz-Tobrien. Sie verkaufen denen die Waffen, mit denen die unsere Männer, Frauen und Kinder töten. Und Ihr fragt, was Ihr tun sollt.«

»Mein junger Herr Adeptus. Diese Aufzeichnungen stammen von einem Toten. Von einem Mann, der jetzt hochoffiziell ein Verhältnis mit einer paktiererischen Mörderin hatte und unter solchen Umständen auch von dieser getötet wurde. Was zählen seine verrückten Verdächtigungen gegen die Worte eines bisher untadeligen – und lebendigen – Bürgers, der die Paktiererin auch noch zur Strecke gebracht hat. Wenn ihr die Originalpapiere hättet, dann vielleicht – aber dieses verschmierte Geschreibsel? Woher habt ihr es überhaupt?«

Setharan stand auf. »Es befand sich in Horgers Besitz«, sagte er, nahm das Buch und steckte es ein. »Da ihr es nicht benötigt ...«

Auch Bosko erhob sich. »Ich weiß nicht, was ihr vorhabt. Aber ich habe ein gutes Gedächtnis. Wenn einer der hier aufgeführten Personen etwas geschieht ...«

»... werde ich weit weg sein. Ich habe vor, meine Studien fortzusetzen. Wenn alles geregelt ist, verlasse ich die Stadt.«

»Wenn alles geregelt ist ...«, wiederholte Bosko. »Nun, dann wünsche ich Euch alles Gute.« Er gab Setharan die Hand und zwinkerte.

Setharans Weg führte zum Efeubusch. Er verabschiedete sich von Brin und der langsam genesenden Fiana. Ihr Gedächtnis war, was den Angriff auf sie betraf, völlig ausgelöscht. Setharan untersuchte sie mit einem »Analüs«, fand aber keine Spuren einer Beherrschung oder Gedächtnisveränderung. Er vermutete, dass sich ihr Verstand vor den traumatischen Folgen der Erinnerung schützte und hoffte, dass es so blieb.

Am nächsten Tag begab er sich nach Meilersgrund und führte ein langes Gespräch mit Rhon.

Dann besuchte er seine Mutter, packte seine Sachen. Das wenige Geld, das er hatte, setzte er in einen einachsigen Karren und einen kleinen, aber kräftigen Gaul um.

Der letzte Gang führte ihn zu seinem alten Meister Eboran. Von ihm erfuhr er auch, dass im Gitter, durch das der Gardel die Stadtmauer unterquerte, die Leiche einer jungen Frau gefunden worden war. Viel sei nicht mehr zu erkennen gewesen, aber auf Grund von Statur, Haaren und den Überresten der Kleidung wurde sie als die Dämonenpaktiererin Liasanya identifiziert.

Setharan wartete nicht ab, zu erfahren, was mit ihr geschah.

Er verließ noch am selben Tag die Stadt.

***

Der Karren rumpelte gemächlich über die gut ausgebaute Reichsstraße. Setharan ließ den Klepper einfach laufen, er selbst hing seinen Gedanken nach. Die breite Hutkrempe tief ins Gesicht geschoben, schien es, als ob er schliefe. Die letzten Spuren der Stadt blieben hinter ihm zurück, die Gehöfte rückten weg von der Straße, und bald zog sich der Weg sanfte, bewaldete Hügel hinauf und hinab. Nach dem Unwetter war alle Schwüle gewichen, und hier, unter dem sonnendurchfluteten Blätterdach, schien die Welt neu und heil, wie frische Farbe auf der Leinwand eines Malers.

Plötzlich wurde Setharan einer Gestalt gewahr, die am Straßenrand unter einem Baum saß und den Näherkommenden aufmerksam beobachtete. Die Person trug helle Kniehosen und ein schlichtes Leinenhemd. Die breite Krempe des unförmigen Filzhutes war tief ins Gesicht gezogen.

»Phex zum Gruße, edler Herr Magier«, wurde Setharan mit heller Stimme angerufen. »Würdet ihr mich wohl ein Stück mitnehmen? Bei diesem schönen Wetter ist der Weg zu Fuß gar zu beschwerlich.«

»Hesinde zum Gruße, verehrter Wanderer. Gerne doch! Es reist sich besser in Gesellschaft. Springt auf den Kutschbock, damit wir den Weg schnell fortsetzten können.«

Die Gestalt sprang leichtfüßig auf den Bock und sogleich Setharan um den Hals. Der Hut rutschte von ihrem Kopf.

»Alles gut gegangen?«, flüsterte sie ihm ins Ohr.

»Alles klar!«, antwortete Setharan. Er strich Liasanya durch die gerade noch zwei Finger breiten Stoppeln. »Ich denke, sie haben's geschluckt.«

»Ich bedauere Jorla«, murmelte Liasanya. »Sie war kein böser Mensch. Sie hätte eine Chance verdient«

»Es war nur ihr Körper. Boron wird uns den Streich schon verzeihen. Sie hat Ruhe gefunden.«

»Du hast recht. Aber es ist nicht leicht.«

»Nein, ist es nicht.«

»Wie hast du es überhaupt geschafft, mich rechtzeitig aus dem Gardel zu ziehen?«, sagte Liasanya.

»Als du verschwunden warst – nach meinem Ignisphaero, mein ich – konnte ich nur hoffen, dass du es bis nach oben geschafft hast. Und es war klar, dass du dann nur zu Fiana und Brin fliehen konntest. Ich traf dort ein, kaum dass du weg warst. Dann konnte ich mir leicht zusammenreimen, was du vorhast, und folgte dir. Bei Horger angekommen, hörte ich schon Geschrei und Kampfgeräusche. Ich eilte um das Haus, wo der Lärm herkam, und gleich darauf sah ich euch fallen. Dieses eine Mal müssen alle Götter über dich gewacht haben, denn an der nächsten Brücke versperrte Gerümpel den Bach. Ich musste nur noch zugreifen. Na ja, fast: Ich wäre in der dreckigen Brühe fast ertrunken. In Jorla steckte kein Funken Leben mehr. Und du warst auch schon halb tot, als ich euch endlich aus dem Gardel gezogen hab. Zugleich verblutet, erstochen, ersoffen und erfroren! Eins scheint dir ja nicht zu genügen. Meine Heilkünste sind recht bescheiden ...« Er lachte kurz auf. Liasanya lehnte sich an seine Schulter. »Aber sie haben gereicht«, sagte sie schlicht.

»Und dann sah ich, wie ähnlich ihr Euch seht. Jorla war kaum einen halben Kopf größer als du. Und nachdem du dir die Haare gefärbt hast ... Nur die Kleider passten nicht. Du in einem Lederharnisch?«

»Du hast es hoffentlich genossen, ein bewusstloses Mädchen auszuziehen.«

Setharan wurde rot. »Es war nicht angenehm, einer Toten deine Sachen anzuziehen und ihr mit einem Messer die Haare zu stutzen. Es war unheimlich. Jorla sah plötzlich aus wie deine ältere Schwester. Bis auf das entstellte Gesicht natürlich. Aber das Problem hat wohl der Gardel erledigt. Und ich durfte dich noch durch die halbe Stadt bis zu Magister Eboran schleifen. Du hattest Glück, aber du scheinst recht hartnäckig an deinem Leben zu hängen.«

»Würde ich das nicht, würden ein paar Leute vielleicht noch leben«, sagte Liasanya nachdenklich.

»Das ist nicht wahr! Lass nicht zu, dass sich Horgers verquere Gedanken in dir breit machen.«

»Horger. Und was ist mit ihm? Irgendwie geht die Geschichte nicht so aus, wie ich es mir erhofft hab. Wir haben getan, was wir konnten, und doch bleibt es bei den Göttern, Roban der verdienten Strafe zuzuführen.«

»Vielleicht nicht«, grinste Setharan. »Ich habe etwas in deiner Tasche gefunden, als ich dich aus dem Wasser gezogen hab.«

»Halbarts Tagebuch!«

»Leider etwas nass geworden. Aber den Namen Horger – und einige andere – waren noch recht gut zu erkennen.«

»Glaubst du, die Garde wird dir das jetzt noch abnehmen? Für die Inquisition bin ich eine Paktiererin. Und wenn ich nach Gareth zurückkehre, auch noch eine, die von den Toten aufersteht.«

»Bosko war sehr interessiert, lehnte aber dann doch ab«, sagte Setharan augenzwinkernd. »Das ist vermutlich nicht so schlimm. Horger ist so glitschig wie ein Aal und würde sich irgendwie herauswinden. Und ich denke auch, du wirst besser auch weiterhin tot bleiben. Aber vielleicht schickt Halbart Jalson ja noch ein paar Grüße aus dem Grab. Ich habe seinen Willen erfüllt.«

»Die Tobrier? Du hast das Buch den Tobriern gegeben?«

Setharan nickte.

Liasanya lachte laut und lange.

Dann schwiegen sie. In Gedanken versunken zogen Felder und Wälder an ihnen vorbei.

»Und? Wohin jetzt? Was machst du?«, fragte Setharan nach einiger Zeit.

»Vielleicht ertrage ich ja eine Weile deine Gesellschaft«, sagte Liasanya.

»Und ich deine?«, erwiderte Setharan.

»Wenn du das schaffst, wäre es schön. Wohin?«

»Es gibt noch viel zu lernen und zu entdecken auf Dere. Vielleicht hast du ja einen Vorschlag.«

»Ich hab noch nie das Meer gesehen. Du?«

»Nein.«

»Gut.«

Der Wagen rollte gemächlich weiter.

Epilog – Abrechnung

Hauptmann Geronius Bosko, Hauptmann der Garde und Ermittler der Garethischen Criminal-Cammer, nahm die Nachricht von Roban Horgers Tod mit Gleichmut auf. Ein wohlhabender Bürger war in seinem Haus überfallen und ermordet worden, das Anwesen geplündert. Das war nicht schön, doch es geschah alle Tage und hatte sicher keine Verbindung zu gewissen Ereignissen in der Vergangenheit. Gerüchte gingen um, dass die Tobrier ihr Betätigungsfeld auf Teile von Alt- und Neu-Gareth ausweiteten und ein Bandenkrieg bevorstand.

Als kurz darauf einige Angehörige angesehener garethischer Familien spurlos verschwanden, andere überraschend und ziemlich übereilt zu längeren Reisen aufbrachen, brachte auch das Bosko nicht aus der Ruhe. Die einen wurden irgendwann für tot erklärt, von anderen hieß es, sie haben irgendwo ihr Glück gefunden. Doch Genaueres hatte niemand erfahren, denn keiner kehrte je zurück.

Geronius Bosko nahm eine Liste, die er vor Wochen aus dem Gedächtnis geschrieben hatte, und strich einen weiteren Namen durch. Dann dachte er an den jungen Magier und sagte sich: »Ich hätte sie gerne kennengelernt. Ihr habt es mir versprochen.«

Ein Blick durch das Schwarze Auge

Gerüchte sagen, das Glück in den Scharmützeln an der Grenze zu Schwarz Tobrien habe sich eine Zeit lang zu Gunsten des Mittelreiches gewendet. Wenn dies so war, dann mit Sicherheit nicht für lange. Denn bald schon schaukelten sie wieder durch die Wälder Aventuriens: schwer beladene Wagen, geschickt von anonymen Ehrenleuten. Die Kutscher lauschten dem Schweigen unter den Bäumen, zitternd, doch unverzagt.

Es gibt viele Wege, seiner unsterblichen Seele den Eintritt in die heiligen Gefilde zu verbauen. Wir können nur hoffen, dass sie im Angesicht der Seelenwaage Rethons endlich Reue empfinden und ihre gerechte Strafe erhalten. Eine Strafe, der wir sie nicht zuführen konnten, aus Ohnmacht oder aus Blindheit, sein dahingestellt.

Doch wenden wir unseren Blick ab von den jenseitigen Gefilden und zurück auf die Straßen Aventuriens: Ein Karren rollt gemächlich nach Westen. Der Kutscher trägt einen breitkrempigen spitzen Hut, seine smaragdgrünen Augen leuchten, während er unablässig redet. Er erzählt von seinen Plänen. Von den Wundern und Abenteuern, die links und rechts der Straße warten. Von den Rätseln, die gelöst und den Geheimnissen, die gelüftet werden wollen.

Die Säume seiner fadenscheinigen Robe fransen immer weiter aus.

Liasanya wird sie mit Gewissheit nicht flicken. Sie sitzt neben ihm und lauscht seiner Rede, ein schelmisches Grinsen im Gesicht. Ihr Haar ist inzwischen ein wenig gewachsen und hat sein natürliches Dunkelbraun angenommen. Straßenköterbraun hatte es jemand mal genannt. Sie hätte mit Sicherheit darüber gelacht – und bei der nächsten Gelegenheit gezeigt, wie bissig ein Straßenköter sein kann.

Haben die beiden neue Abenteuer erlebt? Haben sie die Rätsel gelöst und die Geheimnisse gelüftet? Oder steht der Karren inzwischen vergessen hinter einem kleinen Haus, auf der Wiese davor balgen sich ein paar Kinder? Vielleicht haben sie sich auch längst wieder gestritten und sind getrennte Wege gezogen. Es wäre ihnen zuzutrauen.

Wie oft haben sie sich verloren?

Wie oft haben sie sich wieder gefunden?

Ihre Spuren verlieren sich im Staub der endlosen Pfade Aventuriens.

Jetzt erhältlich:
ATLAN
Im Bann der Gatusain
Achim Mehnert
Zweiter Teil der Illochim-Trilogie
Im Bann der Gatusain
ISBN 978-3-89064-175-1
Fantasy Productions GmbH
Postfach 1517, 40675 Erkrath
www.fanpro.com
FANPRO